本书出版受浙江理工大学科研启动基金项目资助（项目编号：22112280-Y），受杭州市社科哲学社会科学规划课题"离散译者熊式一研究"（项目编号：Z23JC090）资助，受浙江理工大学学术著作出版资金资助（2025年度）。

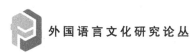

外国语言文化研究论丛

翻译、操控、身份：
离散译者熊式一研究

张　璐◎著

上海交通大学出版社
SHANGHAI JIAO TONG UNIVERSITY PRESS

内容提要

　　熊式一是第一个将中国戏剧搬上英国舞台，并形成持久广泛影响力的中国籍导演，也是全世界第一个《西厢记》的英文译者。本书以操控理论和跨文化身份协商理论为基础，较为全面地研究了 20 世纪 30 至 40 年代熊式一离散英国期间的主要译介活动。在将其离散经历划分为三个阶段后，本书研究了他的三部代表性译作的文本表征及其与身份、控制要素间的关系，充分揭示了翻译研究的动态性、复杂性和社会历史性，对今后中国的外译研究有一定启示意义。本书适合翻译研究者阅读。

图书在版编目（CIP）数据

　　翻译、操控、身份：离散译者熊式一研究 / 张璐著.
上海 ：上海交通大学出版社，2025.3. -- ISBN 978-7-313-
30933-4

　Ⅰ. I206.7

　　中国国家版本馆 CIP 数据核字第 2024ZG4859 号

翻译、操控、身份：离散译者熊式一研究
FANYI、CAOKONG、SHENFEN：LISAN YIZHE XIONG SHIYI YANJIU

著　　者：张　璐
出版发行：上海交通大学出版社　　　　　地　　址：上海市番禺路 951 号
邮政编码：200030　　　　　　　　　　电　　话：021 - 64071208
印　　刷：上海万卷印刷股份有限公司　　经　　销：全国新华书店
开　　本：710mm×1000mm　1/16　　　印　　张：16.75
字　　数：290 千字
版　　次：2025 年 3 月第 1 版　　　　　印　　次：2025 年 3 月第 1 次印刷
书　　号：ISBN 978 - 7 - 313 - 30933 - 4
定　　价：78.00 元

20 世纪初,在中国知识分子普遍倾向于向西方学习之际,很少有人尝试把中国文化传播到"不同"于自身的文化中。熊式一(1902—1991)却是一个例外。他不仅是第一个将中国戏剧搬上英国舞台,并形成持久广泛影响力的中国籍导演,也是全世界第一个《西厢记》的英文译者。本书以勒弗菲尔(André Lefevere)的操控理论和丁允珠(Stella Ting-Toomey)的跨文化身份协商理论为基础,较为全面地研究了 20 世纪 30 至 40 年代熊式一离散英国期间的主要译介活动,充分揭示了翻译研究的动态性、复杂性和社会历史性,对今后中国的外译研究有一定启示意义。

"离散"作为一个专门术语,英文对应词为"diaspora"。"diaspora"也是英文中的舶来词,出自希腊语"diaspeiro",意为"散播、传播种子"。1980 年后,伴随西方后殖民主义和文化理论的兴起,离散研究更多关注因各种原因脱离原文化而散居在异质文化夹缝中的族裔的生存状态及文化特征,用来指代个人或族群流离、分布世界各地之现象。泛化之后的离散概念被许多其他学科借鉴,也给翻译研究带来了新的研究对象和命题。

国内离散视角下的翻译研究不多,知网相关论文仅数十篇。主要集中在两类。一是前期的理论分析,如离散(译者)及其相关概念阐释(童明,2004;2005;王晓莺,2011)、离散视角对翻译实践的理论指导(安丽娅,2007;钱进,2009;王小静,2010;王岫庐,2017)、文化翻译与离散的内在逻辑(周宣丰,2014)等;二是离散译者个案分析。如针对离散译者的翻译思想的归纳和实践经验的总结,其中受关注较高的主要为当代离散译者,如童明(卢巧丹,2014;张倩,2015;吕娜、郝小静,2016)、林太乙(雷冠群,2012;王琴玲、黄勤,2018)、余光中(汪世蓉,2015,2017)。

国外对"离散"的研究集中在人类学和民族学方面,没有搜索到专门以"离散译者"为主题的文献（搜索时间截至 2022 年 6 月 1 日），但有一些将"离散"和"翻译"结合起来的研究，主要集中在以下三个方面：一是离散理论或离散视角视域下的翻译分析（Liu，2015；Wang，2014）；二是有关离散群体和宗教翻译在文学作品或现实社会中的讨论（Al-Adwan，2012；Brodwin，2003）；三是通过语言与移民之间的关系来探讨移民国家中母语与翻译问题（Vettorato，2016；Munday，2013）。

从离散与翻译相关的研究来看，国内外对这方面的研究都较为零散，成果十分有限。国内仅有的数十篇文献，基本为单一译者或作品的个案研究，离散译者集中在童明、林太乙和余光中等少数几个当代译者上。民国时期和新中国成立初期的离散译者少有涉及。研究内容看，主要以"离散—译者双语背景—翻译思想—翻译实践"的线性分析为主，研究模式单调，分析深度有待加强。基于以上研究现状，本书将以民国时期离散翻译家熊式一为研究对象，探讨其在英国时期的译介活动、译作特征及其与社会历史文化的互动关系。

熊式一出生于中国，但在 1932 年之后的大部分时间都散居于海外，并始终从事翻译和对外交流工作。丰富的离散经验和多重文化身份也成为他区别一般本土译者的重要特征，并对其译介行为产生深远影响。为了更清晰地展现熊式一在英国期间译介行为和身份的历时性变化，笔者将其离散经历划分为三个阶段：第一阶段异域初闯期，从 1932 年他初到英国后到 1935 年成名前；第二阶段名声大噪期，从 1935 年成名后到 1937 年返回英国前；第三阶段救亡宣传期，从 1937 年到 1945 年抗日战争结束。

研究思路上，本书通过整合勒弗菲尔（André Lefevere）操控论和丁允珠（Stella Ting-Toomey）跨文化身份协商理论中的部分命题，探究译作的特征及其与社会历史文化的互动关系，具体研究内容如下。

第一，文本考察。分析熊式一三个阶段代表性译作的文本表征。第一阶段分析的作品为京剧《红鬃烈马》的英译本 *Lady Precious Stream*（熊式一，2006），第二阶段为《西厢记》的英译本 *The Romance of Western Chamber*（Hsiung，1968），第三阶段为中国文化译写作品 *The Heaven of Bridge*（Hsiung，1946）。研究发现，熊式一三个阶段的代表性译作呈现出迥异的面貌和特征，主要表现在内容结构、语言风格和译介策略三个方面。在第一阶段 *Lady Precious Stream* 的改写中，熊式一从结构、情节、主题思想上改写了王宝钏的形象,以化意和合璧的方式使译作风格从"诗"化向口语化转变。在第二阶段《西厢记》的英译传真中,他保留了原作的结构内容,以直译为主的策略使译本呈现总体性忠实的风格。在第三阶段 The Heaven of Bridge 的译写中,熊式一通过民俗、历史、习语等内容再现了中国传统文化,并以异化、归化结合的策略,审视了近代语境下中西文明的交织和碰撞,赋予了译本中西融汇的风格。

第二,从跨文化身份的视角,本书探究了文本为何会呈现上述特征。笔者认为,熊式一散居英国期间,在与异文化族群的交际互动中,产生了不同的个人诉求和身份定位,形成了三种不同的身份类型,在第一阶段的寄居国主导型身份中,他是奋进的谋生者;在第二阶段的母国主导型身份中,他是中国经典的传播者;在第三阶段的寄居国-母国主导型身份中,他是民族形象的言说者。根据离散译者身份协商类型和操控要素的对应关系,本书在第四到第六章分析了母国和/或寄居国意识形态和诗学对熊式一三个阶段作品特征的影响。

第三,经验总结。在完成对熊式一译介作品文本内外的考察后,本书总结了熊式一在海外成功的原因,以期对今后中国文化外译有启示意义。笔者认为,熊式一的个案研究对中国外译活动的历史评价、外译的立场、译介模式创新等方面有启示意义。外译活动是一个历史性的生成,是在意识形态、诗学等多重历史关系的综合角力下形成的。历史语境是离散译者译介活动产生意义的文化空间。对外译文本的批评应努力"还原"翻译事件的历史语境,"深描"文本生成的文化肌理,从"合历史、合目的"(吴秀明,1995:96)的价值观照下对外译活动给予相应的评价。

本书的研究价值主要体现在以下几个方面。

第一,熊式一在20世纪中西跨文化交流史上创造了多个第一,但至今鲜为人知。对他的考察将进一步丰富中西文化交流史研究,具有史学方面的认识论价值。

第二,对熊式一离散时期的译介考察,扩大了现有离散译者的研究范围,为相关研究提供了新的案例。研究可以使隐身的译者浮出"译史",丰富现有翻译史研究和海外华人译者研究,为译者行为批评、社会翻译学等理论提供具体内容。

第三,本书丰富、补充了不同译者背景下操控理论的分析维度。基于操控理论和身份协商理论,提出了适用于熊式一等离散译者的研究路线。研究路线的提出从理论上加深了对该类型译者群体的思考。

第四，丰富现有文学外译模式，为中国文化外译提供经验借鉴。熊式一凭借高超的双语能力，将中国文化成功翻译传播到海外，成为中西百年跨文化交流史上的经典案例，其个案对我国文学作品的跨文化改编和外译具有借鉴意义。

由于个人水平和视角之局限，书内表述的观点或许有偏颇之处，恳请读者批评指正。

目　录

图示

表格

第 1 章

引 论

本章首先阐述了离散概念的起源和演化、中国离散译者群体在历史上的兴起,接着介绍了该译者群中的重要一员,即本书的研究对象——熊式一及其主要译介活动。此外,还阐述了本书的研究问题、内容、方法和意义等。通过对其英国离散经历三个阶段的划分,笔者希望从身份入手,解读其作品与身份、控制要素间的关系,以及他身上所折射出的离散知识分子的文化乡愁。

第一节 研究背景和研究对象

一、研究背景

如果把人类今天的繁衍看作是从非洲起源,然后四散于五大洲的话,那么"离散"其实早已写入我们每个人的基因中(Dufoix,2003:58)。"离散"作为一个专门术语,英文对应词为"diaspora"。"diaspora"也是英文中的舶来词,出自希腊语"diaspeiro",意为"散播、传播种子"(a scattering or sowing of seeds)。作为一个独立词语,"diaspora"较早以大写形式出现在《旧约·申命记》(Deuteronomy)第 28 章 25 节,上帝对犹太人的渎神行为发出警告:"你们将在异邦成为离散者"。因此,大写的"Diaspora"主要指受宗教迫害的犹太人在长达两千多年的岁月里,不得已背井离乡,在世界各地流浪散居的现象。同时它也特指自 19 世纪后期开始,犹太人掀起的复国运动(Zionism)。无论外部的压力如何变化,散居在外的犹太人从来没有忘记回家。他们每到一处都要建立"犹太会堂",这也成为他们凝聚族群和在异域传教的现实依托(李明欢,2010:2)。由此可见,"离散"的原型从一开始就有着浓重的宗教色彩,隐含着一种神学上的救赎与回归之意。因此,20 世纪 60 年代之前的离散研究(Diaspora Studies)主要以犹太人的迁徙和复国运动为主要研究对象。

1970 年之后，"离散"一词也迎来了新的现代含义，不再专指犹太人。根据社会学家科恩（Robin Cohen）在第二版《全球离散》（*Global Diaspora*）中的分类，"离散"除了指代犹太人这一传统群体外，还出现了受难型（victim）、劳工型（labor）、帝国型（imperial）等受外力驱动的离散群体，分别对应因为受政治、经济等原因被迫离开家园的族群，签订劳务合同离散的族群和为了宗主国利益而离散到殖民地服务的族群等（Cohen，2003）。可以看出，20 世纪 70 年代后"离散"概念得到进一步充实和丰富，许多与宗教无关的人口迁移和跨境流动都被纳入了这一概念中。80 年代后，伴随西方后殖民主义和文化理论的兴起，此时的离散研究更多关注因各种原因脱离原文化而散居在异质文化夹缝中的族裔生存状态及其文化特征，用来指代个人或族群流离、分布世界各地的现象。它强调离散个体定居他国后与母国仍保有的各种联结性。

涂洛彦（Khachig Tölöyan）（1996：13）曾这样总结离散人群的特征：①离散人士或群体保存着一个集体记忆，这是他（她）们独特身份的基本要素，有些集体记忆会具体地再现于文本之中，例如犹太人的旧约圣经；②离散人士会运用具体的方式和原乡保持联系，也对原乡存有迷思式的执念。与 20 世纪 80 年代美国提出的"大熔炉"理论相比，当代视角下的离散群体生存形态更加多线性和多元化，它挑战了传统静态的民族国家和身份观念，将离散视为一个既是完成了的也是没有完成的流动状态，离散者原乡的根和异乡新生的茎块（rhizome）可以同时存在（Dufoix，2003：34）。

泛化之后的离散概念被许多其他学科借鉴，如 90 年代后兴起的后殖民和文化研究，主要用来探讨其相关领域中主体的文化身份问题。离散概念的引入也给翻译研究带来了新的研究对象和命题，目前主要有离散文学的翻译研究、离散译者研究、从离散角度对翻译属性的研究三个方面（王晓莺，2011：13）。本书主要是第二个方面的研究，离散译者在本书特指"离开中国大陆到世界各地散居，并从事文化翻译相关工作的群体"（汪世蓉，2017）。虽然远离祖国，但这一群体始终与原乡保持千丝万缕的关系（Kitroeff，1991：233）。

离散译者在我国历史上虽客观存在，但并没有引起太多关注。目前国内对于 20 世纪华人译者的研究多着墨于本土的翻译家研究。笔者根据 2017 年出版的《中国翻译家研究》民国卷、当代卷目录中出现的译者姓名，搜索了知网 2010 年至 2020 年 CSSCI 刊物中有关译者研究的论文数量，研究热度排名前十的华人译者分别是严复、鲁迅、林纾、傅雷、王佐良、林语堂、杨宪益、朱生豪、钱锺书、许渊冲。这 10 位译者中除了林语堂外，其余都可归入在祖国大陆长期生活创作的本土译者。事实上，在中国的翻译交流事业中，还有一个经常被遗忘的群体,他们出生在中国大陆,后来由于各种原因离散海外,但一直致力于通过文化翻译活动加强中西交流和文明互鉴。他们中有的在旅居他乡多年后已加入寄居国国籍,很少被国内媒体提及。由于这些译者的特殊身份,他们一直处在难以被归类或隐身的尴尬境地,因此大众对他们的关注也很少。本书希望借助西方社会人类学中的"离散"(diaspora)概念,将这些译者纳入"离散译者"群体,通过社会语境与翻译文本的综合考察,给予这些译者应有的关注和评价。

国内离散译者的第一次大量出现是在 20 世纪上半叶。20 世纪上半叶对于大多数中国人来说是一个惊心动魄的时代,它以苦难开端,与危机相伴,历经了从清朝、民国到新中国成立的历史性转折。这也是中国传统文化与西方现代思想相遇的时代。在这个时期里,中国的精英第一次意识到闭关锁国只会让这个积弱已久的国家陷入更深重的灾难,唯有开眼看世界才能找到未来的出路。1905 年,清政府废除了科举制度,彻底中断了仕学合一的传统,读书人无法再通过科举考试实现上升性流动。没有稳定经济基础的读书人,已无法通过买空卖空"规范知识"[①]来维持自己政统、道统合一的精英身份。"沉浮人世,积郁难消,名不能成,身无以立"(林圭,1980:35),这样的感叹不绝于耳。四民之首的"士"逐渐消失,向现代意义上的知识分子的转换悄然开始。

民国初年,一大批知识分子前往西方国家,希望通过新思想、新方法的学习,为自己和风雨飘摇的中国找到出路。事实上,从 19 世纪 60 年代开始的洋务运动到 1903 年晚清新政中颁布《奖励游学毕业生章程》赐予部分留学生"洋翰林"头衔,国内向西飞散的风潮早在 1905 年科举制正式废除前就已蔓延。1875 年从福州船政局附属学校毕业的陈季同,因学业优良被船政局的监督日意格(Prosper Giquel)带往欧洲学习造船技术,此后陈季同大部分时间都在法国度过,用法语出版了多部介绍中国文化的作品,成为晚清以来我国离散译者第一人。

1909 年至 1937 年间,在庚子退款的刺激下,国内掀起一股赴欧美留学的高潮,后来被大家熟知的一些翻译家如柳无忌、梁实秋、王际真、赵元任等,在海外攻读本专业的同时翻译了大量中英文书籍,构成了 20 世纪初中国离散译者群的主体。本书的研究对象熊式一就是民国留学大潮中的一员。他曾在海外翻译出版众多作品,影响力一度与林语堂媲美,却在后来因种种原因,几乎被历史遗忘。

---

① 费孝通认为人类知识可根据性质分成两类,一是知道事物是怎样的,即自然知识;二是知道应当怎样处理,即规范知识。晚清前农圃百工的自然知识是士看不上的,士主要通过四书五经中的规范知识来修身治国,详见费孝通.论知识阶级//吴晗,费孝通,等编.皇权与绅权[C].天津人民出版社,1988.

二、研究对象：熊式一及其主要译介活动

熊式一原名熊适逸，号适斋居士，1902年出生于江西南昌县传统乡绅家庭，家里还有三个姐姐。三岁时父亲去世，由母亲周氏抚养长大。熊式一从小天资过人，三岁时在母亲启蒙下已能识三千汉字，小学期间在传教士主办的新式课堂学习。1915年他作为年纪最小的考生考入官费北京清华中学，同时考入的还有梁实秋与杨宗翰（安克强，1991：116）。中学期间，他苦读英语，英文课本是《张伯尔二十世纪英文读本》（*Chambers Twentieth Century Readers*）。一年读完三册后，已经可以阅读一般的英文书籍（熊式一，2010：14）。但是好景不长，因为母亲病故，在清华读完一年后他不得不肄业回到南昌家中，先在当地著名教育家蔡敬襄创办的女子学校免费读书，后来入江西第一中学学习。中学毕业后，熊式一考上了当时在南昌只有八个公费名额的北京高等师范。1919年，他再度来到北京，攻读英语专业。大学期间他对戏剧产生浓厚兴趣，曾在电影实业家罗明佑创办的北平真光影院任翻译和广告员（刘海霞，2015：59）。1923年大学毕业后，熊式一回到江西，在南昌一中、女中、农业专科学校等担任教职，并与蔡敬襄的女儿蔡岱梅结婚。但适逢北伐战争，熊式一认为江西不宜久留，为了寻求更好发展，又铤而走险来到上海。1927年，他在好友张菊生的介绍下来到上海商务印书馆工作，被时任馆长王云五聘为特约编辑。不久，他在大学期间用文言文翻译的《弗兰克林传》由商务印书馆出版，并被收入王云五主编的《万有文库》丛书。但是特约编辑并没有固定薪水，所编所译的书只能有一本算一本，经济上的巨大压力使他不得不从商务印书馆辞职。1929年熊式一赴北京中法文化基金编译委员会任职。在朋友的介绍下，他一面在北京的大专院校代课，另一方面仍然埋头翻译英美的文学作品。此后他接连在一些大牌文学期刊上发表译作，主要译作如下：

表1-1　熊式一早年国内主要译作一览

译名	原作者	译文出处
《可敬的克莱登》	詹姆斯·巴蕾（James Barry）	《小说月报》20卷3—6期
《半个钟头》	詹姆斯·巴蕾	《小说月报》21卷10期
《七位女客》	詹姆斯·巴蕾	《小说月报》21卷10期
《我们上太太们那去吗》	詹姆斯·巴蕾	《小说月报》22卷1期
《给那五位先生》	詹姆斯·巴蕾	《小说月报》22卷2期

（续表）

译名	原作者	译文出处
《彼得潘》	詹姆斯·巴蕾	《小说月报》22 卷 2—6 期
《十二镑的尊荣》	詹姆斯·巴蕾	《小说月报》22 卷 11 期
《遗嘱》	詹姆斯·巴蕾	《小说月报》22 卷 12 期
《"人与超人"中的梦境》	萧伯纳（Bernard Shaw）	《新月》3 卷 11—12 期
《安娜珍丝加》	萧伯纳	《现代》2 卷 5 期
《嘉德桥的市长》	哈代（Thomas Hardy）	《平明杂志》1 卷 3 期—2 卷 23 期

在众多英美作家中，巴蕾一直是他最敬仰的人。1931 年前，他已将百万字的《巴蕾戏剧全集》译完，并交给胡适审稿，希望由他主持的中华教育文化基金会资助出版。可惜胡适并不太认可他的译作，一拖再拖。后来新月社的徐志摩读到了熊式一的译作，并赞赏有加，随即向胡适表示可由他的新月社来出版。可惜徐志摩不久因飞机失事意外身亡。在徐志摩的追悼会上，胡适念及亡友的热忱，还是收下了熊式一的译稿，并预付了他几千块钱（熊式一，2010：156）。拿着这笔钱，熊式一于 1932 年 12 月底只身前往伦敦大学留学，师从莎士比亚研究专家聂柯尔（Allardyce Nicoll）教授攻读戏剧方向的博士学位。1934 年熊式一根据中国传统京剧《红鬃烈马》翻译的四幕话剧《王宝川》（*Lady Precious*）①由伦敦麦勋书局出版，后被搬上英国舞台并大受欢迎。三年内先后连演 900 多场，几乎场场客满。当时的各家报纸也给予该剧高度评价，称其为"小名著""一本精巧雅致的书"，或将其喻为"一颗上等水色的宝石""妙不可言的日落""清新的草上露珠"等（龚世芬，1996：261）。除了英语外，这本书还被译成十几种语言，在全世界 40 多个主要城市演出过，遍及欧洲、南北美洲、澳洲、非洲等。

1935 年年底，熊式一又在伦敦出版了世界上第一个《西厢记》的英译全本 *The Romance of the Western Chamber*，但是"这本戏出版时，新闻界没有太注意它，我只见过三四篇评论它的文章"（熊式一，2010：122）。虽然获得了萧伯纳、巴蕾等大作家的好评，但英语普通读者的整体接受度却不高。《西厢记》出版后本也打算大规模公演，但是一方面因为熊式一当时身在美国，将主要精力放在了百老汇的接洽上，另一方面因为日本全面侵华的临近，熊式一一心想回

---

① 京剧《红鬃烈马》也称《王宝钏》，熊式一因为觉得"钏"字直译成英文不雅，译成了"川"（stream），并把《红鬃烈马》的名字改译成了 *Lady Precious Stream*。本书出现的《王宝川》即指熊式一的英文改译作品 *Lady Precious Stream*。

国宣传抗战，因此《西厢记》在小规模试演后便作罢。1936年年底，熊式一回到上海，不久七七事变爆发，全国上下一致抗日。熊式一加入了全国文人战地工作团，与宋庆龄、郭沫若一同被推选为主席团成员，全身心投入抗日运动中。后经大会决议，公推宋庆龄前往美国，郭沫若赴法、德等国，熊式一返回英国，从事国际抗日宣传活动。1938年6月熊式一作为中国代表出席了在布拉格召开的第16届国际笔会。会上他提出声讨日本的议案获得通过，打破了国际笔会向来不问政治的原则，为中国的抗战赢得了宝贵的国际舆论支持(陶欣尤，2015)。在英期间，他积极加入援华会(China Campaign Committee)、左翼读书俱乐部等多个支持中国的国际协会，通过演讲、评论文章介绍中国最新情况。

《西厢记》全译本之后，熊式一不再直接从事"译他"(translating other's work)的翻译工作，而是转向创作程度更高的文化"译写"(trans-writing)。1939年之后，他以中国近代历史为背景，相继用英语出版了反映中国社会变迁的《大学教授》(*The Professor from Peking*)、《天桥》(*The Heaven of Bridge*)等作品。其中，《天桥》以江西南昌李氏家族的沉浮为主线，介绍了中国自清末以来的百年历史和社会巨变。该书一经出版后短时间内多次重印，广受赞誉。陈寅恪读完后认为《天桥》的影响力可与同时代林语堂的《京华烟云》比肩(陈子善，2013：6)，熊式一也因此迎来了文学生涯中的第二个高峰。

笔者认为，译写作为一种广义的翻译形式，也应纳入熊式一的译介作品中。本书将文化译写归入翻译研究的理由基于以下三点。

(1)在四十几年的发展中，翻译学科的一个重要转折就是与文化的结合。比较文学视角下的翻译研究已开始关注文化对文本的影响，这一学派把翻译看作译者操纵的结果，其实质是把译文视为一种自足的，不依赖于复制原文的文本类型(Snell-Hornby，2001：24)。在这一背景下，图里拓展了传统狭义的翻译定义，认为"只要是在目的语文化中以翻译面貌出现或是目的语读者认为是翻译的文本都可以称为翻译，翻译研究者应该以一种开放的心态去对待其专业领域的研究范围和对象的限定"(Toury，2001：32)。

(2)20世纪90年代，原本从比较文学视角研究翻译的巴斯纳特等学者又提出了文化视角下的翻译研究。他们解构了"忠实""对等"原则，突破了能指与所指非此即彼的对立，认为翻译即阐释，翻译可以是对文化现象的一种再现和建构，而不仅仅针对原文本。译者在阐释和建构过程中受到诸多文化因素的制约，因此研究者关注的重点应是文化现象和引起这些现象的原因。

(3)20世纪90年代受到翻译文化转向的影响，美国学者霍米·巴巴(Homi Bhabha)，进一步发展了"翻译是对一种文化现象再现"的观点。他将翻

译和族裔离散者的迁移联系起来,认为后殖民时代的移民和移民经历就是一种
"翻译现象"。很多族裔离散者的文学作品则记录了这一"翻译现象"。他认为
"文化翻译"并非指涉两种语言、文化的具体文本之间的翻译,而是融翻译于写
作的一种独特的后殖民文学现象(Bhabha,1994:224)。这种融翻译于写作的
现象称即为"译写"。

　　常年身处海外的熊式一,其英语作品中有大量涉及母国文化现象的表述,
不少语言直接译自汉语表达,属于典型的文化译写。将其纳入广义的翻译研究
中,不仅有助于对其海外译介活动做出更系统的研究,还有利于拓展固有的翻
译概念,以开放的心态更好理解翻译与文化转换、翻译与拥抱他者社会行为之
间的关系。

　　抗日战争结束后,熊式一由翻译创作转向教育工作。他先是在剑桥大学教
了三年的元曲,后来又在美国夏威夷大学、加拿大圣诺伦斯大学教授古典文学。
1953 年,林语堂在新加坡任南洋大学校长,邀请熊式一担任文学院院长。但因
学校董事会发生意见不合,一年多后林语堂与全体教职辞职,熊式一也一同离
开。1955 年,熊式一定居香港,在港籍清华校友的支持下创办香港清华书院,
设置文商两科,并任首位校长。办学业余期间,熊式一陆续把早年的一些英文
作品自译成中文,并在港台出版,同时又创作了《梁上佳人》《萍水留情》《事过情
迁》等新剧。1982 年,他从清华书院退休,在中国的台湾、香港,及英国各地居
住。1990 年回到阔别已久的祖国大陆探亲,几个月后因病在北京逝世,享年
89 岁。

第二节　研究问题和研究内容

　　从上文的生平概述来看,熊式一出生于祖国大陆,但在 1932 年之后的大部
分时间都居于海外,并始终从事文化翻译的对外交流工作,符合离散译者的定
义。他足迹遍布世界,但始终心系中华,丰富的离散经验和多重文化身份也成
为他区别一般本土译者的重要特征,并不可避免地对其译介行为产生影响。因
此,本书的研究问题也将围绕这些特点展开,具体来说主要有三个:一是熊式一
在英国离散期间,译作呈现怎样的面貌和特征,具体文本表征有哪些;二是从身
份和操控角度看,产生这些表征的原因是什么,它们揭示了译介行为和寄居国/
母国诗学、意识形态之间怎样的联系;三是熊式一的个案研究对中国文化外译
有什么启发和意义。

为了更清晰展现熊式一在英国期间译介行为和身份的历时性变化，笔者将其离散经历划分为三个阶段。第一阶段是他的异域初闯期，从1932年他初到英国后到1935年成名前。初到英国时，熊式一是一个籍籍无名的学生，不仅经济上捉襟见肘，译介出版的书稿也一波三折。这段时间也是他在英国生活最为低落的一段时间。1934年改编自中国京剧《红鬃烈马》的 Lady Precious Stream 成为他这一时期的代表作。

第二阶段是他的名声大噪期，从1935年成名后到1937年他二次返回英国前。前期他翻译的《红鬃烈马》被伦敦西区的一家剧院看中，改编成戏剧在英国上演，并大受观众欢迎。熊式一因此一炮而红，在英国文坛名声日隆，彻底改变了他之前遭受排挤的边缘状态。成名后他又翻译了中国戏曲经典《西厢记》，该书于1935年由伦敦麦勋公司出版。

第三阶段是他的救亡宣传期，从1937年到1945年抗日战争结束。1937年，熊式一在大陆短暂探亲后，第二次返回英国。此时国内抗日战争已经全面爆发，熊式一回国期间加入了国内多个抗日宣传组织，并和宋庆龄等人一道被委派到海外宣传抗日。在英期间，他积极参与当地多个援华组织的活动，译写结合的 The Heaven of Bridge 成为这一时期他的代表性作品。抗日战争结束后，熊式一将工作重心从译介转移到教育领域，在剑桥大学等多所海外高校教授中国近代文学。

在这一划分的基础上，本书将从以下三个方面展开研究，以回应上述研究问题。

第一，文本内部研究。主要探究三部代表性译作的特征和面貌。文本表征的考察将从作品的结构内容、语言风格、译介策略三个方面展开。熊式一三个阶段的三部代表性译作分别为 Lady Precious Stream（《王宝川》）、The Romance of the Western Chamber（《西厢记》）和 The Heaven of Bridge（《天桥》）。前两部译作有明确的翻译底本，偏向于狭义的翻译研究。因此在分析前两部译本的结构内容、语言风格和译介策略时，将对勘原文进行比较，并在必要时辅以其他译者的译本作为对照。第三部《天桥》没有明确的底本，属于广义的翻译研究。内容上，《天桥》是基于中国历史、民俗的文化译写。作品中有大量涉及母国特有文化现象的表述，如江西乡下的生辰习俗、婚丧嫁娶、戊戌变法、武昌起义、清帝逊位等一系列历史事件。风格上，熊式一在彰显民族性的同时，显现出对西方现代文明的接受和反思。西方元素在小说中与中国曲折的近代语境交织在一起，构成了中西交融的独特风格。译介策略上，熊式一运用了大量异化、归化结合的翻译手法，成功地展现了中国特色文化。笔者将就这几个方面展开更加深入的分析。

第二，文本外部研究。为了揭示上述文本表征形成的原因，本书将以身份为切入口，结合勒弗菲尔的操控理论进行分析。在丁允珠身份协商理论的指导下，从情境、个体、群体三个层面，结合熊式一每个阶段的跨文化适应能力、译介动机等，阐述他不同阶段的身份类型和具体特征。在归纳出每个阶段的身份后，明确身份类型和翻译控制要素之间的对应关系。根据勒弗菲尔的操控论，控制要素可分为意识形态和诗学两个方面。对离散译者而言，控制要素既可能来源于母国，也可能来源于寄居国。因此本书将从母国和/或寄居国的意识形态和诗学对熊式一译作的外部动因进行分析。

第三，对中国文化外译的启示。在中国知识分子普遍倾向于向西方学习之际，很少有人尝试把中国文化传播到"优越"于自身的文化中。熊式一凭借高超的双语能力，将中国文化成功翻译传播到海外，成为中西百年跨文化交流史上的经典案例，其个案对我国文学作品的跨文化改编和外译具有借鉴意义。在完成熊式一作品的文本内外考察后，本书将从外译活动的历史评价、外译的策略和立场、译介模式创新等方面，总结熊式一个案对当代中国文化外译的启示。

自 20 世纪 90 年代以来，翻译研究和其他人文学科的一种趋势是将个体放置在学术考察的中心位置，并且人们逐渐认识到翻译不仅仅是文本或语系间的活动，而是发生在充满交际的社会文化语境中，这就需要将译者看作一个完整的社会人（Hermans，2007：26）。本书也是一个以"人"为中心的研究，它以翻译家熊式一为研究对象，主要考察其离散英国期间的翻译作品，希望通过身份和操控视角，读懂他身上所折射出的离散知识分子的生命骊歌与文化乡愁。

第三节　研究方法、研究意义和本书结构

一、研究方法

本书将采用定性和定量研究相结合的研究方法。定性研究主要有历史分析法和文本分析法。

首先是历史分析法。由于熊式一所处的年代具有重大历史意义，其作品不可避免地受到时代的影响并折射出时代的特征，所以本书也是有关翻译史的研究。在翻译学科的构建中，翻译史被认为是权力转向后最受翻译研究关注的内容之一（张旭，2010：28）。历史学研究方法是史学研究最重要的工具之一，它是在认识历史和研究历史的过程中，搜集、整理、运用、分析和提炼历史事实，以

实现一定认识和研究目的、探寻历史规律、解决研究问题的方法(穆雷、欧阳东峰，2015：115-116)。其中的历史分析法建立在搜集、整理、提炼史料的基础上，通过综合、抽象、概括等形式逻辑学的方法来进行有效的分析(Danto，2008：59)。这一方法被视为翻译史研究中的基本方法，其目的不是流水账式的简单记录，而是"通过寻找事件之间的逻辑关联与发展脉络，揭示其产生根源、呈现特征和本质规律，从而帮助人们深刻理解翻译现象与翻译活动的发展历程。"(穆雷、欧阳东峰，2015：117)

本书在利用历史分析法揭示熊式一的译介轨迹时，主要参考的史料有两种：一是第一手史料，第一手史料指接近或直接在历史发生时产生的材料，可直接用作历史根据的材料；二是第二手史料，主要指经过后人以第一手材料为根据做出的研究及诠释(贾宏伟，2018：108)。本书主要使用第一手史料，包括熊式一本人的回忆录、书信、个人访谈、演讲实录、年谱，他个人发表在报纸杂志上的文章、出版的著作、个人照片及导演作品的剧照、30至40年代反映中英两国政治、社会、文化面貌的史料等。第二手史料包括他人撰写的传记，国内外对熊式一的新闻报道，熊式一生前好友、后人撰写的回忆文章、访谈，以及其他相关研究性文章等。进行历史分析的时候，笔者将力求抛开主观偏见，以尊重史实的方式客观地呈现史实、提炼史实、总结史实，以移情方式走进历史深处的熊式一，与他本人及其作品展开对话。

其次是文本分析。文本分析可分为正文本分析和副文本分析。正文本主要指熊式一出国后在海外出版的译文正文，包括传统意义上的翻译作品《王宝川》《西厢记》等，广义的文化译写作品如《天桥》等。对传统翻译类作品，将对比译文和原作，分析熊式一在翻译时采用的翻译策略和方法；查找译文是否对原文存在删减或改写，并结合具体语境对这种改译现象做出深层分析和解释。对译写类作品，将采用文本细读的方法，并在必要时对照相应的自译本，从文本的表层深入文本的肌理，结合文化研究的方法对非日常化运用的语言、涉及中西文化价值观的表述予以特别关注。通过对文本叙事结构和表层隐喻的解构，阐释中西方意识形态和诗学对其作品的影响。

副文本是由法国叙事学家热奈特(Gerard Genette)提出的，他根据副文本的空间位置，将其划分为内副文本和外副文本。其中内副文本是文本内部呈现的信息，包括封面、标题、序言、后记、插图、题记等；外副文本独立于书籍存在，由译者与出版商为读者提供的该书相关信息，如翻译札记、评论等(Genette，1997：7)。对熊式一作品中副文本的分析，有助于我们更直接地了解熊式一的翻译动机和翻译目的，理解熊式一在正文本中体现的翻译思想，更加全面客观地揭示熊式一翻译作品的价值。

除了定性研究外,本文还将运用定量研究的方法。定量研究是对事物量的规定性分析和把握,是用具体的数学语言来表现事物的状态、关系与过程,并且在此基础上加以推导、演算和分析,形成对问题的解释和判断。它同时包括进一步的定量分析,最终从量的关系上认识事物的发展变化的规律,做出更为精确科学的说明(张铭涧、车晓军,2006:100)。

本书将借鉴语言学和翻译学中部分方法进行定量研究。在分析《西厢记》时,参考语言学中的语料库研究方法,建立熊式一和许渊冲译本的句级平行语料库,利用 Concordance 3.2 软件,统计两个译本的词数字符数比、常用词长、平均句长等数据,对两个译本的宏观语言特征做出分析。同时将两个译本和北京大学汉英对比语料库的相关统计结果对比,分析译本在遵守译出语和译入语语言规范上的差异。

除了语料库方法,本书还将翻译策略的考察与定量数理统计结合。如在译本语言风格分析上,将对《西厢记》第四本的比喻句做穷尽式分析,根据喻体表达方式的不同统计出各个比喻类型数量,然后参考英国学者萨尔达尼亚(Saldanha,2011)提出的文体学相关理论,统计出熊、许两位译者在源语文化意涵凸显(prominence)方面的差异。此外,本书将穷尽式分析《西厢记》中反复、反语、夸张三种修辞格的翻译。通过对熊、许两位译者翻译方法的对比,更清晰展示熊式一的译介策略。《王宝川》的译本考察中,也将采用类似的统计方法。如利用语言学的相关理论,统计出熊式一版和孙萍版《大登殿》一幕中出现的所有话语标记语,并计算出两个译本的话语标记使用率,然后结合具体实例的定性分析,揭示熊式一译本的语言风格。

二、研究意义

陈子善(2013:1)教授认为,纵观 20 世纪中国文学史,至少有三位双语大师值得大书特书,一是林语堂,二是蒋彝,三是熊式一。早在新中国成立前,国内已有学者对熊式一的文学地位有了极高的评价。1945 年,史学大师陈寅恪在英国读完熊式一的代表作《天桥》后就写下了"海外林熊各擅场,卢前王后费思量。北都旧俗非吾识,爱听天桥话故乡"的题赠诗。诗中陈寅恪把熊式一在英国的影响力与享誉美国的林语堂相提并论,并借用"初唐四杰"中的卢照邻和王勃来比照熊、林二人的作品。笔者认为熊式一作为民国时期一位重量级双语大家,不仅是中国文学史,也是中国对外翻译史上的一笔财富,对他的研究是一项富有意义的工作。本书的研究意义主要体现在以下几个方面。

第一，熊式一在 20 世纪中西跨文化交流史上创造了多个第一，但至今鲜为人知，对他的考察将进一步丰富中西文化交流史研究，具有史学方面的认识论价值。1934 年，熊式一根据京剧皮黄戏《红鬃烈马》译介了他离散生涯开始后的第一部作品，几个月后该剧在伦敦西区剧院上演并受到广泛的赞誉，创造了连演 900 多场不衰的传奇。熊式一也因此成为史上第一个将中国戏剧搬上英国舞台的中国籍导演。一年多之后，由熊式一翻译的中国古典文学《西厢记》在英国出版。这也是英语世界第一个完整的《西厢记》英译本。20 世纪 30 年代的英美国家汉学研究才刚刚开始起步，很多典籍的翻译仍是一个空白。《西厢记》的出版无疑为加速西方汉学研究和中西文学的相互交流创造了有利条件。熊式一在剑桥大学教授元曲时，就使用了自己的译本。其他英美国家的中文系或亚洲系有许多也采用了该译本。据熊式一自述，哥伦比亚大学特别向联合国文教会申请了一笔专项资金，把该译本作为他们大学丛书中的学生普及本（熊式一，2010：22）。国际知名汉学家狄柏瑞（Theodore Bary）、夏志清也在 1968 年哥伦比亚大学的重印版中肯定了熊译《西厢记》的文学价值和对推动海外汉学发展做出的贡献（Hsia，1968：XXX）。这时距离该译本问世已过去 30 多年，《西厢记》在时间的检验下仍获得这样的评价，充分显示了海外汉学界对熊译本的肯定。对这些译介的考察有利于我们还原那个特殊时代的中西文化交流，给予译者应有的关注和评价。

第二，对熊式一离散时期的译介考察，扩大了现有离散译者的研究范围，为相关研究提供了新的案例。在国内仅有的数十篇相关文献中，离散译者研究集中在童明、林太乙、余光中等少数几个当代译者上。民国时期和新中国成立初期的离散译者少有涉及，研究对象亟待扩大。离散译者一直致力于通过文化翻译活动加强中西交流和文明互鉴，是中西跨文化交流中的重要力量，但长期不被大众知晓。对熊式一的研究可以使隐身的译者浮出"译史"表面，丰富现有翻译史研究和海外华人译者研究，为译者行为批评、社会翻译学等理论提供具体内容。

第三，本书基于操控理论和身份协商理论，提出了适用于熊式一等离散译者的研究路线，丰富、补充了不同译者背景下操控理论的分析维度，有一定理论意义。鉴于操控论在离散译者研究上的局限，本书引入了跨文化交际学中的身份协商理论，以身份为切入口，明晰了离散译者身份协商类型和控制要素之间的三种对应关系。研究路线考虑了寄居国、母国意识形态和诗学对离散译者或单一或综合的操控影响，从理论上加深了对该类型译者群体的思考，拓宽了目前以"离散—译者双语背景—翻译思想—翻译实践"总结为主的线性研究模式。

第四,对离散译者的研究可以丰富现有文学外译模式,为中国文化外译提供经验借鉴。作为离散译者的熊式一具有独特的民族文化身份和广阔的文化视野,由于跨越"自我"和"他者"的离散体验,熊式一在文化自觉、受众意识、译介渠道等方面较本土译者有更多优势。其翻译创作才华不仅在英国名声日隆,而且还一路飘过了大西洋。1936 年,美国诺贝尔文学奖得主赛珍珠写信给熊式一,盛赞其《王宝川》的精彩绝伦,并希望为其引入美国提供必要支持(Yeh,2014:58)。次年 1 月,《王宝川》顺利登陆美国,并连演 105 场。熊式一也被外界冠以"一个年轻的天才"和"在百老汇演出的第一个中国籍舞台剧导演"的美誉(Yeh,2014:60)。他在欧美的成功是中国文化外译可资殷鉴的宝贵资源。对中国外译活动的历史评价、外译立场选择、译介模式创新等方面有现实启示意义。

三、本书结构

本书共分为七章。第一章为引论,主要介绍了离散概念的起源和演化、中国离散译者群体在历史上的兴起、熊式一其人和主要译介活动。此外,还阐述了本书的研究问题、内容、方法和意义等。

第二章为文献综述,梳理了海内外离散和翻译的相关研究,尤其是国内对离散译者的考察。同时从文学、史学、翻译学等方面评述了海内外对熊式一的研究。

第三章为理论基础。本书的理论基础主要来自两个方面,一是翻译学中勒弗菲尔的操控理论,二是跨文化交际学中丁允珠的跨文化身份协商理论。在整合这两个理论的基础上,本书提出了适用于熊式一等离散译者的研究路线。

第四章为熊式一离散第一阶段的代表作《王宝川》的考察,分两个部分展开。第一节到第三节为文本内部考察,主要通过对勘原文—译文,分析其在结构内容、语言风格和译介策略三方面的特征。第四节为文本外部考察,主要通过第一阶段身份的解读,从寄居国意识形态和诗学两大控制要素分析其译介受到的操控影响。

第五章为熊式一离散第二阶段代表作《西厢记》的分析。考察结构同第四章,并引入许渊冲先生《西厢记》的译本作为对比。第一节到第三节分别为结构内容、语言风格和译介策略三个方面的文本表征分析。第四节为文本外部考察,主要通过第二阶段身份的解读,从母国意识形态和诗学两大控制要素分析其译介受到的操控影响。

第六章为熊式一离散第三阶段代表作《天桥》的研究。《天桥》以文化译写的形式完成,属于广义的翻译研究。第一到第三节从结构内容、广义的语言风格和译介策略三个方面展开。第四节通过第三阶段身份的解读,从寄居国—母国共同的意识形态和诗学入手,分析其译写受到的操控影响。

第七章为结论,总结了本书的主要发现,对中国文化外译和译者研究的启发与思考,并对未来的研究方向提出了展望。

第二章

文献综述

本章主要论述海内外离散与翻译相关的研究,尤其是国内对离散译者的研究。近年来,离散视角下的翻译研究在海内外都引起了一定关注,并呈现上升趋势。总体来说国内研究以单一作品或译者研究为主,国外以多学科视野下复杂议题的描写研究为主,相关话题的讨论数量总体偏少。

第一节　离散与翻译相关研究

一、国内相关研究

（一）期刊文章

国内离散视角下的翻译研究并不多,2021 年 4 月 30 日,笔者以"离散/飞散/流散"和"翻译"为主题词在知网搜索,共有 48 篇相关中文期刊文章,其中 CSSCI 占到 18 篇,权威期刊《中国翻译》上有 4 篇,发文质量较高。从图 2－1 的发表年度趋势可以看出,第一篇专论发表于 2006 年,即孙艺风教授的《离散译者的文化使命》。他在文中指出,随着全球化的日益加剧,不同民族间的文化边界变得模糊,并催生了共栖地带,从而构成了文化离散的空间(孙艺风,2006: 3)。离散译者离开自己熟悉的成长家园,是在异域文化里憧憬并审视自我的译者。他们的使命不再以纯正和永真为目标,而是在共栖地带,体验异质文化,在文化错位与再定位中,促进文化的兼容和适应,引领读者在离散心态下重新发现自己的文化传统(同上: 3-4)。

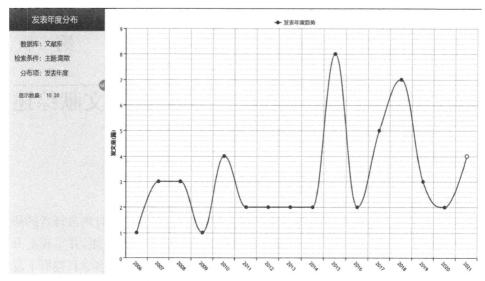

图 2 - 1　离散与翻译主题论文 2006—2021 年知网发表数量

这篇文章之后,该主题仍鲜有人问津,直到 2014 年后逐渐发生变化,目前发表虽呈上升趋势,但总体看发文数量偏少,仍有较大的挖掘空间。从已经发表的论文看,研究主题主要集中在两类:一是前期的理论分析,二是译者个案分析。

1. 前期理论分析

前期的理论分析,主要有离散(译者)及相关概念阐释(童明,2004;2005;王晓莺,2011)、离散视角对翻译实践的理论指导(安丽娅,2007;钱进,2009;王小静,2010;王岫庐,2017)、文化翻译与离散的内在逻辑(周宣丰,2014)三个方面。

概念阐释方面,加州大学洛杉矶分校的华人学者童明在国内核心期刊上发表了多篇论文。与其他学者不同,他将"diaspora"译为"飞散"而非"离散",因为他认为从词源上来说该词是一个中性的希腊词,本义是"花粉的播散"。从当代文化和文学视角来看,"diaspora"少了离乡背井的凄凉,多了生命播散繁衍的喜悦,译作"飞散"更能贴近该词的本义(童明,2004:52)。他认为当代飞散研究是跨学科的探索,主要由社会人类学派和文学文化研究学派组成。前者重点关注飞散人群的特征和多样性分类,后者则偏重特定社会文化语境下飞散意识的形成和其在文学文化生产中的语言表征形态(同上:54)。实际研究中,这两派在研究方法和研究内容上有交叉和重叠之处。从内涵上看,童明(2005:153)认为飞散的一大特征是民族主义和跨民族主义的二律背反。因为从形式上看,飞散必定离开曾经赖以成长的家园,穿越疆界后停靠在一个异域环境中,所以它是跨民族主义的;但与此同时,飞散者情感上与母国的持续联结又注定它带有浓厚的民族性。飞散这一超越逻辑的表现说明,飞散本身带有翻译性。就像飞散者离开家园,是为了在外面的世界中重新发现家园,译者离开原文到另一种文化中旅行,也不是为了带回纯正的原文,而是为了在跨民族的语境中展示文化可译性,形成本雅明所说的"更丰富的语言",从而反哺原文化。童明对飞散者、译者关系的阐释和孙艺风强调的离散译者的文化使命,可以说不谋而合。

王晓莺(2011:14)在回顾离散的起源后,探讨了离散译者的概念。她认为并非每个移居异乡的译者都可称为离散译者,对原乡的"集体记忆"是离散译者构成的独特要素。同时,多重文化背景是离散译者的主要特征,考察离散经验对离散译者的影响和制约,是全球化文化语境下,翻译研究的新课题。她指出,以往的一些译者研究悬置了译者的文化经历,或者说没有把译者的文化经历和译者主体性的分析有机融合在一起。从离散经验出发,把离散译者研究当作译者研究中的一个独立范畴,有助于拓宽现有研究视野,重新审视译者主体性的深刻性和复杂性(同上:15)。

离散视角对翻译实践的理论指导方面,安丽娅(2008:74)认为古今中外翻译史上一个争论不休的话题就是翻译策略的"文质"之争,作者认为离散概念的引入可以为翻译研究带来新的视角。作者赞同孙艺风提出的观点,即离散译者的文化使命是如何在异质文化间实现过渡和融合,在翻译中兼顾"真实性"和"可达性"。作者以金隄翻译的《尤利西斯》汉语译本为例,探析了译者如何克服异质语言文化的迁播风险,在保留异质文化的同时,增强译文与原文的关联,实现有效的跨文化沟通。王岫庐(2017:97)在离散诗学视角下,以张枣对离散诗人谢默斯·希尼(Seamus Heaney)的翻译为例,探讨了翻译与重构问题。文章认为在跨文化交流的语境中,如何再现离散诗歌写作的特性以及原作衍生出的文化身份思索与文化认同建构,成为翻译中的关键议题。作者首先从希尼的文化身份入手,分析了希尼在诗歌中的家园建构,以及在诗歌语言、主题、意象方面呈现的矛盾性和流动性特质。再通过文本对比以及对译者文化身份的反思性分析,探讨了译者对原作离散意识和离散诗学的再现。

还有学者专门阐述了文化翻译与离散的内在逻辑关系,如周宣丰(2014:109)认为翻译中弥漫着对"等值"的迷恋,从而衍生了"自我"与"他者"的二元文化结构。但是文化翻译应该具有跨越疆界和狭隘民族主义的离散属性,超越殖民时期权力代理者建构的自我—他者、中心—边缘的文化逻辑关系。优秀的翻译可以协调文化的民族性和跨民族性,使译出语语言文化处于一种离散状态。

同样,好的译者也会超越"二元对立"的文化逻辑,"从文化政治代理者转变为文化搭桥人、文化协调者或者文化中间物"(同上：109),实现对单一凝固视角下自我文化身份的超越。

2.译者个案分析

理论分析外,2011年之后出现多个离散译者个案分析。如针对离散译者的翻译思想的归纳和实践经验的总结,其中受关注较高的译者有童明(卢巧丹,2014;张倩,2015;吕娜、郝小静,2016)、林太乙(雷冠群,2012;王琴玲、黄勤,2015)、余光中(汪世蓉,2015;2017)。卢巧丹(2014)是在《中国翻译》上较早发表离散译者个案研究的学者。她以华人学者童明翻译的木心短篇小说集《空房》为例,考察了译者如何在"异、易、移、艺"的翻译准则下,以中国文化海外传播为目标,完成文本的飞散、产生新的文化意涵,在重现木心艺术造诣的同时赋予原作新的生命。张倩(2015)同样以童明的木心小说翻译为例,分析了童明如何利用娴熟的翻译技巧实现中国文化的飞散。与卢巧丹不同的是,张倩(2015)意在从童明的个案中提炼出更多对中国文化外译的启示。她认为中国文化外译不应仅停留在汉学家模式或中外合译模式上,结合童明的飞散理论,作者提出了构建以海外华人为主体的飞散译者模式,总结了飞散译者的优势和未来提升传播影响力的路径。

林太乙作为林语堂的次女,幼年移居美国后一直在海外从事中华文化的翻译和传播工作,亦可归入离散译者群体中。雷冠群(2012：24)较早从离散译者角度考察了林太乙的翻译,并对《镜花缘》译本做了分析。作者认为,林太乙通过音译、增译、解释补充等方式对原文进行了再阐释,实现了译者主体性的强势显身。翻译《镜花缘》不仅是文本的翻译,同时也是离散译者与"原乡故人"跨越时空的一次交流和文化旅行。通过对原作的解读和再生产,作者认为林太乙实现了民族文化认同的确认和华人身份的重塑。王琴玲和黄勤(2015：85)同样注意到了林太乙作为离散译者的特殊性。在副文本理论的指导下,作者对《镜花缘》英译本的内副文本如译序、注释、译前注、尾注做了深入的剖析;同时将林太乙的离散经历、双语写作实践和译介活动作为外副文本纳入考察。研究发现,作为深谙中西语言文化的离散译者,林太乙在译本中展现了得天独厚的双语优势,主要表现为译本的杂合性。她一方面采用音译等方法再现源语语言文化特征,表达对原乡文化的敬意,另一方面又在西方话语规范下再现原文本,采用归化的策略实现了翻译的可接受性。

汪世蓉(2015：145)在多篇离散译者的分析中都提到了余光中的海外译介。余光中一生漂泊,离开文化母体原乡——中国大陆后,散居世界各地。作者认为离散者永恒的"他者"身份必然导致其身陷不同文化族群差异、语言定位等矛盾之中,这种多元文化的身份认同与故乡家园的情感归属必然成为其作品的书写主题(同上:146)。汪世蓉借用后殖民文化研究中的离散视角,对余光中"四度空间"之一的翻译活动做了解读,考察了其译作中语言风格、文化意象处理和"有限创作"现象。文章发现,译作中无处不在的传统文化自觉和对汉语的珍视和维护,正是离散译者自我书写的精神归属。

除了有关童明、林太乙、余光中的讨论外,其他还有张错(马明蓉,2018)、宋德利(乔媛,2018)、陈荣捷(刘孔喜,2019)等离散译者的研究,但非常零星和分散,研究方法和思路基本与上述几位离散译者研究类似。

除了对译者的研究,也有以作品为重点的分析,主要集中在离散视角下的典籍英译,如刘泓(2018:85)认为"离散译者不以单向文化心态来解读诗词所蕴含的语言文化特质,而是强调通过对异域文化的直接体验来审视和协调自我与他者的跨文化交流",可以更好地将中国古典诗词中的韵律美、意境美和情感美表达出来;邓亮(2010:137)选取《道德经》第一章的华人英译本和英美译本作为材料,请西南大学 40 名留学生完成《道德经》第一章英译对比量表,初步探讨了文化离散在典籍英译中的实践性。结果表明华人离散译本的流畅性,总体上显著优于外国汉学家译本。这也是现有文献中为数不多的一篇用量化实证的方法开展的研究。

(二) 硕博论文

硕博论文方面,相关研究也较少,硕士论文只有一篇吴霞鑫的《离散视角下译者翻译策略的选择——以童明英译作品〈空房子〉为例》(2016)。作者认为具有双重文化背景的离散译者就是在新的文化环境中兼具两种语言和文化价值观的践行者。通过对童明"异、易、移、艺"为特点的四维翻译观的分析,离散译者消解了"异化""归化"翻译策略中蕴含的二元对立观点,对翻译策略选择有指导意义。文章的一些观点与前文卢巧丹、张情的论文相似。相关博士论文只有一篇,为卢巧丹的《跨越文化边界:论中国现当代小说在英语世界的译介与接受》(2016),但是该论文主要讨论了鲁迅、木心和莫言三位作家作品在海外的翻译传播,关于离散译者的论述仅局限于对木心小说译者童明的分析,其余主要是对海外汉学家蓝诗玲和葛浩文的阐述,也不能完全归入离散译者的研究范畴内。

(三) 专著

专著方面,王晓莺 2015 年出版了《离散译者张爱玲的中英翻译:一个后殖民女性主义的解读》,这也是目前搜索到的唯一一本从离散译者视角撰写的专著。书中以后殖民主义和女性主义为理论支撑，以张爱玲的中英翻译为研究对象，揭示了张爱玲离散生涯中，其译介行为经历了从自我东方主义到女性译者主体回归的艰难体认过程。研究发现张爱玲在第一阶段的中英翻译中，表现出对西方市场和读者的迎合，这使得英译本呈现出强烈的自我东方主义倾向以及女性译者主体性的消减；在她第二阶段的中英翻译中，她放弃了对西方读者的盲目追逐，专注于中国传统文化的再现，呈现出女性译者主体性的回归以及反殖民主义的倾向（王晓莺，2015：186）。作者认为，张爱玲的不同翻译面貌蕴含了译者翻译态度乃至政治立场的转变，折射出第三世界女性离散译者在东西不平等的权力关系中协商博弈，开展跨文化对话时遭遇的困境。该研究视角新颖，举例翔实，但也存在一些不足，如作者利用女性主义对张爱玲译作语言风格归因时，论述还不够充分。作者认为女性主义是导致张爱玲《海上花列传》翻译风格转变的重要原因，但除了这个原因外，是否还存在别的因素？男性译者在翻译女性相关的细节时是否一定不如张爱玲？如果作者能采用男性和女性译者译本对比的方式，或许能更加清晰地呈现张爱玲女性译者的特征。

二、海外相关研究

海外文献方面，对"离散"的研究主要集中在人类学和民族学方面，如探究移民在海外的生存状况、跨国社团在全球化和本土化中发挥的作用，没有搜索到专门以"离散译者"为主题的文献，但有一些将"离散"和"翻译"结合起来的研究，主要集中在以下几个方面：

一是离散理论或离散视角视域下的翻译分析。如刘（Liu，2015）认为随着全球化的进程，越来越多的人跨越国界在新的家园生活，但他们仍然保持着本土文化和习俗的特点。翻译研究中的文化转向提供了一个了解更多关于文本转换的复杂性和文化互动模式的机会。借助这种文化互动模式，从文化离散的角度对翻译实践和翻译策略进行分析，译者可以用不同的眼光重新审视两种文化，选择平衡点并重构异质性，从而实现跨文化交际。王（Wang，2014）分析了"离散"如何从当初的宗教学和文化学领域与翻译学科结合，并成为当今翻译研究的重要命题。文章认为当代翻译研究中的离散命题可以从三方面进行分析，即对离散文学翻译作品的研究、对离散译者的研究和从离散的角度对翻译属性的研究。

二是有关离散群体和宗教翻译在文学作品或现实社会中的讨论。这个方面的文章数量相对较多，如列万托夫斯卡娅（Margarita Levantovskaya）探讨了乌利茨卡娅（Liudmila Ulitskaia）在 2006 年出版的小说《译者丹尼尔·斯坦》(*Daniel Stein，Translator*)(2013)，她以小说主人公丹尼尔的视角关注了在以色列皈依基督教的犹太移民。作者从丹尼尔为犹太移民充当翻译的经历，强调了苏联民族政策和纳粹占领东欧对苏联犹太人身份的影响，批判了传统翻译观中语言和身份的二元对应关系。通过促进来自苏联的移民对犹太人身份表达的合法性，提出了一种反本质主义的犹太人身份观，包括传统上被视为叛教者的个人。

阿德瓦(Al-Adwan)(2012)也探讨了一部有关译者的小说——莱拉·阿波莱拉的《译者》(*Translator*)。小说描述了伊斯兰教及其宗教仪式是如何强有力地支配穆斯林的生活并组织他们与离散在外的其他人的关系。主人公萨默尔(Sammar)不仅是一位成功的翻译家，能将阿拉伯语清楚地翻译成英语，而且还是一位虔诚的穆斯林，在许多场合将《古兰经》的经文转换成实际的行动。这一社会实践证实了翻译后的《古兰经》可以为日常的紧急情况提供切实可行的指导，并帮助穆斯林克服社会障碍和困难。布罗德温(P. Brodwin)(2003)则通过新韦伯式的框架和本雅明提出的翻译论点来考察基督教五旬节派在海外海地人中的发展。作者认为宗教教义的文化翻译应该与原文产生共鸣，而不仅仅是用学术范畴来代替宗教意义。他们将基督教的成语翻译成当地语言为自己辩护，反对诋毁成见，表达了对海地家园的失落和怀念之情。

三是通过语言与移民之间的关系来探讨移民国家中母语与翻译问题。其中讨论比较多的离散群体有美国的黑人、墨西哥人和德国的土耳其人。爱德华兹(H. Edwards)在其专著《离散实践》(*The Practice of Diaspora*)(2009)中回顾了20世纪20至30年代美国莱姆文艺复兴和黑人跨国文化，特别关注了纽约和巴黎知识分子之间的联系。作者认为，"离散"与其说是一种历史条件，不如说是一套黑人通过翻译、通信和合作寻求各种国际联盟的实践。文中的"翻译"也不只限于对当时处于离散状态黑人文学作品的翻译，也包括对他们音乐、电影等其他形式的跨文化传播。维托利奥(C.Vettorato)(2016)以美国诗人兰斯顿·休斯(Langston Hughes)和他的古巴同行尼古拉斯·吉兰(Nicholas Guillen)为例，重点介绍散居非洲的诗人如何通过翻译相互影响，以弥合历史带来的语言和文化差异。因为散居海外的文学作品很可能就存在于这种裂痕之中，这种裂痕要求彼此之间继续进行翻译和重写。

芒迪(Jeremy Munday)在专著《文体和翻译中的意识形态》(*Style and Ideology in Translation*)(2013)中专辟一章分析了离散在美墨边境的双语作家，认为现有翻译的定义不应囿于原文、译文这样传统的二元对立，应该把自译、作者—译者合译、双语写作都纳入翻译中。通过对美籍墨西哥作家作品中英语、西班牙语杂合式写作的分析，作者考察了身份对跨界作/译者的影响。伊尔迪兹(Yasemin Yildiz)(2012)和塞伊汗(Azade Seyhan)(2001)分别在其专著中讨论了德国的土耳其离散作家奥兹特玛尔(Emine Özdamar)是如何运用文化记忆的手段，将青年时代在土耳其遭受的创伤用二语表达出来。二语写作作为文化翻译的一种，成为保留传统、抵抗和保护湮灭记忆的手段。

第二节　熊式一的相关研究

　　熊式一是 20 世纪中国不可多得的双语大师，在文学、翻译、戏剧方面均有很高造诣。但国内很长一段时间里并不知晓他的存在，相关研究在 2000 年后逐渐升温。从研究领域分布来看，目前海内外对熊式一的研究集中在史学、文学、翻译学三个方面。

一、国内研究

　　纵观 20 世纪中国跨文化交流史，熊式一是第一个将中国京剧改译成英文并搬上西方舞台的中国人，也是将《西厢记》完整英译到西方的第一人。他在英国的名气可与当时身处美国的林语堂比肩，国内一度有"南林北熊"的说法。但就是这样一位在西方名噪一时的文学大师，却遭遇了外热内冷的现象。进入 2000 年后，随着《天桥》中文版的发行，熊式一重新走入人们视野，其在中西文化交流方面做出的贡献再次得到学界关注。2002 年 6 月 29 日，"历史的启示——纪念中华文化英杰熊式一先生 100 周年诞辰"座谈会在北京举办，《人民日报(海外版)》也做了相关报道。此后国内对熊式一的研究也较之前有了明显的增长，见图 2-2。

　　2020 年 8 月 6 日，笔者以"熊式一"为关键词在知网进行检索，结果显示 1982 至 2021 年共有相关论文 85 篇。从 1982 年到 2011 年的 30 年间，发文量是 9 篇，但从 2012 年到 2021 年不到 10 年间，发文量却达到了 78 篇。如果用其他检索词如"王宝川""天桥"等，论文数量还会小幅上升。

　　(一)史学方面的研究

　　史学方面，很大一部分是对熊式一生前活动轨迹的追踪和总结。期刊类较翔实的论文有龚世芬(1996)的《关于熊式一》。龚世芬是华裔新西兰学者，读博时的导师是与熊式一有往来的汉学家闵德福(John Minford)。熊式一逝世后，闵德福将熊的藏书购入奥克兰大学亚洲语言图书馆，其中包括不少珍贵的书

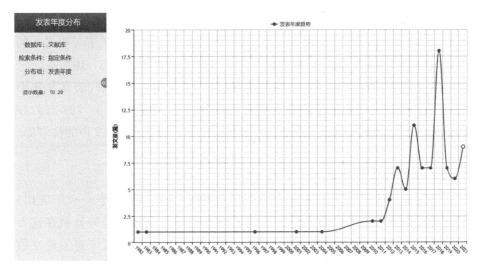

图 2‑2　熊式一主题论文 1982—2021 年知网发表数量

信、日记等一手材料。龚世芬曾任该图书馆的管理员，第一批经手的图书便是熊式一的藏书。她的这篇论文参考了大量史料，包括大卫·霍克斯（David Hawkes）、闵德福对熊译版《王宝川》《西厢记》海外接受情况的评价，对后人研究熊式一的生平和创作有重要参考价值。美籍华裔学者陈艳群（2016）在《戴玉镯的熊式一》中追忆了戏剧研究者罗锦堂与戏剧家熊式一的交往经历。罗锦堂和熊式一曾一起执教于美国夏威夷大学，且私交甚好，文中对熊式一的性格习惯、业余爱好等多有描述。这对本书从侧面了解熊式一的生活轨迹，进而考察他作品的文化思想有所助益。

对熊式一总结性的研究还有姜猛（2015）的《熊式一：沉浮海外的双语作家》，王楠楠（2015）《现代文学史上的失踪者——熊式一研究》。论文对熊式一的生平进行了史实钩沉，并在此基础上对其创作、翻译以及文化交流等方面的成就做出了分析。两篇论文都肯定了熊式一在中国文学、中外文化政治交流等方面做出的贡献，并期待学术界对这位"现代文学史上的失踪者"进行更深入的研究。史料补白方面还有廖太燕的两篇论文：《熊式一行迹、作品补述》（2020）和《熊佛西、熊式一与江西省第四届教师寒假修养会》（2018）。作者通过《申报》《江西民国日报》等史料的汇集整理，增补了其他研究者所未论及的一些观点，比如熊式一对中西戏剧的比较和国内戏剧发展方向的看法。这些文献有助于更清楚地了解熊式一的人生轨迹和社会影响，对拓展和深化其研究，重新评估他在中国文化史的地位提供了可资借鉴的史料来源。

熊式一未出国前就与国内文化界人士多有来往，在英国出名后，更是成为文化圈的名人。许多民国文化人士在出版的散文、日记中都记载了与熊式一的交往，这也成为本书参考的重要史料。比如电影皇后胡蝶（1988：191）在回忆录中记载了伦敦观看《王宝川》公演的情况；诗人王礼锡（1993：705）在文集中记录了他与熊式一一起在伦敦参与抗日活动的经历；萧乾（2005：224-226）在日记中回忆了与熊式一在英国相识、一起畅谈创作、为战时中国发声的往事等。这些材料会在下文结合文本和历史语境，予以更详细的分析。

（二）文学方面的研究

文学方面的研究主要集中在中西百年交流史上的经典案例——《王宝川》的跨文化戏剧改编上。南京大学中国新文学研究中心主任倪婷婷教授在这方面做了深入的研究，她也是目前在国内 CSSCI 期刊上发表熊式一有关论文数量最多的学者。在《向世界表述中国的立场和路径——从熊式一英语剧〈王宝川〉谈起》（倪婷婷，2019）一文中，她观察到《王宝川》在伦敦剧场虽大受好评，而在国内却受到多方指责。虽然熊式一具有明确的中国立场，但他的海外处境以及英语言说本身，使他的中国表述面临诸多因素掣肘，因而构成了多重的阐释空间。她认为《王宝川》以锦绣中国来宣传中国文化，但由于熊式一本人受到西方话语的影响，诉说的同时可能也落入了西方对中国文明固有的想象中。在与萧乾、林语堂等同时代作家的对比中，作者认为熊式一等海外作家的中国表述为当下中国文学向世界展现真实性和丰富性提供了有力参照（同上：176）。戏曲学博士江棘（2013）同样关注到了由《王宝川》引发的国内外两种截然不同的舆论评价。她从改编后《王宝川》的语言风格谈起，认为其受到了英国剧作家巴蕾的影响，随后作者用翔实的史料分析了 30 年代在民族危亡的大背景下，国内文艺评论界和双语知识分子如何质疑熊式一的改编动机并最后否定了他海外"中国代言人"的合法性。文章认为《王宝川》引发的争论不仅仅是纯粹的翻译问题，轰动盛景与去魅之声的交错，更多显现出对于文化交流中译者主体身份的敏感、困惑、焦虑与反思（同上：63）。

许映婷和张春晓（2015）则从跨文化形象学的角度探讨了《王宝川》的改译风波。文章指出在战争年代，《王宝川》的风波引发了知识分子对于中国文化本真性的争议，呈现出复杂的政治内涵。作者认为熊式一在中国主体性立场方面并没有什么值得怀疑，主观动机上他希望通过改编传统戏曲来介绍中国传统文化纯正的"旧"，反映辛亥革命后中国人在精神面貌和价值追求上的"新"（同上：34）。但是熊式一与他的批评者的分歧在于他们对于何为原汁原味的中国传统文化的判断不同。对向谁展示、如何展示这个"中国性"，意欲获得何种"中国"

身份的认识不同。熊式一只是想通过《王宝川》解决生计并纠正西方对中国的负面印象,而国内受到革命洗礼的知识分子则认为不能用旧道德展示现代中国,更不能以西方人偏爱的方式展示"原汁原味"。两者想象中国文化的内容和想象的逻辑处于不同的层次并发生了冲突。文章观点明确,数据翔实,分析有理有据,是一篇具有思想深度的好文。

另外一些研究者将目光聚焦到了熊式一另一部代表作《天桥》上。刘蓓蓓(2015)通过对《天桥》书写内容和主题思想的梳理,探究了熊式一作品中体现的文化交流的立场与目的。结论是熊式一通过他的作品为中西文化交流搭建起了一座"天桥"。在国内知识分子普遍以输入西方文化为荣的20世纪初期,熊式一凭借一己之力扭转了这种单向的交流,以一种平等的姿态向西方介绍了辛亥革命后的中国,体现了民族文化交流的主动性(同上:32)。王华荣(2017)认为熊式一具有强烈的爱国主义思想和民族自尊心,这种立场促使他力图改变西方人对中国的种种偏见和不真实的看法(同上:38)。在《天桥》中,他展示了一个变化中的崭新的中国,"进步"成为该小说的主题,构成了贯穿小说的一根主线。通过这根主线,熊式一向西方读者展示了一个在政治、教育、观念上取得进步的中国。冯蜀冀(2015)认为《天桥》是一部精巧复杂且有深度的文学作品,为西方读者了解当年中国的历史风云提供了一个独特的视角,也展示了一个个普通中国人在历史转折处的心路历程(同上:40)。文章从微观角度,探讨了文化差异性和共通性在《天桥》中的体现,并指出普通读者应尝试把对中国文化的传承及对中西文化交流的思考常态化。从总体看,《天桥》主题的论文无论在文章数量和探讨深度上都无法与《王宝川》相提并论。

除了以上两类以个案研究为主的论文外,有的学者对熊式一主要的文学创作展开了纵览式的考察。倪婷婷(2020)以20世纪30至40年代中西方多元的历史语境为背景,对熊式一的主要作品做了深入分析。文章认为《王宝川》《天桥》《大学教授》等英语文本的中国性特征是在展示文化差异性和人性相通性的统一中生成的,也是在平等自由的现代文明理念统摄下得以呈现的。熊式一现代与传统的思想,中国民族性与普遍人性等价值理念,也交汇杂陈其中,并以或碰撞或兼容的方式展露出来。布小继(2018)将熊式一与同时代的双语作家蒋彝放在了同一语境下进行了对比分析,并指出熊式一以"多元文化人"的身份运用英语进行创作,体现出了东西方文化的"杂交性"品格(同上:19)。这种融合的品格使他的创作一直致力于寻求中华文化传播和受众接受之间的平衡。他的《王宝川》《天桥》有利于消解和否定"东方主义""恩扶主义",建构起了特殊时期中国的国家形象。

还有一些论文也梳理了熊式一一生的文学创作和取得的主要成就,如陈昭晖(2017)认为熊式一的创作经历了早期借西方话语资源,传递以"东"为主的中国,到后期反思与展望中西交流对话,力图传播一个理性的、现代的中国社会。在写作中,熊式一也在思考自身的文化认同,不断调整着向西方表述中国的策略,最终实现了其文化身份的自觉(同上:67)。

(三)翻译学方面的研究

翻译学方面,《红鬃烈马》的改译和巨大成功引发了一些学者的兴趣。彭金铃(2013)将《王宝川》的成功归因于两方面。一是熊式一巧妙保留了原剧中国文化的精髓,适时地引用先贤的名言、谚语,同时改写了在他看来不利于西方接受的文化内容。重塑后的人物形象栩栩如生,散发出不凡的艺术魅力。另一方面,熊式一注重戏剧演出效果,即戏剧的动态表演性。在语言上尽量贴近西方的舞台表达和文化规范,这使他的英译剧本台词上口,对白幽默,符合目标语表达习惯。

肖开容(2011)从改写的角度探究了《王宝川》在国外走红的原因。作者认为熊式一的改写是一种文化适应性行为,体现在戏剧形式的改良、故事情节的改写、语言技巧的归化三个方面(同上:149)。与彭金铃不同的是,肖更为深入地分析了熊式一改写的原因和效果。肖认为,熊式一之所以套译英语中的习语、隐喻等,是因为这些修辞都需要高度依赖文化语境的表达,是为适应交际过程而采取的翻译改写。这一翻译策略可以唤起读者头脑中与该语境相关的生活体验或阅读经验,是熊式一译本更容易被接受的关键。他还注意到了《王宝川》成功的超文本因素,即虚拟舞台布景和象征性道具对西方观众的吸引力,这在其他翻译学视角的讨论中较为少见。总的来说,作者对这种看似"不忠实"的改写持肯定态度,认为《王宝川》是译者在"忠实"与"叛逆"这一矛盾思路下艰难探索找到的成功之路。

美国华裔学者郑达(2017)认为《王宝川》成功的主要原因,与熊式一本人深厚的语言文化功底有关。熊式一对中英两种语言和文化驾驭自如,并且对中西戏剧的表现手法有较深的理解,这一系列的条件,促成了《王宝川》出色的翻译创作。难能可贵的是,郑教授收藏了熊式一1933年的部分创作手稿,其中包括《王宝川》首幕中雪景诗的翻译。作者认为这首诗原型来自宋朝诗人卢梅坡的《雪梅》,熊式一改译完成后又得到了英国诗人托马斯·斯尔科克(Thomas Silcock)的润色。作者在论文中详细解读了这首雪景诗以及熊式一的翻译技巧。

还有学者从翻译理论入手,对主人公形象展开了详尽的分析。上海外国语大学的张莹教授(2018)分别从形象学角度和社会学的行动者网络理论对《王宝川》进行了考察。在《翻译中的重塑：熊式一在京剧英译中对'王宝钏'形象的改写》一文中，作者认为在任何文学翻译中，由于语言和文化的差异，译本中必定会存在形象的扭曲和变形。译者是否有意通过改变人物形象使译本更容易被目的语文化接受，以及这种接受效果如何，是翻译研究最有价值的部分(同上：65)。文章通过对比《王宝川》和其京剧原文《红鬃烈马》，发现译者在改译过程中塑造出了一个与原作"王宝钏"性格形象不同的"王宝川"。这一形象重塑符合经历过第一次世界大战洗礼后英国女性的共情审美，也在一定程度上迎合了当时英国社会女性独立生活的潮流，符合现代女性的价值观期待。在另一篇论文里，张莹(2019)运用行动者网络理论中"行动体""问题化过程""利益锁定""必经点"等概念描述了熊式一通过行动创建社会网络的轨迹，剖析了《王宝川》的出版和上演，为中国文化外译提供新的启发，也给翻译研究带来新的视角。邓梦寒(2018)则从读者接受理论出发，以 *Lady Precious Stream* 和熊式一晚年的自译本为例，探析了译者读者意识的体现。研究结论是，具有读者意识的译者会有意识地向读者靠近，并在翻译策略上相应调整(同上：28)。当今的文化输出和对外翻译应适当考虑读者的文化背景和接受心理，使译文更加符合目的语读者的阅读习惯，从而提高译作在海外的接受程度，促进传统文化的输出与传播。

　　熊式一《西厢记》译本的问世也代表着其翻译生涯中的另一个高峰，但从目前的研究情况看，对熊译本的关注很少。以熊译本为独立研究对象的只有广外毛孟吟(2020)的《熊式一译〈西厢记〉的文本旅行研究》。作者以萨义德(Edward Said)的旅行理论为主要框架，以描述性翻译研究为主要方法，参照当时东西方文化传递的大背景，追踪了熊式一译介《西厢记》的文本旅行过程。研究发现，熊式一的翻译旅行受到以下三个动机的驱动：译介优秀的中国传统作品以获得西方文化认同；探索和评估自我翻译观；回应西方社会对东方文化的探寻(同上：57)。虽然作者提出要全面考察旅行过程的各种文本内外因素，但从论证过程和参考文献看，对文本内部分析得较多，外部影响仅提到了海外舆论对熊式一的一些评价，历史语境分析有待深入。

　　还有一些论文将熊式一的译文与其他版本做了对比，如孙花香(2010)为了考察《西厢记》的典故翻译策略，建立了熊式一与许渊冲译本的平行语料库并标注了81个典故位置。她将翻译归化到异化视作一个连续的过程，并将这一过程分成5个等级，同时根据翻译过程中文化的保留程度判定每一等级译者所采用的翻译方法。通过81个典故的随机抽取和译文比较，作者得出结论，尽管两位译者在翻译过程中都采用了归化和异化策略，但均有其各自的倾向性。熊式一主要采用异化翻译，而许渊冲则倾向于归化策略。该篇论文是熊式一翻译研究中为数不多的定量研究，但在具体操作上如何更为客观地判定从归化到异化5个等级区分还可以进一步思考。辛璇（2014）同样对许渊冲和熊式一的译本做了对比分析，和毛孟吟的视角类似，作者也希望把两个译本放入大历史中进行考察，因为熊、许两位译者分属不同时代，其译介一定受到外部大环境的影响。遗憾的是在外部影响因素考察方面，作者搜集和佐证的一手材料非常有限，影响了最后结论的可靠性。

除了《王宝川》和《西厢记》外，近年来《天桥》的翻译研究也呈上升趋势。其中胡庚申教授提出的生态翻译学是使用最多的翻译理论。黄超虹（2014）认为熊式一在自译《天桥》时呈现出"和谐统一"的特点，主要体现在"需要""环境"和"能力"三个方面（同上：23）。熊式一的翻译符合生态翻译学的"三维"转换法，即在"语言维""文化维""交际维"三个维度方面进行适应性选择转换。通过以上三个层面的分析，作者发现熊式一在自译中充分发挥译者主体性，译文灵活、生动。在扣紧原文、原意的基础上更加适应汉语的表达和交流。邱芳（2016）利用生态翻译学理论，旨在找出《天桥》中英版本之间的差异并从生态翻译学的整合适应角度，对熊式一《天桥》的译本进行评价。作者从多维转换程度、读者反馈和译者素质三个方面评价了熊式一自译译本的适应选择度。研究结果指出熊式一《天桥》的中英版本存在诸多差异，主要体现在信息的增删和转变。这些差异一方面与熊式一本身的翻译思想有关，另一方面可从生态翻译学中的语言维、文化维、交际维的转换加以解释（同上：38）。

刘舒婷（2020）则以比利时语言学家维索尔伦（Verschueren）提出的顺应理论为指导，对《天桥》自译本中的民俗翻译进行了研究。研究发现，《天桥》中的民俗翻译顺应了目的语读者的物理世界、社交世界和心理世界（同上：3）。从顺应论的新角度看待民俗翻译，有助于为中国文化译介带来新思考。

翻译伦理也是《天桥》自译研究中运用较多的理论。范馨爽（2017）从国内学者朱志瑜提出的三种"忠实观"出发，认为忠实不仅是文本形式的忠实，也可以是对原作写作意图的忠实。基于写作意图的忠实，她认为翻译策略上可以参考学者杨镇源提出的"守经达权"的思路（同上：122）。与普通译者相比，自译者无疑更了解原作的写作意图，自译者在语言处理方面更加收放自如。《天桥》中，熊式一就采用了多种翻译策略，恪守了伦理意图层面的忠实，如：调整语序，解决语言和思维之异带来的翻译问题；增添隐含信息，填补原文空白；删减汉文化习俗常识介绍，剔除冗余信息等。

　　另外值得一提的是,上海外国语大学的白苹(2017)另辟蹊径,从译写的角度研究了《天桥》在抗战时期的对外文化传播。作者首先对"译写"概念做了澄清,认为"译写"是以创作形式呈现的翻译,指写作者在创作的过程中进行语言转码、自我翻译的现象,在海外作家中尤为常见。熊式一的《天桥》属于典型的以创作形式呈现的译写(同上:3)。她结合熊式一创作的特殊时代背景,对该小说的中国文化书写策略和翻译策略进行了分析,解读了其在西方风靡一时的原因。在此研究基础上,她对当代的中国文化走出去提出了建议。这也是在《天桥》诸多翻译学研究中,唯一一篇非自译角度的论文,对丰富《天桥》的研究视角有一定创新价值。

　　(四)港台地区的研究

　　另外还有一些发表在港台期刊上有关熊式一生平履历的介绍、采访和追忆性文章,这些文章也构成了本书写作的参考来源。

　　港台地区有三篇文章对熊式一生平研究有较高的史料价值。一是中国近现代史专家、法国里昂第二大学东亚学院历史系教授安克强(1991)撰写的《把中国戏剧带入国际舞台——专访熊式一先生》。作者借在台湾访学的机会对熊式一做了专访,这也是熊式一生前接受的最后一次采访。文章分七个小节,对熊式一童年经历、少年求学、海外戏剧翻译创作、晚年热心教育事业等阶段做了详细的描述。采访中熊式一对自己的一生做了总结性回顾,一些细节是他在《八十回忆》中没有提及的,比如幼年时家庭教育对他的影响、晚年辞去国外大学教职到香港创办书院等。熊式一接受完采访后的几个月就不幸离世,这也使这篇文章更显珍贵。

　　第二篇是台湾著名戏剧家贾亦棣(1998)在熊式一逝世后的纪念性文章——《追忆熊式一博士》。该文发表于1998年《文讯月刊》第11期上,是在1995年《熊式一的生与死》基础上的补充和扩展。文章深切缅怀了作者与熊式一在相识、相交中建立起来的深厚友情。文章以生动的笔调记叙了熊式一早年爱打抱不平,对朋友两肋插刀的侠义之气,还回忆了熊式一50年代后在港台与自己一起合作创作新戏的经历,充分肯定了熊式一在英国戏剧舞台取得的成就和为中华文化海外传播做出的贡献,认为熊式一是当之无愧的"一代文人学者""戏剧大师"和"国宝级的人物"。

　　第三篇是香港著名文学家刘以鬯(2002)撰写的《我所认识的熊式一》。与前两篇文章相比,刘以鬯着重于对熊式一交往游历的梳理。文章分为16个部分,记录了作者在华人史学家黎东方的介绍下与熊式一的相识,披露了熊式一的一些兴趣爱好以及《八十回忆》的写作动机。文章提到了熊式一早年与胡适之间的过节，在英国与萧伯纳、巴蕾、威尔斯等文化名人的交往。文章最后肯定了熊式一在中英文学交流史上的地位和影响力。

二、海外研究

海外对熊式一的研究总体不多，虽然他也在西方享受过风头无两的荣光，但毕竟是 20 世纪 30 年代的人物，如今也早已湮没在历史的烟尘中。目前能够查阅到的文献主要是早年刊登在报纸、杂志上的相关评论。学术性较强的研究集中在熊式一留下的戏剧遗产上，以《王宝川》分析居多。

国外报纸、期刊对《西厢记》和《天桥》也有较多报道和评论。《泰晤士报》（Anonymous，1938）报道了熊式一在《西厢记》上演前的准备工作，如委托梅兰芳定制演员的服装、道具等，与好莱坞华人演员黄柳霜（Anna May Wong）接洽出演事宜；日本侵华给《西厢记》筹备带来的困难等。受战争影响，《西厢记》在英国火炬剧场（Torch Theatre）只上演过一次，由熊式一和《王宝川》中的配角图迈（Jack Twyman）联合导演。演出后专业人士从不同角度予以了评价。有的站在中西文化比较的立场，认为那些喜爱中国浪漫古雅文化的人会怀念《西厢记》的特殊价值。但文章也指出，中国的这些传统之所以迷人，"不是因为它们与西方不同，而是它们确实能够用来戏剧性地讲述故事，并以一种西方无法接近的流畅叙述节奏"（Anonymous，1939a）。有人则认为《西厢记》是一个能引发东西方世界共鸣的爱情故事，它以一种流动的方式进行着，这种流动在正统规范的严格限制下很难实现。熊式一的译文在观念上是现代的，尽管它仍然保留了一些对戏剧风格来说非常必要的东方味道（Anonymous，1939b）。有的则从舞台艺术的角度，对《西厢记》和中国戏剧虚拟化和象征性的舞美和布景予以好评，认为英国的自然主义的舞台设计风格太过追求逼真，在战时也是一笔不小的经济负担，英国可以在这方面向中国学习（F. A. R.，1939）。

当然也有一些评论认为《西厢记》不够精彩，特别是在欣赏过喜剧风格改编的《王宝川》后，《西厢记》无论是译文还是演出都显得平淡。《泰晤士报》在公映的第二天就对该剧做了报道，并指出观众反响一般，主要原因是《西厢记》是经典文学，不如通俗剧的戏剧性那么强。文章举例说明在这部戏的第二幕中，"现代人对极端简单剧情的反应开始减弱"。熊式一的译文虽然力求准确，但是他放弃了原文的韵体诗歌形式，"这种呈现方法对诗歌是严厉的惩罚，并且过分地考验了我们对天真烂漫事物微笑的能力。"（Anonymous，1938）

1942 年《天桥》出版后，再次引发西方媒体的关注。其中比较有代表性的评论是卜力德（Alexander Brede）1943 年发表在《远东季刊》上的评论文章，该文在 1944 被《东亚研究》期刊全文转载。卜力德(1943)在回顾《天桥》的故事内容后,称赞了熊式一的英文写作技巧,认为《天桥》故事节奏生动明快,很多情节给他留下深刻印象,如李刚向宗族长老告发李明、李大同与传教士李提摩太的会面等。作者还将《天桥》与林语堂的《京华烟云》做了对比,认为前者在展现中国穷苦百姓家庭真实生活方面更加细致。同林语堂一样,熊式一通过精妙的讽刺、离奇的幽默和生动的比喻,用中国小说特有的方式向西方观众展示了中国作家的智慧和对人类苦难的关注。小说中熊式一对中国谚语、寓言的广泛运用,让他感受到中西思想有许多互证、互通之处。卜力德还从跨文化交流的角度指出,《天桥》的出版反映了不断紧密的中西关系:在中国有美国离散作家赛珍珠书写的《大地》,而在英国则有中国离散作家熊式一的《天桥》,这使得中西可以在文学领域更加深入地交流。

英国桂冠诗人梅斯菲尔德(John Masefield)(2013)则以诗歌的形式写下了对《天桥》的评价。他在诗文中把李大同的成长与中国时代背景联系在一起,认为孩提时的李大同只想在绿草庭院内种花植树。但长大后,中国的土地上找不到用来种树的地方。他必须先有钢铁的志愿,学会砍伐、断草。而李大同恰好成了那个斩断野草的人,他在“未灭的美质中奋起,以闪烁的光芒突破种种谬误的黑涡”(转引自熊式一,2013:3)。熊式一在英国的同事考里斯(Maurice Collis)(1943)也发文对《天桥》充满溢美之词,他从这部作品中发现熊式一与卢梭(Douanier Rousseau)有相通之处:两人都不可避免地受到恶劣外部环境的制约,但天才似乎总能在逆境中凭意志和才华突围。在他看来,熊式一与同时代的旅英画家、作家蒋彝不同。蒋彝善于利用英国文化来为他的创作所用,而熊式一更倾向于利用母国的文化,“在漫不经心的文化重组中,让读者会心一笑”(Collis,1943)。

还有一些评论则认为熊式一成功地通过“优雅的机智和迷人的描写”向西方读者介绍了 19 世纪末 20 世纪初中国的现实状况。它没有《王宝川》里令人捧腹的剧情或是其他华人作品中“杨柳图案盘子”(Willow-pattern plate)式的符号化东方元素,整本小说突出的特点是“完完全全的现实主义”(Gilbert,1943)。比如小说里真实记载了西方传教士在中国的活动和影响,熊式一的小说也让西方人明白,传教士在中国并不那么受欢迎。

1995 年以后,海外出现了一些针对熊式一戏剧艺术且学术性较强的研究论文,其中讨论最多的是《王宝川》。哈贝克(James Harbeck)(1996)是发文较早的一位美国学者,他将《王宝川》与 1912 年在美国上演的元杂剧《黄袍记》(*The Yellow Jacket*)做了对比,认为熊式一在创作《王宝川》时很可能借鉴了

《黄袍记》归化式的舞台设置。在他看来，《黄袍记》和《王宝川》在西方的大受欢迎并不意味着西方人真的读懂了中国文化。接受者最终往往只看到了他们想要看到的东西，只发现了他们想要发现的问题（同上：238）。这些发现即使可能是错误的，也对他们观照和探究自己的文化有益。但这种"被看到"的前提是新引进的文化要遵照接受一方的文化所构造的标准，而不是被接受方的。批评家和观众们接受的情况给研究者提供了关于上述问题的有趣个案。哈贝克相信西方观众虽然短时期内无法确切理解中国文化，但通过文化接触保留了一个获取新信息的空间，随着认知的增长，这个空间将更易于接受由此而来的新观点。

田明（音译）(Tian, 2017)详细梳理了《王宝川》的艺术风格及其形成的原因。作者在很大程度上同意哈贝克的观点，即接受国对新引入文化具有一票否决权，但他更倾向于把《王宝川》中的文化适应性改编看作是熊式一自我东方化的结果。他认为，在《王宝川》这部带有中国风格的作品中，熊式一通过对"中国性"的自我授权定位（a self-authorized positioning）和自我东方化的翻译/置换，区分和再现了"自我"，从而使西方的中国风格传统合法化。此外，作为一种中国风格，作者认为《王宝川》的成功还得益于它的英国化（Anglicized），熊式一在理想化中国文明的过程中融入了欧洲的中国风格传统，将英国浪漫和感性的文化传统内化（同上：158）。作为中国戏剧，熊式一并没有为了中国传统戏剧的现代化而模仿和实践西方现实主义，而是将作品建构在对中国传统戏剧非写实特征的自我东方化和本质化的基础上。这对中国传统戏剧的诠释起到了验证和稳定的作用。熊式一的戏剧也在西方被视为西方反现实主义的先锋。

杜卫红（音译）(Du, 2016)则不赞同熊式一的改编是其自我东方化的结果，反而认为这是中国海外知识分子对东方主义的一种回应和反拨。杜注意到《王宝川》的成功甚至早于林语堂 1935 年在美国出版的《吾国与吾民》。作者阐述了熊式一是如何在压抑的文化环境中为话语转变而努力：熊式一对中国古老戏剧的改编在矛盾中纠缠不清，但在逻辑上却有先见之明。他想以传统的"真"来抵抗东方主义，虽然并不完全奏效，但是它作为一种话语建构，成为和另一种文化他者连接的中介（同上：347）。《王宝川》的意义不在于戏剧文化价值本身，而在于它代表了那个时代跨文化机制构成的转变，在于显示了中国艺术家探索中国艺术如何在世界现代舞台上发出回响。

沈双（音译）(Shen, 2006)的视角和前几位不同，文章主要讨论了京剧改译的《王宝川》和以梅兰芳为代表的中国京剧艺术在走向世界时的共同特征。在访问苏联期间，梅兰芳与贝托尔特·布莱希特（Bertolt Brecht）和维夫洛夫·

迈耶霍尔德（Vevlov Meyerhold）会面，重新将京剧定义为一种现代主义形式。作者认为从批判的角度来看，熊式一的剧作将 1935 年以前西方对中国戏剧惯例的借鉴和中国各表演领域的现代文化形态连接在了一起，如布莱希特、迈耶霍尔德等苏联现代主义者对京剧美学的理解和运用（同上：85）。作为一种处于后殖民旅行中又体现旅行本身的文化产品，《王宝川》进一步提供了一个通过翻译和流通来呈现中国性和中国身份的案例研究。

乔清泉（Qiao，2020）也从后殖民理论和离散角度探讨了熊式一的作品。作者将《王宝川》的成功看作是 20 世纪 30 年代华人离散群体自我表达的结果。他将熊的戏剧置于两个跨文化实践的过程中，并认为这种表达的本质：一是西方话剧形式的翻译，二是英国对中国文化的中国化（chinoiserie）（同上：845）。乔的论文有助于读者从性别、阶级和国际关系等角度重新审视《王宝川》的文化改编意义。他同时提醒读者在"翻译的现代性"背景下，审视离散身份是如何在社会和文学力量的博弈下形成的。

北外马会娟教授的《论中国戏剧王宝川的跨文化改写》（Ma，2017）则是目前少有的从翻译学角度论述《王宝川》的英文论文，发表在国际知名翻译期刊 *Perspective* 上。论文采用描述性方法考察了熊式一翻译和公演《王宝川》时的盛况，并探讨了《王宝川》在英语世界被广泛接受的原因。通过对译文和原文的对比分析，作者认为熊式一的成功不仅取决于他娴熟的改写技巧和对文本的有意挪用，而且还受益于接受国的赞助行为和当时有利的政治和社会环境（同上：556）。

另外值得一提的是近年来海外出现了两本有关熊式一的英文专著，一定程度上填补了国内专著空缺的遗憾。一本是伦敦大学社会学学者叶（Diana Yeh）（2014）撰写的《熊氏一家——展现中国和现代性的奋斗》（*Happy Hsuings—Performing China and the Struggle for Modernity*）。该书分 10 章，按时间先后顺序对熊式一的生平创作、交游经历、主要成就做了详细的梳理。作者从社会学角度，探讨了原本处于边缘地位的熊式一夫妇是如何通过奋斗，成功跻身英国的精英文化圈。书中不少引证部分采用了熊式一的创作手稿、书信、日记等一手史料，可信度较高。作者能获得这些珍贵史料的一个重要原因是她与熊式一旅英期间的邻居兼挚友的女儿刘（Grace Lau）是好友，刘的父母珍藏有熊式一的部分手稿。在刘的介绍下叶认识了熊式一住在美国的女儿熊德荑，为了便于采访和查阅熊德荑家中有关熊式一的文件，叶特意搬到美国与熊德荑同住。同时，为了保证史料的全面性，作者还引用了不少英美大学珍本图书馆和公共手稿图书馆里的材料，因此笔者认为这部著作史料丰富、可靠性较高,可以作为本书的重要参考来源。

另外一部著作是英国雷丁大学索普(Ashley Thorpe)(2016)撰写的《在伦敦舞台上展现中国:中国的戏剧与全球影响》(*Performing China on the London Stage:Chinese Opera and Global Power*,1759—2008)。该书虽然不是有关熊式一的专题研究,但是专辟一个大章详细介绍了熊式一,特别是《王宝川》《西厢记》的艺术特色及在英国的接受情况。这也从侧面说明了熊式一在 20 世纪 30 至 40 年代伦敦的巨大影响力和他在中英戏剧交流史上无法忽略的地位。

第三节　当前研究存在的不足

从离散与翻译相关的研究来看,目前国内外对这方面的研究都较为零散,成果十分有限。国内仅有的数十篇文献,基本为单一译者或作品的个案研究,离散译者集中在童明、林太乙、余光中等少数几个当代译者上。民国时期和新中国成立初期的离散译者少有涉及,研究对象亟待扩大。在翻译作品方面,仅《空房子》《镜花缘》等译本被专门探析,鲜见以某一部作品为抓手的历时比较研究,也没有对特定时期离散译者群体译介行为的共性分析。

从研究内容上看,以"离散—译者双语背景—翻译思想—翻译实践"的线性分析为主,研究模式单调,分析深度有待加强。如刘红新(2008)从辜鸿铭的离散经历入手,探讨其翻译心理、译本选择和翻译策略,但缺乏对辜鸿铭的社会文化本质属性的探究。李特夫(2014)考察了具有文化离散背景的英美华人学者,如刘若愚、叶维廉、欧阳桢、柳无忌、高友工和孙康宜等,但也未深入剖析英美华人学者译者群的社会文化特征和译者共性。

从研究方法上看,由于研究内容不够充实,所以研究方法也较为单薄。译者研究方面,笔者认为可以借用历史学的研究方法进行离散译者的翻译史研究,从史料中挖掘译者的生活轨迹和主要译介活动。如前文所提到的,许多离散译者尤其是民国时期的一些译者至今仍处于隐身的状态,对于他们生活轨迹的爬梳可以为社会翻译学研究带来新的线索,更好总结译者的行为规律。对于作品译介,除了常用的定性研究方法外,也可以采用如语料库、计量语言学等量化实证研究法,用数据来支持文本分析,使得结论更具说服力。

从熊式一的研究情况来看,国内外的发文有上升趋势,但与其对外交流做出的贡献相比,相关研究仍较为缺乏。经文献梳理发现现有研究主要存在以下几方面的不足:

首先,研究视角各自为政,学科壁垒有待打破。目前对熊式一的研究主要集中在史学、文学和翻译学上。史学较偏重对熊式一生平年谱和历史活动轨迹的总结和归档,文学则侧重于对熊式一文学作品特色和意义的分析;翻译学着力于熊式一翻译策略、翻译特点的考察。三个学科的学者都比较关注本学科领域的研究内容,多学科有效融合的论文较少。翻译学本身是一门跨学科的综合性研究,可以从语言学、诗学、文化等多角度展开研究(王东风,2014:3)。特别是像熊式一这样一位有着特殊经历,成长轨迹与近现代中国重要历史节点重合的译者,更不能以单一的学科视角去解读他的翻译,而应该把他放在大历史和中西跨文化交流的背景下予以审视。当然近年来翻译界也出现了一些冠以"历史"之名的熊式一研究,如综述中提到的《历史与翻译策略——《西厢记》两英译本的历时比较研究》(辛璇,2014)等,但跨学科结合效果并不理想,参考的史料非常有限,论文题目和实际论证存在脱节的问题。

其次,研究对象较为单一,研究数量和层次有待提高。目前对熊式一的翻译研究主要集中在以《王宝川》为主的个案研究上。但是即便是对《王宝川》的研究,也很少有研究者去比较《王宝川》和它的京剧原本《红鬃烈马》,究其原因,可能是《红鬃烈马》是起源于清代的说唱文学,固定的文本不太容易获得,因此大部分研究者选择了熊式一 Lady Precious Stream 的自译本。但这样带来的问题是中文自译本与《红鬃烈马》存在诸多不同,将其作为底本研究并不能真正揭示《王宝川》在改译过程中遭遇的变形和文化改写。因此笔者认为搜寻可靠的《红鬃烈马》底本是研究《王宝川》翻译的第一步。除了《王宝川》之外,熊式一的其他翻译作品关注度不高,《西厢记》和《天桥》作为熊式一的代表作,也只有寥寥数篇,且主要是硕士毕业论文。至今还未看到有关熊式一出国前译作的讨论研究,如发表在《小说月报》上的巴蕾戏剧翻译、哈代的小说《嘉德桥的市长》等。与同时代名气相当的译者、作家相比,熊式一的研究和作品出版严重滞后,国内相关专著尚未问世,高质量论文仍有较大发展空间。

最后,重复性的理论视角较多,宏观的历时性研究较少。从现有研究看,用同一理论如翻译伦理理论、生态翻译学理论、改写理论等分析熊式一某个译本的情况较多。这样带来的问题是重复性研究偏多,得出的结论大同小异。其实对这些经典翻译理论的应用性研究已有很多,目前更需要的是对现有理论进行补充或创新,把原有的验证性、复制性研究引向有深度的系统性研究发展方向。此外,对熊式一的研究以某个文本的共时性研究为主,缺乏从宏观角度对其作品整体性和系统性的考量,如比较不同时期熊式一翻译选材、策略、接受上的异同。一个共时的、横向的走向纵深的研究有待展开。

第三章

理论基础

本章阐述了勒弗菲尔的操控理论,并将控制要素分为诗学和意识形态两个方面。鉴于操控理论对分析离散译者的局限,以及离散译者身份对其译介思想及实践产生的重大影响,本章引入了丁允珠跨文化交际视域下的身份协商理论。在操控和身份理论指导下,本章明确了离散译者身份和控制要素的三组对应关系,提出了适用于熊式一等离散译者的研究路线。

第一节 勒弗菲尔的操控论

安德烈·勒弗菲尔(Andrew Lefevere)是享誉中外的比较文学家和翻译理论家。他原为比利时学者,早期的学术背景和学术兴趣主要在文学领域,后逐渐转向翻译研究。20 世纪 80 年代移民美国后,任得克萨斯大学奥斯汀分校德语系和比较文学系教授。他一生著述颇丰,思想庞杂,无论在文学还是翻译领域都敢于质疑传统观念,是一位名副其实的思想革新者。他的理论主张通常被后人浓缩成操控论或重写论[①],成为 20 世纪 90 年代翻译文化转向的重要理论基础,客观上为陷于"静态、微观、规约式"之困的翻译研究模式(王洪涛,2008:8)指明了新方向。在中西方介绍翻译理论的权威著作中,勒弗菲尔的操控论始终占有一席之地(Gentzler,2004:136;Snell-Hornby,2006:46;Munday,2012:139;郭建中,2002:155;张南峰,2004:49;谢天振,2008:255;

---

① 勒弗菲尔并未明确将自己的学术主张用"操控论"或"重写论"命名。但在其多部论著中,操控机制都是他的论述重点。"操控论"这一叫法主要是后人对其理论的总结。如山东大学博士论文《操控理论视角观照下当代中国的外国文学翻译研究(1949—2008)》(陈鸣,2009),刘彬(2010)的《勒弗菲尔操控论视野下的十七年文学翻译》等。为了描述的方便,本书也将沿用这一命名。笔者认为操控论和重写论可视为同一个理论,只是命名时关注焦点不同。"操控"重在对"重写"中控制机制的描述,"重写"是"操控"行为发生的对象,两者密不可分。

谭载喜,2012:243)。

正如勒弗菲尔(1982:4)所说,一个作者的作品之所以能够曝光和获得持久影响力,主要是通过他人前仆后继的解读和重写。勒弗菲尔操控论经典地位的确立也正是基于后人的学理讨论和实践应用(何绍斌,2005;黄德先等,2009;Parmar,2019;Zhao,2009)。但在这些解读中,笔者发现也存在不少的误读和争议。比如对操控内涵和本质的误解,认为勒弗菲尔使"翻译研究成为文化研究的附庸而失去了独立的地位"(李龙泉,2009:8);对重写概念的误读,认为重写"不包括具有与原文相同地位的翻译,如欧盟不同语种的正式文件,也不包括自译与伪译"(黄德先等,2009:78);对于操控论中的控制要素划分也存在分歧,有的主张意识形态和诗学二分法(蒋骁华,2003;余小梅,2018),有的主张意识形态、诗学、赞助人三分法(谢天振,2008:255)。

由此可见,勒弗菲尔的操控论虽然早已完成它的"经典化"之旅,但人们对它的误读或解读上的分歧至今广泛存在。究其原因,笔者认为主要是现今的解读往往建立在勒弗菲尔一两本专著或他人编撰的理论导读的基础上,比如目前学界引用较多的一部书是他在1992年出版的《翻译、重写和文学名声的操控》(*Translation, Rewriting and the Manipulation of Literary Fame*),但书中对翻译操控的理论描述并不多,更多着墨于实践案例分析。事实上,操控论的内涵远比这本书中呈现的复杂,它与勒弗菲尔在20世纪70到90年代提出的系统、折射、重写等多个概念紧密相关。所以要了解操控论的全貌需要非碎片化的系统阅读。笔者在下文通过回顾操控论的发展历程,从整体和历史的角度对理论进行回顾。

一、操控论的发展历程

(一)肇始:对传统文本中心论的批判

20世纪后半叶,后现代批评和解构主义思潮在西方方兴未艾,不断冲击着传统文艺批评理论。勒弗菲尔(1978)在20世纪70年代后期发表的两篇重要论文也尝试在传统中寻求突破。在《走向文学科学(俄国形式主义的遗产)》(*Towards a Science of Literature*)一文中,他对文学的未来发展感到担忧,因为越来越多的人承认审美符号作为一种将语言材料本身主题化(thematize)的符号,必须有一定的体裁和类型限制。过于聚焦文学符号的做法"模糊了形式主义和当代哲学中牢固基于演化路径趋势之间的联系"(同上:71)。易言之,当时的文学研究过于聚焦文学内的诗学现象,把研究范围框定在狭窄的预设范围内,而忽视了文学文本演化过程中多种要素的互动。用形式主义学派的观点来说，就是忽视了"文学系列（literary series）与其他系列间的互动"（同上：71-72）。

对于"系列"间该如何"互动"，勒弗菲尔提出了自己的看法。他认为人类文化本身不是发生在真空环境中，而是由集体支撑，集体这一具体社会群体为文化的发展和文学系列间的互动指明了方向，文学研究必须将文学史和社会史之间的关系纳入考察范围（同上：72）。文学研究的第一步是要找到文学被披上的社会面纱，在社会本质中考察诗学；第二步是分析文学和社会生活间的动态关系和相互影响（同上：73）。他在文中两次使用了"多元系统"（polysystem）这一术语，明确提出文学不应是铁板一块的概念，而应将翻译文学等边缘文学包括在内，从而形成一个多元文学系统。随着社会外部元素的变化，原本占据主导地位的中心文学可逐渐边缘化，反之亦然（同上：80）。应该说，以上这些论断的提出受到了西方马克思主义和佐哈系统理论思想的影响。勒弗菲尔虽然没有明确提出"操控"等字眼，但他已然察觉到了从社会角度考察文本，是开启文学研究新范式的一把钥匙。

在《走向文学科学》中，勒弗菲尔念兹在兹地要建立一种以主体间可证伪（intersubjectively falsifiable）方法为基础的科学"元文学"[1]。他隐约感觉到原本被中心文学系统排斥的翻译文学是达成其目标的一个突破口，"翻译……比评论更具有科学性，因为它目前在主体间可证伪的程度更高"（同上：81）。但对于翻译文学该怎么研究，勒弗菲尔并没有展开。他把对这些问题的思考留在了另一篇论文里：《文学与翻译的语用再思考》（*Programmatic Second Thoughts on Literary and Translation*）（Lefevere，1981a）[2]。这篇论文论述的重点是翻译文学，也预示着勒弗菲尔的关注目光已从早前的非翻译文学转向了翻译文学这一特殊文类。他直言不讳地指出，翻译文学长期不受重视，是国家语言与不分国界的文学语言斗争中的牺牲品（同上：39）。目前翻译文学研究主要集中在翻译批评上，但批评的标准却是主观的或绝对化的，其中一大表征就是论述时对隐喻化表达的倾向，比如斯泰纳（George Steiner）把翻译过程比喻成阐释运动中的四个步骤；施莱尔马赫（Friedrich Schleiermacher）把翻译比喻成"两个靠近"，但这种似是而非的表达除了表明批评者"自己也不确定自己在做什么"（同上：44）外，对科学翻译文学的建构没有多大益处。

勒弗菲尔的解决办法和他在《走向文学科学》中的思路是一致的，即尽量采

---

[1]　元文学指一种以阐释形式存在的对原文的学术评论或批评，此概念为"折射"和"重写"的前身。

[2]　该文系勒弗菲尔参加 1978 年 3 月 27 日在以色列特拉维夫大学举办的"翻译理论与跨文化关系"研讨会上提交的会议论文，后于 1981 年在《今日诗学》（*Poetics Today*）杂志第二卷第四期上发表。

用客观的、可证伪的研究方法。翻译研究中,译文可以和原文对勘就是实证精神的体现。他认为现有翻译研究应该把注意力从原文转向译文;从翻译思维过程研究转向翻译产品研究;从"怎么译"转向"为什么这么译"(同上:48),寻找出形塑译文背后接受国的文化和传统的力量。在表述译文和原文差异的时候,应使用客观的描述性语言,不做任何价值判断,因为译文会最终呈现读者看到的面貌,并不全由译者决定,而"是受限于(同心圆内)那些文学传统的文本",这些文本根植于文化系统中,包括诗学、意识形态等(同上:46)。

综上所述,勒弗菲尔在 20 世纪 70 年代后期已确立了从翻译文学这一"边缘"文类入手,以更"科学"的方式展开研究。虽然他的初衷是为陷入困境的文学研究寻找出路,但他客观上为久囿于语言学范式的翻译研究拓宽了视野。尤为可贵的是,他已经意识到翻译文学处于一个由意识形态、诗学等多重因素组成的文化系统中,对这些外部因素的研究意义已大于单纯的文本研究。这些富有革新意义的洞见为他日后操控论的提出提供了有力的思想构件。

(二)发展:系统、折射和操控

从 1981 年到 1984 年,勒弗菲尔通过"折射"概念的提出、"系统"概念的阐释以及折射运行机制的描述,进一步丰富了操控论思想的内涵。

在《翻译文学:走向综合理论》(*Translated Literature:Towards an Integrated Theory*)(Lefevere,1981b)中,他认为源于德国浪漫主义的文本库(corpus)文学观限制了翻译在文学研究中的地位(同上:68),应予以摒弃,并提出用"折射文本"(refracted texts)概念取代文本库(同上:72)。"折射"原本指光从一种介质斜射入另一种介质时传播方向的改变,在这里指为了某一类特定观众(如儿童)而对文本进行的针对性处理或是因为某一特定诗学或意识形态对文本的改编,折射文本包括文选、评论、历史编纂、翻译、电影、电视改编等(同上:72-73),可以说包含了社会文化流通的各种形式。就像光谱折射发生在色散系统中,勒弗菲尔所说的文本折射同样离不开"具有潜在生产性"的系统的支撑(Lefevere,1983:193)。系统是理解操控论的核心概念,因为操控的力量来自文本周围的各个系统。勒弗菲尔把社会比作一个包括文学、物理、法律等子系统的超级系统,系统之外是它的环境,系统之间相互开放。文学系统处于社会系统之中,两者相互吸引,相互影响。文学系统中存在一个与社会系统有关的操控机制,使文学内部不断演化,保持活力。他对折射赖以发生的系统提出了两点假设。

假设一:该系统是一个人为构想出来的系统,是随机的,不确定的。某种文学自成一个系统,根植于文化或社会环境中,包括客体(文本),也包括主体(写作、折射、阅读这些文本的人)(Lefevere,1982:5)。

假设二：系统内有三个要素会对文本折射起约束作用。第一，系统拥有一个规范主体对其进行赞助。该主体可以是个人、群体或机构。赞助至少包括意识形态、经济、地位三种。意识形态成分使文学不会偏离本国文学系统太远；经济成分保证作者的生活；地位成分指作者在社会上获得一定地位。赞助人一般不直接影响文学系统，而是让评论家为他们代劳。赞助可分为分化型(differentiated)和全效型(undifferentiated)两种。当意识形态、经济、地位三种赞助成分由不同的个人、机构或群体代表，可视为分化型赞助，当三种成分全部源自同一类赞助人时，则视为全效型赞助(同上:6)。第二，系统内由诗学主导的某种行为准则。诗学包括文学手法和功能性成分。手法包括体裁、象征符号、角色、原型情境等；功能性成分即文学曾以怎样的方式或被允许以怎样的方式对社会发挥功能。在分化型赞助下，不同的诗学相互竞争，都试图控制整个系统，将对手的作品贬低到"低级"的位置(同上:6)。第三，文学作品使用的自然语言，包括表现语法的语言形式和它的语用层面，也就是语言反射文化的方式(同上:7)。由于不同的语言反映不同的文化，译者为什么会选用这个词而不是那个词来译，显示出"另外某种约束机制的存在"(同上:7)。但这个机制是什么勒弗菲尔没有提及，而且将自然语言视为控制要素也存在问题。因为折射机制本身就是要解释为什么文本中的自然语言会呈现这样的面貌，是由哪些外部原因造成的。如果将自然语言视为操控要素有倒因为果的嫌疑，重新又回到了作者曾大力批判的语文学的老路上。

在分析折射的运行机制时，他多次将诗学和意识形态并置，将二者作为操控折射运行的主因(Lefevere,1981:72、75、76)。通过考察 20 世纪 30 年代和 20 世纪 80 年代东德文学的演变，勒弗菲尔分析了意识形态和诗学如何对德国文学产生影响。从例证中，不难看出勒弗菲尔并不认同经典的生成主要取决于文本的内在品质，因为有太多的例子表明一部在某一历史时期不受欢迎的作品在另一时期被趋之若鹜，一部在某个国家奉为经典的作品却无法顺利折射到其他国家文学系统内。究其原因是某一时空下的意识形态和诗学影响了文本的折射。因为即使是最灵光乍现的天才作家也无法在完全虚无(ex nihilo)(同上:75)的环境下创作，即便他/她没有完全对环境中的意识形态和诗学屈服，这些因素仍如影相随。

综上，勒弗菲尔在操控论发展的第二阶段，通过对系统概念的强化，试图重新解释(翻译)文学作品如何在不同系统间折射并受到约束。他把诗学和意识形态作为解释作品折射变形的主因，又补充了赞助和自然语言两个概念。虽然一些分法值得商榷,但无论如何,我们能够看出勒弗菲尔已将文学系统中的操控机制作为其研究的主要方向和支柱理论,这也为日后该理论的中兴和操控学派的出现打下了坚实基础。

(三)中兴:重写和操控的演化

勒弗菲尔在 1985 年到 1992 年间接连发表论著,继续在系统论思想下,揭示操控机制与文学系统和外部环境间的关系。不同的是他首次引入"重写"概念,更加详细地论述了控制要素在实体和抽象层面的代表,以及翻译作为一种重写,和诗学、意识形态之间的关系。这些论述中的精华部分最后出现在他1992 年的代表作《翻译、重写和文学名声的操控》中。

与前一阶段相比,勒弗菲尔这一时期理论思想的明显变化,是用"重写"(rewriting)替换了"折射"①。重写指"为了使文学作品适应特定的受众和/或影响读者阅读文学作品的一种方式"(Lefevere,1987:30)。重写的形式与"折射文本"类似,包括翻译、批评、文选、编纂历史等,其中翻译是重写最明显的形式(同上:31)。和他一贯先破后立的写作风格相似,勒弗菲尔批判了主观的文学阐释现象和它的出版形式——批评。在他看来,那些自称客观的批评家不过是把时间和学识用在了他们自己选择的"一种真理"和"一种合法性"上(1985:217),而那都是人为的、短暂的。由阐释带来的文本解读或重写从来不是纯粹的学术和学识,也无须对真相、真理负责。因为它们一开始就不是一个真正"自主的"(autonomous)批评,而是受到背后某种机制的操控(同上:217)。搞清楚这一点意味着以阐释为中心的文学研究的结束,和另一种新范式的开启:以重写和重写操控机制为支柱的文学研究(同上:219)。

重写研究旨在解释文学的写作和重写如何受到某些控制要素的制约,以及写作和重写的相互作用如何最终导致给定文学(a given literature)朝着某一预期方向演变(同上:219)。文章中,勒弗菲尔厘清了控制要素的实体代表:"控制要素由两类人组成:一是对整个(社会)系统负责和因此对整个系统享有权力的人;二是对(文学)子系统中负责的人,他们是各个领域的专业人士,但他们的权力仅限于自己的专业内"(Lefevere,1986:5)。对于第一类人,他在一些论文中也称之为"赞助人"(Lefevere,1985:227;1987:21)。这个概念在《大胆妈妈的黄瓜》(*Mother Courage's Cucumbers*)(Lefevere,1982)已出现过,在这一阶段他又做了一些补充和细化。如赞助人在系统中的位置——通常处在系统

---

① 这种想法在他 1984 的过渡性论文中已初露端倪:"折射"过程中文学系统的主体并不是被动地去顺应各种限制因素(Lefevere,1984:137)。到了 1985 年后,他进一步强调了重写者的主观能动性,即在文学系统中他们既能迎合也能抗拒。而"折射"作为自然现象中的一种客观存在无法更好地描述这一点。

的外部,对意识形态更感兴趣(Lefevere,1985：228);赞助人的定义——"促进或阻碍文学写作、阅读、重写的力量"(同上：227),以及重写者和赞助人之间的关系等(Lefevere,1987：23),但总体来说变化不大。第二类专业人士,勒弗菲尔认为通常由阐释者、批评家、评论员、文学教师、译者等充当。这些人是各自文学领域内的专家,掌握对诗学的解读和"经典化"作品的权力。但是专业人士受到第一类人,即整个社会系统的掌权者或者说赞助人的影响,有时会对过于直白地与社会主流意识形态冲撞的作品进行压制(Lefevere,1985：226)。由此可见,在上述两类控制要素的实体代表中,第一类占据主导地位。

但是在《为什么浪费时间重写?》(Why Waste Our Time on Rewrites?)的第三部分,勒弗菲尔把文本内的一些因素,如之前提过的自然语言、论域(Universe of Discourse),甚至译本的原作都算在控制要素内(同上：233)。但事实上,这几个语文学因素和赞助人、专业人士并不在同一个并列的逻辑范畴内。在随后对具体案例的分析中,勒弗菲尔没有用后三个控制要素进行分析(同上：233-235),让人感觉前后矛盾。但无论操控重写的实体是哪一类人、重写最后呈现的文本怎样,勒弗菲尔最为看重的控制要素依然是意识形态和诗学(Lefevere,1986：5)。早在1981年《文学翻译》中勒弗菲尔就将二者并列作为解释文本折射的主因。在操控论发展的第三阶段,他仍然保持了这一观点(Lefevere,1985：225-226;1986：6;1987:30-31;1992：5-7、20、40、100)。他指出,重写的基础是"世界应该是什么样的(意识形态)"和文本呈现"应该像什么样的(诗学)"(Lefevere,1985：217)。换言之,意识形态和诗学是重写过程中隐性的、抽象的却是真正起到实际操控作用的两个要素。控制要素的实体代表——赞助人和专业人士都受到它们的影响。在实践中,赞助人和专业人士可以遵照或抗拒社会主流意识形态和诗学,但是显然,在意识形态和诗学划定的系统范围内写作会更容易被接受。

在1992年的《翻译、重写和文学名声的操控》,勒弗菲尔结合具体案例如《吕西斯特拉特》《鲁拜集》《安妮日记》的翻译,重现了上述操控论的精华。虽然书中涉及文选、评论、编辑等多种重写形式,但他论述的重点仍是翻译,因为"翻译是最引人注目的一种重写……也是最具潜在影响力的一种重写,翻译能够为作者和(或)作品在源文化之外的地方展现形象"(Lefevere,1992：9)。他在书中以5章的篇幅论述了社会文化因素对翻译的影响,并再次开宗明义地指出对翻译影响最大的两大控制要素是意识形态和诗学。同时,他论述了意识形态、诗学和重写间的关系,并得出结论:意识形态不仅指向政治,而是"规范我们行动的形式、习俗和信仰的统称"(同上：16)。也正是这些行动形式、习俗和信仰

限制了翻译主题的择取和表现主题的形式。表面上看是主流诗学改变了翻译
文学在重写系统中的地位,但归根溯源还是其背后的推手——意识形态在起决
定性作用。这也反映了意识形态和诗学间看似平行,但实质上诗学作为内部因
素最终被外部的意识形态控制。用勒弗菲尔的话说就是:"翻译过程的每个层
面都清楚地表明,假若对语言的考虑与对意识形态和(或)诗学之类的考量发生
冲突,后者往往会败下阵来。"(1992:39)

勒弗菲尔的理论一经提出,在文学界和翻译界受到了极大的关注。赫曼斯
(1985)在《文学操控:文学翻译研究》(*The Manipulation of Literature:
Studies in Literary Translation*)一书中,率先关注到了勒弗菲尔的操控论,并
将其运用到翻译研究中。后来佛兰克(Armin Frank)首先使用了"操控学派"
的概念,并经霍恩比(Mary Hornby)(2001:136)的使用,"操控学派"被翻译界
所接受。美国翻译理论家根茨勒在其著作《当代翻译理论》(*Contemporary
Translation Theories*)中将"操控学派"划入"多元系统理论派"中阐述,也有学
者将其直接归入后期的"文化学派"(向鹏,2020:19),以区别于早期多元系统
理论和描写理论。

综上,勒弗菲尔操控论的提出经历了长达十余年的漫长发展。其思想雏形
可追溯到20世纪70年代的论文中,通过借鉴俄国形式主义、西方马克思主义、
以色列多元系统学派等学说,勒弗菲尔在系统论思想的指导下,先后提出了文
本折射和重写等重要概念,将探究文本背后的操控机制作为了理论支柱。他的
理论将翻译活动置于社会语境中予以审视,其关注焦点从文本转向了文化,开
启了一个新的研究范式,至今影响深远。

二、控制要素的划分和操控论的局限

从操控论的角度看,熊式一的翻译即是一种重写。本书将利用操控论中的
控制要素,对熊式一不同离散阶段"为什么这样(翻译)重写"展开分析。对于控
制要素具体如何划分,勒弗菲尔在几次论述中略有不同,但主要脉络依然清晰。
从分类的一致性来看,将控制要素分为诗学和意识形态两类,是他一贯的主张,
连续出现在他20世纪80至90年代的论述中(Lefevere,1981:72-76;1985:
225-226;1986:6;1987:30-31;1992:5、7、20、40、100)。虽然他曾经认为专业
人士和赞助人(或掌权者)对文本的折射影响重大(Lefevere,1986:5-6;1987:
20),但笔者认为将控制要素划分为专业人士和赞助人或诗学和意识形态并不
矛盾。两者可视为对应关系,即诗学主要由文学领域内的专业人士代言,意识
形态主要由赞助人代表。赞助人不一定是资助作品发表的出版社。根据勒弗

菲尔的分析，赞助人无处不在，因为只要作品不是从虚无中来，且在市场中流通，就有"赞助"或压制他的力量。所以归根结底，是诗学和意识形态这两个抽象的控制因素在起决定作用，因此本书也将诗学和意识形态作为分析熊式一译者主体性的两个外部控制要素。专业人士和赞助人将作为操控实施的主体，融入诗学和意识形态的分析中。

综合勒弗菲尔在以往论著中对意识形态和诗学的表述，意识形态不仅指有利于政治权力合法化的各种思想或显现某一特定社会群体或阶级特征的观念体系，也包括规范人们行动的形式、习俗和信仰（Lefevere，1992：16）。狭义的诗学专门指做诗论诗的学问和研究诗歌创作规律的著作。但从勒弗菲尔的论述看，诗学已不仅仅局限于诗歌这一体裁，而是泛指所有一切文艺理论的阐述，包括文学创作方法、艺术程式、审美观念和文化习俗领域等。勒弗菲尔认为与诗学相关的主要因素有两个，一是文学手法，二是文学职能。文学手法包括体裁、象征、主题、叙事情节和人物等一系列要素。文学职能是指文学与文学所处的社会系统之间的关系，或应该是一种怎样的关系（Lefevere，1982：6；1992：27）。本书也将基于以上勒弗菲尔对意识形态和诗学的阐释，分析归纳操控熊式一译介的意识形态和诗学因素。

另外还需要说明两点。

一是重写。重写并不像一些学者所说的，译本改动幅度大的才是重写（李龙泉，2009：78），"忠实"于原文的就不是重写。在勒弗菲尔看来，只要是在特定诗学和意识形态影响下，对文学作品进行语内（如批评）、语际（如翻译）、符际（如电视改编）的解释都可视为重写，和文本"忠实"与否无关。例如熊式一对《西厢记》的翻译，看似是一种"忠实"的重写，但他依然受到各种社会文化因素的制约，其背后的操控机制同样值得探究。

二是本文中的"操控"是一个中性词。正如勒弗菲尔（1986：8）所说，他提出操控论时，本意并不是把译者或评论员们描述成一群用心险恶的阴谋家，故意带着某种目的在操控读者，而是他把操控视为一种在特定意识形态和诗学下的客观存在，很多时候重写是作者在无意识的情况下完成的。因此如谭载喜（2013：243）在评述该理论时所说，不能用"正当"或"不正当"之类的道德价值观来评判。本书中用"操控"解释熊式一的译者主体性，也是基于这一中性理解。

勒弗菲尔的操控理论带来了从文化角度审视翻译行为的新思路，对翻译研究的转型具有重要的启示性意义。但是该理论在解释离散译者这一特殊群体时，还存在一定局限。

第一,忽略了对非本土译者从母语到外语翻译方向的关注。勒弗菲尔在构思该理论时主要考虑的翻译语言方向是从外语至母语。即译者输入的是外语,输出的是本国的母语,且译者输出的语言和他/她译介行为发生时所处的语言文化环境一致。这一点可以从他《翻译、改写以及对文学名声的操控》这本书中所举的翻译实例中看出。无论是对《吕西斯特拉特》《鲁拜集》还是《安妮日记》的译本分析,语言方向都是从外语到母语。而离散译者的翻译,尤其是文化外译很难归入该类。他们翻译的语言方向是从母语到外语,并且译者的翻译语言和他/她译介行为发生时所处的语言文化环境仍然保持一致。

第二,对译出语国家意识形态和诗学操控的忽略。操控机制的解释方面,勒弗菲尔主要强调译入语文化系统对译介的操控,很少论述译出语国家意识形态和诗学对译者的影响。笔者认为造成这一现象的部分原因和第一点有关。事实上,译出语国家的意识形态和诗学对某些类型译者的影响深刻,离散译者就包含其中。换言之,勒弗菲尔的操控论能较好地解释本土译者对外来文化的引入现象,却没有充分考虑到海外离散译者的译介活动。

离散译者是客观的存在,曾经并且依然为中西跨文化交流贡献力量。如前文所述,离散译者不同于本土译者的主要特征是其跨文化经历和身份的多重性,这决定了其译介思想及实践必然受到来自寄居国和母国文化系统的制约和操控。因此,仅仅从译入语国家的诗学、意识形态来研究离散译者显得力有不逮,也不利于明晰控制要素来源的多重性和复杂性。虽然解决的办法可以是把离散译者母国诗学和意识形态作为另一对控制要素囊括进去,但这也同时也产生了一个问题:控制要素来源的分配机制如何? 或者说如何判断控制要素主要来源于母国还是寄居国?

鉴于操控论在离散译者研究上的局限性,下文将引入跨文化交际学中的身份协商理论,以身份为切入口,将离散译者母国和寄居国的控制要素均纳入其中,并考虑身份与这二者的动态关系,以期形成一个更完善的离散译者研究路线。

第二节　丁允珠的跨文化身份协商理论

身份研究历史悠久,流派纷呈,对身份的界定也众说不一。本书对身份概念的界定主要基于丁允珠的跨文化协商理论。丁允珠(Stella Ting-Toomey)是韩裔美籍学者,1952 年出生于香港,后移民美国。在华盛顿大学获得博士学位后,长期在加州州立大学从事跨文化交际研究。她的原创性理论如身份协商理论、文化适应理论、面子协商理论等被学界广泛接受(Gudykunst,2005;严明,2009;戴晓东,2011),是该领域享有国际知名度的专家学者。下文将对其提出的身份协商理论展开评述。

一、身份协商理论的核心假设

丁允珠的跨文化身份协商理论(Identity Negotiation Theory)是一个内涵丰富的综合性理论,汲取了社会认同理论、符号互动学及传播学中有关交际者之间辩证关系等思想元素,主要探讨来自不同国家、不同文化和不同族群的双方如何展开身份协商互动问题,因此该理论特别适用于移民、寄居者等少数族裔的身份研究。离散译者作为长期离开母国,但又与母国保持联系的跨文化交际群体,同样适用该理论。

身份在该理论中被界定为"反思性的自我概念或自我形象定位"(Ting-Toomey,2005:212)。丁允珠认为跨文化身份是个体在与异文化族群的互动中产生的,换言之,身份是人际互动和社会化的产物。人的身份具有多重性和流动性,个体内部因素也会对身份的形成和转变产生影响。在身份协商过程中,应注意社会和个人两个基本层面的分析。她认为家庭、族群、性别是介于社会和个人之间的中间层面。家庭和性别社会化与身份的形成和发展有密切关系;人总是在更大的文化群体中经历社会化过程,逐步认识到自我形象、形成文化认同。文化认同主要包含价值内容和显著性(salience)两个方面(Ting-Toomey,2005:216),它与母国族群认同一起塑造了个体的社会交际。

当跨文化交际者带着母国的文化印记进入另一个文化环境,其身份认同会在社会交往中确立或重塑。他们如何在交际中跨越文化边界,在不同阶段的语境中定位、调整、维护身份是丁允珠身份协商理论的核心。基于此她提出了10个核心假设来概括(同上:218),其中不少对离散译者的身份分析有启发意义。

(1)交际者的群体和个人身份是在与他人象征性的符号互动中形成的。

(2)所有文化或族群中的个体都有基本的动机需求,即基于群体和个人身份层面的安全、包容、可预测性、联结和一致性。但是这几个方面的需求过多或过少将导致族群中心主义或对陌生人的排斥。适中状态是保持有效交际的理想情形。

(3)交际者通常在自己熟悉的环境中感到身份安全,反之则感到身份的脆弱。

(4)当交际者期望的身份得到积极的肯定时,会产生被包容的感觉,而当他们期望的身份被污名化时,会感到身份的差异化。

(5)当交际者与文化距离较近的对方交际时会体验到互动的可预测性,反之,则会体验到互动的不可预测性;因此身份的可预测性导致信任,身份的不可预测性导致怀疑、误判或偏见。

(6)交际者通常希望通过有意义的、亲密的关系建立人际联系,体验身份的自主(autonomous);关系分离时,有意义的人际与跨文化关系能增加交际者的安全感和信赖感。

(7)当交际者处于熟悉的文化氛围中,可以从重复的文化惯例中体会到身份的一致性,从新的或陌生的文化环境中体验到身份的变化。

(8)情境、个人和群体的变化影响到身份的形成和对身份的解读和评价。

(9)在跨文化身份协商过程中,身份知识、留意(mindfulness)和互动技巧的习得是必要的。综合使用这些能力将产生得体、有效的交际结果。

(10)令人满意的身份协商结果包括理解、尊重和价值的认可。

上述 10 个核心假设,既相互关联又前后照应,笔者认为可归纳为四个方面来理解。假设 1 可视为第一个方面,这也是整个身份协商理论成立的前提。即丁允珠赞同建构主义身份观,身份不是本质的、给定的,而是可以在不同条件下转变和协商。假设 2—7 是第二个方面。其中 2 是 3—7 的总结和提炼,丁允珠探讨了交际者在身份协商过程中 5 对辩证的需求关系。假设 8 是第三个方面,主要讨论了跨文化交际中,身份变化的原因,包括情境、个人和群体三个方面。具体论述中,丁允珠借鉴了百瑞(John Berry)等学者的观点,将跨文化交际者的身份协商类型归为四种类型。假设 9 和 10 是第四个方面,聚焦交际者文化协商能力的提升和培养。鉴于离散译者交际能力的培养不在本书考虑范围内,第四方面的内容不再展开。下文将对该理论的前三个方面分别论述。

二、核心假设理解之一:建构主义身份观

丁允珠认为跨文化交际者的身份是变化和可建构的,这也是身份协商理论建构的基石。两个有着不同文化传统和文化潜势的社群的相遇可看作发生在两种文化边界缝隙中的协商或转化。其身份演变的动力来自与他人的象征性符号互动。人际互动的目标和反馈不同,会导致身份或形象定位的改变。在互动和文化适应的不同阶段,个体可以形成他们的反思性自我形象,获得所属文化和族群中的价值观、规范和象征性符号的意义(同上:219)。这一建构主义身份观和西方 20 世纪 80 年代兴起的后殖民主义身份观,可以说不谋而合。两者都挑战了原本以笛卡尔为代表的本质主义身份观,身份不再被认为是固有的、单一的个人或群体特征，而是流动的，可建构的，是主体在话语活动中的一个位置。而话语活动又与主体背后的权力、知识背景等建构机制紧密相连。身份不只受限于祖籍国和移居国的双重经历，也与某一时刻、某一地点具体历史语境相呼应。

事实上，离散译者通常在海外生活了数十年，在这样漫长的文化相遇和适应过程中，其交际需求、期待、社会互动能力一定呈现过起伏和变化，身份定位也势必随这些因素而改变。这一理论假设启示笔者，应在建构主义身份观的基础上，挖掘离散译者在不同历史、情境阶段下多重身份的可能性，以及身份变化对译者主体性的影响，而非将视野聚焦在译者某一单一、固定的身份上。

三、核心假设理解之二：身份协商的需求关系

假设 2—7 围绕 5 组交际者跨越身份边界时的需求及其辩证关系展开。身份协商理论认为，交际者离开熟悉的文化环境后，常会担心自己的身份受到威胁而陷入孤立无援的状态。在这一状态下，他们对新身份的建立有着相似的需求。

第一是身份安全，其反面为身份脆弱。身份安全指在特定文化背景下交际者在情感上对群体和个人身份感到放心的程度。身份脆弱指交际者对群体个人身份感到焦虑或捉摸不定的程度（同上：219）。良好的安全感有助于交际者尽快适应新文化和接受新事物，反之，交际者会倾向于在自己熟悉的族群中交际并用刻板印象解读新环境。这也构成身份协商理论的第一组关系。

第二组是身份的包容，其反面为身份的差异化。包容指人们在情感、心理和空间上感受到他人与自己所属群体的接近程度。差异化反映了人们在情感、心理和空间上与他人的疏远程度。交际者希望得到对方群体的包容，但又想维持双方的差异，保持自我区别于群体的本质特征和差异（同上：220）。当另一族群的文化成员表现出较强的包容性时，交际者便有了思考自我身份重要性的空间，反之，当对方表现出排斥和厌恶时，交际者倾向于隐藏不同于主流文化的个性。

可预测性—不可预测性成为身份协商的第三组辩证需求。在跨文化交际中，人们常常通过行为的可预测性来判断交际双方的相似性。当交际者与熟悉的人在一起时，更容易发展一种可相互信赖的互动关系，因为对方文化的行为规范与交际者的心理预期一致程度高。但与陌生人交往时，交际者容易产生焦虑和防范心理，因为对方的行为常常与预期的惯例不符（同上：220）。

第四是身份的联结和自主。身份联结的需求把不同交际者与对方文化群

体紧密联系在一起。但身份的自主需求又将其限定在不同群体边界上,交际者与对方始终保持一定界限和距离,以此保持自我的个性与独立(同上:220)。在个人主义主导的文化中,更重视个人的隐私和身份的自主;在集体主义主导的文化中更强调人际关系和社会网络的联结。

人们在交际中建构身份,在与其他文化群体的互动中不断调试自我定位,维持或改变自己认同的价值观和行为方式,这也构成了身份协商理论的第 5 组需求关系——身份的一致性与变化。身份的一致性指人们在传统或日常的文化互动仪式中随着时间的推移感受到身份的连续性或稳定性;身份的变化指人们在跨文化交际中,随着交际深度的增加感受到身份的错位与扩张(同上:221)。过于重视身份的一致性会使交际者陷入文化中心主义,不愿接受新环境的事物和观点;过分强调身份的变化性,容易失去稳定的道德核心。

这 5 组需求关系对分析离散译者身份转变的原因,尤其是群体交际层面产生的影响有启示意义。离散译者作为他者文化群体中的少数族裔,其新身份的形成与安全、包容和可预测的心理需求有直接关系。当上述需求满足时,离散译者的身份协商也更为顺利。但这三个需求的满足并不能通过离散译者单向的努力获得,而需要对方群体的互动配合。这启示我们,在考察离散译者身份时,应重点观察离散译者和寄居国族群的互动效果。后两组关系虽然本身没有好坏之分,但如何在联结—自主、一致—变化的关系中保持良好平衡,对理解离散译者如何调整个体在母国和寄居国中的位置,也具有参考意义。

四、核心假设理解之三:身份协商的类型及转变条件

丁允珠在假设 8 中提出,情境、个人和群体条件的变化会影响身份的形成和对身份的解读。她认为跨文化交际者在文化适应的不同阶段,会在母国和寄居国文化系统的影响下,协商发展出相应的身份。这在一定程度上呼应了假设 1 的建构主义身份观。在具体论述中,丁允珠借鉴了美国学者白瑞(Berry,2001)的观点,将跨文化交际者,尤其是寄居者和移民的身份协商类型归纳成四个大类(Ting-Toomey,2005:224)。本书也将在这一分类下展开对离散译者熊式一的身份分析。丁允珠的具体分法如下:

一是母国主导型身份。在这一身份下,交际者更加强调个人与母国的关系,重视保留母国的文化、传统和价值观等,并倾向于在母国的文化系统下指导自己的行为交际。

二是寄居国主导型身份。这一类型的交际者更加重视个人与寄居国当下的关系,强调与寄居国保持良性且频繁的接触,而不是一味保留母国传统。在接触过程中,该类交际者倾向以寄居国的文化系统作为个人行为交际的准则。

三是母国＊＊2〕寄居国主导型身份。这一类型的交际者没有呈现显著的原文化保留或跨文化接触倾向,而是将母国和寄居国的文化系统整合在一起。在两(多)国文化系统的共同作用下,个体既维护了身份的一致性和自主性,又保持了对不同文化族群的开放性。交际者能根据情景的变化不断调整行为和认知,以更好适应跨文化环境中新出现的问题和挑战。

四是边缘型身份。在这一身份下,交际者既不与母国文化系统产生联系,也不愿受寄居国文化系统的约束,处于一种去中心化的边缘生存状态。其行为和认知也没有一种主导文化作为参照。边缘身份下,交际者更容易出现疏离感和焦虑感。

按照假设1中建构主义身份观的表述,上述四种身份类型在交际者身上并非一成不变。随着条件的变化,交际者的身份可在上述四种类型中演变转换。丁允珠在假设8中从情境、个体和群体三个条件层面对身份的形成和协商予以了分析。

情境层面也叫系统层面,是指寄居国总体环境对交际者文化适应和身份协商的影响。寄居国情境包括政治、社会、经济等宏观条件。通常来说,当寄居国处在社会风气开放、经济运行良好的情况下会更欢迎移民或寄居者的迁入,反之则有可能因竞争等压力产生排外现象。情境还包括政府主导的对多元文化的态度、社会机构对跨文化群体的支持、两种或以上族群本身的文化差距等(Ting-Toomey,1999：235-237)。

个体层面主要指交际者在进入寄居国文化前或文化适应过程中,对跨文化互动抱有的期待和目的。如果交际者在一开始就设定了切合实际的目标,并拥有良好的心态,交际过程中遇到的问题也更少。此外,交际者本人的性格特质和跨文化交际能力,如对寄居国语言的掌握、历史文化、交际习惯的了解也会影响跨文化身份的转变(同上：239-241)。

群体层面也称人际层面,指交际者在与其他族群交流中产生的社会互动和人际网络的建构、维护和调整。它既可以是双方面对面的交往,也可以是通过中介如电视、报纸等媒介的交流。人际网络为交际者提供情感、工具和信息等多方面的资源(同上：242-243)。群体互动中,移民和寄居者等少数族裔对安全、包容、可预测的身份需求尤为强烈,它需要交往双方共同的努力和投入。

以上三个层面相互交织在一起,为交际者身份的形成和转换提供动力(同上：234)。离散译者在情境、个体和群体的影响下,不断展开身份协商,在母国和寄居国文化系统的博弈下,践行自己译者的使命。本书对熊式一不同离散阶段的身份建构分析,也将从这三个层面展开。

第三节 离散译者研究路线:基于操控和身份协商理论

在对勒弗菲尔操控论的回顾中,笔者提出了该理论的局限,即忽略了对非本土译者从母语到外语翻译方向的关注,以及译出语国家控制要素(意识形态和诗学)对其译介的影响。离散译者由于身份的特殊性,译介行为受到的操控比单一文化背景下的译者更为复杂。在离散的不同阶段,可能受到来自母国和/或寄居国不同意识形态和诗学的影响。如何判断控制要素的来源,笔者认为可以从身份角度入手,利用丁允珠的身份协商理论,对隐藏在翻译文本表征后的操控力量,做出更精准、更灵活的解释。

根据身份协商理论可知,身份不是本质的、固有的,而是流动的、可变的,在不同条件下可建构和获得。跨文化身份是个体在与异文化族群的互动中产生。人们在交际中建构身份,在与其他文化群体的象征性符号互动中不断调试自我定位,维持或改变自己认同的价值观和行为方式。

从跨文化交际角度看,离散译者在海外生活多年,在这样漫长的文化相遇和适应过程中,其交际需求、期待、互动能力一定呈现过起伏和变化,身份或自我形象定位也势必有所改变。本书对熊式一身份的描述将建立在建构主义身份观基础上,从情境、个体和群体三个层面,分析译者不同阶段身份的形成和转变。根据身份协商类型,并结合离散译者的群体特征,笔者认为离散译者的身份类型主要有寄居国主导型、母国主导型、寄居国-母国主导型三种,这三大类身份深刻影响离散译者的(译介)行为。第四类边缘型身份一般不可能发生。因为离散译者的特征之一就是与母国千丝万缕的联系,而且翻译本身是一种跨文化交际行为,带有译者跨文化交流的主观意愿,如果译者对两种文化都疏离漠视,译介行为本身也没有产生的必要,所以第四种类型不在下文考虑内。参考丁允珠对身份协商类型的表述可知,在寄居国主导型身份下,离散(译者)群体的(译介)行为主要以寄居国文化系统为参照;在母国主导型身份下,主要以母国文化系统为参照;在寄居国-母国主导型下,主要以寄居国-母国文化系统为参照。

如上所述,意识形态和诗学是一个国家文化系统的重要组成部分,且是操控译者译介行为的两大要素。这启示笔者,可以将意识形态和诗学作为分析离散译者寄居国和母国文化系统的两个维度。结合这两个理论,笔者认为可以衍生出如下表述：①当离散译者为寄居国主导型身份时，译介行为主要受到寄居国诗学和意识形态的操控；②当离散译者为母国主导型身份时，译介行为主要受到母国诗学和意识形态的操控；③当离散译者为寄居国-母国主导型身份时，译介行为受到来自寄居国和母国诗学和意识形态的共同操控。

从上述三种情况中，可以提炼出离散译者身份协商类型和控制要素之间的三种对应关系，如表3-1。

表3-1　离散译者身份协商类型和控制要素对应关系

离散译者身份协商类型	控制要素
寄居国主导型	寄居国意识形态和诗学
母国主导型	母国意识形态和诗学
寄居国-母国主导型	寄居国-母国意识形态和诗学

需要说明的是，当本书论述译者在某一身份下，译介行为主要受到一方诗学和意识形态操控时，并不意味着本书认同其完全脱离与另一方的联系。只是从篇幅和抓住主要矛盾的角度考虑，本书优先阐述占主导因素的方面。对离散译者身份协商类型的形成，丁允珠提出可从情境、个体、群体三个层面考虑，同时她在假设中提出的身份协商需求，尤其是安全、包容和可预测三项，对离散译者群体交际层面身份转换分析具有参考价值。本书将在这些理论指导的基础上，依据史料并结合具体语境，最大限度降低身份判断的主观性。

对离散译者身份协商类型和控制要素关系的分析，主要是为了更好揭示文本背后的操控机制，明晰控制要素的来源，属于文本的外部研究。但文本外部研究并不能替代文本内部的微观考察。操控机制的解释也应建立在文本内部特征的归纳上。笔者认为文本表征的考察可分为内容结构、语言风格和译介策略三个方面。内容结构上，对于有明确翻译底本的作品，可以对比译文和原文在章节划分、章节标题、内副文本、写作框架、主要情节、主题思想传递等方面的特征和异同；对于没有明确底本的，以翻译再现某种文化现象为主的译介作品，可以描述文化译写的具体内容，如华人英文作品中对中国民俗习惯、历史掌故、风土人情的介绍。这些译介内容具有民族志的特点，是面向英语读者的一种文化传译。语言风格主要指译/作者因个人经历、性格、艺术素养等方面的不同，在作品特色上形成较为稳定的、个性化的气质和格调。本书认为语言风格可分为狭义和广义两种，狭义的主要指词汇、句法、语法等语言表达手段本身，广义的是指这些表达手段组成的复合物——作品内容中传递的题旨思想和审美观念。对于有明确翻译底本的作品,本书将主要考虑译者在表达原文语言手段时的还原程度;对于文化译写的作品,将重点考察作品本身的题旨审美。译介策略上,本书将考察译者在传递原文本或原文化现象时采取怎样的立场和原则,具体采用了哪些翻译方法来呈现译文和原文(化)的关系。

结合文本内外,操控和身份视角下的离散译者研究路线可表示如图 3-1:

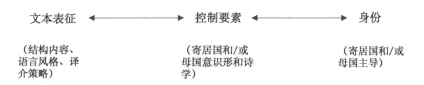

图 3-1　操控和身份视角下的离散译者研究路线

本书通过整合操控论和身份协商理论中的部分命题,在厘清离散译者身份和控制要素之间三种对应关系的基础上,提出了结合文本内外的离散译者研究路线,总结如下:

(1)先从文本内部入手,归纳译本的文本表征,分为结构内容、语言风格和译介策略三部分。

(2)再从文本外部的操控机制对文本表征进行解释。外部影响因素的分析分两步:

(a)从情境、个体、群体层面分析译者在不同跨文化适应阶段的身份。译者身份随交际环境、个体需求、互动效果等因素变化,身份类型主要有寄居国主导型、母国主导型和寄居国-母国主导型三种。结合史料和语境,细化不同主导型下身份的具体特征。

(b)根据身份协商类型和控制要素的对应关系,具体分析寄居国和/或母国的意识形态和诗学对作品和译介行为的操控。

在以上研究路线的基础上,本书将展开离散译者熊式一的个案研究。

首先,笔者将按照熊式一在英离散的三个阶段,分析各阶段代表性译作的文本表征。第一阶段分析的作品为《红鬃烈马》英译本(*Lady Precious Stream*),第二阶段为《西厢记》英译本(*The Romance of the Western Chamber*),第三阶段为译写作品《天桥》(*The Heaven of Bridge*)。

其次,归纳熊式一离散三个阶段的身份。笔者认为熊式一散居英国期间,在与异文化族群的交际互动中,产生了不同的个人诉求和身份定位,形成了三种不同的身份类型,本书将结合史料对其身份特征予以详细分析。

再次,根据离散译者身份和控制要素之间的对应关系,分析母国和/或寄居国意识形态和诗学对熊式一三个阶段作品表征的操控影响。

最后,在完成对熊式一译介作品文本内外的考察后,分析熊式一这一中西百年跨文化交流史上的经典案例,总结对中国今后文化外译的经验启示。

第四章

离散第一阶段:《红鬃烈马》的创造性改写与操控

熊式一离散第一阶段(1932—1935)的代表性译作是 *Lady Precious Stream*(下文简称《王宝川》),该剧译自中国传统京剧《红鬃烈马》。这也是熊式一1932年初到英国后,第一个着手翻译的作品。原剧主要讲述了唐朝宰相王允的三女儿王宝钏绣球招亲时,抛中了乞丐出身的薛平贵。由于王允嫌贫爱富,反对女儿的婚事,王宝钏毅然与父亲断绝了关系,搬出相府,与薛平贵住进了寒窑。后来薛平贵入伍到西凉国平乱,生死未卜,王宝钏在寒窑中一等就是十八年。十八年后,已是西凉国驸马的薛平贵收到王宝钏的来信,灌醉代战公主,连闯三关回国。代战公主一路追到长安,后又帮助薛平贵平定了王允篡位夺权的叛乱。薛最后荣登皇位,册封王宝钏为后,代战为妃。该剧自清朝中叶开始就以折子戏的形式广受欢迎,每一折可单独上演,其中较为经典的有《花园赠金》《三击掌》《赶三关》《大登殿》等。

对彼时的英国观众来说,无论是传统京剧的舞台表演,还是取材于隋唐民间故事的剧本,《红鬃烈马》都是相对于西方文化陌生的他者存在。熊式一翻译时面临的首要问题便是"本土文本一旦跨越了语言文化的屏障,就不得不进入异质的多维网络结构中进行检验"(倪婷婷,2019:76)。面对新的受众群体和差异巨大的语言、文化参照体系,翻译究竟是一维性的还原,还是在两种体系间的互相渗透?下文将从译文的结构内容、语言风格和译介策略三个方面进行分析。

第一节　结构内容:创造性叛逆的彰显

一、结构的创造性改写

语言符号与意义之间的关系并不总是凝固与给定的,而是依赖于阐释者、环境、接受者等多方面因素的影响,在文学翻译中尤其如此。当译作与原作展开"竞争",它既可能超越原作,成为经典,也可能不如原作,消失在时间的尘埃里。谢天振教授认为,这些现象都是由文学翻译的创造性和叛逆性决定的。文学翻译中的创造性表明译者发挥主观能动性,努力为接受者带来相同或相似的艺术效果,而叛逆性则反映了翻译过程中译者为了达到某一主观愿望而造成的一种译作对原作的客观背离(谢天振,2013:106)。

鉴于英语观众的接受能力,熊式一在参考原剧框架的基础上,重新调整了该剧的结构,同时重写了不少内容和情节。结构上看,原剧由 13 出戏组成,由于全本的演出时间过长,不符合西方人的观剧习惯①,而且即便是国内的京剧演出,一般也只演其中的一两折,因此熊式一将原剧精简成了四幕剧,每一幕包含了原剧中 2—3 出戏的内容,总的演出时间控制在 2 小时左右。由表 4 - 1 可知译本中保留了 13 出戏的 11 出,去掉了对西方演员来说难度很高的两场武打戏:《误卯三打》和《银空山》。

表 4 - 1 《红鬃烈马》译本与原文结构对照

熊式一《王宝川》(*Lady Precious Stream*)		《红鬃烈马》
第一幕	《花园赠金》《彩配楼》《三击掌》	《花园赠金》《彩配楼》《三击掌》《误卯三打》《投军降马》《平贵别窑》《探寒窑》《鸿雁捎书》《赶三关》《武家坡》《算军粮》《银空山》《大登殿》
第二幕	《投军降马》《平贵别窑》《探寒窑》	
第三幕	《鸿雁捎书》《赶三关》《武家坡》	
第四幕	《算军粮》《大登殿》	

此外,原剧以唱段加武打为主,每折戏之间由演员自行过场,无论是文学剧本还是实际演出都没有过渡结构的安排。而熊式一在译本中,结构性地引入了他自称为"荣誉朗读者"(Honorable Reader)一角。其功能介于旁白和解说员之间,并贯穿全剧始终。一般来说,旁白这样的角色在戏剧中属于次要角色,并不受人关注,但在 1935 年该剧的演出单上,"Honorable Reader"一角与主演并

---

① 熊式一在英文版《王宝川》导读中曾描述了西方人对中国戏剧的误解,其中之一便是以为中国戏剧要演 2—4 周时间,从而让西方人望而生畏。详见熊式一. 王宝川[M]. 北京:商务印书馆,2006:9。

列在册,可见熊式一对这一角色的重视(见图 4-1)。

图 4-1　《王宝川》英文宣传海报(Du,2016:250)

开幕前朗读者会向观众介绍这出戏的概要,开幕后他/她的声音也贯穿全场。有时会报告人物的出场,有时会穿插一些京剧表演的基础知识。但最重要的一个功能是辅助观众对场景时空的理解。比如在王允过寿的戏后,舞台时空就切换成了西凉国的行宫,这时朗读者向观众解释道:"现在我们到了西凉国王在长安的行宫。……观众们得知道,这儿的一切布置都是登峰造极的美丽精致,家具、地毯,及其他一切的陈设,全是最贵最好的,可是一眼望过去,还是这个空空洞洞的老戏台,大家只有凭想象力去自己捉摸。"(熊式一,2006:138)①

在一些象征意味的道具前,朗读者的作用则更重要,比如在王母探窑的戏中,薛平贵并没有在舞台上使用真的马车,而是用了一些象征性的道具,这就需要朗读者来解释:"老夫人坐了车子来到寒窑来探她亲爱的女儿。两面黄旗,每面上画一个大车轮子,便是车子。老夫人双手拿着挂了旗子的竹竿之前端,在前面走,车夫拿着竹竿子的后端在后面走。"(熊式一,2006:101)在剧情的时间、地点转换上,朗读者的设立也可以使这些过渡更自然。比如在薛平贵从西凉赶回长安的戏中,朗读者告诉观众:"我们跟着先行官薛平贵走,一路走到了伍家坡,前面不远便是他们的寒窑。我们听见他高声地叫道'马来了',随后他就到了。"(同上:68)这些例子说明熊式一通过对舞台的创造性设计,用朗读者为《王宝川》搭建了一个特殊的背景框架,并在这个框架下设置了中国戏剧独有的游戏规则,或者说朗读者本身就代表着一种"中国式的游戏规则"(Thorpe,2016:80)。在这种规则的引导下,西方观众知道该如何利用想象力去完成对舞台超时空观转换的理解,以及如何更快地融入剧情中。

在副文本结构上,熊式一也做了精心的改写。一是在剧本之前加入导读,主要介绍了中西方戏剧的差异,澄清了西方人对汉语书写和中国戏剧演出时长的误解,介绍了京剧舞台布景和西方重写实不同,以虚拟性见长。有趣的是,在文章的末尾,他强调这是一出地地道道的中国传统戏,除了语言外,和中国舞台上表演的完全一样(熊式一,2006:12)。二是按出场顺序添加了主要人物介绍。大部分的人物名字按威妥玛式拼音法译出,但女主角王宝钏的名字却被改译成了"Precious Stream",对此熊式一的解释是:"钏"字不够文雅,译成英文"Bracelet"或"Armlet"不登大雅之堂,而且都是双音字。"Stream"既是单音字,而且可以入诗(同上:192)。由此可见熊式一十分重视译本在目的语中的表现形式,包括语音接受、审美联想都在他的考虑范围之内。他对人名的改译和整部戏结构的调整都进一步说明,译者通过创造性叛逆在有意识地靠近目的语文化。正如埃斯卡皮(Robert Escarpit)(1987:137)所说,伟大文学的标志就是看他能被"背叛"的能力有多大,而改写正是译者用于改变因时代和地域隔阂而异于当时当地文化规范的重要手段。

二、情节的创造性改写

中国戏曲的功能与思想随着时代变化也不断地改变着其内容和深义,"尽

---

① 本章中引用的部分英文译文参考了熊式一的《王宝川》(2006)中文自译本。

管其间存在着相互交叉的状况,但主体上是沿着教化、主情、史鉴的顺序演进的。"(王忠阁,2007:387)从内容呈现来看,《红鬃烈马》偏重教化和言情,作者通过《平贵别窑》《鸿雁捎书》等片段刻画了薛平贵与王宝钏之间相爱相守、忠贞不渝的爱情,尤其赞颂了王宝钏十八年为夫守节的美德,宣扬了古代女性应有的贞操观。但在熊式一的改编中,原本相互平衡的双重主题受到了挑战。一方面,译者有意淡化了原剧的教化功能,通过浪漫化的情节加强了英译本的"主情"主题。另一方面,从王宝钏十八年韶华虚待,大半生独守寒窑的剧情来看,原剧即便不是一部女性的悲剧,也明显带有苦情色彩。但在英译版中,熊式一通过情节的喜剧化改编,把原本悲情的传统剧变成了让人啼笑皆非的喜剧,创造性地构建了其娱乐功能。

(一)情节浪漫化

熊式一对《红鬃烈马》情节的浪漫化改编主要体现在两个方面。首先是对场景的浪漫化处理。原剧中,王宝钏看中薛平贵的场景发生在相府门口,当时身为乞丐的薛平贵正衣衫褴褛地睡在大门口。王宝钏看他两耳垂肩,双手过膝,有大贵之相,所以嘱咐他来参加绣球招亲。熊译本中,王、薛二人一见倾心的场景则改换到了浪漫的花园雪地中。熊增译了多处情节:冬雪皑皑的大年初一,王允决定在花园的假山旁开宴设席,家人一边团聚一边赏雪赋诗。此时的薛平贵也不再是什么破落的乞丐,而是王府里能文能武的花匠。在赋诗比赛中,他应王允的要求,以酒、雪、诗三件事为题,当场挥毫成诗。

例1. Wine brings a double cheer if snow be here,

Snow takes a brighter white from song's delight.

Ah, but when cups abound, and song is sweet,

And snow is falling round, the joy's complete.(熊式一,2006:35)

就在这样一个诗意的场景中,王宝川发现自己爱上了薛平贵,并在父亲提出绣球招亲后,授意薛平贵参加。这一充满东方韵味的场景改写不仅为薛、王二人的相爱提供了契机,也深深打动了西方的读者和观众,正如剑桥大学的文学教授阿伯克龙比(Lascelles Abercrombie)所说:"欣赏雪! 这就是熊先生在我们西方人心中所施的咒语的精髓;他那些可爱的剧中人有一个我们不知道的秘密:那就是怎样生活的秘密。当我们沉浸在他们的生活和财富的浪漫中时,这就是他们给予我们的。"(同上:5)

其次,熊式一对情节的浪漫化改编还体现在人物之间的情感关系上。先以薛平贵和代战公主间的感情为例。原剧《赶三关》中,当代战公主发现薛平贵为了前妻抛下他独自前往长安时,主要描写的是她的伤心和愤怒:"代战女坐雕鞍泪满面，不由我一阵阵心内酸"，"你那里休得巧言辩，想回长安难上难。"（北京市艺术研究所，2012：50）面对公主的责难，薛平贵除了说"孤本当对你说实言，公主不放也枉然"（同上：51），没有对公主做任何情感上的回应，两人之间的对话显得非常理智和含蓄。熊式一对两人关系的处理则不同。他用了非常热烈奔放的语言来表达两人的相惜之情，尤其是薛平贵对公主炽热的爱：

例2．HSIEH. **I loved you too much to hurt your feelings**.

PRINCESS. To deceive me and then desert me is most heartless! I will never speak to you again. I hate you! I hate you!

HSIEH（hurt）. Please don't! **I still love you**. Will you be a sister to me，and go to China with me?

PRINCESS. Never. Never! I don't want to be near you now.

HSIEH. **But I want to be near you**. That's why I asked you to follow me.

PRINCESS. Yes，but at a safe distance.

HSIEH. Don't say that. **I would gladly marry you if I could.** Now，will you not be my sister and come with me?（熊式一，2006：114）

代战公主最后也被他的真心打动，同意做她的妹妹回到长安，两人之间的矛盾得到了圆满解决，整场戏在两人甜蜜的告别中收场。

再看王宝川和薛平贵之间的感情关系。从原剧看，王宝钏之所以执意嫁给薛平贵是因为她觉得各种预兆都启示她命中注定如此，同时古代有嫁夫从夫的传统，既然绣球抛中的是乞丐，就必须信守承诺。因此在与父亲的争辩中，她说出了这样的话：

例3．王宝钏：咳，这也是女儿命该如此！

王允：依为父之见，我儿乃是千金之体，怎能与那花郎匹配？将此门亲事打退，另选王孙公子。不知我儿意下如何？（北京市艺术研究所，2012：9）

例4．王宝钏：爹爹！（唱【西皮二六板】）好马不把双鞍配，烈女岂嫁二夫君？世上的人儿要都像你，难道说贫汉就不成婚？（同上：12）

说完这些话后她痛哭流涕，与父亲断绝关系后孤零零出了府。译本中王宝川则没有这种宿命论的想法，也没有将封建礼教中"烈女岂嫁二夫君"的思想内化。她选择薛平贵是因为上文中提到的薛的才华和能力，虽然他现在时命不济，但她相信日后凭借夫妻二人的努力，一定能出人头地。所以面对父亲的反对,她信心满满地用豪言壮语顶了回去。

> 例 5. PRECIOUS S. That is far from the case. And if I come back to see you, dear mother, it will be when we can raise our heads higher than any of you can!

> 例 6. PRECIOUS S. Certainly; I call upon all of you here to witness. To-day I hereby make a wager by clapping hands with my father three times—(She does so.)—that my husband and I will never come back to the Prime Minister's house unless we are rich and successful.(熊式一,2006:60)

王宝川的辩解也赢得了姐姐金川和姐夫苏龙的支持,苏龙赞其为"有胆有识的姑娘"(同上:59)。随后二人手拉手,高高兴兴地出了相府。通过以上对比可以发现,原剧薛、王二人的结合带有明显的宿命论和礼教色彩,且没有得到家里人的祝福,充满哀伤的基调。而译本中,二人的感情源于相互欣赏,尽管两人日后困难重重,王宝川对未来依然充满信心和憧憬。

(二) 情节喜剧化

从伦理角度看,《红鬃烈马》是一部宣扬中国女性传统贞操观的戏曲作品,王宝钏在一贫如洗的寒窑中苦苦等候丈夫十八年,这一情节曾经使许多观众感动落泪。但在熊式一的改编版中,苦情的意味大大减少,更多滑稽幽默的元素被加入其中,试举以下几例。

> 例 7. MA (calling aloud). Hey, my old man!

> Mu. Old moon? We can't see the old moon until midnight.

> KIANG. My old General!

> Mu. Old ginger? Buy it at the market where vegetables are for sale.

> MA. My king!

> Mu. There is no kinsman of yours in China.

> KIANG. My master!

> Mu. Mustard? Go to the grocery for it!

> MA. My lord!

> Mu. He is in Heaven.

> KIANG. My Emperor!

> Mu. You are empty? This is not an eating house! (同上:109-110)

《赶三关》原剧中,马达、江海与莫将军的对话很短,只有两个回合。熊式一增译了二人的对白，让原本一出普通打招呼的戏变得笑料百出。译者巧妙利用谐音误读和多义曲解的修辞技巧，把原本威严的莫将军塑造成了一个幽默滑稽的形象，达到了喜剧的讽刺效果。

例8. HSIEH. I entreat you on my knees! (As MADAM has prophesied, he proves to be a very good henpecked husband. He kneels on one knee.) Look! I am paying you my highest respects in the presence of thousands!

PRECIOUS S. (peeping through the crevice of the cave door). No, I won't look at you! But how about your other knee? I thought you said you were on your 'knees'!

HSIEH. Oh, I beg your pardon! (His other knee is on the ground now.)（同上：131）

该情节改编自《武家坡》中的平贵试妻，原剧中王宝钏得知门外站着的就是自己等了十八年的丈夫后，一时悲喜交加，不知所措，带着哭介唱道："开开窑门重相见，也罢！不如碰死在窑前！"薛平贵则用西皮散板回道："三姐不必寻短见，为丈夫跪在窑外边。"（北京市艺术研究所，2012：63）改译后，原本催人泪下的情节变成了妻管严的丈夫跪在门外求王宝川开门，宝川不但不激动悲伤，反而狡黠地戏弄丈夫：说好是跪复数的"knees"，怎么门缝里望出去只跪了单数的"knee"（熊式一，2006：130）。哭笑不得的薛平贵惊呼一声"I beg your pardon"后，只好乖乖地奉上一双膝盖。据熊式一回忆，当时英国观众看到这一桥段时，无一不大笑不已，难怪《泰晤士报》的文学副刊评论其为"当代笑剧中气氛最欢快的一出。(the play to be in the happiest vein of contemporary farce)"（Anonymous，1934）。

《算军粮》以王允的寿辰开场，王允问家丁来祝寿的文武百官是否到了，得到家丁肯定的回答后，这场主仆对话就结束了。但在熊译中，熊式一扩写了王允和家丁间的对话，并把情节向喜剧靠拢。当家丁禀报王允文武百官求见，王允的回答如下：

例9. WANG (furious). Oh! Oh! To the pit of hell with them!

SERVANT. Yes, Your Excellency!

WANG (realizing his mistake). No! No! To the seats of honour with them, and say that I regret I can't receive them in person for I am not well—not at all well. I will thank them for their kindness—(with remorse.)—and I shall have to say their kindness—tomorrow when we meet in Court.

SERVANT. Yes，Your Excellency!（He rises and departs.）

WANG. I will kill the next one who comes!（熊式一,2006：140）

王允先是用俚语"让这些人见鬼去吧"拒绝了大臣的拜寿,这句台词的风格和含义与王的宰相身份形成落差,给人一种视听上的冲击力。在意识到不妥后,他又试图修补刚才的鲁莽,最后又任性地说,接下来谁再来求见就杀了谁,再一次用夸张的台词和语调把幽默的气氛推向高潮。王允在原剧中是个嫌贫爱富、夺权篡位的反派人物,他极力阻挠薛、王二人的婚姻,可以视作父权和专制的象征。但经过熊式一的喜剧化改写,王允在这里更像是一个有点坏心眼却率直可爱的糟老头,反派人物的狠辣和威严被解构。

《算军粮》的后半场,薛平贵突然现身相府,与陷害他的魏虎当面对质。魏虎自知理亏,向薛道歉。熊式一在译本中对这一段进行了喜剧化改编。

例10. WEI. Ah，I have it! The old proverb says：All ugliness is hidden by a smile! Let me salute him with a smile，I think then he will forget the wrong I have done him.（He makes grimaces and then turns to HSIEH.）Oh，so this is you，my dear brother- in-law Hsieh Ping-Kuei! Ha ha ha ha ha!（He clasps his hands and bows.）Welcome home! When did you return?（To himself.）Ah! he seems hard of hearing! Let me try again.（To HSIEH.）So this is you，my dear brother-in-law Hsieh Ping-Kuei! Ha ha ha ha ha!（He bows again.）This is the second time I welcome you! When did you return?（同上：160）

魏虎在原剧中的言行与他元帅的人物设定基本吻合。但在熊式一的改编中,魏虎向薛赔礼的情节被喜剧化,给观众带来不少笑料。魏虎先是引用了一句俗语"一笑遮百丑",然后开始朝薛做鬼脸和哈哈大笑,再通过夸张的肢体语言向薛道歉。在没有得到回应后,又开始第二次哈哈大笑和鞠躬。一个滑稽可笑,厚颜无耻的小丑形象立刻呈现在观众面前。此外,原剧魏虎用薛的军中职务"先行"来称呼他,符合当时社会礼俗,熊译版中则改为"my dear brother-in-law"。从中可以看出熊式一有意淡化了二人在军中的上下级关系,使整个场景看上去更像是家庭内部的一场闹剧。

三、主题思想的创造性改写

长期以来中国戏曲有着"以文教化"的功能,它不仅是艺术创作者抒发情感的载体，也是创作者连接民众，宣扬社会伦理、文化价值观念的有效渠道（赵维国，2014：3）。《红鬃烈马》的传唱始于清朝中期，其主题思想也不可避免地带有时代的烙印，如对男权主义的服从、女性贞洁的颂扬、阶级差异的默许和华夏中心的认可等。对勘熊式一的译文，这些主题思想都被不同程度地改写，译者的创造性叛逆可见一斑。

（一）男权的阴影与女性主体意识的觉醒

孟悦和戴锦华认为，历史上父权和夫权不仅是人类一切权力及统治的表现形式，也是一切权力和统治的起源。"父（夫）之法"在某种意义上亦即统治之法，并且是一切统治之法的开端（孟悦、戴锦华，2004：3）。《红鬃烈马》的女主人公王宝钏一直或隐或显地生活在这两种统治之法的管制下。在未出嫁时，她受到了来自父权的种种压力和威逼，出嫁后，看似有了自主的婚姻，事实上仍生活在夫权主导的价值观阴影下。通过熊式一的改写，原文中男权主义思想受到了巨大挑战，自信昂扬的女性主体意识呼之欲出。

原作一开始就写王允决定要为女儿举办绣球招亲，这种招亲方式看似把婚姻的自主权交给了王宝钏，但撇去其中极高的偶然性因素不说，即便是选中了自己喜欢的人，最终的决定权仍在父亲手上。实际上王宝钏也清楚招亲的目的是找到一个令父亲满意的人，而不是自己。所以当王宝钏在彩楼上没有看到意中人薛平贵出现时，显得非常犹豫，不知道要不要再继续抛球。但最终"婚姻首先应该对父母负责"的想法战胜了个体的感受："回府去怎对二爹娘？姻缘本是月老掌，哪有个自己做主张！彩球撤下任人抢。"（北京市艺术研究所，2012：7）

在得知彩球被人抢到后，她的第一反应也不是去看打中了谁，而是"回府去禀告二老爹娘"。回到府中，母亲是缺席的，前厅中坐着的永远只有王允一人。在得知抢到彩球的是乞丐薛平贵，王允立马让家丁将其轰了出去，拒绝了王宝钏选定的这个人。在其后王宝钏与父亲的争辩中，王执意选择薛平贵的主要原因也是古代"烈女不嫁二夫"的贞操观和对预兆的深信不疑。她对薛平贵的执着与其说是一种情感上的忠贞，不如说是一种对女德和宿命论的固守。

在译本中，熊式一虽然仍然保留了绣球招亲这一形式，但改写后的王宝川显示出强烈的自我意识，王允专制的父权形象也被大大弱化。第一幕开场，王允并没有上来就决定让女儿绣球招亲，而是先与妻子商讨，王宝川则借母亲之口说出了"Not to impose upon others your own opinions"（熊式一，2006：19）来表达对包办婚姻的厌恶。古尔德（Mayer Gould）（2011：145）认为，对语言的控制和文本的占用是行使权力时必不可少的工具。熊式一增译的这句让人联想到孔子的"己所不欲，勿施于人"，显示了译者有意赋予王宝川和王允一样对儒家文本的占有和使用权力，并将利用儒家经典来反阐释儒家固有的父系秩序，作为一种批驳旧道德和女性自我表达的策略。

　　与原作王宝钏因为吉兆看上薛平贵不同，熊式一花费了不少笔墨展示薛平贵的性格和魅力。先是增译其手不释卷的好学，再是描写他移石时的力大无穷，最后刻画他下笔成诗的出众才华。通过这几出的改写，熊式一希望告诉西方观众，王宝川是基于女性自身的意愿和选择爱上了薛平贵，而不是对宿命的盲目遵从。在译介《彩楼配》时，熊式一一改原作中王宝钏犹疑彷徨的形象，把她写成了一个有勇有谋的智慧女性。在彩楼上望见了薛平贵的身影后，她先是心生一计，要所有在场的人作为她的见证人："彩球打中了谁，那全是天意，要我们成为夫妇，不管他是什么人，你们大家要遵守这种天意，维护我们的婚姻。要是有什么人反对我们的婚姻，我要请诸位赌咒发誓，拔刀相助，不能让他反对。"（熊式一，2006：50）投中薛平贵后，她先是用这番话平复了其他追求者落选后的失望，随后在父亲的反对声中，要众人向"不遵守天意"的父亲施压，动员群众"拔刀相助"（draw your swords against him who dared not to uphold the destined match）。无怪乎王允惊叫"什么！你竟敢算计你的爸爸！"（同上：53）从对比中我们可以看出，《彩配楼》中的王宝钏是听天由命的，译本中的王宝川则对绣球招亲后的结果有了早早的预判和应对。面对父亲的反对，她不只是一味地流泪和申辩，而是懂得用谋略来把握自己的命运，捍卫自己的选择。

　　虽然原剧从正面讴歌了薛平贵在称王后不忘糟糠之妻的情义，但从现代视角看，即便薛平贵对王宝钏有情，王宝钏也仍时刻面临着来自丈夫的压抑和规训。相比父权的堂而皇之和不加掩饰，夫权则更为隐蔽和不易察觉，有时甚至已经内化成女性对这种意志的自觉。《平贵别窑》中，薛平贵因为要远赴西凉征战，回家与王宝钏告别。王宝钏听到后第一个反应是吓晕了过去，醒来后薛平贵对妻子是否能在他离家时守贞进行了试探，当得到"守不住来也要守，纵死寒窑我也不回头"（北京市艺术研究所，2012：23）的承诺时，大赞道："好哇！三姐说话志量有，落下美名万古留。"（同上：23）在两人对话中，薛平贵是有关守贞、家中柴米、征战原因等话题的发话人，王宝钏只是对守贞做出各种保证。反观薛平贵，连向妻子"报音信"也是在"但愿得此一去旗开得胜"的假设下，不具有义务，也不承担道义上的责任。王宝钏主动向丈夫提出的问话是"有什么言语，嘱咐为妻几句？"，"你此番出兵，不定三年五载才能回来，叫为妻依靠何人？"（北京市艺术研究所，2012：24）显示出王宝钏结婚后仍然对男性监护制度的依赖和独立意识的缺失。

　　译本中，王宝川听到薛平贵参军的消息，先是爽朗地回应了一句"好男儿志在四方……不必怕我听了不痛快"（熊式一，2006：69），在得知是远征西凉后，先是一惊，随后马上镇定下来，将自己知道的有关西凉的见闻分享给了丈夫，提醒丈夫那边是虎狼之地，要万分注意安全。当薛告知军队开拔的日子就在今日时，她没有像王宝钏那样哭哭啼啼，六神无主，而是于情于理地反问丈夫："您想想看，我们结婚才一个月，您今天就要走了。而且又是这么说走就走的！你为什么去找了这样一件事做呢？"（同上：71）两人没有关于贞洁的试探或者女方单方面做出的保证，有的只是夫妻间的依依不舍和互道珍重，显示出一种基于尊重和平等的夫妻关系。

　　"寒窑"是《红鬃烈马》中一个反复出现的场景。它既是王宝钏一生最主要的活动场所，也是一个具有象征意义的女性坐标。十八年来，她的生存空间被划定在这一狭小的界域里，除了终日"闷坐寒窑，愁锁眉梢"外，就是无休无止地等待。从空间隐喻看，"寒窑"在这里有双重意义。第一个是贞洁的屏障（陆洋，2020：68）。王宝钏结婚后，非常自觉地切断了与外界几乎所有的交往，这一点从《平贵别窑》的开场戏，王宝钏说"走向前我把这窑门闭了，等薛郎回窑转细问根苗"（北京市艺术研究所，2012：20）可以看出，夫君成了她生活中唯一的重心。在后面的戏份中，王宝钏除了在野地挖菜现身过一次室外，其余都只出现在寒窑为主的室内，寒窑中也只出现过对薛平贵一个男人的描写。对于王宝钏来说，守住了寒窑相当于隔绝了外界的诱惑，守住了贞洁。

　　"寒窑"还具有拒绝和躲避的空间意义（陆洋，2020：68）。剧中王宝钏遇到问题就是躲回寒窑里：不愿意和母亲回相府，就把窑门紧闭；摆脱"军爷"的纠缠也是跑回寒窑躲起来。如巴赫金（Michael Bakhtin）（1998：274）在《长篇小说的时间形态和空间形态》中所说，躲避和逃跑行为体现了人物在空间中被迫移动的消极性。"寒窑"成了王宝钏消极回避问题的避难所，也成了她一生无法逾越的牢笼。相反，"寒窑"在熊式一的笔下却成了一个具有开放性意义的场域。原文中王宝钏关闭窑门的描写被删除，译本的寒窑中不仅有对薛平贵的描写，还增译了一场两名士兵走进寒窑内，与王宝川交谈送粮的戏份。当王宝川生病后，听到屋外有人敲门，她的第一反应是周围邻居来看望她了。"寒窑"此时已不再具有孤立和保护的功能，而是成为王宝川婚后延伸对外联结的中介。正如法国女性主义理论家波伏娃所说，女人独处家中并没有给她带来自主性，这对社会没有直接用途，既不能开拓未来，也不能生产产品，她只有超越客体的属性，与社会产生联结时，才能获得意义和尊严（波伏娃，2004：521）。

　　如果说王宝钏的女性坐标是静止的、凝固的，薛平贵的行为坐标则是不断移动的,可以自由地在时间和世界中扩展。十八年来,王宝钏为了丈夫苦守寒窑,而薛平贵却四处征战,建功立业,最后在西凉国做了驸马。十八年后薛平贵在寒窑与王宝钏相认,当他告诉王宝钏自己在西凉已经娶了代战公主后,王宝钏听后竟没有一丝难过,而是默认了丈夫的移情别恋并主动提出愿意做妾:"有朝一日登龙位,她为正来我为偏"。(北京市艺术研究所,2012:65)从原作问世的时间来看,也不难理解,古代女德要求妻子不得过问丈夫纳妾,否则可能背上"七出"中"善妒"的骂名。只是这一细节再次说明王宝钏对薛平贵保持情感上的忠贞,不过是顺应了封建礼教对她的人生设定,"来自外部的压抑得到了来自内部压抑的支撑,失去自由的个体把他的主人及其命令都投射到了自己的心理机制中"(马尔库塞,2012:7)。

在译本中,王宝川的结局则要幸运得多。薛平贵虽人在西凉十八年,却始终没有与公主结婚,在大婚的前夜他灌醉公主,连闯三关,逃回了长安。因为没有重婚,在武家坡中自然也没有"她为正来我为偏"一说。但熊式一仍保留了《大登殿》中王、代二人相见的场面,只是王宝川增译后的台词意味深长:"作为女人,我恨她,我不想和这样的小贱货说话。但如果我不理她,她会说中国女人没礼貌。"(熊式一,2006:118)熊式一笔下的王宝川,见到公主后首先表达的是自己作为一个女人的内心感受,然后再考虑到要以大局为重。这显示出王宝川鲜明的自我意识和独立思考的能力,对社会赋予她的性别特质和责任能选择性接受。代战虽贵为公主,但王宝川并没有表现出原作中的谦卑,而是直呼她为"小贱人"(little minx)。她不以丈夫的喜怒或礼教的标准来束缚自己,对代战的醋意也显示出一个现代女性真实的反应。

(二) 阶层的对立与等级的穿越

《红鬃烈马》中主要的几对戏剧冲突都与阶层对立有关。首当其冲的是以王允为代表的上层阶级对以薛平贵为代表的下层阶级的蔑视,最终导致王宝钏与父亲决裂,王允对薛平贵痛下杀手。面对来自上层权贵的俯视,平民出身的薛平贵唯有得志显达才能化解冲突,与王宝钏有一个完满的结局。同时,与薛平贵自下而上的爬升路径不同,原为相府千金的王宝钏却选择了一条自上而下的反向路径:抛弃上层身份后甘于苦守寒窑,最终获得社会认可和道德补偿。熊式一在翻译时,对这两组阶级对立既有继承也有改写,背后折射出他个人对阶层对立和转换的价值立场。

原作中王允与薛平贵的对立是较为鲜明的,王允也显示出上层阶级特有的威权和跋扈。他对薛平贵的恨主要源自薛对家族政治联姻利益的破坏,以及他对门第观念发起的挑战。绣球招亲后,王允在得知抢到彩球的是一个乞丐后,不由分说地就让家丁把薛平贵轰了出去。两人成婚后,薛平贵去相府向岳母借钱,维持家庭生计,却在回来的路上遇到王允。王允对他一番搜身后,认定这些银两是他从相府偷窃所得,直接将他打晕在路上。随后王允的言行又将二人的冲突升级激化。王允先是参奏,将薛平贵从原来的督抚改为平西先行,并授意兵部侍郎魏虎在远征西凉的路上伺机谋害。后来魏虎谋害不成,又命大将高嗣继在薛平贵回京后继续追杀。至此,薛平贵已对王允恨之入骨,发誓要将他杀之而后快。再看薛平贵的上升之路,原作一开始就有意把他写成一个出身下层却有超凡能力的人,他在相府门口的第一个亮相便自带火光,因此吸引了王宝钏的注意。随后薛能降服妖马,建立军功并不是因为他本身武功了得,而是因为在路上被王允打晕后,梦中有神人传授了他武艺。可以说薛平贵的发迹带有中国戏曲中常见的怪力乱神色彩,换言之,薛平贵跨越圈层的转换,很大一部分来自外源性和偶然性因素的介入,而非内生和必然。

译本中,薛、王二人的对立从一开始就有淡化的倾向。他笔下薛平贵出身低微却才华横溢,依靠个人的奋斗实现了阶层的流动和来自上层的尊重;王允虽身居高位,却在译者的细节改写下一点点走下神坛,更接近一个普通人的形象。通过一升一降,原本身份地位悬殊的两个人终于在某种程度上可以平视对方。

熊式一第一个改写是薛平贵的身份和性格。译本中,薛平贵街头卖艺为生,练就一身好武艺,后来被王允看中,进相府做了花匠。他没有神力的帮助,万事只能依靠自己,在相府做工之余日夜苦读诗书。他的勤奋很快为他迎来了崭露头角的机会。在赏雪喝酒的新年聚会上,王允要求他现场以雪为题,作诗一首。但薛平贵的回答却令人大吃一惊:

> 薛平贵. 我必须向阁下指出,我是您的一个体力劳动者,我对阁下的职责仅限于劳动。⋯⋯如果你所需要的不是我的劳动,而是我的才华,那么我必须请求你把我当一个绅士对待;我必须被邀请,而不是被命令。（熊式一,2006：33-34）

薛平贵的回答首先显示出一种可贵的独立精神,他为自己的工作职责划定了明确的边界,哪些应该是我做的,哪些不该是我做的。在相府当差,并不意味着失去自我,对工作职责范围之外的事他有说"不"的权利和勇气。其次,他的回答显示出一种强烈的平等意识。上级可以在体力劳动中吩咐他,因为那是他的职责所在。但当他们的要求超过这一底线,需要调用他的学识和才华为大家服务时,他认为自己在人格上和王允他们是平等的。因此他无法接受王允的命令,而是需要在相互尊重和平等的基础上去完成这个"邀请"。类似表现薛平贵阶级平等和反叛精神的描写还有好几处。比如绣球招亲后薛平贵与赖账的王允当面理论,熊式一给薛的舞台提示写的是:"薛平贵带着镇定和尊严直面王允惊讶的目光⋯⋯差点把鼻子蹭到他未来岳父的鼻子上。"(同上:52)在薛平贵称王后,王允为了给女婿魏虎求情,请求面见薛平贵。但薛平贵却不为所动,吩咐手下让王允先在殿外等候几个小时,两人原本上下级的关系瞬间被置换。

与此同时,译本中删除了王允对薛平贵的搜身和殴打,删除了王允命魏虎和高嗣继对薛平贵的政治迫害,而把二人的矛盾缩小在了与王宝川有关的家庭事务上。王允的形象在译本中也不再是那么专制和高高在上。在决定王宝川婚事时,王允向夫人提议一边赏雪一边商量,家里每个人也都发表了自己的意见,难怪银川说这是一次"家庭会议"(family council)。

与薛平贵自下而上的阶级爬升路径不同,原为相府千金的王宝钏却选择了一条自上而下的反向路径。原作中王宝钏为了爱人抛弃了贵族的身份,和薛平贵住进了寒窑。但这种婚姻自主并没有给她带来多少幸福,因为出走很容易,维持生计却很难。鲁迅在《娜拉走后怎样》写道,娜拉出走以后或只有两条路,要么回来,要么堕落(鲁迅,2005:166)。王宝钏虽然没有物理意义上的返回,但物质上她还是依赖于娘家。在家庭无以为继的时候,她让薛平贵回相府借钱;在"军爷"说她的丈夫欠下大笔银两时,她第一个反应还是回相府借钱。王宝钏虽然通过身份等级的向下转换获得了婚姻的独立,但她的独立在一定程度上仍依附于相府提供的物质基础。这种半寄生的生存状态使她的婚姻自由一开始就带有很大的局限性,正如鲁迅所说,自由固不是钱所能买到的,但能够被钱而卖掉。

而这些描写在熊式一的版本里都被删除了。取而代之的是一些增译的戏份:在王宝川与父亲决裂时,她明确告诉父亲今后她会靠工作养活自己,并且一定会有出头之日。在王母探望王宝川的那场戏中,舞台提示是:王宝川穿着工作服,但由于工作太过辛苦病倒了(熊式一,2006:78)。在士兵送粮的戏中,也有王宝川在努力缝制衣服的展示。通过这些工作场景的描写,熊式一有意把王宝川塑造成一个能干主妇的形象,从而使其回归到男耕女织的中国平民家庭结构模式中。

这种家庭模式也反映了熊式一自己的家庭和阶级立场。在其中文剧本《财神》(熊式一,2019)中,他就描写了两对现代背景下的中国夫妇的日常生活。一对来自上层资产阶级,生活骄奢淫逸却整日争吵;一对来自下层阶级,以磨豆腐为生,因为意外发现了两个元宝而无法再回到原来清贫但也平静的生活中。两个阶层的家庭都因为对金钱的迷失而陷入岌岌可危的婚姻关系中。从熊式一早期的这个作品中，能够看到他对人被物质异化的担忧，担心资本主义金钱观会破坏中国原有的生活方式。他在这部一幕剧中没有给出调和这种矛盾的办法，但在《王宝川》中却有了比较有力的回应：即他认为虽然王宝川放弃了上层阶级的身份，但是通过自力更生和吃苦耐劳，以及对中国传统家庭模式的回归，她得到了由失去上层身份而换来的婚姻幸福和精神自由，而这些是《财神》中的上层夫妇永远无法获得的。

（三）世界的中心与世界主义的呼唤

《红鬃烈马》的后半部分出现了一个大唐以外的国家——西凉国，曾建都于今天的甘肃敦煌一带（敦煌历代地名录编纂办公室，2017：310）。薛平贵在西凉被俘之后，西凉王不仅没有杀他，反而把代战公主许配了给他，并让他做了西凉王。在薛平贵回国后，代战公主也是尽心辅佐，用西凉国的军队消灭了王允的叛军。在薛平贵登基成为唐王后，公主不但没要求薛平贵和他一起重返西凉，反而留在大唐做了他的妾室。从这样的叙事逻辑中不难发现中国古代的世界观或者说当时的地缘政治关系，那就是以华夏为中心的异邦同化论。从原始公社后期开始，黄河流域各个部落的统一就已奠定华夏族的统治基础。在与其他各个民族的相处过程中，华夏族逐渐形成了自己的文化和道德优势。在《尚书·武成》中就有"华夏蛮貊，罔不率俾"的记载，主张用华夏文明同化其他"落后"的文化（郭洪纪，1994：20）。这种"华夏中心"的论点也深刻影响了戏曲中中国与异邦的关系处理。戏曲理论家齐如山就认为：

> 国剧中并非没有国际的事端，而且多得很。不过戏中的国际思想与现在的情形不同……中国向来以中央华胄自居，自己才是人主帝王，其余四邻都是番邦。平常四裔各国，与中国有玉帛的来往，都算是来觐见朝贺，所谓万国来朝，没有一点现在报聘的性质。遇有干戈打仗的时候，也是中朝平定藩属的性质，与两国交战之情形不同。……认为他没有国际思想者，实因此故，非真没有也（齐如山，1989：121）。

因此在薛平贵与西凉王对峙的那场戏中，我们听到这种心态转换成了具体台词："我乃天朝大臣，岂肯跪你？"（北京市艺术研究所，2012：32）但这种"天朝中心"的论调却在译本中遭到改写。如果说原作中作者流露的是一种"天下定于一"（《孟子·梁惠王上》）的世界观，那么译本中熊式一更多想表达的一种基于"差异和他性"的世界主义价值判断方式，这与德国学者贝克（Ulrich Beck）提出的方法论世界主义（贝克，2008：57）有异曲同工之处。身处海外的熊式一深知，一种文化中被认为是正确的伦理实践，在另一种文化就可能是错误的。

承认主体之间的差异性是跨文化交流的基础。这种观点投射到译本中,就成了对中西方异质文化相互审视的含蓄要求。

译本中熊式一把"唐朝"直接改换成了"China",西凉国译为了"The Western Regions",这样的译名加上该剧是在英国舞台上由一群白人演员来呈现,"西凉"变成"西方",尤其是"西欧"的能指意味就变得非常明显。伴随"中国"对"西方"这一地理空间的重新命名,新的地缘国际关系内涵也应运而生。熊式一是这样描述西凉的:

> 我们现在到了一个荒谬绝伦的地方,名叫西凉的。据说这个古怪的地方所有一切的风俗习惯和我们中国的恰恰相反。比方说,女人都穿极长的袍子,而男人反穿短衫长裤子。他们的相貌更古怪,无论男女都是红头发碧眼睛高鼻子手上生毛。叫人听了实在不相信世界上会有这种地方有这种人。这等于说世界上有某一种人他们忧愁时便会笑,快乐时便会哭,或者是说他们走路时用手,拿东西时用脚是一样的胡说八道呢。(熊式一,2006:91)

英国诗人吉普林(Joseph Kipling)(1976:56)曾说:"东就是东,西就是西,东西永远不相逢。"长期以来,欧洲中心主义和中西二元对立思想制约着西方对中国的客观认识。熊式一所处的 20 世纪 30 年代更是东方主义甚嚣尘上之时,中国一直以来都被作为映衬西方文明优越性的"他者"或"属下"存在。熊式一的这段描写看似幽默,实则是对西方长期以来的傲慢心态的回敬。他用"我们"中国人的视角来打量西凉,在与"我们"的对比中,把西凉或者说西方变成了一种异质的他者文化——不仅那里的人外貌与"我们"东方不一样,文化习惯也都与"我们中国的恰恰相反"。这种充满视觉和印象感染力的陌生化描写是在提醒底下的西方观众:西方文明在东方文明眼里同样是一种"他者",如果西方无法理解东方,那么反之亦然。文明之间本没有贵贱之分,只有在换位思考和相互理解中才能加深对自己和对他者的认识。

在《闯三关》中熊式一有意让西凉的代战公主充当这种异质文明的代表。在代战首次登场时,熊式一是这样介绍她的:

> 尽管西凉公主穿着怪异的军装,却是一个非常迷人的女人,迷人到无法用言语形容她的魅力。她的制服结合了军装和时装的样式,背上绑着四面漂亮的小旗子,头盔上插着两根长野鸡毛。脖子上围着一条白狐皮。前面有四个女仆,她向前快速地走着,步态有别于我们以前见过的任何一位女士。(熊式一,2006:96)

如果说前文对西凉的描写是一种整体上的国家印象概括,那么此处熊式一则是把目光聚焦到了人的差异上。"怪异的军服""头盔"和"快速的步态"，这在"天朝/我们"眼里都是男性化的表征，而且这种不同"不仅限于样貌神态，其实也延伸到了人格和地位"（倪婷婷，2020：101）。换句话说，熊式一想通过代战公主这个夸张的人物，暗示西方观众"代战公主不符合中国传统女性的形象，中西方女性之间存在着从着装到性格上的诸多差异"。从叙述者所说的"有别于我们以前见过的任何一位女士"，也可以反观熊式一对中国女性的评价。

熊式一对这种差异和他者的呈现并不局限于透过"我们"的眼睛看西方，也包括透过西方的眼睛反观"我们"自身，因此他的文化审视是双向的。在描写代战公主到了中国之后，熊式一连用了两个"奇怪"来形容中国："多奇怪的地方！中国实在是奇怪之地！样样都和我们国家相反。"（熊式一，2006：178）这是熊式一让上文中被列为"他者"代表的公主对"我们"所说的"怪异"的回应。"奇怪"互相呼应的反复采用恰恰说明了译者对来自两种不同文化的人"彼此观照后类同反应的强调"（倪婷婷，2020：101），以及建立一种平等世界观的尝试。代战公主紧接着又说出了对比西凉和中国后的感受："如果他们到了我们家乡，我确信那些喜欢赶时髦的人会从西凉订购一些毛织品。我唯一害怕的是他们数不清的仪式。对一个土生土长的西凉人来说，我习惯了西凉的自由，他们拘谨的礼节和奇怪的习俗是真让人头疼。"（熊式一，2006：178-179）熊式一再一次通过代战公主将自己离散英国后的西方印象或者说对西方现代性的想象投射了出来：在他眼中，西方人天性热爱自由，热衷贸易，没有中国那么多繁文缛节。这种相互借镜式的文本设计表明了熊式一把两种异质文明并置乃至相互碰撞的决心。

大登殿封赏的最后一幕从某种意义上说也是东西方异质文明碰撞和交汇的隐喻场所。当代战公主看到王宝川坐在殿上，眼皮一动不动地像个"女菩萨"（Goddess）时，表示十分费解，当随从告诉她这是中国礼俗对女性的要求时，她立马表示对这种低眉顺眼的动作看不惯，要拂袖回国。当"我们"视角的王宝川与代战公主寒暄，感谢她过去对薛平贵的照顾时，代战公主竟毫不谦让地接受了，这也让王宝川感到不解和吃惊，背地大骂一句"厚脸皮的东西"。

尽管译本中有不少类似因为文化差异而相互对峙的场景，但差异只是表现手段，最终还是需要改编者去解决这些矛盾，引领观众进入更深层的思考。熊式一的化解方法集中体现在两处。一是代战公主虽然对中国礼俗多有不满，但还是放弃了本国"举手打狗"（raising the hand to hit a dog）式的行礼方式，改学了中国的磕头向王宝川行礼，做到了入乡随俗。这反映了熊式一作为海外离散译者，对中西文化彼此尊重的一种理想化想象。第二处是外交大臣的出现。

原剧最后是王宝钏和代战公主二女共侍一夫的大团圆结局,但熊式一觉得一夫多妻制是中国封建旧习,不符合现代价值观,于是增设了外交大臣这一新的角色来照顾公主,使薛平贵能一心一意地和王宝川在一起。在几人分别的时候,外交大臣向代战公主行了吻手礼并称这是从伦敦学来的礼节。在王允夫妇、金川夫妇等人鄙夷的评价中,王宝川却对这个礼节表现出了极大的兴趣,问丈夫在西凉时是否就学过并要求也亲他一下。在遭到丈夫拒绝后,她独自模仿起这个动作,吻着自己的手呷然有声地退场。

从剧情推进的逻辑来看,这样的结局似有草率和荒诞之嫌,但从跨文化交流的角度看,这体现了译者在承认人性和文化社群间的差异性后,秉持的开放、平等和包容的心态。王宝川对吻手礼的兴趣固然可以视为一种喜剧效果,但是否也可以理解为中国女性对西方文化刺激和启蒙的积极回应呢?从两处的矛盾解决方式看,这种刺激也是双向的,代战公主也入乡随俗地学习了中国的礼仪。熊式一用代战公主对中国礼节的妥协和王宝川对西方礼节的模仿,预示了东西方文化从碰撞到最终相互和解,相互包容的趋势。通过这样的改写,熊式一也传达了他个人基于世界主义的平等包容的价值观。女性与命运的抗争,普通人对爱情的向往,都是东西方社会共同面对的处境和共同守望的理想。

第二节 语言风格:从"诗"化到口语化改写

一、原作的"诗"化语言

中国戏曲是诗的戏剧,是最富于乐感的文体。中国的诗多数可以入乐歌唱。《乐府总序》里说:"后夔以来,乐以诗为本,诗以声为用,八音六律为之羽翼耳。"(郑樵,1990:347)戏曲源出于诗歌,虽然后来又与其他艺术形式融合,但始终不能不带有它母体赋予它的特色,因此戏曲包括京剧,其文学剧本的核心是诗(李强,2019:48)。和西方戏剧以口语化对白为主要艺术表现力不同,中国戏曲虽也有念白,但以程式化的歌舞表演为主。即使是念白"也不是生活语言,而是运用各种不同音乐手法处理过的舞台语言",始终带有"诗性"的素质(同上:40)。《红鬃烈马》的原剧本,尤其是唱词和楔子部分就十分清晰地展示了"诗"化的语言特点。如第一幕《花园赠金》中王宝钏的开场白(北京市艺术研究所,2012:1-2):

閨中幼女不知愁，

梳妆打扮上绣楼。

每日刺绣龙凤袄，

侍奉双亲到白头。

《三击掌》中，宰相王允的定场诗(北京市艺术研究所,2012：7)：

金殿伴至尊，

文武献殷勤。

膝下无有子，

富贵等浮云。

第三幕《彩楼配》中，四个公子在相府前的对白，每人一句，每句 5 个字，使原本简单的对话有了诗歌的韵味(北京市艺术研究所,2012：5)：

公子甲：春游芳草地，

公子乙：夏赏荷花池，

公子丙：秋饮菊花酒，

公子丁：冬吟白雪诗。

虽然唱词和韵白较为浅显，文学性不高，但大部分仍以诗的形式出现，读音、咬字、归韵也有一定规律。这也是中国戏曲在语言表现形式上不同于西方戏剧的一大特点。西方戏剧体系中，文本的一大功能是为舞台表演提供支持。有学者将口语化描述成表达文学和戏剧意义的重要途径，强调口语化的类别以及它在阐发戏剧意义过程中的功能。熊式一在翻译时，为了使译本语言符合西方戏剧的"互动式言语交际特征"(任晓霏,2008：132)，对原剧"诗"化的语言进行了创造性改写，包括去掉原剧中的唱腔和武打场面，把齐整含韵的唱词和念白改译成以对白为主的话剧形式，建构起适合西方观众的口语化译本语言风格。下文将以《红鬃烈马》中最后一幕(第十三折)《大登殿》的翻译为例，分析熊式一在译文中如何建构口语化风格，孙萍版译本将作为对比参照。

二、译本口语化风格的建构——以《大登殿》为例

熊式一为了建构口语化的译本语言风格，使用了大量生活化的互动表达，其中最明显的特点是话语标记语(discourse markers)的使用，下文将以话语标记语作为口语化风格建构的主要指标。狭义的话语标记语是在互动语言交际中，从不同层面上帮助建构持续性互动行为的自然语言表达风格。从广义角度说，话语标记语指书面交际和口语交际中表示话语结构以及连贯关系、语用关系等的表达式，这一定义包括联系语(比如因果连接词、对比连接词等)、插入性

结构等独立成分(何自然,2006:147)。在戏剧表演中,话语标记语既可以保证演员之间言语交际的自然衔接和互动行为的顺畅,又可以加强对白的口语性风格,便于观众实现对话语和情节的理解。

根据何自然对话语标记语的定义,同时参考克鲁格(Alet Kruger)(2004)对莎士比亚戏剧《威尼斯商人》南非荷兰语两个译本中话语标记语的分类,笔者将考察《红鬃烈马》原文和译本中 6 类话语标记语的使用情况,具体包括呼唤语、感叹语、应答语、礼貌附加语、插入语和附加疑问句/反问句。原文采用的是潘侠风 1957 年藏本《红鬃烈马》的最后一出《大登殿》,现收录于北京艺术研究所编撰的《京剧传统剧本汇编》第十四卷。潘侠风(1914—2013)是民国戏曲报刊的主编和权威人士,被业界称为京剧"活字典"(周桓,1998:46)。自 1957 年起,他在北京戏曲编导委员会搜集同一剧目几种不同的底本,加以校勘,或请在京的老艺人帮助订正,共编辑《京剧汇编》109 集,其中《红鬃烈马》是第 21 集。由于京剧"是以唱腔和念白的形式表现,与歌曲有类似之处,唱词易于统一流传"(张莹,2018:67),经笔者对比,熊式一 20 世纪 50 年代自译的中文版《王宝川》(熊式一,2006:187-303),多处译文与潘侠风版本完全一致①,所以笔者同意张莹博士的观点,潘侠飞版本的《红鬃烈马》与 20 世纪 30 年代熊式一翻译时参考的京剧剧本出入很小,可作为原文本使用。

译文方面,笔者希望通过将熊式一译文与另一版本对比,以更好凸显熊式一的语言风格。但是在文献收集过程中,笔者发现京剧剧本的翻译非常少,国内没有《红鬃烈马》的全译本。只有 2012 年孙萍主编的节译本,节译内容为《红鬃烈马》最后一出《大登殿》②。因此,笔者将以《大登殿》为例,通过两个版本的对比,探究熊式一的语言风格。孙萍版《大登殿》为《中国京剧百部经典英译系列》之一,译者为该丛书编委会的翻译团队,英译总顾问为许渊冲,该文本主要为向海外传播中国京剧文化所做,英译本采用与原文每行对照的形式译出,忠实度与准确度较高,可与熊式一的改译版对照研究。

(一)熊译和孙译版《大登殿》话语标记语宏观比较

经分类统计,《大登殿》原作中出现话语标记语共 125 个,具体分布见表 4-2。

---

① 虽然熊式一没有在译本中明确标出《大登殿》,但通过情节对比,能够比较容易地区分第 165 页到最后一页 185 页对应原剧的最后一出。详见熊式一. 王宝川[M]. 北京:商务印书馆, 2006.

② 该译本采用的底本为杨宝森先生和梅兰芳先生等在 1947 年的实况演出录音转录本,经笔者比对,转录本与潘侠风版本基本一致,详见孙萍. 中国京剧百部经典英译系列:大登殿[M]. 北京:外语教学与研究出版社,2012.

表 4-2　潘侠风藏本《大登殿》话语标记语统计表

呼唤语	感叹语	应答语	礼貌附加语	插入语	附加疑问句/反问句
马达 6	哪 13	对啦 4	谢万岁 4	总得 2	心怎安？1
江海 6	哎 7	领旨 3	且慢 3	听说 1	讲什么节孝两双全？1
宝钏 5	呀 7	得 2	别介 2	真格的 1	说什么照看不照看？1
（王）娘娘 3	吧 6	噢 2	那没法子 1	多蒙 1	讲什么正来论什么偏？1
爹爹 3	啦 4	好哇 1	请请请 1	我说 1	与我什么相干？1
万岁 3	哟 3	遵旨 1			
贤妹 3	哈哈 3	对呀 1			
（老）岳母 3	哼 3				
娘娘千岁 2	唉 2				
我的儿呀 2	定斩不赦！1				
公主 2	刀下留人！1				
姐姐 2	嘘 1				
御妻 1	啊 1				
三姐 1	哇 1				
老太太 1					
合计：43	53	14	11	6	5

　　手工并结合 AntConc 软件统计，中文《大登殿》字数统计为 2 843 字，话语标记语为 132 个，使用频率为 46.43/1000。考虑到汉英所属语系差异较大，汉语翻译成英语时需要转换的地方较多，笔者统计了孙萍版《大登殿》译文的话语标记语，见表 4-3。

　　孙萍版本英译总字数为 2988，话语标记语共 132 个，频率为 44.12/1000，与原剧的 46.43/1000 非常接近。熊式一译本的话语标记使用情况见表 4-4。

表 4 - 3 孙萍版《大登殿》英译话语标记语统计表

呼唤语	感叹语	应答语	礼貌附加语	插入语	附加疑问句/反问句
Ma Da 6 Jiang Hai 6 Wang Baochuan 6 Princess 6 Your Majesty! 5 Your Royal Highness 5 worthy sister5 Yes 4 my(dear) daughter 2 father 2 My dear mother-in-law 2 Daizhan 1 this old villain 1 my wife 1 Wei Hu 1 Your Highness 1 You two 1 poor you 1 my old lady 1 attendants! 1	Oh 6 But 2 Haha! 2 not so fast 1 wonderful 1 It was I who saved your life! 1 It was truly a deed that...! 1 Ah 1 Hmm 1	that's right 6 then 4 yes 4 well 2 come on 1	long live the emperor! 7 please 5 thank you 2 well then 2 bid farewell to 1	Well 6 then 4 say（not） that 2 I want to... 2 So 2 ever 1 for the whole story 1 tell me... 1 seriously 1	shall you...what? 1 I should go pay my respects to her? 1 What are you talking about? 1 Who will be the queen or the concubine—it's just that... 1
合计:58	16	17	17	20	4

表 4-4　熊式一版《大登殿》英译话语标记语统计表

呼唤语	感叹语	应答语	礼貌附加语	插入语	附加疑问句/反问句
(dear)mother 7 Executioner! 5 Attendants 5 Ma Ta 4 Kiang Hai 4 dear 3 So-and-so 3 Your Majesty 2 his excellency 2 my children 2 everybody 2 My dear sister 1 YOU　horrid wretch! 1 my dear brother-in-law 1 sister-in-law 1 Silver Stream 1 father 1 my dear mother-in-law 1 dear children 1 all of you 1 darling 1 Your Excellency 1 Your Highness 1	Ouch 14 Oh 13 Splendid! 3 how full you are of understanding. I would rather die! 2 they would have made me a much happier man! 1 Very good 1 my God! 1 Now for it! 1 Heaven have mercy on me! Ha 1 Bad luck! 1 Good heavens! 1 What a queer place it is! 1 What am I to do! 1 How beautiful and charming the Princess is! Ah 1 Disgraceful! 1 Scandalous! 1 It is disgusting! 1 It is a shame! For shame! 1	Your Majesty! 23 Yes 21 all right 2 so that's it 1 of course 2 Eh 9 Certainly 1 Your Highness 5 Indeed 2 as his Majesty wishes! 1	thank you 8 please 5 Good-bye 4 With pleasure 2 Excuse me 2 many thanks 1 I want to tell you that... 1	eh 4 well 3 I beg to report... 1 I am sorry... 1 I thought... think that... tell me... 1	I do 2 I am afraid... 2 May I ask... how can you be pardoned? 1 Don't you remember that... isn't that fair? 1 I hope; 1 don't you? 1 Have I to thank them who intend to have me beaten? 1 Why don't you sit down? It will 1 Aren't you delighted to see all our children happily united? 1 Isn't she your sister? 1 Don't you see that even her eyelids do not move a little bit? 1 Why not give me a turn? 1
合计:51	43	67	23	10	14

熊式一版英译总字数为 3120,话语标记语 208 个,使用频率为 66.67/1000,明显高于原作的 44.12/1000 和孙萍版的 46.43/1000,可见相较原作和孙版译作,熊译中有较多的创造性翻译,对白更偏向口语化。

(二)熊译《大登殿》话语标记语具体分析

为了进一步考察熊式一译本中口语化风格的建构,下文将结合中英文实例,从呼唤语和插入语、感叹语和应答语、礼貌附加语和附加疑问句/反问句三个方面,对熊式一在《大登殿》中译文口语风格的建构进行具体分析。

1. 呼唤语和应答语

会话结构的基本单位是由"呼唤语—应答语"构成的相邻对(王长武,2009:23)。呼唤语主要用于引起听话人的注意,同时也可表达说话人与对方谈话时的态度。应答语则是人们在对呼唤语进行回应时经常使用的一类形式,语义上都有比较固化的表达成分。熊式一在《大登殿》中使用呼唤语和应答语共计118 次,远高于原作的 56 次和孙版的 76 次。其创造性翻译部分主要集中在对话人的名字、头衔或应答的增译上。

例 11. 薛平贵(唱西皮散板):忙将魏虎押上殿。

[马达、江海应介下,押魏虎上,魏虎跪介](北京市艺术研究所,2012:79)

HSIEH. Attendants!

ATTENDANTS:Yes,Your Majesty!

HSIEH. Order them to bring the prisoner Wei here.

ATTENDANTS:Yes,Your Majesty!

(One of the ATTENDANTS goes to the right and calls:) Bring the prisoner Wei here at once.(熊式一,2006:167)

原剧中,薛平贵以西皮散板的唱腔命令侍臣马达、江海将曾加害于他的奸臣魏虎押上殿,但是唱词中并没有出现两个侍臣的名字。两个手下也没有安排念白,而是以动作进行回应。在熊式一的英译改写中,虽然情节还是同一个情节,但薛平贵的唱腔被去掉,转而增加了他与侍臣之间的对话,并多次出现呼唤语和应答语。通过薛平贵"Attendants!"的叫喊,成功建构了话轮,"Yes,Your Majesty!"的回应也使对话衔接更自然、顺畅。

例 12. 代战公主:咱们娘仁儿捣捣碓吧!(唱西皮流水板)他国我国不一般,

走向前来把礼见,娘娘千岁!你们瞧着!驾可安?(北京市艺术研究所,2012:81)

PRINCESS. Well，I must try to churn cream in her honour!

MA and KIANG. Yes! Your Highness!

PRINCESS. Watch me，Ma Ta and Kiang Hai！（She goes up again，clasps her hands，and churns the invisible cream rapidly.）

My respects to you！（熊式一，2006：181）

原剧为代战公主在马达、江海的提醒下向王宝钏行礼，但由于西凉国和唐朝礼仪风俗不同，代战公主有点手足无措。她认为唐朝的行礼和碓臼中舂东西差不多，于是在念白结束后，用西皮流水板唱腔向王宝钏行礼。英文版中，熊式一增加了代战公主和马达、江海的对话，二人用"Yes! Your Highness!"的应答语回应了公主说的"must try to churn cream in her honour!"代战公主在行礼时也再次呼唤了两个侍从的名字。类似这样的呼唤语和应答语增译在熊译中还有很多，这类标记语的使用不仅有效强化了观众对舞台人物的认识，分辨人物社会关系，还有利于推动会话流动，自然地建构或分配话轮。

此外，在熊式一改编的剧情中也大量使用了西方人常用的呼唤语和应答语。

例 13. PRECIOUS S.（pleased）. **Mother，darling**，you are full of understanding!

MADAM. Am I? I want you to grant me a favour，and I hope you will show how full you are of understanding.

PRECIOUS S. **Of course I will**. What is it，**dear mother**? Before you say the word，your request is granted.

MADAM. That's very kind of you.（She rises and curtsies to her daughter，who returns the salute uneasily.）I must thank Your Majesty formally!

PRECIOUS S. Please do not，**dear mother**! What is it?

MADAM. I want you to pardon Wei！（熊式一，2006：173）

这段话为王宝川母亲为魏虎求情的情节，是原剧中没有的。王宝川三句台词中，每一句里都有对母亲的称呼，无论是"dear mother"还是"darling"都是西方口语中较常用的，从这些标记语的使用可以看出，王宝川与母亲关系较为亲密和平等。原剧中也有王宝钏和母亲同台的戏份，但都是各自唱各自的，并没有对话的部分，如王宝钏唱："万岁金殿把旨传，相府去把我老娘搬。"（北京市艺术研究所，2012：83）王母回唱："来在午门下车辇，有劳三姐把娘搬。"（同上：83）熊式一通过改译和话语标记语的增加，使原本"诗"化的京剧唱腔更符合西方的戏剧语言形式。

2.感叹语和插入语

原剧中的感叹语主要通过语气词构成,如使用频率较高的"呀":"随我来呀""得上去见个礼呀""我的儿呀"。语气词"哪":"苏龙上殿哪""代战公主上殿哪"。这些语气词是增添人物感情色彩、刻画矛盾冲突的必要表现手段,但一般很难字对字地翻译成英文。熊式一在译介这些情感时,并没有拘泥于与原文的完全对应,而是根据上下文情节的发展,创造性地改写了这些感叹标记语。

例14.王宝钏(唱西皮流水板):王宝钏低头用目看,代战女打扮似天仙。

怪不得儿夫他不回转,就被她缠住了一十八年。(北京市艺术研究所,2012:85)

PRECIOUS S. How beautiful and charming the Princess is! I now quite see why my husband didn't return to me earlier! He was undoubtedly charmed by her beauty for those eighteen years.(熊式一,2006:181)

译文中熊式一用了"How beautiful and charming the Princess is!"来表达王宝川第一次看到代战公主容貌时的惊讶。和原文相比,虽然没有译出原文唱词中的"似天仙",但感叹句的改写比较适合戏剧舞台的口语表达,也能向观众传递出宝川内心的叹服。类似的感叹标记语改写还有:

例15.代战公主(唱西皮二六板):来在他国用目看,他国我国不一般。(北京市艺术研究所,2012:80)

PRINCESS.(She looks round.)What a queer place it is!(To audience.)China is indeed a queer land. Everything is just the opposite of our country.(熊式一,2006:180)

原剧本中代战公主觉得西凉国和大唐很不一样,用押韵的唱词将心中所想唱了出来。熊式一把唱词改成了独白,"来在他国用目看"一句改用演员动作代替,"他国我国不一般"则用了一个口语化的感叹句"What a queer place it is!"来表达。除了感叹句外,熊式一多次使用英语感叹词如"splendid""very good"和话语小品词如"oh""ah""ha"等,这些标记语的运用不仅使人物语言自然生动,人物的情感也更加外露和饱满。

插入语也是汉英两种语言口语中常用的表达手段。插入语是在非必需的语言之外,插进一些多余的话,可以让句子衔接更紧密,使语言变得复杂或增加情绪(李伯荣、廖序东,2012:77)。虽然功能相似,但汉英中充当插入语的结构存在差异，如原剧中"听说万岁将父斩，听得宝钏心胆寒"的"听说"属于汉语插入语①，但在对应的英译"Hearing that His Majesty has ordered my father to be headed，I am thrown into a panic"（孙萍，2012：65）中并不存在插入成分。熊式一在改写《红鬃烈马》的过程中，并不执着于对原文的忠实还原，而是积极发挥译者的主观能动性，创造性地添加了多种适合英语表达的插入标记语。

例 16. PRECIOUS S. Well? even if I have promised you **I am afraid my husband won't listen to me**.

HSIEH. No，I won't!

MADAM. But you must! All the best families of this and every other kingdom are ruled by the wife. My husband here will tell you that he has always listened to me，and he will always have to listen to me! He will set a good example for you! （To her husband.）Don't you，my dear?

WANG（gruffly）. **Eh—eh—I do**.

MADAM. And willingly?

WANG（rather unwillingly）. **Eh—eh—yes—willingly**.

PRECIOUS S. Dear mother，you are **indeed** a darling! （To her husband.）As I have already promised my mother **I am afraid you will have to fulfil my promise**.（熊式一，2006：174）

以上为熊式一增译的王母为魏虎求情片段，片段中出现多处语用功能不同的插入语。如王宝川面对母亲和丈夫薛平贵时都使用了"I am afraid"，以表达自己婉转的态度，同时在句法上承上启下，使句子衔接更紧密。王允回应中插入语"Eh"和"yes"的运用，揭示了他犹豫和不情愿的心理活动，与下文的"I do"和"willingly"形成反差。最后一句王宝川夸赞其母亲时，加了副词"indeed"，起到了语义强调的作用。

3. 礼貌附加语和附加疑问句/反问句

礼貌附加语主要包括对他人表示歉意、恭维或感谢时的固定表达。《红鬃烈马》原剧中礼貌附加语无论是数量还是种类都较少，只出现了 4 种 9 个。最多的是念白中出现的"谢万岁"。熊译中礼貌附加语则有 7 种 23 个。出现最多的礼貌附加语是"thank you""please"和"good-bye"，都是英语会话中最常用的

---

① 汉语插入语的分类方法详见司红霞.再谈插入语的语义分类[J].汉语学习，2018(6)：37-45. Tamir(塔米尔).蒙古大学生汉语插入语习得考察及教学建议[D].济南：山东大学，2015.

礼貌用语。译文和原文礼貌附加语出现次数不一的原因,一是京剧是以唱腔为主的戏曲,不宜在唱词中出现过多口语化的礼貌用语,而全部以对话形式展开的英译版则需要这些标记语来揭示人物关系,使对白更贴近日常口语表达。

　　二是从文化理据上看,东西方对礼貌用语及策略选择本身就有很大不同,根源在于文化价值观的差异。荷兰学者霍夫斯泰德(Geert Hofstede)在他的文化维度理论(Cultural Dimensions Theory)中将不同文化间的差异归纳为六个基本的文化价值观维度,其中一种是权力距离,即社会中地位低的人对于权力在社会或组织中不平等分配的接受程度。中西方在这个维度上存在较大差异,中国由于体制的关系,注重权力的约束力,人与人之间的权力距离较大。礼貌用语一般是下级面对上级时使用。而英语国家不同阶层的人权力距离较小,礼貌用语双向使用较多。以道歉的礼貌附加语为例,在英语国家道歉的对象可以是任何人,"不管他的社会地位和社会角色是什么,道歉的对象在大多数情况下是可以互换的,是双向的"(孙静、肖建安,2010:50)。熊式一在改编时,也注意到了中西文化上的差异。《大登殿》中有近一半的礼貌用语出自宰相王允、代战公主等上流人士与下级的对话中,这在原作中是没有的,反映出译者对译出语文化的顺应。

　　附加疑问句和反问句有相似之处,相对于真性疑问句都是无疑而问,偏重加强听话人的印象,强化语义表达效果。两种句型发挥着多种语用功能,如证实强调、表达情感、提出建议等,在口语中被广泛运用。相较反问句,不管在英语中还是在汉语中,附加疑问句常被视为一种礼貌性的语言,语气比较委婉(冯全功,2015:28)。比较《大登殿》的中英版本,原剧中使用的附加疑问句/反问句明显少于熊译本。原剧的5个反问句有3个出自王宝钏之口,如王宝钏得知父亲王允可能会被问斩时,唱道"父亲被斩心怎安",救下父亲后,面对父亲的感谢,唱道"讲什么忠孝两双全,女儿言来听根源";薛平贵封她为后,代战为妃时,她对代战道"说什么正来论什么偏,为姐结发在你先"。由于熊式一在译本中,对原剧情进行了改编,上述几个反问句在译文中均没有体现,但是两类问句在译本中仍出现17次。熊式一在熟练运用这种口语句型时,主要突出了该标记语以下几方面的语用功能。

例17. PRECIOUS S. HOW can you be pardoned? **Don't you remember that** only a short time ago you said you would never be under my thumb? What have you to say now?

　　WEI. I was blind then.(熊式一,2006:168)

例18. WEI. **Have I to thank them who intend to have me beaten**?

MADAM. YOU must!（同上：175）

第 17 例中魏虎要王宝川饶恕他，王宝川反问他难道不记得刚刚死不认错的态度，突出了王对魏虎的厌恶。第 18 例中王宝川母亲要魏虎向薛平贵谢恩，魏虎反问难道他还要向杖罚他的人谢恩，其嚣张跋扈、死不悔改的性格更加鲜明。两个反问句使用并没有传递新的信息，而是强调了一种不满或对抗的语用言外之意，戏剧人物的个性和形象亦豁然开朗。

例 19. MADAM. But you must! All the best families of this and every other kingdom are ruled by the wife. My husband here will tell you that he has always listened to me，and he will always have to listen to me! He will set a good example for you!（To her husband.）**Don't you**，my dear?

WANG（gruffly）. Eh—eh—I do.（同上：174）

例 20. MADAM（smiling）. Yes, it will!（To WANG.）Don't be cross，dear! **Aren't you delighted to see** all our children happily united?

WANG（gruffly）. I am.（同上：177）

"Don't you"和"Aren't you"是口语中常用的反问结构，以上两例标记语均出现在王母的台词中。第一例是王母反问其丈夫，是否会给子女树立一个榜样；第二例中王母反问丈夫，是否乐意看到子女幸福团圆的样子。王母的两个反问并不是真的寻求对疑问的证实，而是希望她的观点获得听话人的赞同，期待听话人对陈述的事实和情况表示肯定和加以证实，诱使听话人参与交谈，使交谈继续进行下去（黄建，1994：13），这也是反问句常用的语用功能。

例 21. SILVER S. **Why don't you** sit down? Why do you stand in such a ridiculous position?

WEI（in a woeful plight）. How can I sit down with wounds like mine?（熊式一，2006：177）

例 22. PRECIOUS S（coming to HSIEH）. DO you always behave in the Western Regions as those two were doing? **Why not** give me a turn?

HSIEH. For shame! Our affection is for each other，and not for public entertainment!（同上：185）

"why not＋动词"作为不定式的特殊句型，是口语中向他人提出建议的常用方式。第 21 例中王宝川的姐姐问魏虎为什么不坐下，第 22 例王宝川问薛平贵为什么不能挽一下她的手。"why not"标记语的使用比陈述或祈使句型直接提出建议或要求更加礼貌和委婉,也使戏剧对话形式丰富生动。

从以上《大登殿》的个案分析中,可以看出熊式一通过 6 类话语标记语的改写,成功建构了口语化的译文风格。在呼唤语和应答语部分,其创造性改写集中在对话人的名字、头衔或应答的增译上;感叹句和插入语部分,他增加了多种适合英语表达的插入标记语,使会话更加流畅;在礼貌附加语和附加疑问句/反问句部分,他利用英语习语揭示人物关系,使对白更贴近日常口语表达。

第三节 译介策略:化意与合璧

熊式一的《王宝川》一经出版,便引起英国评论人士的关注,人们在被这个东方故事打动的同时,纷纷惊叹译本语言的纯正地道,"一点都不像是一个翻译作品,我以为是一个日本人和几个英国人合作写的","他的英文太像(20 世纪)30 年代英国中产阶级的语言"(Yeh,2014:54)。萧伯纳甚至建议熊式一把过于现代化的语言表述去掉。可以说,归化翻译策略的运用既是熊式一剧本获得出版的先决条件,也是其日后成功的重要因素。他在翻译之初就选择了以目标语文化为导向的"可接受翻译",采用多种翻译策略,将原本充满京剧韵味的剧本归化成了地道、流畅的英文,并将其巧妙地与西方文化中的意象"合璧"。

一、减译和省译

对原文中众多的文化负载项,熊式一并不执着于精准还原,在多数情况下进行了删减,使译文更为简练和通畅。

例 23.薛平贵(唱【西皮快板】):

  洞宾曾把牡丹戏,

  庄子先生三戏妻。

  秋胡戏过罗氏女,

  薛平贵调戏我自己妻。(北京市艺术研究所,2012:55)

  HSIEH.I know that many ancient worthies tested the virtue of their own wives, so why shouldn't I?(熊式一,2006:149)

原文出自《武家坡》的"平贵试妻",讲述薛平贵从西凉国回到长安后,想试探一下妻子十八年来是否守身如玉。唱词中他似乎从先前名人的做法中找到了试妻的合法性。洞宾、庄子、秋胡虽然在中国家喻户晓,但对英语观众却是陌生的。熊式一在翻译时,省去了这些专有名词和典故的翻译,减译成了简单的一句"many ancient worthies tested the virtue of their own wives"。

例24. 薛平贵（唱【西皮快板】）：

在头上整整檐毡帽，

身上抖抖滚龙袍。

用手取出番王宝，

三姐拿去仔细瞧。（北京市艺术研究所，2012：60）

HSIEH. Then let me adjust my hat and dust my jacket first. (He produces the royal seal.) Here is the seal of the King of the Western Regions.（熊式一，2006：135）

以上出自《武家坡》第二场，试妻后薛平贵与王宝钏相认，并告诉她自己已在西凉国称王，身上本应穿的是龙袍，戴的是檐毡帽。这两样物件均是中国古代尊贵身份的象征。熊式一的译文省去了对这些服饰细节的描述，简化成了"adjust my hat and dust my jacket first"。

例25. 王宝钏（唱【西皮摇板】）：

先脱日月龙凤袄，

再脱山河地理裙。

两件宝衣俱脱下，〔脱宫装，捧衣看介〕

交与嫌贫爱富的人！（北京市艺术研究所，2012：11）

PRECIOUS S. …Here I am giving back to you these fine clothes，(She gives him the clothes. It is a PROPERTY MAN who receives them.)（熊式一，2006：58）

原文出自《三击掌》，王宝钏为了与薛平贵成婚，不顾父亲的极力反对，脱下身上的华服以示决裂。"日月龙凤袄"和"山地地理裙"均为清代宫衣，有固定样式，是皇妃公主等女性贵族闲居场合的日常服装。与上例类似，熊式一也舍弃了对细节的描述，减译成"fine clothes"。

原文王宝钏的唱白中多次引用中国古代圣贤名言和典故，这对于没有文化背景的英语观众来说是较难理解的，熊式一选择直接删除不译，如下面几例。

例26. 王宝钏：圣人云："人而无信，不知其可也，大车无輗，小车无軏，其何以行之哉！"昔日，孔子困雪山，太公垂钓竿。二大古圣贤，时衰命颠连。丫鬟，打坐向前！〔移座介〕（北京市艺术研究所，2012：9）

例27. 王宝钏：你岂不知："为人谋而不忠乎？与朋友交而不信乎？"失落人家的书信，怎不叫人心痛啊？（同上：55）

例28. 王宝钏（接唱【西皮原板】）：

昔日里有个孟姜女,她与范郎送寒衣。

哭倒了长城有万里,

至今留名在那万古题。(同上:10)

二、换译和增译

双语思维模式的不同会导致语言文化系统的差异,对于同一客观世界,不同文化会有殊途同归的认知方式,从而采取形式相异而内容相似的表达方式(黄忠廉,2019:104)。为了使译文通顺流畅,符合英语的表达习惯,熊式一在译文中多次创造性运用英语习语替换中文的类似表达,力求在语言表达形式变化的同时语用价值不变。

例 29. 王宝钏(唱【西皮散板】):

奴家暗把天祝定,

二月二日配良姻。(北京市艺术研究所,2012:5)

HSIEH. Thank you! (He gets up, bows, and goes.) I'll never forget your kindness! The second of February.

PRECIOUS S (rising to retire). Let's retire to our boudoir and wait for **the will of God**! (熊式一,2006:42)

王宝钏在绣球招亲前已看中薛平贵,并且花园赠金。但最终能不能如她所愿,她并不能完全确定,只能默默向老天祈祷。中国民俗中也有适婚女子祈求月老牵线的传统。熊式一的译文里则将"老天"替换成了西方基督教中的"上帝",更符合西方人的文化传统。

例 30. 莫洪:……人不人,鬼不鬼,也配长着两条仙鹤腿! 像你们这样的,也配跟我说话,换个好脑袋的过来!(北京市艺术研究所,2012:48)

Mu. ...You are too ugly to be called human beings and certainly too ordinary to be called devils;and the most peculiar thing about you is how did you get **a pair of legs like those of an elephant**? Go back and get some one more presentable to talk with me! (熊式一,2006:110)

以上出自《闯三关》中镇守大唐边关的莫洪将军与西凉国代战公主及其随从的对话。莫将军嗤笑随从马达、江海相貌丑陋怪异,而且瘦骨嶙峋,长着一双仙鹤般细长的腿。仙鹤是中国人比较熟悉的灵鸟,在道教文化中,常作为仙人的坐骑,是仙风道骨的高洁之物。但熊式一并没有原样照译,一则西方人对仙鹤并不熟悉，二则用仙鹤腿比喻人的脚在英语中并不常见。而"大象"在英语中有愚笨、大而无用的意思，用来进一步形容马达、江海的怪异颇为恰当。因此，熊式一用西方受众熟悉的"大象腿"做了替换。

例 31. 王宝钏：你就该问他要啊！

薛平贵：他无有，也是枉然。（北京市艺术研究所，2012：57）

PRECIOUS S. YOU ought to ask him to repay you.

HSIEH. YOU can't get blood out of a stone.（熊式一，2006：124）

薛平贵在武家坡试探妻子时，佯装自己是薛的战友，说她的丈夫在行军时向他借了不少银两，催促她替夫还债。王宝钏认为他应该找薛平贵要，薛回道，他没有钱，问他要也是徒劳。熊式一在翻译"他无有，也是枉然"时，并没有按字面意思去译，而是套用了一句地道的英语谚语"You can't get blood out of a stone"，意为无法办到的事。虽然字面意思与原意不同，但语用效果一致，由此可见译者对英语的熟稔和创造性叛逆的彰显。

例 32. 马达、江海：他们国行礼，是麻绳上水——紧上加紧！

代战公主：那不成了捣碓儿了吗？

马达、江海：不捣碓儿，不给月饼吃。

代战公主：咱们娘儿仁捣捣碓儿吧！（北京市艺术研究所，2012：81）

KIANG. Their mode of saluting is like churning cream，（He does so.）

PRINCESS（trying to churn cream also）. How ridiculous!

MA. They say that the 'hitting a dog' salute is equally if not more ridiculous!

PRINCESS. Well，I must try to 'churn cream' in her honour!（熊式一，2006：181）

上例出自全戏最后一出《大登殿》，马达、江海教代战公主用大唐的礼仪给初次相见的王宝钏行礼，即下跪磕头。"碓"是中国传统舂米用具，用脚连续踏另一端，石头就连续起落，可以去掉石臼中的糙米的皮。代战公主觉得频频磕头的动作和捣碓差不多。显然，不食稻米的西方人，很难把"捣碓"和"频频磕头"两个意象联系起来，因此熊式一将"捣碓"替换成西方人熟悉的"搅奶油"，使表达有异曲同工之妙。

除了上述几种创造性翻译方式外，熊式一还根据情节的需要，增译了部分对白，其语言的化意和合璧策略仍然较为鲜明。

例 33. PRECIOUS S. Infernal nonsense! How dare you speak of such a thing to me! The day when you are **under my thumb** you shall pay for this! （熊式一,2006：152）

　　"under sb's thumb"是非常地道的英语习语表达,意为在某人的掌控下。熊式一在设计王宝川与魏虎的对话时,三次用到了这个短语,突出刻画了王宝川疾恶如仇,在权贵面前不低头认输的倔强性格。通过对原剧对白的简化,英语口语习语的增添,改译本的戏剧张力也凸显出来。

例 34. PRINCESS. What! Who is this Lady Precious Stream?

　　　　HSIEH (**in for a penny，in for a pound**). She is my wife! （同上：113）

　　除了台词外,熊式一还标注了必要的舞台提示,如演员的动作和表情,相当于京剧中的"介"。上例出自《赶三关》,面对代战公主的质问,薛平贵不得不承认他在十八年前就已娶妻。熊式一在薛的台前标注了一句英语谚语"in for a penny，in for a pound",对译成汉语就是"一不做,二不休",用来表示薛平贵经历内心一番挣扎后,决意不再隐瞒。谚语的使用往往需要文化语境的依托和支撑,该谚语的运用可以更好地唤醒读者或观众头脑中与之相关的生活体验,达到与演员共情的目的。

例 35. PRECIOUS S. ...I am indebted to you for having entertained my husband for me all those eighteen years!

　　　　PRINCESS (aside). Ah，she is **pulling my leg**! (To PRECIOUS STREAM.) Oh? you needn't be；I was only too delighted to do so! （同上：181）

　　上例为《大登殿》中,代战公主与王宝川首次见面后的对话。王宝川对公主过去一直照顾薛平贵表示感谢,公主因为初到大唐,不通人情世故,面对宝川的客套,以为是她在开玩笑。熊式一此处用了一个习语"pulling sb's leg",来表示"与某人开玩笑"。其轻松幽默的语言接近英国人的日常生活,让不知道的人以为是在看一出现代英国风俗喜剧,而非中国旧剧。

第四节　第一阶段的身份与翻译操控

　　从以上分析中可以发现《红鬃烈马》译文的一大特征就是创造性改写。它不仅体现在改写的情节结构和口语化的语言风格上,也体现在诸多归化为主的翻译策略上。笔者认为,这种文本语言表征的出现与熊式一第一阶段以"奋进谋生者"为特征的寄居国主导型身份有关。在这一身份下,熊式一努力适应寄居国文化,为解决生计问题四处奔走。根据本文提出的离散译者身份协商类型与控制要素之间的对应关系,他的译介也更多受到了英国意识形态和诗学的操控。

一、寄居国主导型身份:奋进谋生者

熊式一在英国离散的第一阶段,生活潦倒,籍籍无名。在各种生存压力下,他不得不优先考虑个人与寄居国当下的关系。在文化接触中,他倾向以寄居国文化为归依,积极学习英国的文化传统,并设法融入其中,形成了以奋进谋生者为特征的寄居国主导型身份。下文从情境、个体和群体三个方面分析这一身份的形成。

情境层面,20世纪30年代英国的大环境对外国人并不友善。熊式一初到英国的1932年,正逢波及整个西方世界的经济大萧条。英国虽然是个多元文化社会,但本地人的就业压力已经不堪重负,对外来移民的态度也趋于保守。初来乍到者,要想站稳脚跟,学习和适应英国的文化和价值观,似乎是唯一的选择。更为糟糕的是,英国对黄种人普遍带有偏见。20世纪30年代初的英国因率先完成工业革命早早进入了现代国家的行业,在看待其他仍处于农业社会的非白人国家时,常戴着有色眼镜。熊式一到英国后发现当地人对中国的偏见早已根深蒂固,学校教科书中大肆渲染一个光怪陆离的中国,一篇一篇的文章荒谬绝伦。在一册小学地理教科书中说,中国人都喜欢吃腐烂了的臭鱼,因为中国人崇拜古物(熊式一,2010:130)。在英国生活的那些年,他一遍遍向人解释,很久以前中国妇女已不缠足,中国的男人也不再蓄辫,吸鸦片也从不是中国文化传统,但始终信者寥寥(同上:129-130)。

个体层面,熊式一虽出生于江西书香世家,但因为三岁丧父,十四岁丧母,未及他成年就已家道中落。他的哥哥曾以家庭经济困难为由,不让他继续在中学读书。后来在其小学校长王朝桢的接济下才渡过难关(安克强,1991:120)。熊式一赴英前,已经与蔡岱梅结婚,并育有5个孩子,生活负担很重,用他自己的话说就是"环境极苦,但我不顾一切,非出国不可"(熊式一,2010:25)。到了英国后,由于经济的窘迫,解决生计是他离散第一阶段的主要目标。他没有先去上学,而是在伦敦中国学会找了一份秘书的差事,计划等工作有了收入后,再安排求学事宜。几经辗转,最后伦敦大学的莎士比亚戏剧专家聂克尔教授愿意接收他攻读戏剧方向的博士。熊式一也十分珍惜这个机会,在伦敦大学勤奋苦读,期望学有所成后改善自己和家人的经济状况。

群体交际层面,丁允珠认为,身份演变的动力来自与他人的象征性符号互动。身份是人际互动和社会化的产物,安全、包容和可预测是跨文化交际者三个重要的交际需求(Ting-Toomey,2005:212)。但从熊式一的种种经历来看,他初到英国时的感受却与之相反。在与当地人的交往中,熊式一感受到了身份的差异化。由于身高只有1.6米左右又是黄皮肤,熊式一常常遭遇无礼的质询和嘲笑。熊式一在回忆录中说,写完《王宝川》剧本后,他想找伦敦西区各大剧院的老板上演。可是由于他的外貌,这些人中凡是先看了手稿再看他本人的,马上就对这个剧本失去了信心。而那些先见了面的人,就没有再去读手稿的愿望了。熊式一那时几乎跑遍了伦敦所有的大小剧院,由于初来乍到,籍籍无名,不仅剧本遭拒,而且常被认为是中国来的骗子。尽管他对外一再重申《王宝川》是一部根据《红鬃烈马》翻译的中国剧,但仍然没有人相信他,认为他是“一个善诈欺的文氓”(熊式一,2010:98)。一番周折后终于找到一家愿意让他试演的剧院,但彩排过程中,又因为熊式一是一个没有名气的导演,而且来自中国,选角和排练遭遇了不少挫折。据他的好友戏剧家罗锦堂回忆,起初排练时演员都不大相信这个瘦弱的中国人能指导他们。女主角来了一天就不见了踪影,其他演员也是三天打鱼,两天晒网,任由自己的性子。女主角一连换了好几个,男主角也好似走马灯一样确定不下来(陈艳群,2016:94)。熊式一事后感叹《王宝川》最后居然能与观众见面,是他没有想到的。晚年熊式一回忆起这段经历用了“运蹇时乖,霉运十足”(熊式一,2010:92)八个字来总结,可见他初到英国时生活的艰难。

虽然生存环境窘迫,但熊式一并没有放弃,相反,他勤奋地学习,热情拜访当地名人,以寻求境遇的改变。他利用各种机会拜访英国的文豪,比如溥仪的老师庄士敦、汉学家骆仕廷爵士等。他还将写好的几个本子送给当时英国的戏剧家巴蕾、萧伯纳等人,希望能得到他们的意见。这说明熊式一尽管因为身份问题遭遇种种不公,但他并没有用排外和封闭来进行自我防御,而是选择积极融入寄居国社会文化中。他认真聆听观众的意见,就是希望能根据英国观众的审美习惯来调整创作;他积极与当地文化名人交往,期望之一是能尽快被当地精英文化圈接受,获得这些主流剧作家的承认和首肯。

为了解决生计问题,熊式一想到了翻译中国戏剧。这样不仅能赚取英国的生活费用,同时也能向国内外同行证明自己的能力。他自己在多年后坦诚,当时翻译《王宝川》“为的是试试看卖文能否糊口”(同上:96),“我之作《王宝川》,唯一目的,是想求一点小利,假若它在另一方面幸而成功,那是万幸,非作者本意,不足称道。"(同上：104)接下来的问题便是如何获得市场的认可。熊式一深知在伦敦西区这样以商业剧院为主的市场里,想要成功,普通观众的喜爱和接受至关重要。因此他说"我最得力的导师,是伦敦各剧院的观众! 在这一段期间,凡在伦敦上演的戏剧,成功的也好,失败得一塌糊涂的也看,我全一一欣赏领略,我专心注意观众们对台上的反应,我认为这是我最受益的地方。"(同上：30)

综上,熊式一离散英国的第一阶段,在个体、情境和群体等条件的制约下,形成了以奋进谋生者为特征的寄居国主导型身份。这一身份也使他在日后《红鬃烈马》的译介中,更多受到了寄居国英国意识形态和诗学的操控。

二、寄居国英国意识形态的操控

寄居国意识形态对熊式一的影响是多面且混杂的,这与当时的历史语境和不平衡的中西地缘政治关系有关。熊式一一方面对东方主义中构筑的落后中国形象深恶痛绝,用警惕的眼光来选择"正面"的译介底本;另一方面他似乎也不自觉地落入西方现代性和"乌托邦中国"的期待中,在西方价值观念的参照下改写译本。

(一)东方主义与西方现代性语境的叠加

20 世纪之交的英国和其他西方国家一样,正处于对外和对内双重殖民的阶段(刘芳,2010：30),与这一历史同步发展的,还有英国对中国形象的意识形态建构。文学领域内英国作家试图以"黄祸"为隐喻构建凶残、野蛮的中国形象。英国作家希尔(Matthew Shiell)于 1898 年首次在小说中使用了"黄祸"一词,其创作的亚洲恶棍 Yen How 博士成为英国大众熟知的人物。小说集《黄祸》(Yellow Peril)在 1900 后几经再版,成为他最受欢迎的作品,甚至一些学者认为这部小说影响了后来的一些反华小说,如伦敦(Jack London)1910 年的《无与伦比的入侵》(The Unparalleled Invasion)(Hashimoto,2003：56)。同为"黄祸"系列的还有英国作家萨克斯·罗默尔(Sax Rohmer)笔下的傅满洲,自 1913 年诞生起这个拟人化的"黄祸"就成为西方流行文化中家喻户晓的亚洲符号。他邪恶、凶残,"手指的每一次跳动都具有威胁,眉毛的每一次挑动都预示着凶兆,每一刹那的斜视都隐含着恐怖。"(Rohmer,1913：17)作品通过对中国凶恶、野蛮、落后这一充满东方主义偏见的形象的指认,强化了西方自身优越性的认知,同时也赋予了白人征服和教化其他种族的合法性(Bhabha,1994：83)。

当时身处英国的熊式一无疑是这种东方主义意识形态偏见的亲历者,哪怕多年后他仍在自己的书中耿耿于怀:"自从欧洲的冒险人士到过那个远在天边的中国以来,一班想象力特别丰富的写作家,以之为他们乱造谣言的最理想根据地……我真不明白,他们为了什么总不肯相信我的解释,三十多年以来,我们再也没有蓄辫子,而且早在很久之前,妇女也不缠小脚。"(熊式一,1989:170)

另一方面,从价值观来说,现代性理念在 20 世纪初的英国盛行。汪晖(2008:45-47)认为,现代性是西方启蒙时代以来新的世界体系生成的时代,它是一种持续进步的、合目的性的、不可逆转的发展的时间观念,包括社会组织结构、文化审美等多个方面。由于其内涵和外延纷繁复杂,现代性之论争复杂且混乱,本书无意进行详细梳理。但从文化思想的角度讲,人们对现代性理念却是有共识的。简言之,它代表的是一种理性原则建立起来的现代文明标准,强调以人的价值为本位的自由、民主、平等观念。西方哲学家相信通过科学与艺术,人类可以有更多认知世界和自我的工具。英国作为最早完成工业革命的西方国家,其技术发展和资本主义制度的建立为其现代性理念的发展提供了充足的物质保障和组织条件。综上笔者认为,熊式一就是在东方主义和西方现代性意识形态的叠加下,完成了对《红鬃烈马》的译介。

抱着对东方主义的强烈不满和拳拳爱国之心,熊式一在最初选择哪个翻译底本时,是经过一番思量的。他最想翻译的是《玉堂春》,但顾虑到第一个剧本便使用娼妓为主角,其中又有奸情和谋杀亲夫之事,可能会加剧中国在海外的负面形象(熊式一,2006:191)。在权衡下他选择了人物形象和主题都较为正面的中国京剧《红鬃烈马》。但即便如此,剧中仍然有一些在熊式一看来不符合文明标准的细节:比如有关暴力和酷刑的描写——王允和魏虎多次殴打薛平贵,薛平贵为了复仇最后将魏虎的脑袋砍落并挂在竹竿上;有关迷信的描写——王宝钏梦见天降火球、妖马作怪、鸿雁开口说话等;有关政治迫害的描写——王允派高嗣继追杀薛平贵并意图篡位称帝。熊式一在多年后的中文版《王宝川》序言中说得更为直白:"我对迷信,一夫多妻、死刑,也不主张对外宣传,故对前后剧情,改动得很多。"(同上:192)正是基于这样的考虑,熊式一将文本中有可能加深英国人对中国意识形态偏见的细节全部删除。细节容易删除,但贯穿全剧的文化观念不是仅通过修修剪剪就能轻易移除的。从上文的分析看,熊式一至少在女性、阶级、华夏中心论这三个层面对原文呈现的传统文化观持批判的态度。那么在框定了亟待改写的部分后,该用什么样的价值参考体系来进行修正呢?

从改写后的内容看,熊式一明显是在西方现代意识形态的审视下完成了这一修正:王宝川从一个缺乏女性主体意识的人变成了一个将爱情掌握在自己手中的独立个体；薛平贵和王允之间原本固化的阶级矛盾因为双方的平权意识而变得温和可调；中国流传千年的"华夏中心"思想被世界主义倾向的新国际观取代。这同时产生了一个熊式一身份认同的悖论，他一方面痛恨英国妖魔化的涉华意识形态，另一方面又以英国或者说西方的现代价值体系来映照和规约自己的改写。其实西方现代性思想对熊式一或者说五四那一代中国知识分子影响深远。熊式一之所以在民国初年就积极投身西方文学的翻译事业，是因为他和胡适一样坚信，只有引进西方的现代思想才能治愈这个国家的沉疴痼疾。因此他在翻译《可敬的克莱登》时说，翻译此书的目的就是要宣扬西方"天赋民权"的思想。而当时民国的教育部甚至规定，无国外留学经历者不得获得教授头衔①。可以说对西方现代性的推崇，已成为五四一代大多数知识分子的集体无意识。而造成熊式一以及同时代离散知识分子对西方认同二重性的根源在于20世纪初中国半殖民地半封建的政治混杂性。他们对现代主义的理解是在地区与离散语境相互交织的多元背景下形成的：在地区语境中，中国始终未曾建立起和印度类似的殖民意识形态（Duara，1995：222）。在中国不存在对现代性的彻底批判，取而代之的是对现代性的不懈追求（史书美，2007：178）。在离散语境中，海外对中国的误解乃至敌视，激发了熊式一等人的民族主义情绪，使他们始终对西方心存防备，随时做好了为祖国辩护的准备。

　　表现到本案例中，熊式一小心翼翼地寻找能正面宣传中国的底本，提纯美化式地过滤原文负面的细节，然后按照西方的现代价值观予以改写。但改写的同时也带来一个问题，就是离散译者在海外向世界表明中国立场时应采取什么样的态度？是以春秋笔法，还是做个直笔的"董狐"向世界介绍中国。如果说砍头杖毙有暴力之嫌，但天降火球、大雁说话这些情节无伤大雅，并且一直是中国民间神话的一部分，把这些东西也全部删除替换是否有矫枉过正之嫌呢？

　　不可否认，熊式一凭借《王宝川》为中国在全球戏剧舞台上挣得了前所未有的荣光，但他仍遭到了当时国内知识界的质疑和批评。洪深认为《王宝川》是"一部模仿外国人所写的恶劣的中国戏"，更是"辱国"的（洪深，1936）。其中的改编只是为了迎合外国人的欢迎，译者没有展现一点"完全真实"的"中国情形"的诚意。虽然洪深的批评过于激烈，但他确实向海外译者抛出了一个新的问题：为中国发声是否必须与文过饰非相连？披沙拣金后的《王宝川》确实呈现出一派云淡风轻的祥和气象，但即便那是真的，也只是中国社会的一个面向。如倪婷婷（2019：182）所说，如果所有译者都执着于"理想中之中国"的幻境构筑，

----

①　当时受青睐的留学目的地主要是欧美和日本，即西方现代性最早产生的国家。

而偏枯于"现实中之中国"的写真,那便滑入了自欺欺人的泥淖。如何在表现现实中国之复杂和维护中国形象方面取得巧妙平衡,不仅是过去也是今天跨文化交际工作者值得思考的命题。

(二)"乌托邦中国"与纯正中国性

1914 年欧战的爆发是世界史由近代转入现代的重要标志。但如果从文化史的角度看,欧战同样是东西方文化对话的新起点(郑师渠,2005:2)。一战后,许多欧洲人对原来自以为傲的文化和制度产生了严重的怀疑,哀叹颓唐、复古迷信之风四起。斯宾格勒(Oswald Spengler)在 1918 年一战结束前夕推出了轰动整个西方世界的著作——《西方的没落》(*The Decline of the West*)。书中直言欧战不是"民族感情、个人影响或经济倾向的一团一时性的偶然事故",而是表明西方的"浮士德文化"正走向灭亡(斯宾格勒,2008:78)。文化信心的丧失使许多西方知识分子把目光投向了东方,欧战后出现了崇拜中国的热潮。他们把以黄土文明立本的中国想象成乌托邦化的文化他者,将其视为西方物质主义文明的补充。1933 年,英国小说家希尔顿(James Hilton)推出了他的成名作《消失的地平线》(*Lost Horizon*),并风靡欧美。他在书中以虚构的形式构建了乌托邦化的中国形象,为西方描绘了一个神秘古雅的中国仙境——香格里拉。那里的山民简朴勤劳,神秘古雅。因为长期与世隔绝,未曾受到西方工业革命的污染,那里仍保有东方式的自然灵性和对土地的眷恋。同样被乌托邦化的还有中国的民族性格。就像西方观众把王宝川苦等丈夫十八年当成一种不可思议的美德一样,英国哲学家罗素(Bertrand Russell)1920 年到访中国后,写道"中国人性格中最让欧洲人惊讶的莫过于他们的忍耐"(罗素,1996:2),"中国人,即便是受害者……他们坐等不幸自行消退,像汽水的泡沫自行消失"(同上:158)。就连远在美国的华人翻译家王际真也感受到了罗素观点的流行:"近几年又叠加了一种伤感的蒙太奇效果,把中国描绘成一片由宁静和传统笼罩的土地,种地的农民也成了谦逊的哲学家。"(Wang,1941:vii)无论是美学还是民族性格上的乌托邦化,其实都指向了一个事实,那就是西方在经历喧嚣工业革命和第一次世界大战后,试图找回遗失的乡土社会和淳朴的民风,中国在跨文化借鉴中意味着一种"自身具有潜在变革能力的适应性策略"(Porter,2015:24)。它代表了"欧洲在 19 世纪工业化和帝国主义的历史进程中失去的东西"(Porter,2004:30-32)。

从《红鬃烈马》的翻译来看,当时英国社会的这一意识形态也影响了熊式一对原文的理解和改写。从选材上说,他固然有洗刷中国负面形象的考虑,但是表现中国正面形象的作品有那么多,为什么偏要选择一出"旧剧"(熊式一,

2006：187）呢？事实上，早在清末中国就开始了戏曲改良运动，以春柳社为代表的时装戏、文明新戏已出现在各地。五四运动初期戏曲改革便被提上议程，1919年胡适在《新青年》发表剧本《终身大事》，更是"开启了中国现代话剧的新纪元"（戴勇，2015：133）。为了响应胡适等人的号召，在《王宝川》演出的前一年，熊式一创作了反映现代上海都市生活的话剧《财神》。但是到了英国后，他还是在萧伯纳"写点不一样的中国的东西"的建议下，另起炉灶地译起了传统京剧《红鬃烈马》，这是否暗示了熊式一和大部分西方人一样，认为更能代表纯正中国性的，还是老祖宗留下的那些东西呢？

从赞助人的角度看，熊式一的投资方伦敦小剧院（Little Theater）的老板南希（Nancy Price）也有意将《王宝川》包装成中国古老文明的代表。在前期宣传中，该剧院的官方杂志刊登了一系列关于中国传统文化的文章，出版了熊式一翻译的杜甫、高适、李煜等人的诗词（Hsiung，1934：6-11）以及根据《孟母三迁》改编的短剧。短剧的末尾还附上了熊式一撰写的中国艺术概览。乍看起来，无论是中国古诗还是中国艺术介绍都和《王宝川》没有什么内容上的联系，但这一宣传策略暗示了赞助人和熊式一从一开始就没打算把《王宝川》作为一部孤立的戏剧推向大众。和同期在南希剧院内售卖的中国小摆件一样，《王宝川》已成为英国文化流通中的一个符号，它不仅充当了连接上层文化和下层文化、唐代诗歌和中国工艺品之间的纽带（Shen，2006：95），也成为"纯正中国性"（authentic Chineseness）的象征。

颇有受众意识的熊式一也敏锐地察觉到了英国人对"理想之中国"的渴望。在翻译时，他有意识地将英国观众对中国的乌托邦想象转换成了一个个"纯正"的中国元素。在舞台设计方面，熊式一没有采用西方盛行的自然主义戏剧理论，去追求"舞台布景与剧中人物生活一致"（Carlson，1985：275），而是继承了中国戏曲舞台虚拟性的特点。舞台背景空旷，道具朴素简单。民国电影皇后胡蝶1935年在伦敦观赏完《王宝川》后认为，熊式一将中国京剧的布景平移到了《王宝川》中（见图4-2），她在回忆录中写道：

> 戏台上布景很简单，当中一块天空的画景，两旁挂了几张中国古旧的刺绣品，不能算布景，只能说是有点中国气氛而已。因为平剧舞台上的布景在伦敦无从购置，都是临时从各处收藏家处借来的，演员的服装也是如此，所以看起来有些东西东拼西凑，不伦不类，不大合调（胡蝶，1987：191）。

图 4 - 2　30 年代《王宝川》伦敦上演剧照(卫咏诚,1936:41)

图 4 - 3　《王宝川》中《赶三关》剧照(卫咏诚,1936:41)

熊式一借鉴了京剧砌末虚实相生的艺术手段。在《赶三关》中用一块布来指代城楼，用站在高位的莫将军指代上层空间，站在低位的代战公主指代下层空间，把两个有联系的静态空间通过并置的方式呈现在舞台上（见图4－3）。这对当时习惯了现实主义舞台设计的西方观众来说是一次不小的冲击，也与同时期上演的英国戏剧舞美的繁复（见图4－4）形成强烈反差。

图4－4　1900年《仲夏夜之梦》伦敦演出剧照（郑国良，2010：359）

此外，熊式一对"纯正"中国元素的展示还体现在舞台和文本的其他方面，如徐悲鸿和蒋彝为该剧创作的古色古香的封面和插图；戏台上精美的中国器物和戏服①，以及下文要分析的充满中国古风的开场戏。对熊式一来说，"纯正中国性"不仅是剧目获得市场关注的关键，也是他通过文化身份绑定获得个人成功的重要环节。他在接受媒体采访时也一再强调，这是英国第一部由中国人导演的正宗中国戏，"在剧本中，我丝毫没有尝试改动原文的任何东西。下面呈现的是一个典型的中文剧本，跟中国舞台上演出的版本丝毫不差。除了语言，它

---

① 根据当时的媒体报道，玛丽女王穿着带有中国刺绣的服装前来观赏，而且一看就是8次。演出结束后，她要求工作人员挑选演员身上最精美的戏服拿到包厢供她查看，并对剧中出现的精美器物赞不绝口。

的每一寸都是中国戏。"(熊式一,2006:11-12)

熊式一的话和事实并不相符。在《王宝川》开场的第一幕,熊式一为观众呈现了一幕"改动"后的美好中国画卷:皑皑白雪中,丞相王允一家坐在花园里,大家一边围炉赏雪一边畅谈家事。家丁薛平贵也前来助兴,与众人泼墨挥毫,吟诗作对。于是前文分析过的熊式一何以在开篇用赏雪作诗代替了天降火球,又可以从另一个角度来分析。因为译者非常清楚,这种幻境般的中国风情,以及由时空遥远相隔带来的东方审美意境,对于英国观众太有吸引力了。熊式一的好友,伦敦大学文学教授阿伯克龙比(Abercromby)就在《王宝川》序言中写道,这出剧的魔力不在于令人愉快的戏剧技巧,而是剧中人展现的言谈举止和生活方式。让他印象最深的就是第一幕:"王丞相在花园中以赏雪吟诗来庆贺新年,并非这个世界的镜花水月。它不会发生在唐宁街上,但在熊先生的世界……是一个精致、得体的真实存在"(同上:5)

亚阿伯克龙比的溢美之词显示出他认为剧本中的风花雪月、吟诗作对就是中国文化的"精华","纯正中国性"在此刻被置换成了令人艳羡的东方审美和传统家庭的生活方式,而且它只能出现在还未被工业革命席卷的中国。熊式一的改写可以说顺应了英国社会中对失落的田园生活和古典人文传统的不舍和怀念,"纯正中国性"的元素设计使许多英国人的文化乡愁得到了某种形式的补偿。

三、寄居国英国诗学的操控

勒菲弗尔在论及主流诗学时认为,诗学主要与文学手法和文学职能相关。文学手法包括体裁、象征、主题、叙事情节和人物等。人物还可能被类型化,就像欧洲童话里恶毒的后妈、善良的公主等。文学手法一旦在某个时期成为规范,就会影响到后来产生的作品(Lefevere,1992:27)。《王宝川》出版前,通俗商业剧是英国西区剧院的主流体裁,其创作手法也有了较为固定的结构。同时,欧洲出现了新兴的戏剧表现形式如布莱希特的间离式表演和《黄马褂》中检场人、道具员的设计,这些诗学因素都对熊式一的译介产生了影响。

（一）20世纪初英国主流戏剧体裁和结构

勒弗菲尔(1992:92)认为,社会流行文本的类型决定了读者期待。20世纪初,通俗商业剧受到观众的热烈欢迎,成为英国戏剧舞台上的主流体裁。究其原因,笔者认为主要有以下几个方面。

首先,中产阶级人数的扩大和财富的增加。随着英国资本主义在海外的殖民和扩张,英国资本主义向垄断阶段发展。据统计,1900年英国从海外掠夺来的高额利润和利息收入达一亿英镑,到 1914 年时翻了一番,比其对外贸易收入高 4 倍有余(休,1994：56)。大量快钱的涌入使中产阶级的数量快速上升。由于股份公司的发展取代了原先的传统家族企业,中产阶级持有的股票数量不断飙升,许多人不需要工作,也可以通过股息过上体面悠闲的生活。英国戏剧理论家亨特曾对戏剧在中产阶级中的兴盛有过详细的描述：

> 中产阶级财富日增,休暇日多,这使戏剧观众的组成成分和态度发生了变化,也使戏剧娱乐组织发生了重大的改变。到剧院去看戏变成了一种迷人的社交活动,如同到教堂去做礼拜一样。人们很讲究衣冠,剧场正厅的前排的观众和花楼包厢里的观众必须穿正式晚礼服。到剧场去看戏成了举办家庭晚会和联欢会的一种方式。(休,1987：9)

其次,资本集团的运作。精明的资本家马上从这群无所事事的富裕阶层中看到了商机。在资本主义"供求"规律的支配下,出现了一批专门满足英国贵族和上流阶层消遣需要的剧院和剧目,即伦敦西区剧院,这也是熊式一作品上演的地方。20 世纪初,伦敦西区的剧场被少数联营的资本家控制,这种剧场联营的模式后来又扩展到伦敦以外的地区,造成了全英的商业剧场被少数资本家垄断。这些资本家并不关心上演剧目的文学性,而是把商业利润作为首要考虑因素。正如雷诺兹(Reynolds)博士在其著作《现代英国戏剧史》中指出的那样,20 世纪初的英国剧坛"整个戏剧原则就是一个,即娱乐。戏剧是一种文明的享受,是一种感官的盛宴,是一种令人愉快的消遣,是一种令人对毛骨悚然的事物或对异乎寻常的事物发生爱好的刺激物。"(雷诺兹,1949：2)此时正值欧战结束,政府也有意通过这种娱乐体裁的戏剧减缓民众战后的迷茫和焦虑。为了慰劳前线的士兵和休整的部队,英国的武装部队甚至在 1916 年的海、陆军士俱乐部建立了娱乐部,用来专门负责接待剧团到兵营演出(休,1994：102)。因此,可以说以娱乐和轻松为主的商业剧成为这一时期英国戏剧界的主流诗学体裁。

从创作手法来看,伦敦西区的商业剧目一般都吸收了滑稽戏和杂耍中的幽默元素,虽然也会对社会中的某些现象做讽刺,但都缺乏重大的社会主题和深入的批判。故事情节的发展主要依赖于巧合而不是故事本身内在逻辑的推动。当时的英国文豪毛姆(William Somerset Maugham)自称这个时期他所写的戏是一种"没有说教的对话;有时它也引出某种道德观念,但只让你耸耸肩而已,仿佛是要你不必过于重视它⋯⋯戏剧的目的不是教育,而是娱乐,艺术与道德无关"(转引自廖可兑,2005：373)。

在这样一种诗学风格导向下,英国出现了一批以情节离奇和曲折多变为特征的佳构剧(well-made play),并迅速成为商业剧中最受欢迎的类型。其中最负盛名的佳构剧作家是平内罗(Arthur Wing Pinero)和亨利·阿瑟·琼斯(Henry Arthur Jones)。平内罗一生共写了 56 部戏,除少数几部戏涉及社会现实题材可以被称为"严肃剧"外,大部分都是佳构剧。与他齐名的琼斯一生写了 67 部戏,也只有少数一两部可以归为正剧。这类剧在结构上的共同特点是:开幕后在短时间内交代人物关系;大都运用误会、秘密、乔装和逆转等手法来制造悬念和冲突;人物类型化,有专门负责幽默的丑角设计;小道具对情节有重要影响。剧中的主人公一般都是才子佳人或资产阶级上流社会的人物,表现主题多是这些人物间的爱情、婚姻纠葛或冒险传奇。剧情开始时会出现好人受欺,坏人上位,男女主人公因误会或外部阻力无法在一起的情节,剧终时误会或得以澄清,男女主角破镜重圆,全剧以大团圆收场(Tian,2017:165)。如果我们用这个戏剧结构来审视《王宝川》,我们会发现它几乎符合上述的每一个特征,稍有不同的是资产阶级的贵族改换成了中国官僚体制下的上层人物,因此整个故事也多了几分异国情调。

熊式一(2010:29)曾说:"我最得力的导师,是伦敦各剧院的观众!在这一段期间,凡在伦敦上演的戏剧,成功的也好,失败得一塌糊涂的也看,我全一一欣赏领略,我专心注意观众们对台上的反应,我认为这是我最受益的地方。"如他所说,当伦敦西区的观众都沉浸在对佳构剧的喜爱时,熊式一也顺应了这种戏剧诗学规范。从译文最后的呈现来看,改写的部分确实有强化佳构剧情节曲折浪漫的痕迹。有关浪漫化和喜剧化的改写,在上文中已做了分析。此处再补充几点有关情节戏剧化的例子。

原剧中薛平贵灌醉代战公主,勇闯三关是发生在他和公主结婚十八年后的偶然一天,但在《王宝川》中变成了他和代战公主举行婚礼和公主加冕的同一天。这种改写显然不是无意的,而是译者希望通过戏剧冲突的叠加使情节变得更为曲折,为观众制造紧张感。在第四幕薛平贵登基后,译者将魏虎被杀的情节改写成了众人想方设法营救魏虎。在这一情节中,熊式一分别让银川、金川夫妇、王允带着各自的计谋一一登场。在众人都营救失败的时候,又设计了一个逆转,让王母从向薛平贵求情转而向王宝川求情,最后终于圆满收场。在人物语言设计上,熊式一多处增加了猜谜的方式"抖包袱",为观众制造悬念。比如第一幕花园赠金的戏中,王宝川碍于矜持没有直接向薛平贵表达爱意,而是说了一句爱他的人"远在天边,近在眼前"。在薛平贵即将远征西凉,与妻子告别、武家坡试探妻子的戏中,熊式一都用了类似的哑谜形式来增加笑料和悬念。

(二)新兴戏剧表现形式的影响

布莱希特(Bertolt Brecht)是 20 世纪西方戏剧理论史上绕不开的人物,他的舞台表演学说被誉为世界三大戏剧体系之一（周华斌，2019：69）。20世纪初被引入英国后，深深影响了凯恩西（Sean Cairnsey）、科沃德（Noel Coward）、克朗斯代尔（Frederick Cronsdale）等英国先锋艺术家。在他1930年撰写的《马哈哥尼城的兴衰的注释》剧论中，布莱希特试图创立一种采用叙述的、间离式的表演方式。在传统镜框舞台上，一般写实的室内景只有三面墙，沿台口的一面不存在的墙被视为"第四堵墙"。"间离"就是要将人们熟悉的事物陌生化，打破观众的幻觉和剧院的"第四堵墙"，用创造性的手段去追寻那些遮掩在假象背后的因果规律，最终获得对事物的本质认知（周宁，2008：839）。从认识论上说，间离想唤起的是人们的理性而不是感情。它要冲破传统舞台"逼真"法制造的幻觉，用批判的态度对待眼前的事物。因此在戏剧设计上，演出过程中会穿插许多令观众出戏的内容，如朗读表演指示和说明、演员第三人称的叙述等。表演上，为了避免观众感情融入剧中人物的感情中，演员不应该与角色的感情完全一致，应始终保持对角色的批判和审视的态度（布莱希特，1990：20）。布莱希特"间离式"表演模式的提出极大影响了20世纪30至40年代英国的戏剧舞台。熊式一在《王宝川》的台词改写上也受到了这一新兴戏剧形式的影响，剧中人物多次出现反共鸣的说白。比如第三幕中，莫将对前来赶三关的代战公主说"这城门是布做的，你不小心的话会把他弄坏的。"（熊式一，2006：111）王宝川对薛平贵说："世界是一个舞台，人类不过是台上的演员，人生是一出让人悲伤的戏。"（同上：133）第四幕银川试图营救魏虎却屡屡碰壁，在退场前对观众说："我这一下变成寡妇了，我太不喜欢这出戏了。"（同上：165）这些间离式的台词在原剧本中并不存在，也不符合中国传统京剧的台词设计原则。它的改写生动诠释了布莱希特的"驱散幻觉，阻止共鸣和引发思考"的戏剧学说，展现了熊式一融合传统与新兴戏剧形式的能力。

另外值得注意的是西方中国主题剧对《王宝川》的影响。一战前后，中国主题剧《黄马褂》（Yellow Jacket）风靡英美。《黄马褂》是一出由美国戏剧家本里默（J. Harry Benrilno）和黑兹尔顿（George C. Hazelton）在1912年创作的中国主题戏。故事情节与《赵氏孤儿》相似，讲述的是皇子通过复仇夺回象征皇位的黄马褂的故事。它被一些国内学者认为是西方人为追求东方异国情调而妖魔化中国的剧本（姜萌萌，2013：304）。但其影响力之大，连不喜欢这部戏的剧作家姚克在多年后也不得不承认，一战后英美对中国戏剧的认识源自《黄马褂》，它一定程度上规范了西方对中国戏剧的诗学想象（姚克，1940：17）。在美国获得巨大成功后，1913年《黄马褂》被引入英国，在伦敦连演200余场，同样受到英国观众的热烈欢迎。作为差不多同时代的中国戏剧作品，笔者认为《王宝川》在朗读者和检场人的设计上很可能受到了《黄马褂》的影响。

评论者普遍认为,《黄马褂》能获得票房上的巨大成功,除了情节的曲折,导演对写意派布景的运用也至关重要。本里默曾在导演札记中表达过对奢华铺张的布景和服装设计的不满和对克雷简洁写意风格的认同(转引自都文伟,2001:43)。虽然和真正的中国传统舞台相比,《黄马褂》的布景仍显精细,但它已突破了西方原有写实布景:演员上下场有指定出入口,乐队安排在台上让观者看见,运用少量象征性的道具如桌子、椅子、纸片做的车马。为了让观众更好理解这出戏,导演加入了一个叙事者歌队(Chorus),让歌队在每一幕开场前介绍剧情,解释场景的变换以及剧中道具的象征意义。比如叙事者在开场后不久说道:"这出戏讲的是母亲的爱、青年的爱和人的仇恨。人往往因为恨去做坏事……我们希望能用这一拙作,为你们带来一些快乐"。(同上:49)这个歌队的功能与上文中提到的《王宝川》中的朗读者设计如出一辙(详见第四章第一节)。朗读者会在《王宝川》每一幕开场时和剧中,不厌其烦地向观众解释剧情和道具,使剧情在时间、地点转换上过渡更自然。

《黄马褂》中道具员(props man)的表演设计同样为《王宝川》带来启发。这个道具员和中外传统舞台上本该隐形的道具员不同。他不仅一直处于前台,还通过夸张的表演故意引起观众注意:搬完道具后,从助手手里接过一碗饭吃起来,随后坐在空凳子上一边吸烟,一边翻翻报纸(同上:49)。这种突破常规的舞美和表演方式在英国一经演出,引起了极大的关注。英国戏剧家格里(J. T. Grein)(1913)称《黄马褂》的魅力在于赋予了观众丰富的想象空间,简洁的舞台和抽象的道具是现代戏剧的表现。另一位评论者则称,道具人是整部戏新的戏剧力量,它的出现升华了古希腊埃斯库罗斯风格(Aeschylean)的戏剧效果。英国戏剧不应再停留在对声色光电的依赖,而应该向象征性的现代戏剧转型(S. O.,1913)。

作为戏剧家的熊式一自然也关注到了《黄马褂》的市场成功,他在晚年回忆《王宝川》创作经过时,也明确提到了《黄马褂》在英国的"热闹"(熊式一,2010:27)。《王宝川》的剧本中,检场人的设计和《黄马褂》中的道具员几乎一致。相关剧本舞台提示也明确将其从幕后推向台前:

例 36. 一个穿着深色衣服的人,搬一把椅子放在舞台的右边,椅背上绑一支竹竿子,上面有略带几片树叶的树枝。另外又有一个也穿深色衣服的人搬一张小小的桌子放在舞台的左边,他们便是中国旧舞台上的检场人。(熊式一,2006:14)

例 37. 令人惊讶的是,他那两位家丁,并不和他看座儿,倒是那台后站着的一个检场人，走上前来，替他安排一把椅子，椅子上堆着一堆椅垫子，放在他身后。他对着观众坐下，检场人又替他把后面的衣服牵直，他便讲演似的对观众介绍自己。（同上：15）

例 38. 兵甲：这儿是干柴十担。

宝川：（请他把干柴放在一边，检场人随手接过去）请您放在这儿。

兵乙：这儿是老米八斗。

宝川（请他把老米放在另一边，检场人随手接过去）请您放在那儿。

（同上，2006：67）

从以上三个例子中，可以看出本该隐形的检场人如何一步步超越原有的舞台功能，直到成为和剧中人物互动的一个角色。第一例中的检场人基本遵循了它原来的功能，用沈的话来说，检场人是连接真实生活和幻觉的人，他有把任意物件变成戏剧符号的魔力（Shen，2006：92）。剧中两位黑衣检场人在椅背上挂上竹竿，竹竿就不再是竹竿，而是成为相府花园的能指。

第二例中，检场人已成为剧情的一部分。给王允搬椅子的动作本可以由场上的家丁完成，但是检场人却走到前台，越俎代庖地替家丁完成了。搬完椅子后也不马上退下，而是有模有样地整理起王允的衣服，故意吸引观众的注意力。

第三例是两个士兵为王宝川送柴米的戏，本来可以由三个演员自行完成，但在熊式一的改编下，却成了一出四个人的戏。检场人在戏里的功能也很明显，他故意把士兵给王宝川的米拿走，就是为了打破观众心目中对自己"工具人"的定位，以一种看似漫不经心的"僭越"达到另类的喜剧效果。

事实上，这一喜剧化改编确实收到了良好的接受效果。英美多家报纸刊登评论，称全剧最让人感到有趣的就是两个检场人（M.E.P，1935）。除了剧本上这些"有据可查"的舞台提示，根据都文伟的考察，《王宝川》中的检场人还会在舞台上进行即兴表演，比如在幕布旁抽烟，给演员递茶水（Du，1995：200）。递茶水这种做法虽然在京剧舞台上存在，但那是因为京剧演员长时间演唱后需要喝水润嗓，在话剧舞台上则根本没有递水的必要，科班出身的熊式一不可能不知道这一点。因此笔者认为熊式一有意把检场人变成剧中的角色，让观者注意到他们的存在。通过对检场人角色在传统戏曲中功能的挪用，熊式一一方面保留了其在西方舞台上充满异域风采的他者符号的定位，另一方面通过表演形式的改编，让观众看到了布莱希特间离戏剧风格的影子。

综上，熊式一通过体裁和结构上对英国主流商业戏剧的顺应，细节上对新兴戏剧创作形式的戏仿，如布莱希特的间离式表演，《黄马褂》中检场人、道具员的设计，成功改写了中国传统京剧。《王宝川》终于在西方被观众接受和喜爱，熊式一也用他自己的方式发出了华人在西方舞台上的华丽回响。

第五节　本章小结

从文本内部看,《红鬃烈马》的翻译呈现出创造性改写的特征。内容结构上,熊式一对原文进行了大刀阔斧的创造性改写。语言风格方面,他通过话语标记语的改写,建构了更加符合西方互动式言语交际特征的口语风格。译介策略上,他采用减译、省译、换译和增译等多种方法,将原本充满京剧韵味的剧本归化成了地道、流畅的英文。从文本外部看,这一文本表征的出现,与熊式一第一阶段以"奋进谋生者"为特征的寄居国主导型身份有关。在情境、个体、群体条件的制约下,他以积极主动的姿态融入新的文化环境中。《王宝川》的改写也更多受到了来自英国意识形态和诗学的操控。意识形态操控主要表现为,东方主义与西方现代性语境的叠加、乌托邦化中国和纯正中国性的想象;诗学操控主要表现在 20 世纪初英国通俗商业剧的流行和新兴戏剧创作形式的影响。

第五章

离散第二阶段:《西厢记》的英译传真与操控

　　熊式一在离散第二阶段(1935—1937)翻译了中国戏曲经典《西厢记》。1935年年底,随着 The Romance of Western Chamber 在英国的出版,熊式一再次成功输出中国文化,成为全世界第一个《西厢记》的英文译者。为了达到翻译的尽善尽美,他埋头于英国骆仕廷爵士的中文藏书楼,参考了17种不同的版本,最后以明代金圣叹版的《西厢记》为翻译底本,文徵明的诗词注释为参考。这个译本后来被哥伦比亚大学采用,作为哥大大学丛书中的学生普及本,其他许多英美大学的中文系也将该译本定为上课教材(熊式一,2010:22)。《西厢记》的翻译成为熊式一离散第二阶段当之无愧的代表性译作。本章将从结构内容、语言风格和译介策略三个方面探究熊译版《西厢记》的文本表征。

第一节　结构内容:以原文为归依和灵活调适

　　明末清初戏剧家李渔曾说:"自有《西厢》以迄于今,四百余载,推《西厢》为填词第一者,不知几千万人,而能历指其所以第一之故者,独出一金圣叹!"(李渔,2005:408)可见金圣叹批本历史地位之高。熊式一也选用了金圣叹本——《贯华堂第六才子书西厢记》作为翻译底本。关于熊式一英译版本,本书采用的是1968年美国哥伦比亚大学的重印版,译文内容与初版一致。为了更好凸显熊式一的文本特征,本书使用许渊冲先生的英译版《西厢记》——The Romance of the Western Bower (2009)作为对比。该版在2009年由中国对外翻译出版社出版。虽然两个译本在时间上相差了不少,但许先生同样是将金圣叹点评版作为翻译的底本,因此笔者认为二者具有可比性。

　　与《西厢记》另一大传世底本——凌濛初朱墨套印本《西厢记五剧》相比,金圣叹本在原文结构上添加了多个章节标题,而不像凌本用折子序号代替。章节标题是作品结构的重要标识,起到画龙点睛的关键作用。它不仅概括了作品的主要内容,还能揭示文章线索,让作品结构更为清晰。金圣叹版本的标题有三类。第一类是题目总名,第二类是"四章题目正名"和"续之四章题目正名",即五本戏里每一本的分标题,第三类是每一本下面的四个折标题,共计 20 个。译好了这些标题,也相当于准确把握住了原作的结构。下面对熊译本和许译本的标题翻译进行分析。

第一类是题目总名的翻译。原题是"张君瑞巧做东床婿,法本师住持南赡地,老夫人开宴北堂春,崔莺莺待月西厢记"(王实甫、金圣叹,2011:32)。该内容总目概括了全书的主要内容,预示了书中四个主要人物的命运与结局。题目中出现了四个呼应的方位词,金圣叹认为"'东''南''北'三,陪'西'字焉"(王实甫、金圣叹,2011:32),"西"是整部书的题眼。许渊冲省去了这些题目总名的翻译。熊式一以原文归依,完整重现了这些标题,不仅四个方位词悉数译出,而且巧妙解释了四个人物在剧中的身份,方便英语读者辨识:

CHANG CHÜN-JUI ingeniously becomes the selected son-in-law of the Eastern Bed.

FA PEN, the Superior, rules over the Southern Buddhist Monastery.

MADAM TS'UI, the widow of the late Prime Minister, gives a merry feast in the Northern Hall.

TS'UI YING-YING, her daughter, awaits her beloved by moonlight near the Western Chamber.

第二类是分标题翻译。其中第五本是前四本的续章。通过对比,笔者发现熊式一以原文为归依,忠实还原了每个分标题,而许渊冲版选择了省去不译。五本分标题原文、译文如表 5 - 1:

表 5 - 1　金圣叹版《西厢记》与熊式一译文章标题对比

金圣叹版《西厢记》	熊式一英译版
第一之四章题目正名:	THE TITLES OF THE FOUR ACTS OF THE FIRST PART
老夫人开春院 崔莺莺烧夜香 小红娘传好事 张君瑞闹道场	MADAM TS'UI takes up her quarters in the monastery. TS'UI YING-YING burns incense at night. HUNG NIANG, the maid, brings good news. CHANG CHÜN-JUI upsets the religious ceremony.

（续表）

金圣叹版《西厢记》	熊式一英译版
第二之四章题目正名：	THE TITLES OF THE FOUR ACTS OF THE SECOND PART
张君瑞破贼记 莽和尚杀人心 小红娘昼请客 崔莺莺夜听琴	CHANG CHÜN-JUI relieves the monastery from the attack of the bandits. HUNG NIANG, the maid, invites the guest. MADAM TS'UI goes back on her promise about the marriage. TS'UI YING-YING listens to the lute at night.
第三之四章题目正名：	THE TITLES OF THE FOUR ACTS OF THE THIRD PART
张君瑞寄情诗 小红娘递密约 崔莺莺乔做衙 老夫人问医药	CHANG CHÜN JUI sends a love poem. HUNG NIANG arranges a secret assignation. TS'UI YING-YING assumes the part of a righteous judge. MADAM inquires after MR. CHANG's health.
第四之四章题目正名：	THE TITLES OF THE FOUR ACTS OF THE FOURTH PART
小红娘成好事 老夫人问由情 短长亭斟别酒 草桥店梦莺莺	HUNG NIANG succeeds in making a happy union. MADAM demands full details. YING-YING drinks the stirrup-cup at the Pavilion of Farewell. MR. CHANG dreams of YING-YING at the Bridge Inn.
续之四章题目正名：	THE TITLES OF THE FOUR ACTS OF THE CONTINUATION OF THE WESTERN CHAMBER
小琴童传捷报 崔莺莺寄汗衫 郑伯常乾舍命 张君瑞庆团圆	The LUTE-BEARER reports success at the examination. TS'UI YING-YING sends a vest. CHENG PAI-CH'ANG vainly sacrifices his own life. CHANG CHÜN-JUI'S romance is happily ended.

从表 5-1 中可以看出，译文与原文基本对应。五本戏的分标题都采用了戏曲中常用的"诗"化结构，每个标题四句，每句字数相同，且都以剧中人物名称开头。虽然不严格押韵，但读起来朗朗上口。熊式一在翻译时也遵循了这一点，五个标题也以"诗"的形式译出，每句起始处用字母大写表示专用人名，用词简洁，表意准确。不仅题目正文如此，每一本的提示，他也按照原文译出，如第

五本的题目提示是"续之四章题目正名",熊式一也依样译为"THE TITLES OF THE FOUR ACTS OF THE CONTINUATION OF THE WESTERN CHAMBER"。

第三类是每一本下面的小标题。五本共二十折。熊式一和许渊冲的译文如下表:

表 5-2 熊式一与许渊冲《西厢记》折标题翻译对比

章节序号	折标题	熊译	许译
第一章	惊艳	BEAUTY'S ENCHANTMENT	Enchantment
	借厢	THE RENTING OF THE QUARTERS	Renting of Quarters
	酬韵	A POEM AND ITS RESPONSE	Verse Exchange
	闹斋	THE INTERRUPTION OF THE RELIGIOUS SERVICE	Religious Service
第二章	寺警	THE ALARM AT THE MONASTERY	Alarm
	请宴	THE INVITATION TO THE FEAST	Invitation
	赖婚	THE BREACH OF PROMISE	The Promise Broken
	琴心	LOVE AND THE LUTE	Lute
第三章	前候	FIRST EXPECTATIONS	First Expectation
	闹简	THE FUSS ABOUT THE BILLET-DOUX	The Billet-Doux
	赖简	REPUDIATION OF THE BILLET-DOUX	Repudiation
	后候	FURTHER EXPECTATION	Further Expectation
第四章	酬简	FUIFILLMENT OF THE BILLET-DOUX	Tryst
	拷艳	HUNG NIANG IN THE DOCK	Rose in the Dock
	哭宴	A FEAST WITH TEARS	Farewell Feast
	惊梦	A SURPRISING DREAM	Dreams

（续表）

章节序号	折标题	熊译	许译
续章	泥金报捷	REPORT OF SUCCESS AT THE EXAMNINATION	Report of Success
	锦字缄愁	GUESSING THE MEANING OF HER GIFTS	Guess
	郑恒求配	THE CONTEST FOR THE BEAUTY	Contest for the Beauty
	衣锦荣归	THE GLORIOUS HOME-COMING	Union

对比原文和熊、许二人的译文，可以发现两人在折标题的翻译上都以传递原文意义为主，没有省译、增译等明显的改译现象。但从归依原文的程度来看，熊式一的版本更高。这在最后四个续章标题里尤为明显。比如续章第二折"锦字缄愁"，原意是崔莺莺因相思之苦，托人给张生带去一封锦书和六件礼物。张生看了莺莺的信和礼物更加愁容不展，形神憔悴。熊式一在翻译的时候把标题包含的线索也译了出来，以"gifts"指代锦书，同时表达了张生面对礼物时起伏游移的心理活动。反观许译，译文较为简略，只用了"Guess"一词，原标题蕴含的线索和主人公心理状态被忽略了。又如第二章（本）第四折的标题"琴心"，表面上是在写琴，实际上是写张生通过琴声向莺莺表达爱慕之意。相比许译，熊式一的译文"LOVE AND THE LUTE"，把"爱"放在"琴"前面，牢牢抓住了原题的立意。

除了章节划分、标题翻译上紧扣原文，熊式一还按照金圣叹版本，将唐代元稹的《会真记》作为附录全文译出。《会真记》也叫《莺莺传》，讲述了张生与崔莺莺恋爱，后又将她遗弃的故事，是元代王实甫版《西厢记》的前身。金圣叹将其纳入书中，更清晰地展示了《西厢记》与其他作品的互文性，赋予了读者自行体会《西厢记》的历史生成脉络和莺莺前世今生的机会。熊式一继承了金圣叹的这一思想，以"THE STORY OF TS'UI YING-YING"为题，将这篇数千字的文言文悉数译出，作为英语读者的延展性阅读材料。对比许渊冲译本，《会真记》的翻译被省略。由此可见，在金圣叹版《西厢记》总体结构的呈现上，熊式一版较许渊冲版更为完整和翔实。

在正文内容上，经笔者比对，熊式一版译文与金圣叹版原文近乎一致，很少有删减、调序、增译等改写现象。当然，熊式一虽然力求还原经典，但并不追求与原文的完全对等。在某些方面,显示出一名成熟译者的灵活性。原作分念白和唱词,唱词部分按照元曲的创作要求,有固定格式。一般由宫调名①、曲牌名和曲词组成。如第五本第一折的开场:[越调]【斗鹌鹑】(莺莺唱)云敛晴空,冰轮乍涌(王实甫、金圣叹,2011:104)。其中,"越调"是宫调名,"斗鹌鹑"是曲牌名,"云敛晴空,冰轮乍涌"是根据曲牌格式和韵律要求创作的曲词。在翻译时,熊式一省去了英语读者较难理解的宫调名、曲牌名的翻译,曲词部分除少部分遵守格律外,总体上为了准确达意,译成了散体文。这一点与许渊冲的韵体文形成对比。

在副文本上,熊式一也做了灵活调适,没有翻译金圣叹的序言和《读第六才子书西厢记法》,代之以同时代英国文学家波特美乐(Gordon Bottomley)的序和自己撰写的译者导读。文字外,熊式一还为译本设计了精美的配图。封面是崔莺莺的半身像,取自宋代皇家画院陈居中的莺莺像。文内有十幅呼应正文内容的古色古香的插图,也为中国历代画家所画,充分展示了《西厢记》作为我国戏曲经典的传世魅力。

第二节　语言风格:总体性忠实

一、基于语料库的宏观语言风格

本节将借助语料库技术,直观展示熊式一《西厢记》译本的总体语言风格情况,同时将许渊冲的译本作为对比参照。通过建立上述两个译本的双语平行语料库,并借助 Concordance 软件,从图5-1和图5-2可以发现,熊式一版《西厢记》的形符数和类符数分别是 50 929 和 5 459,许译版则是 48 322 和 6 970,熊译版比许译版字数更长,内容更为详尽。用词丰富度上,熊译的词数字符数比是 9.3294,许译则是 6.9343,熊译版用到的词汇更多,变化更丰富。

从词长(word length)分布统计表可知(见图5-3和图5-4),熊式一在译文词汇选择上偏向使用 3—4 个词长的单词,这两项占比达 42% 以上,许渊冲使用最多的则是 2 个和 4 个词长的单词,两项占比 43.82%,两者总体上相差不大。

---

① 宫调也称乐律,用以限定声调的高低缓急,表现乐曲的情感色彩。元杂剧中常用的有五宫四调,即黄钟宫、正宫、南吕、仙乐、中吕五宫及大石调、越调、双调、商调四调,合称"九宫"。

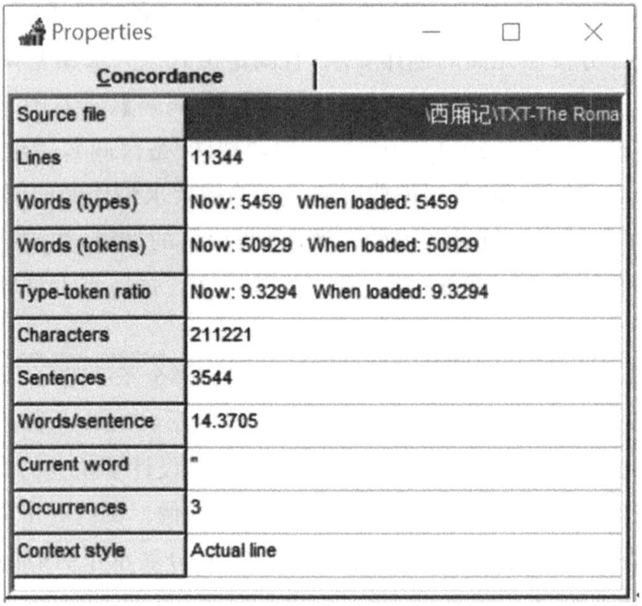

Properties	— ☐ ✕
Concordance	
Source file	\西厢记\TXT-The Roma
Lines	11344
Words (types)	Now: 5459 When loaded: 5459
Words (tokens)	Now: 50929 When loaded: 50929
Type-token ratio	Now: 9.3294 When loaded: 9.3294
Characters	211221
Sentences	3544
Words/sentence	14.3705
Current word	"
Occurrences	3
Context style	Actual line

图 5 - 1　熊译版《西厢记》宏观语言风格特征

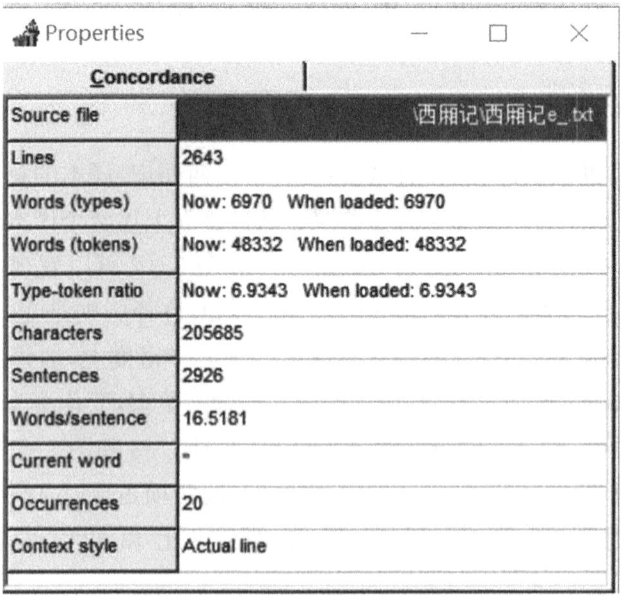

Properties	— ☐ ✕
Concordance	
Source file	\西厢记\西厢记e_.txt
Lines	2643
Words (types)	Now: 6970 When loaded: 6970
Words (tokens)	Now: 48332 When loaded: 48332
Type-token ratio	Now: 6.9343 When loaded: 6.9343
Characters	205685
Sentences	2926
Words/sentence	16.5181
Current word	"
Occurrences	20
Context style	Actual line

图 5 - 2　许译版《西厢记》宏观语言风格特征

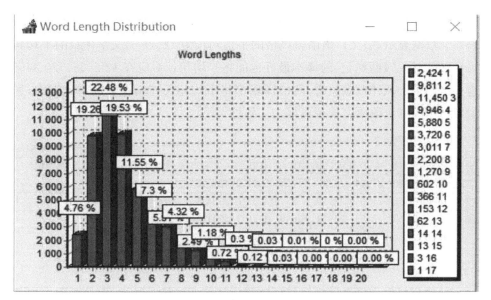

图 5 - 3　熊译版《西厢记》词长分布

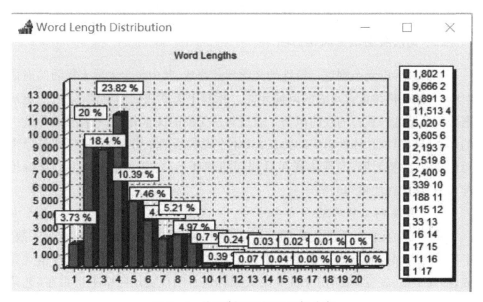

图 5 - 4　许译版《西厢记》词长分布

句子层面,熊式一共用句对 3 544 个,平均句长为 14.3705,许氏则使用句对 2 926 个,平均句长 16.5181,可见许译在句式上比熊式更为复杂。考虑到《西厢记》是戏剧文学,全文都以人物对话表现,在翻译上应该体兼顾文学性和口语化特征,因此,笔者又参考了北京大学汉英对比语料库的统计数据①,见图 5-5。数据显示,中文口语语言风格的平均句长为 12.5955,文学体裁的平均句长为 20.3495。《西厢记》的译本最好也能将平均句长对应在 12.5955—20.3495 这一区间内。从译本数据看,两位译者都将平均句长控制在了这一范围内,显示了译本与译出语语言规范良好的一致性。

分类	文件数	句对数	中文句数	英文句数	中文字数	英文词数	中文平均句长（按字数计）	英文平均句长（按词数计）
应用文	414	20 802	21 454	25 399	912 658	550 228	42.5402	21.6634
文学	1 230	192 178	215 518	238 546	4 385 701	2 871 770	20.3496	12.0386
新闻	730	20 609	22 453	23 979	878 187	512 611	39.1122	21.3775

图 5-5　北大汉英对比语料库统计结果

虽然语料库为译者语言风格研究提供了宏观的统计数据,但是要深入揭示熊式一《西厢记》译文的语言特征,还需结合上下文中的具体实例。下文将从句法层面展开译文风格的考察,句型包括比喻句和对偶句两类。

二、句法层面语言风格分析

《西厢记》以元杂剧这一特殊的文学形式写成,其中包含大量人物间的对话对唱,和按照格律定式写成的诗词元曲。相较于篇章或词汇单位,句法能更清晰展示杂剧这一独特的戏曲风格。通过句法层面的文本分析,笔者发现熊式一的译文风格呈现总体性忠实的特点,具体来说包括两个方面,一是句式与原文总体一致,工整对照,尤其体现在对偶句的翻译上;二是文化意涵上的准确传神,尤其体现在比喻句的翻译上。

（一）句式的工整对照

元杂剧是元曲的重要组成部分,元曲有格律定式,每一曲牌的句式、字数、平仄等都有固定的格式要求②。《西厢记》中的唱词部分按照不同曲牌格式写成,形式工整,表意凝练,历来被文人大家称道。明代文坛巨擘王世贞在《艺苑卮言》中就重点分析了《西厢记》的骈俪文体。他在书中撷取了十五组例句,将其分门别类为"骈俪中景语""骈俪中情语""骈俪中谐语"和"骈俪中佳语"（王实

---

① CCL 汉英双语对齐语料库对齐文件的基本信息列表见官网 http://ccl.pku.edu.cn:8080/ccl_corpus/c_e_statiscs.html。

② 一般来说,元杂剧和散曲合称为元曲,杂剧是戏曲,散曲是诗歌,两者都采用北曲为演唱形式。散曲是元代文学主体,但元杂剧的成就和影响远远超过散曲,因此也有人以"元曲"单指杂剧,元曲也即"元代戏曲"。

甫,1987:211),并认为仅这几组对偶句,其他元杂剧远不能及。骈俪文风在《西厢记》中的主要载体为对偶句,这也是原文中出现最多的一种句型(李号,2012:68-77)。从对偶句的特点和分类看,形式工整对仗可以说是对偶句的根本特征,没有形式上的对称,对偶也无从谈起。对偶句的句法,普通的有两种:一句对一句叫作单句对,例如"出自幽谷,迁于乔木"(《诗经·小雅·伐木》),以两句对两句的叫作偶对(余章成,2011:100-101)。具体又可分为三种:①正对,即意义上相似、相近或相互补充、相互映衬的对偶;②反对,即意义上相反或相对,形成强烈对比的对偶;③串对,即上下句意义上相关联,形成诸如承接、递进、因果和假设等关系的对偶。

从意义传达上看,对偶句表意凝练,抒情酣畅,这是由汉语语言偏好和对偶句的修辞特点决定的。对偶句看似精练浓缩,其实是在作者字斟句酌,语言千锤百炼后造就的。句中往往包含众多历史典故和文化意象,常给人栩栩如生的画面感,在翻译时如何把这些内容准确妥帖地译出十分考验译者的语言功底。

1. 正对对偶

例1.雪浪拍长空,天际秋云卷。竹索缆浮桥,水上苍龙偃。(第一本第一折)

熊译:The foam of the waves, white as snow, reaches the heavens,

And looks like the autumn clouds that roll in the sky.

The floating bridges, kept together by ropes of bamboo,

Look like black dragons crouching on the waves.

许译:White-crested waves upsurge as high

As autumn clouds that roll in the boundless sky.

The floating bridge, boats joined by ropes of bamboo,

Looks like a crouching dragon blue.

原文的对偶句历来被评论家认为是《西厢记》中的开篇名句,是张生登场时途经黄河险地的一番感叹。形式上看,原文四个短句,构成一个偶对。前后两句之间词性相同,字数相等,对仗工整。熊译在翻译的时候依然采用对仗形式,以"look like"的句型贯穿上下句,构成了形式上的补偿,而许译则舍弃了对仗形式,未能完全体现原句的形式美。音韵上看,两个句子皆为五言三顿,前后句停顿相对,形成强烈节奏感。同时"卷"与"偃"押开口韵[an],给人一种气势磅礴的感觉。熊式一在翻译的时候以无韵体(blank verse)译出。许译则分别用了[ai]和[u]两个长元音押了尾韵,与原文的开口韵有异曲同工之妙。在节奏上由于要兼顾意义,句式较长,没能以英语中的轻重音形成有规律的音步补偿。

从意义上看,两人都准确地传达了原文中的几个重要意象,如雪浪、秋云、浮桥等,但在最后一个意象"苍龙"上,熊译为"black dragons",与上文的白色的"雪浪"相对,而许先生创造性地将他译为"dragon blue",与原意稍有偏离。

例2. 似湘陵妃子,斜偎舜庙朱扉;如洛水神人,欲入陈王丽赋。(第一本第三折)

熊译：She is like the fair lady Hsiang Ling, leaning against the red door of the temple of the Emperor Shun, and like the Nymph of the Lo River, who wished to have her love for the Prince of Ch'en described in verse.

许译：She looks like the Fairy Queen leaning against the crimson door of the imperial temple or the riverside Nymph worthy of the praise of a great poet.

王实甫用对偶句传神地描绘出张生眼中莺莺的丽质。汤显祖对该句的批语是"痴态痴心,一笔勾出,奚翅如画,此矣入化。"(转引自张燕瑾,2017：83)从形式看,仍然属于非常工整的偶对。介词"似"对"如",动词"斜偎"对"欲入",名词典故"湘陵妃子"对"洛水神人"。熊译在形式上尽量参照了原文,也译为四个分句,而且用两个"like"进行排比,主句后分别用两个状语从句和定语从句进行补充;许译则把四句缩译成一句,句式结构是英文中典型的树形句,原文的对仗结构在译文中也相应消失了。从音韵看,上下句为十一言六顿,即"似/湘陵/妃子,斜偎/舜庙/朱扉;如/洛水/神人,欲入/陈王/丽赋"。节奏感明显,体现了对偶句特有的韵律美。对勘译本,两位译者都采用了散文体,放弃了原文的节奏感。意义方面,原文出现了多个典故,熊译基本采取了直译和音译,如把"湘陵妃子"译为"fair lady Hsiang Ling","舜庙朱扉"译为"the red door of the temple of the Emperor Shun","洛水神人"译为"the Nymph of the Lo River","陈王丽赋"译为"the Prince of Ch'en described in verse",忠实再现了原文意象和莺莺的美貌,也给了读者有了想象异质文化的空间。反观许译,主要采用了归化,省译了所有典故中的专有名称,译文更为简练。

2. 反对对偶

例3. 将他来甜言媚你三冬暖,把俺来恶语伤人六月寒。(第三本第二折)

熊译：To him you have used honeyed, flattering words, which would make one warm even in mid-winter,
But to me you have spoken harsh and cruel words, which would make one cold even in midsummer!

许译：Your honeyed words would make him warm in winter's height；

Even in mid-summer your disfavor would make me cold.

原文为红娘对莺莺的调侃，意为她对张生说话时甜言蜜语，即便在严冬也感到温暖；而莺莺对红娘说话时却尖酸刻薄，使人在酷夏也觉得心寒。形式上看，原文为宽式对偶句，上句句首"将他来"对应下句句首"把俺来"，口语化的唱词在舞台上更具亲和力。所有词项在句子中充当的句法功能一致，形成上下句的对仗。熊式一在翻译时，采用四行对两行，对应行之间字数基本一致，形式工整。各个词项上也做到了词性和句法功能的一致，"To him"对"to me"，"you have used honeyed，flattering words"对"you have spoken harsh and cruel words"，"make one warm even in mid-winter"对"make one cold even in midsummer"，可以说充分实现了汉语对偶句的齐整性和形美特征。反观许译，在形式上与熊译相比明显略逊一筹。虽然词项的句法功能基本一致，但上下句词项并不一致，尤其是把下句的状语"Even in mid-summer"提前，舍弃了句法的工整。音韵上看，原文为十言四顿：将他来/甜言/媚你/三冬暖，把俺来/恶语/伤人/六月寒，同时押"暖"和"寒"的尾韵[an]。在翻译时，熊译以宽式抑扬格五音步复现原文节奏，用"mid-winter"和"midsummer"押尾韵[ər]，尽可能展示了原文的节奏感和音韵美。许译上句为抑扬格六音步，下句没有明显的音步特征，上下句也不押韵。意义上看，熊译用"To him""But to me"的对照形式，使莺莺在对待张生和红娘时的不同态度表达得更为清晰。"honeyed，flattering words"和"harsh and cruel words"语义通俗易懂，与原文偏口语的文体相对应，同时准确传达了原文的意义和内涵。许译在内容上也紧扣原文，表意准确，与熊译不相上下。

例4. 相见时红雨纷纷点绿苔，别离后黄叶萧萧凝暮霭。（第五本第一折）

熊译：When we last met，

the red petals of the flowers were falling like rain on the green moss.

After we had separated，

the faded leaves lay scattered in the evening mist.

许译：When we met last，

Flowers fell fast，

The green moss was dotted with petals red.

After we parted，

The broken-hearted

Evening mist congeals into leaves dead.

张生自离开蒲东后,一直牵挂莺莺。赴京途中如是,高中后在客馆等候时亦如是。为了解相思之苦,未及正式受封,他便寄出书信,在信中表达了别离后的思念。原文正是在这一场景下的一段抒情唱词,前后两句意义相反,词性相对,形成强烈对比,凸显了张生的痴情本色。形式方面,熊译以四行译出,一三句短,二四句长,看上去错落有致,给人以直观的形美感受。语法上,熊译以"when we"和"after we"相对,引出两个状语从句,从句中各词的词性也基本一致,构成了句子层面和词汇层面的工整。许译以六句译两句,与原文相比形式上略冗长,但上下句的字数基本一致,也有一种形式上的美感。从音韵看,原文为十言五顿,"苔"和"霭"押尾韵[ai],抑扬顿挫,节奏轻缓。句中使用两个叠词"纷纷"和"萧萧",描摹了细雨和秋叶飘落时的景象,音韵和谐优美。熊式一在翻译时忽略了原文的音韵感,以无韵体诗歌译出。许译则非常重视韵律的再现,押韵形式为 aacbbc,句尾押辅音[d]("red"和"dead"),句中押辅音[t]("last"和"fast"),以及辅音[d]("parted"和"broken-hearted")。意义方面,熊译可以说是紧扣原文,忠实地还原了"红雨""黄叶"等多个意象。"红雨"在这里指落花。王实甫在此可能是化用了唐朝李贺《将进酒》中的诗句:"况是青春日将暮,桃花乱落如红雨",把春雨中的落花比作红色的雨。熊式一将这一意境译为"the red petals of the flowers were falling like rain on the green moss"。而许渊冲的译文则省去了"花落如雨"的"雨",译得较为常规:"花迅速掉落,绿苔上点缀着红色花瓣"。下句的"黄叶"根据语境应是指树叶发黄掉落,熊译为"faded leaves"是准确的。许译对原文的变动比较大,原本作为主语的"黄叶"在译文中成了状语,原本是状语的"暮霭"成了主语,而且用拟人修辞格增译了一个修饰语"The broken-hearted",体现了译者的想象力和创造性。

3. 串对对偶

例5. 夫主京师禄命终,子母孤孀途路穷。(第一本第一折)

熊译: My husband's official career ended with his life at the Capital.

The widowed mother and the orphaned child while on their journey are in distress.

许译: My husband ended at the capital his life,

Leaving helpless his orphaned child and widowed wife.

该句为崔老夫人出场时的首段唱词,通过一个因果关系的串对句,交代了全剧的背景:因为崔相国在京城病亡,留下了孤苦伶仃的遗孀崔夫人和小女莺莺扶灵奔丧。形式方面,原文上下句由于是因果关系,没有形成严格对仗,如

"京师"与"孤孀"的句法功能不一致。两位译者的译文在形式上也有较大差别。熊译基本上复现了对偶句中的各词项，句法结构也保持一致，即通过两个简单句形成对照。许译则把原文的对偶句，译为一个句子，把下句变成了上句的结果状语从句，虽然原文意思没有改变，但形式上已不再是对偶。音韵上看，原文七言三顿，节奏缓慢，句尾押可以拖长音的鼻尾韵[ong]，表达出一种悲痛沉重却又无可奈何的感叹。熊译上下句长短不一，在节奏上没有稳定的音步特征。许译除了下句的"Leaving helpless"为扬抑格外，其余为抑扬格，且上下句音节总数相等，构成了节奏感强烈的六音步。意义上看，熊式一在处理时，可以说是字对字地直译了原文的每个词项："My husband"对"夫主"，"The widowed mother and the orphaned child"对"子母孤孀"，"official career ended with his life"对"禄命终"，"on their journey are in distress"对"路途穷"，全句翻译完整、准确、通顺。对勘许译，原文"途路穷"这一意象有所缺失，可能因为押韵需要被删去了。

例 6. 病里得书知及第，窗前览镜试新妆。（第五本第二折）

熊译：When sick I received your letter telling me that you had attained a high degree,

In front of the window I look into my glass to try my new toilet.

许译：Knowing in the world you've made up your way,

Before my glass I try my new array.

原文为莺莺病中收到张生高中状元的书信，喜出望外，在镜前梳妆，表达了主人公愉悦的心情。形式上看，原文为严式对偶句，各词项对仗齐整巧妙。熊译用两个句子分别译出，上句译文为复合句，下句为简单句，外部形式和整体意义基本相对，但舍弃了内部每个词语的对照。许译则把对偶句译成了一个句子，将"Knowing in the world you've made up your way"作为下句的原因状语，词项间也没有对应关系，同时舍弃了对偶句外部和内部的工整。音韵上，汉语对偶句为七言四顿，节奏轻快，韵律和谐，表达了主人公愉悦的心情。许译上下句音节数量相同，上句基本为扬抑格，下句基本为抑扬格，句尾押"way"和"array"，形成明显的节奏感，补偿了原文的平仄和停顿形成的音美特点。意义上看，熊式一译出了原文的全部意象。除文化负载词"及第"（attained a high degree）采用了归化外，其余都是直译。许渊冲的翻译则省略了多个内容，如"病里""窗前"。相比熊译，"及第"的翻译也更为自由，变成了"you've made up your way"，扩大了原文的语义所指。

虽然上文中只列举了《西厢记》对偶句中的一部分，但从这三种不同类型的对偶句中,仍然能发现熊式一在还原原文形式上的孜孜以求。熊译多采用了以偶译偶的方法,尽可能保持译文形式与原文趋同。熊式一译文的上下句单词数量和句子长度基本相同,单词词性和句法功能基本一致,努力再现了原文外部的形式整齐和内部结构的对仗工整。相比熊译,许译主要采用了以诗译偶,即用英文诗歌形式翻译对偶句。形式上不讲究复现原文外部形式的整齐和内部词项的对应。许氏更注重对原文音美的再现,通过抑扬格音步、押韵等方式尽可能还原了对偶句的音韵特征。熊氏除了少量对偶句押韵外,其余都以散文译出,形成了无韵体的语言风格。①

（二）文化意涵的准确传神

外在形式的传真虽然重要,但文化意涵的准确再现也不可或缺。好的翻译是"以形载神",应该"形似神到"。元曲原本是民间流传的"街市小令"或"村坊小调"。如《叨叨令》《刮地风》等曲牌更接近民歌,但《西厢记》是个例外。正如民国戏剧家吴梅所说,元代"杂剧之始,仅有本色②一家,无所谓辞藻缤纷……王实甫作《西厢》始以妍练浓丽为能。此是词中异军,非曲家出色当行之作。"（吴梅,2008:256）因此,可以说王《西厢》不同于其他元杂剧的一大语言特点便是缤纷的辞藻与丰富的文化意涵。在缤纷的辞藻中,王实甫将各种文化意象融入其中,使作品呈现更复杂的审美情趣,同时也增加了翻译难度。下文将从包含丰富文化意象的比喻句入手,具体考察熊式一在传递文化意涵时的语言风格。

英国学者萨尔达尼亚认为作者要形成个人的语言风格,一般需要连贯而具特色的语言选择模式（Saldanha,2011:15）。从西方文体学的视角看,这种偏离语言学规范或突出特征的选择模式就是信息的"凸显"（prominence）,也被称为"前景化"（foreground）（Leech,2001）。一般来说,普通描述性用语或语用标记等级较低的言语基本属于常规,而比喻、成语等则可视为文化意涵的凸显（邵璐,2013:79）。文化意涵凸显由形式和内容两部分组成,是译者在文化意涵传递时需要重点关注的对象。

汉语中的比喻句一般可分为明喻、暗喻、借喻三种。虽然三种比喻的格式

---

① 一些西方汉学家如白之、韦恩认为元曲的音乐旋律是一种自由流动的格式,加上一些曲牌辞格早已失传,译者在翻译时不必过于纠结韵律的复现,无韵体也是一种很好的翻译文体。详见 Schlepp, Wayne. San-ch'ü: Its Technique and Imagery[M]. Wisconsin: University of Wisconsin Press, 1970. p103. Cyril, Birch. Translating and Transmuting Yuan and Ming Plays: Problems and Possibilities[J]. Literature East and West, 1970, 14(4): 491-509.

② 对"本色"的含义有不同的理解,在戏剧中一般认为"本色"指语言自然通俗,接近事物本来面貌。也有人认为"本色"还应包括语言同人物身份性格及故事情境的吻合。徐渭还曾提出"世事莫不有本色有相色"的问题。详见徐渭、周中明. 四声猿[M]. 上海:上海古籍出版社,1984.

不同,但共同的特点是通过深入浅出的方式获得生动形象、传神达意的语言效果。根据统计,《西厢记》第四本是出现比喻句最多,文化意涵最为密集的一本,共计出现明喻 8 次,暗喻 11 次,借喻 10 次,共计 29 次。笔者将以许渊冲译本为参照,在该本范围内对熊式一比喻句翻译进行穷尽式对比分析。笔者将完整再现原文本体(如有)、喻体和喻词(如有)的译文视作一次完整的文化意涵凸显,将部分再现原文本体(如有)、喻体和喻词(如有)的译文视作部分文化意涵凸显,将原文本体、喻体和喻词(如有)的归化处理或省略,视为文化意涵凸显的消失。在研读完第四本所有比喻句后,结果如表 5-3。

表 5-3 《西厢记》英译本文化意涵凸显情况对比

译者	比喻类型	完整文化意涵凸显	部分文化意涵凸显	文化意涵凸显消失
熊式一	明喻	4	4	0
	暗喻	3	7	1
	借喻	1	5	4
合计		**8**	**16**	**5**
许渊冲	明喻	2	4	2
	暗喻	2	6	3
	借喻	2	4	4
合计		**6**	**14**	**9**

从表 5-3 中可以看出,熊式一文化意涵凸显的次数方面明显高于许译。对中国传统文化中的一些特有符号、习惯表达等,他有着自己的坚持。从与许渊冲译本的对比中,更突出了熊式一译文以原文为归依,忠实准确的语言风格。下文结合具体实例进一步分析。

1. 明喻

例 7. 彩云何在,月明如水浸楼台。(第四本第一折)

熊译:Where are the clouds with their varied colours which will bring me good news? The light of the moon, like a flood, covers the pavilion and the terraces.

许译:Where is my rainbow cloud? With flood-like moonlight my bower is overflowed.

原文为张生和莺莺幽会时对四周景致的优美描写,"彩云"为典故借喻,既指天空中的云彩,也指所爱的女子。宋晏几在《临江仙》中曾用"当时明月在,曾照彩云归"喻指美人。后半句为典型明喻,作者化用了北宋诗人杨亿的"天碧银河欲下来,月华如水浸楼台"中的比喻,将四洒的月光比作浸漫的流水。熊式一在翻译时,完全还原了原句的比喻格式和内容:"the light of the moon, like a flood"。许渊冲则把比喻句转换为月光的前置修饰语:"flood-like moonlight"。虽表意上两者交际效果基本一致,但形式上熊式一的文化凸意涵显程度更高。

例8. 投至得见你个多情小弥妹,你看憔悴形骸,瘦似麻秸。(第四本第一折)

熊译:I have at last met you, my Young Lady, so full of love. Behold! how my figure has wasted and how my body has become as thin as a stalk!

许译:I have met you so full of love, at last, Though I've become so lean and pined away so fast.

"瘦似麻秸"是民间常用习语,形容一个人的消瘦。王实甫通过这一简练的比喻句生动地描绘出张生偶遇莺莺之后,饱受令人茶饭不思、憔悴形骸的相思之苦。熊式一在翻译时也依照原文的明喻格式和内容译出"my body has become as thin as a stalk",实现了文化意涵的凸显。反观许译,译者舍弃了原文的比喻格式,以归化方式"so lean and pined away"译出,直接点明了张生的消瘦和憔悴,文化凸显消失。

例9. 呆打孩店房里没话说,闷对如年夜。(第四本第四折)

熊译:Dull indeed am I in this inn, with no one to speak to, And so melancholy am I that this night seems like years.

许译:Dull am I in this lonely room, With none to speak to in the gloom. The night appears, As long as years.

此句描绘了莺莺想象张生赴京途中旅邸中独自一人,凄凉孤寂的情状。比喻句"闷对如年夜"意指,房内心情郁闷的张生仿佛度夜如年(祝肇年、蔡运长,1983:150)。翻译时,熊式一完全再现了明喻的语用标记格式,并且用倒装句"so melancholy am I",不仅强调了张生当时怅然的心情,而且与后半句的比喻很自然地连接在了一起,做到了形式和内容上的和谐,完全实现了原文的文化意涵凸显。对比许译,许先生的翻译更为自由,首先省去了原句的明喻格式,将其变为译入语中的一般化的表达,其次省去了对张生当时苦闷心情的再现,文化凸显程度上稍逊熊译。

2. 借喻

例 10. 软玉温香抱满怀。呀,刘阮到天台,春至人间花弄色。(第四本第一折)

熊译: I clasp to my breast her who is like jade, but softer, and who is fragrant and warm.

Ah! At last, like Liu and Yuan, I am in paradise.

许译: No fragrance is so warm, no jade so soft and nice, Ah! I am better than in paradise.

Spring comes on earth with flowers dyed.

第四本第一折历来是颇受争议的一折,争论的焦点是此折中有大量关于男女情事的描写。有人说它高洁,体现了人的本能和本性,也有人认为它污秽下流,被当时的卫道士所抨击。细读文本,王实甫在描写张崔二人情事时,运用了多个比喻句,尤其是不出现本体的借喻句,使相关语段读起来文雅含蓄。"软玉温香"便是借"软玉"和"温香"比喻莺莺的身体。熊式一翻译时将借喻转换成了明喻,点明了莺莺像一块温香的软玉(who is like jade, but softer, and who is fragrant and warm),更利于英语读者理解,但这种明晰化处理也缩小了读者自我想象的空间,因此笔者认为他实现了部分的文化意涵凸显。对比许译,许先生的译文以暗喻译暗喻,"软玉"和"温香"两个意象都有点到,读者可通过上下文推测出本体,文化凸显程度也更高。

例 11. 蘸着些儿麻上来,鱼水得和谐。嫩蕊娇香蝶恣采。(第四本第一折)

熊译: Overwhelmed with joy,

I am as happy as a fish delighting in water.

And, like a butterfly, which keeps gathering the sweet

fragrance from the delicate buds.

许译: Overwhelmed with ecstasy, I feel as happy and as free

As a fish swimming in the sea.

I gather your sweet fragrance like a butterfly.

此句和上例一样同为对张崔二人同床共枕时的描写。王实甫用借用"鱼水""嫩蕊""香蝶"三个喻体来比喻交欢时的二人。熊式一在翻译"鱼水"时,稍做了明晰化处理,将张生比作了在水中欢畅的鱼,但没有点出水及鱼水交融的象征意义,给了读者遐想的空间。"香蝶"的翻译亦是如此。最后一个"嫩蕊"则完全遵照了原文暗喻的格式,只出现了喻体"delicate buds",实现了完全的文化凸显。对比许译,许先生在翻译三个喻体时,都不同程度地采用了明晰化处理。"鱼水"和"香蝶"翻译同熊译，"嫩蕊"的文化凸显消失，做了归化处理。

例12. 君须记，若见些异乡花草，再休似此处栖迟。（第四本第三折）

熊译：But bear in mind that if elsewhere you see fair beauties，

You must not linger there as you have done here.

许译：Please note it down：If you see elsewhere beauties fair，

Don't linger any longer there!

原文为莺莺十里长亭送别张生赴京时的叮咛。"异乡花草"用来比喻张生在别地遇到的美貌女子，嘱咐他不要留恋动心。熊式一和许渊冲翻译时都省略了喻体，直接以"他地的美人"译出，舍弃了原比喻句中的文化意涵凸显。

3. 暗喻

例13. 杏脸桃腮，乘月色，娇滴滴越显红白。（第四本第一折）

熊译：Her face，like all apricot，and her cheeks，like peaches，In the bright moonlight

Show more clearly the beautiful contrast of red and white.

许译：Her rosy cheeks and flushed face /Under the moon so bright，

Look more charming and more strikingly red and white.

此句为张生对莺莺美貌的感叹。"杏脸桃腮"是中国传统文化中对女子姣好容貌的暗喻，很可能参考了辛弃疾（2018：222）的《西江月·赋丹桂》："杏腮桃脸费铅华，终惯秋蟾影下。"翻译时，熊式一除了将暗喻变为明喻，基本实现了原文的文化意涵的凸显，字对字地将其译为"Her face，like all apricot，and her cheeks，like peaches"。查阅美国当代英语语料库COCA，笔者发现用杏仁和桃子来形容女子面容的句子几乎没有，熊的译文可以说是一次带有东方韵味的异化翻译。再看许译，许先生则采用了归化的手法，译成了"玫瑰色的脸颊"和"羞红的面孔"，随着喻体的缺损，文化意涵凸显也随之消失了。

例14. 暖溶溶玉醅，白泠泠似水，多半是相思泪。（第四本第三折）

熊译：This warmed wine of highest quality，Seems to me as tasteless and cold as water，And the cup appears to be more than half full of tears of love.

许译：Even warmed wine as cold as ice appears：It is diluted with my lovesick tears.

王实甫在此用了两个比喻来描写莺莺因张生赴京后的食之无味，寝之无眠。第一个是明喻，将温暖的"玉醅"即美酒比作冰冷的清水。第二个是暗喻，将美酒比作自己思念张生的眼泪。第一个较容易理解，笔者着重讨论第二个。

熊式一在翻译时，完全遵照了原文的本体、喻体以及暗喻的格式，用"the cup"指代前文提及的美酒，"appears to be"作为文中暗喻的标志词"是"，"tears of love"对应"相思泪"，成功实现了文化凸显。许渊冲的译文也基本传递了汉语的语言风格，与熊式一不同的是，他没有直译原文暗喻的标志词"是"，而是发挥了创造性，意译为了"diluted"，并且将其作为前句美酒食之无味的原因，与熊译的两个比喻并列句形成对照。

从以上分析可以看出，熊式一在翻译中尽量做到了生动、准确地重现原文的修辞形式和文化内容。与许渊冲的译文相比，熊译在明喻、暗喻、借喻三种不同形式的比喻句中，较多保留了原句的本体和喻体，在文化意涵凸显方面更具表现力。

第三节　译介策略：直译为主的文化复现

对熊式一译介策略的考察将从文化负载词和修辞格两个方面入手。一方面，从词汇层面看，文化负载词是标志某种文化中特有事物的词组和习语，直接反映了特定民族在漫长历史进程中积累的，有别于其他民族的、独特的活动方式（张焱，2015：158）。在文化差异巨大的语言体系间，文化负载词往往很难找到现成的、对等的表达，因此很大程度体现了译者的水平和译介策略。另一方面，从章句层面看，修辞格是"增大或者确定词句所有的效力，不用通常语气而用变格的语法"（唐钺，1923：1），是作品风格的一大体现。从修辞格角度分析，可以与微观词汇层面的译介策略考察互为补充。

一、文化负载词的翻译

奈达（Eugene Nida）在《圣经》翻译研究中，根据文化负载词源语语义的不同，将语言中的文化因素分为语言、社会、物质、宗教、生态五类（Nida，1945：194）。这一分法较为全面地涵盖了文化负载词的不同文化指向，也是目前翻译界广泛采用的文化负载词分类方法。本节的文化负载词研究也将沿用这一分法。但是由于《西厢记》的文化负载词主要集中在语言、社会、物质、宗教四个方面，生态类词汇很少，所以本文将从前四类考察熊式一的译介策略，许渊冲的译本将作为对照本分析。

（一）语言文化负载词
翻译就是将一种语言所承载的文化信息用另一种语言表达出来。由于汉语和英语分属于差异巨大的两个语系，汉语在语音、构词及句法等方面都有自身独特的表达方式。正如王佐良（1989：1）先生所言，译者处理的是个别的词，但面对的则是两大片文化。《西厢记》中大量出现的叠词、多义词就是语言文化负载词的典型例子。

例 15. 其声壮，似铁骑刀枪**冗冗**。其声幽，似落花流水**溶溶**。其声高，似清风月朗鹤唳空。其声低，似儿女语小窗中**喁喁**。（第二本第四折）

熊译：The sound is **powerful**，like the sabres and spears of the mailed horsemen；

The sound is gentle，like flowers falling into **running** water；

The sound is high，like the cry of the crane at moon- light in the pure **breeze**；

The sound is low，like the **whisper** of lovers at the casement.

许译：The strain seems **strong** /Like the clash of horsemen's sabres short and long；Then soft it seems /Like flowers falling into smoothly **flowing** streams.

The strain is high /Like the cry of the crane in breezy moon-lit sky；Then it is low /Like lovers' **whispers about what we do not know**.

以上原文出自第二本第四折莺莺听到张生琴声后与红娘的一段对话。王实甫运用了多个拟声叠词来形容张生琴艺的高超。如"冗冗"是描绘身披铠甲的骑兵的刀枪碰击声；"溶溶"指流水潺潺的声响；"喁喁"是言琴声低切，如少男少女在小窗下窃窃私语。两位译者在翻译的时候重点保留了原词的意义，而舍弃了音律效果的再现。熊式一采用意译的策略，将前两个叠词分别译为"powerful"和"running"，许渊冲译为"strong"和"flowing"，从词义和音节来看，译文颇为相似。在最后一个叠词"喁喁"上略有不同，熊译为"whisper of lovers at the casement"，和上面两句一样译成了名词结构，整体形式对称，语义传递清晰。同时"casement"一词准确地还原了"小窗"在古代特有的平开样式。许译虽也使用了"whisper"一词，但后面用"what"引导了一个从句做宾语，还创造性引入了一个新的客体"we"。与前两句的简单句结构相比，形式上略显突兀，同时许先生可能为了押韵，对"喁喁"一词做了大胆的联想和发挥，翻译成中文是"低语着我们也不知道的事"。总的来说，两位译者在叠词意义的传递上都做到了准确。放到上下文中看，熊译在原文形式对等上更胜一筹，许译在音韵效果对等上更佳。

例16. **扑刺刺**宿鸟飞腾，**颤巍巍**花梢弄影，**乱纷纷**落红满径。**碧澄澄**苍苔露冷，**明皎皎**花筛月影。（第一本第三折）

熊译： At the sound，the birds，which were asleep，**fly up with fluttering wings**，

And the whole path is covered with red blossoms that have fallen. The dew，glistening on the **pure green** moss，lies cold. The shadow of the brilliant moonlight is sifted through the flowers.

许译： The birds which were asleep **fly up with fluttering wing**，

And moonlight plays with shadows of **the shivering** tree.

Shower by shower fall red blossoms of late spring.

I see on **green，green** moss glisten cold dew；

Through flowers' shadows the **bright，bright** moon sifts its light.

《说文解字》把叠词的作用概括为"写气图貌"和"属采附声"（许慎，1981：79）。前者指叠词在描绘事物形象方面的作用，后者指叠词在描摹声音韵律方面的作用。叠词可以说是汉语中体现形象美、修辞美和韵律美的典型艺术手法。引文短短五句，每一句的句首均以一个叠词开头，形象地勾勒出张生在月夜幻想与莺莺见面的场景。"扑刺刺"为拟声叠词，描摹鸟儿起飞时的动静，后几个叠词主要是用来描述和强调被修饰词的特征，如状态、颜色等。由于汉语和英语分属不同语系，如果光从"写气图貌"，即再现原词意蕴的角度出发，叠词完全是可译的，但要完整再现叠词的"属采附声"的音韵美效果，就十分考验译者的功力。对比两位译者的翻译，不难发现，熊先生以直译、补偿等策略为主，再现了原词意蕴。如"扑刺刺"的译文，用了两个头韵"fl"表示鸟儿飞腾、树枝轻摇的听觉效果，可惜后几例基本没有再现叠词的音律美。许先生的译文非常重视原文叠词的音美和意美。"shadows of the shivering tree"中用了轻声的辅音[ʃ]作为头韵，复现才子佳人幽会时的寂静和神秘感。"乱纷纷"取其数量多之意，通过两个"shower"的重复，给人朗朗上口的感觉。"碧澄澄"的翻译则更是发挥了译者的创造性，以"green"顶真的方式补偿了原文的音韵效果。但是为了达到音美的效果，许先生也不得不在语法准确上妥协，如译者为了句尾押韵，第一句中本应为"wings"的复数，许先生译成了单数。

格赖斯（Herbert Grice）曾经对语义的性质和种类进行了分析。他把语言意义分为以下四种，固定意义（timeless meaning）、应用固定意义（applied timeless meaning）、情景意义（occasion meaning）和说话者的情景意义（utterer's occasion meaning）（Grice，1969：165）。汉语中一个词通常包含多

重含义,且在不同的语言环境中存在约定俗成的情景义。《西厢记》中就出现了多处汉语词语相同,但语义不同的例子,是典型的语言文化负载词,需要译者仔细甄别,妥善译出。

例17. 我一天**好事**今宵定,两首诗分明互证。(第一本第三折)

熊译：To-night all my **good fortune** has been established.

My poem and her response are clear evidence of this.

许译：So what **good fortune** to me beams!

The verse exchanged is evidence clear.

例18. 若是善男信女今日做**好事**,必获大福利。(第一本第四折)

熊译：Those who are religious,both male and female,and who to-day perform **a religious service**,are sure to secure great happiness and advantage.

许译：Those who perform **religious service** today,men and women,will secure great happiness and advantage.

例19. 玉人儿归去得疾,**好事儿**收拾得早。道场散了,酪子里各回家,葫芦提已到晓。(第一本第四折)

熊译：The fair lady has already departed quickly. **The religious service** has already ended,The place of worship has been deserted. All the worshippers have gone home in the dark,And dawn creeps in a little too soon!

许译：The fair is gone,**The service** done,Deserted is the place,At an easy pace. All worshippers go on their homeward way. Soon breaks the day.

"好事"在《西厢记》中多次出现,表面上看是褒义词,但在不同语境下有多重含义。例证中选取的三例"好事"意义各不相同。第一个"好事"取其本义,指美好、幸运的事情,此处意为张生与莺莺之间的喜事,熊式一和许渊冲都将其译为"good fortune"。第二例中的"好事"泛指参加佛教中的仪式或相关活动,两位译者都译成"religious service",并且在前面加了不定冠词"a"或不加冠词,以表佛教徒参加的各种活动。第三例中的"好事"指崔夫人为相国做法事,超度亡魂,是对丧事的委婉表达。因为中国传统文化历来忌讳直接谈论死亡,民间有的地方用白事指代,《西厢记》中的"好事"也是类似表达。如果这时再按照前两例的意思翻译,就会出现理解失误。两位译者都采用了归化的方式将其译为宗教仪式,比较方便西方读者理解。由于该词的这个意思在前几折中已出现,且

两位译者都明确了该宗教仪式是为崔相国所做,所以都没有再赘述,而是在
"service"前加了定冠词"the"以表特指。

例 20. 是槐影风摇暮鸦,是**玉人**帽侧乌纱。(第三本第三折)

熊译: It seems to be the crows in the *Sophora japonica* which throws its
shadow as it is rocked in the evening breeze,

But it is really the **handsome Scholar** wearing his black silk head-
dress slightly on one side.

许译: The evening crow /Amid the trees /Seems to shiver and throw /
Its shadow in the breeze.

No, it's **the scholar**, I guess, In his black silk headdress.

例 21. 月移花影,疑是**玉人**来。(第四本第一折)

熊译: As the shadows of the flowers move in the moonlight, I think it
is the **Fair Lady** approaching.

许译: In moonlight dance the flowers; I seem to see my **lady** coming to
my bower.

"玉人"一词在全书中共出现 8 次,可以说是全书的高频词,由于该词出现
在莺莺写给张生约会的信中,"玉人"是莺莺自况还是对张生的爱称,历来是学
者争论的焦点(蒋星煜,2004:53-65)。根据唐代《晋书·裴楷传》的记载,裴楷
"风神高迈。容仪俊爽,博涉群书,特精理义,时人谓之玉人"(房玄龄等,2008:
234)可知,"玉人"既可指男也可指女,但都是有文化修养,风采神态美好的人。
第 20 例根据上下文,头戴乌纱的不可能是女性,而应该是前来赴约的张生。第
21 例根据上下文,指的应该是莺莺。观察译文,熊、许在译介策略上都没有按
表面意思直译,而是放在上下文中用心领会。二人都用了"scholar"来翻译第
一个"玉人",以显示张生的博学和涵养,使译文和原文表达的内涵相近;用
"lady"翻译了第二个"玉人",熊式一还在前面加了一个"fair",以显示莺莺的美
貌,"玉人"女性的特征更加明显。值得一提的是熊式一在译文中用了首字母大
写,以表示该词为专有名词,暗示了原文在全书中非同一般的地位,这一点和后
人对"玉人"的重要性解读是一致的,也说明熊先生对原文的揣摩和理解之深。

(二)社会文化负载词

例 22. 因途路有阻,不能前进,来到**河中府**,将灵柩寄在**普救寺**内。这寺乃
是**天册金轮武则天娘娘**敕赐盖造的功德院。(第一本第一折)

熊译: But we were obstructed on the way, and unable to proceed, so we
have arrived at the **Ho-chung Prefecture**, and have deposited the

coffin temporarily in the *P'u Chiu Monastery*. **This monastery, for the encouragement of the performance of good deeds**, was erected by the imperial favour of **Her Majesty the Empress Wu Tse Ti'en（A. D. 690-712），whose title was Ti'en Ts'e Chin Lun**.

许译：but, obstructed on the way, we were unable to proceed, so we deposited his coffin temporarily at the **Salvation Monastery** in the **Mid-river Prefecture**. This monastery was erected by the imperial favor of **Her Majesty the Empress Wu Zetian（A. D. 690-712）**.

这段话出自相国夫人首次出场时的宾白，其中包含了两个地名、一个人名和一个尊号。对比熊式一和许渊冲的翻译，可以看出两位译者在翻译社会文化负载词的专有名词时，译介策略的异同。显然，熊式一倾向于直译的策略，由于国内现代汉语拼音规范在 20 世纪 50 年代才颁布，熊氏以英国人发明的威妥玛式拼音法将专有名词进行了音译，如"河中府"译成了"Ho-chung Prefecture"；"普救寺"译成了"P'u Chiu Monastery"；武则天的尊号"天册金轮"直接译为"Ti'en Ts'e Chin Lun"。熊这一异化策略在《西厢记》整部书的专有名词翻译上可以说是一以贯之的。相反，许渊冲在翻译地名时则倾向于归化的方式，如将"河中府"译成了"Mid-river Prefecture"，这样翻译虽然更便于西方读者记住和理解，但旧时的"河中府"是不是因为它在河中间而得名，并不一定，如要保证语义的精准似乎需进一步考证。翻译人名时，许译用了现代汉语拼音，省略了对武则天尊号的翻译，同时两位译者都增补了武则天的生卒年份。在翻译"普救寺"时，熊式一的翻译还顺带解释了这座寺的作用是"for the encouragement of the performance of good deeds"，即功德院，可以说是对音译的一种补偿，而许译则省去了对"功德院"的解释。

例 23. 琴呵，昔日**司马相如**求**卓文君**，曾有一曲，名曰《文凤求凰》。小生岂敢自称**相如**，只是小姐呵，教**文君**将甚来比得你？（第一本第三折）

熊译：Oh, my Lute! Formerly **Ssu-ma Hsiang-Ju**, in wooing **Cho Wen-chün**, played a tune which was called the '**Phoenix Seeking his Mate**'. How could I presume to call myself a second **Hsiang-ju**? But you, my Young Lady, how could **Wen-chün** compare in any way with you?

许译：Oh, my lute! I remember **an ancient scholar** wooing **a beautiful lady** played a tune called **Phoenix Seeking His Mate**. Though I cannot presume to compare myself to **the ancient sage**, Miss

Oriole，you are in every way a worthy rival of **the beautiful lady**.

原文是张生苦于无缘与莺莺相识，向琴童倾诉时的一段念白。对话中，出现了两个人名——司马相如和卓文君，两人均为中国家喻户晓的古代名人[①]。翻译时，熊式一对人名采用了音译，对司马相如追求卓文君时弹奏的乐曲《文凤求凰》采用了直译:"Phoenix Seeking his Mate"。反观许译，许先生在人名翻译时选择了归化的策略，用"an ancient scholar"指代司马相如，"a beautiful lady"指代卓文君。后一句中，加了"the"进行特定人物指代。两种译法各有千秋，从传递异质文化来看，熊先生的音译更佳。但是普通英语读者一般不了解司马相如和卓文君的身份，如果能结合许译的归化策略，在音译名字前加上简单的解释，如"Ssu-ma Hsiang-Ju"前加上"an ancient scholar"，效果可能会更好。

例24. 打扮得身子儿乍，准备来**云雨会巫峡**。为那**燕侣莺俦**，扯杀**心猿意马**。(第三本第三折)

熊译: Bewitchingly arrayed，

　　She is fully prepared to **meet her lover in the valley of the Wu Mountains**.

　　She longs to mate with him **in the manner of the swallows and orioles**;

　　And，**having lost her heart，she is full of restlessness**.

许译: In bewitching attire，

　　She brings her cloud and rain to quench his flame and fire.

　　Seeing the orioles and swallows in pairs，

　　Could she not think of love affairs?

原文为红娘为张生和莺莺传递书简时的一段唱词，生动地刻画了莺莺约会前内心的思念和急切。王实甫在此处运用多个典故。如"云雨会巫峡"是对"巫山云雨"的化用，出自《高唐赋序》有关楚国神话，传说巫山神女兴云降雨的事，后人常用来指代男女交欢。"燕侣莺俦"即莺燕同栖，出自元代徐琰(1999：18)《青楼十咏·小酌》:"结夙世鸾交凤友，尽今生燕侣莺俦"。后人常用来比喻夫妇或伴侣。"心猿意马"是常用成语，形容心里流荡散乱不受控制。熊式一如前所述，仍以直译为主，在翻译"云雨会巫峡"时，并没有像许渊冲一样采用意译

[①] 《史记·司马相如列传》中有载，卓王有个喜好音乐的女儿卓文君，司马相如是汉代著名辞赋家，他有意用琴声吸引文君的注意。文君从门缝里偷看，喜欢上了弹琴的人，于是两人乘夜私奔回了成都。

"She brings her cloud and rain to quench his flame and fire"，而是将"巫峡"直译为"valley of Wu Mountains"，典故的引申义则在后一句的"She longs to mate with him"进行补偿。"燕侣莺俦"则以隐喻的方式转译成动词"mate"的状语"in the manner of the swallows and orioles"，可以说是在与原文语义保持最大程度一致基础上的成功转换。"心猿意马"的译文则是直译和意译的融合，在保留"heart"这一意向的同时，再现了莺莺的"restlessness"。反观许译，许先生可能为了实现 aabb 式的押韵，创造性翻译的程度更高，音美的同时舍弃了部分语义的准确，如"心猿意马"被译成了"Could she not think of love affairs"。

例 25. 呆打孩，倚定门儿待。（第四本第一折）

越越的**青鸾信杳，黄犬音乖**。

熊译：In this time of stress I lean on the door，waiting.

But not a word of news arrives either by **the Blue Phoenix or the Yellow Dog**.

许译：Petrified there，I wait /While leaning on the gate.

But the longer I do，

The later comes the **Phoenix Blue**. Even the **yellow dog** will not bark /Far away in the dark.

以上两句来自张生的唱词，表达了他等待莺莺赴约时望穿秋水的殷切期盼。"青鸾信杳"和"黄犬音乖"分别出自两个典故。青鸾即青鸟，相传是替西王母娘娘传信的使者。七月七日汉武帝于承华殿斋，有二青鸟自西方集于殿前，是夜西王母至，有二青鸟如鸾，夹侍王母旁。关于"黄犬"，传说陆机在京居官，有犬名黄耳，因久无家书，于是作书以竹筒系黄犬颈，犬径至陆机老家，得书后又返，后以黄犬喻信使。在译成英文时，熊式一和许渊冲都选择了直译这两个动物意象，但由于戏剧体裁的即时表演性，两位译者都没有添加更多的笔墨进行更详细的解释。熊译大写了"青鸾"和"黄犬"译文的首字母，以表示其在原文中的特殊文学内涵，可以看作对典故翻译的补偿，有兴趣的读者可以自行进一步查阅。而许译则只大写了"Phoenix Blue"一项，将典故中的"黄犬"做了一般化的处理。

例 26. 早苔径滑，露珠儿湿透**凌波袜**……见柳梢斜日迟迟下，道好教**贤圣打**。（第三本第三折）

熊译：The moss that covers the path is slippery；The pearls of dew soak her stockings **as she gracefully sails along**... When they saw the sun slowly sinking behind the tops of the willows，They said，"Would that **the Holy Ones would make it vanish forever**".

许译：Slippery is the mossy way；Her stockings wet with pearls of dewdrops indiscreet. ...Beyond the willow-trees now slowly sinks the sun，They wish it **buried by the Holy One**.

以上为莺莺约张生天黑幽会时，红娘的一段唱词，道出了莺莺内心的急切。两句的大意是夜晚小径上苔藓湿滑，莺莺行走时露珠打湿了她的袜子……柳梢下的月亮迟迟不肯落下，真让约会的人心焦。第一句中修饰莺莺袜子的"凌波"出自曹植的《洛神赋》："体迅飞凫，飘忽若神，凌波微步，罗袜生尘。"（桑楚，2000：61）形容洛水女神迈着轻盈的步子在水波上行走，淡荡的水气好像是被罗袜荡起的飞尘，这里用来修饰美女的袜子。比较两位译者的译文，许先生直接省去了对该词的翻译，只翻译了露珠浸湿了莺莺的袜子。熊译则巧妙地抓住了女子"凌波"时步履优雅、轻盈这一特点，用伴随状语"as she gracefully sails along"化译了这一典故。"sail"一词尤其传神，再现了莺莺走路时飘逸的体态，如若换成"walk"就会失色不少。第二句中的"贤圣打"出自中国古代神话。《山海经·大荒南经》中记载：羲和国有女子名羲和，是帝俊之妻，生有十个太阳。太阳用六龙驾车，羲和为之赶车，他们行经九州七舍，共十六所，每到一处，便表示不同的时刻，日行越快，则光阴流逝越快。文中的意思是让羲和把太阳赶下去，好让晚上约会的时间快点到来（袁珂，2014：144）。除了羲和之外，《山海经》中还记载了帝尧的射师后羿射日的故事。对照译文，两位译者都抓住了"贤圣打"是让太阳快快消失的意思，略有不同的是，熊译将"圣贤"译作复数"the Holy Ones"而许译译作了单数，从中国古代神话中多个关于射日的故事来说，熊译的考虑更为周全，但如果从"圣贤"和羲和一一对应的关系看，许译也可以接受。

（三）物质文化负载词

例27.正中是**鸳鸯夜月销金帐**，两行是**孔雀春风软玉屏**。下边是合欢令，一对对**凤箫象板，雁瑟鸾笙**。（第二本第二折）

熊译：We have prepared a bridal chamber in which hangs **a curtain sprinkled with gold and embroidered with a midnight moon and the birds of love**；

And **a screen of soft and warm jade，ornamented with peacocks enjoying the breezes of spring**.

While melody of happy，harmony will be played，

Accompanied by the **male phoenix flute**, **the ivory castanets**,

The wild swan lute, **and the female phoenix organ**.

许译：We have prepared **a curtain embroidered above**.

With a round moon and below with birds of love,

Two **screens of jade adorned with peacocks standing at ease**.

Enjoying the vernal breeze;

A music band consisting of phoenix flute, Ivory castanets and wild swan lute.

这短短五句话中密集出现了六个富有中国特色的器物名词：玉屏、凤箫、象板、雁瑟、鸾笙。熊式一的翻译可以说是在兼顾英译表达习惯的基础上，紧扣原词。将"鸳鸯夜月销金帐""孔雀春风软玉屏"中的几个关键修饰语"鸳鸯"（birds of love）、"夜月"（midnight moon）、"销金"（gold）、"孔雀"（peacocks）、"春风"（breezes of spring）、"软玉"（a screen of soft and warm jade）悉数译出，相比之下，许渊冲的翻译则更为自由，省译的部分也较多，如"金帐"中只保留了核心词"curtain"，省去了对其颜色的描写，"玉屏"则省去了对其质地温软的翻译。最后两句对婚礼器乐的描写中，原文出现了四种中国传统乐器，在英语中没有完全对等词，熊译以换译的方式将四种乐器全部译出，其中"凤箫""鸾笙"创造性地译为"male phoenix flute"和"female phoenix organ"，既译出了乐器的特征，又点明了"凤"和"鸾"在汉语中成双成对的意向，还给人一种陌生化的效果。而许译则只译出了三种，将"雁瑟"和"鸾笙"都译成了"wild swan lute"，损失了部分语义内涵。

例28. 张珙如愚，**酬志了三尺龙泉**万卷书。莺莺有福，稳受了**五花官诰七香车**。（第五本第四折）

熊译：Chang Kung, as Yen Hui, may look like a fool,

But he has fulfilled his ambition by revealing his flashing brilliance, resembling that of the **long-hidden sword Lung Ch'uan**, and his knowledge of innumerable books.

Fortune has smiled upon Ying-ying,

Who is bound to receive the **Five Flowered Patent of Rank and the beautiful and honourable "Chariot of the Seven Fragrances"**.

许译：Foolish as Zhang Gong looks, He's not belied **his precious sword** and countless books.

Happy will Yingying be found; To receive **Five-Flowered rank** and chariot she's bound.

上文粗体部分出现了多个物质文化负载词。首先是"三尺龙泉",众所周知龙泉宝剑是中国名剑,晋国时雷焕任豫章丰城令后,掘地四丈,得一石函,中有双剑,剑长三尺,一名"龙泉",一名"太阿"。后人便将龙泉指代宝剑。熊式一翻译该词时,采用了音译加解释的方法:"long-hidden sword Lung Ch'uan",一来向读者介绍了中国宝剑的名字,二来呼应了前文"张珙如愚",暗示此剑和张生的性格一样,内秀睿智,不露锋芒。许渊冲的译文则偏向归化,省去了对专有名词的解释,以"precious sword"代替。其次是"五花官诰","官诰"为宋朝后朝廷授官及册封命妇的文书,"五花官诰"则专指用五色绫装饰的文书,以示隆重。熊式一的译文采用直译,用"Five Flowered"修饰"Patent of Rank","Patent"除了常用的"专利"意思外,在韦氏字典中的解释是"an official document conferring a right or a privilege",从语义上来说是较为准确的。许译则变成了"五花等级",译出了原文的引申义,但省去了对"官诰"是中国古代一种文书的翻译。最后一个是"七香车",专指古代用多种香木制成或用多种香料装饰的车,在文中指女子所乘华美之车。对勘译文,熊先生仍然主要采用直译:"Chariot of the Seven Fragrances",同时在前面加上修饰语"beautiful and honourable",以兼顾上下文语境中的含义。许译则采用归化,只译为"chariot"。

例 29. 是**步摇**得宝髻玲珑,是裙拖得**环珮**叮咚。是**铁马儿**檐前骤风,是**金钩**双动,吉丁当敲响帘栊。(第二本第四折)

熊译: Is it the tinkling sound of **the head-ornaments** as their wearer walks?

Or is it the ringing sound of **the ornaments of the skirt** as it sweeps along?

Is it the creaking of **the iron hinges** as gusts of wind blow under the eaves?

Or is it the ding-dong sound of **the gilt hooks** knocking against the curtain frame?

许译: Is it the tinkling **headdress** on a lady's hair

Or ringing **ornaments on the skirts** women wear?

Is it the creaking **iron hinges in shape of steed** /When the wind blows with speed,

Or ding-dong sound of **golden hooks** /Knocking against the curtain frame in cozy nooks?

原文从听觉角度描摹了莺莺走路时的姿态。王实甫运用排比句式,将古时女子的配饰和屋内常用摆设也一并写了进去。他第一个提到的是"步摇"。古代妇女在发饰如簪、钗之上附有金玉首饰,行动时摇动撞击,常发出声响。熊译为"the head-ornaments"即头上的装饰品,是比较准确的。许译为"headdress"也有头饰的意思,但这个词尤指在仪式庆典场合使用的头饰,而古时女子头戴簪、钗并不需要特殊的场合。再看"环珮",指的是古人在衣间佩戴的玉佩,《礼记·经解》有云:"步行则有环佩之声,升车则有鸾和之音"(孙希旦等,1989:57)。这里两位译者都采用了归化译法,没有译出"玉"这个意象,代之以"裙子的饰品"。最后是"铁马儿"和"金钩",分别是古时房屋常用装饰,前者又称檐马,是房屋下悬挂的小铁片或铃铛;后者是挂卷竹帘的两个铜钩,与竹帘相碰,常发出声响。"金钩"的翻译没有问题,但在翻译"铁马儿"时,两位译者都译成了门上的"铰链"。"铰链"一则与"铁马"实际指代的物件不同,二来即便是归化译法,铰链发出的嘎吱声(creaking)很难与莺莺走路时"宝髻玲珑""环珮玎咚"的整体优雅意境相一致。

例30. **绣鞋儿**刚半拆,柳腰儿恰一搦,羞答答不肯把头抬,只将**鸳枕捱**。云鬟仿佛坠金钗,偏宜鬏髻儿歪。(第四本第一折)

熊译: Her **embroidered shoes** are only half a span long; Her willowy waist, one hand could enfold. Overwhelmed with bashfulness, she refuses to raise her head,

And rest it on the **pillow embroidered with love-birds**. Her golden hair-pins seem to be falling from her locks.

许译: Your **little shoes embroidered in silk thread**, Your waist as slender as the willow, Bashful, you will not raise your head, But rest it on the **love-bird's pillow**. Your golden hairpin seems to fall from your cloud-hair, Your slanting locks make you look still more fair.

"绣鞋"是中国鞋文化与刺绣艺术完美结合的独创手工艺品。它的英译通常是熊式一在文中的直译"embroidered shoes",但许先生在这里进行了增译,补充了是用"真丝线绣成的小鞋"。实际上《西厢记》中并没有强调莺莺的鞋子是用真丝绣成,棉麻线绣鞋在古代也十分普遍,许译在这里增译很可能是要与后面的"head"押韵。"鸳枕"即为绣有鸳鸯的枕头,也是带有中国文化意蕴的物件,常用来祝福相爱之人白头偕老。两位译者在此处都采用了归化的手法,译为"love-birds pillow",可以让西方读者快速理解"鸳枕"的含义。

（四）宗教文化负载词

例 31. 子母孤孀途路穷,旅榇在**梵王宫**。（第一本第一折）

熊译：The widowed mother and the orphaned child while on their journey are in distress.

The coffin, on its way, is reposing in the **Buddhist Monastery**.

许译：My husband ended at the capital his life,

Leaving helpless his orphaned child and widowed wife.

Now in the **temple** stays his coffin on its way.

梵王宫为佛教术语,佛教将人世间分为欲界、色界和无色界三界。大梵天指第二色界诸天,其王称为大梵天王。梵王宫意指大梵天王居住的宫殿,这里泛指佛教寺庙。对比熊式一和许渊冲的译本,可以发现许译将其简化为"temple",牛津字典的解释是特指基督教教堂之外,其他宗教的庙宇或殿堂,如印度教、锡克教的庙宇,因此原文的语义在这里被泛化。而熊式一将其译为"Buddhist Monastery",明晰了崔相国棺木具体存放的位置,是在佛教的寺庙,更符合原意。

例 32. **随喜**了上方佛殿,又来到下方僧院。……**游洞房**,登宝塔,将回廊绕遍。……蓦然见**五百年风流业冤**。（第一本第一折）

熊译：**With great delight I have seen** the Hall of Buddha above, I have wandered through **the priests**' cells, The quarters of the priests below...Have climbed the pagoda, And roamed through and through all the passages. ...I have suddenly observed **a beauty, who must be the victim of an amour between us five hundred years old!**

许译：I've **visited** the Buddha hall. And quarters of the monks withal. ... I've visited **the monks' cells**, Climbed the pagoda, Gone through all the passages. ...Who is there if not **the beauty who has sown love seed in my heart for five hundred long years!**

原文描写了张生在普救寺随住持法本一番游览后,看见来佛殿游玩的莺莺,顿时一见钟情。文中涉及多个佛教词语。如"随喜"是佛家用语,本义指见人行善做功德,随之心生欢喜,又称随己所喜,后来也称游览佛寺为随喜（张燕瑾,2017：55）。对勘译文,不难发现熊式一在翻译的时候,不仅译出了引申意即参观佛殿"I have seen the Hall of Buddha",还直译出了本义,即参观时内心的喜悦"With great delight"，而许译则只保留了原词的引申义。再看"洞房"一词，文中的意思和如今我们理解的"婚房"相去甚远。《楚辞·招魂》中有对"洞房"的描述："弱颜固植，謇其有意些，姱容修态，絙洞房些"（屈原，2000：168），意为深的房子，在第一本第二折中有"红上佛殿"，生云"引入洞房"，可知"洞房"即佛殿。两位译者在此似乎有不同的理解，均译成了"僧侣的住房"。最后看"五百年风流业冤"，该语出自佛家术语。"冤"谓冤家和仇敌，"亲"指亲爱者，佛教主张一切众生，无冤无亲，平等救度。"业"如单用，指罪过。但"业冤"在此处做反语，是对钟情之人的爱称。翻译时，熊先生先将"业冤"意译为莺莺，同时巧妙地用"victim"一词点出了该词本义中含有的爱恨情仇，堪称佳译。许先生则用了更为归化的方式，在具体化"业冤"的同时，创造性地将张生对莺莺的深情解读为"她五百年前就在我心中播下了爱的种子"。

例33. **法鼓金铙**，二月春雷响殿角。**钟声佛号**，半天风雨洒松梢。（第一本第四折）

熊译：The sound of **the sacred drums and the brazen cymbals**

Is like the thunder in the second moon of spring, permeating every corner of the monastery.

The ringing of the bell，and the invocation to Buddha

Are like a sudden storm of wind and rain among the pine trees.

许译：**The sacred drums and brazen cymbals sound，**

In every corner of the temple and all around

Like thunder in the second moon of spring；

The prayers to Buddha and the bells ring

Like a half skyful of rain mingled with strong breeze，

Sprinkling among the tips of green pine-trees.

原文为第一本第四折张生"闹场"的开篇唱词，透过张生的描述，读者可以感受到普救寺内僧侣为老相国做法事时的隆重场面。"法鼓金铙"和"钟声佛号"均为佛教文化负载词。前者为佛教做法事时使用的乐器，这里用作动词，意为击鼓拨铙（张燕瑾，2017：99）；后者的钟声为佛教法器金钟，佛号指佛的名号，在此做动词，即颂念佛的名号。熊译和许译对这两组文化负载词均译成名词形式，为突显"法鼓金铙"的宗教意涵，都增译了"sacred"一词。差异主要在"佛号"的处理上，熊先生使用了一个语域上更正式的词"invocation"，牛津字典对其的解释是向神或权威人士的求助、念咒或祈祷，比较贴近原词的语义。许先生改变了原词的初始意象，将原本隐藏的念诵佛号的人转译成主语，变成了"向菩萨祈祷的人",考虑到押韵,也成功地传达出原文的交际效果。如果从"求信"角度讲,熊译更胜一筹。

例 34. 不念《**法华经**》。不礼**梁皇忏**。毻了僧帽,袒下了**偏衫**。……非是我搀,不是我揽,知道他怎生唤做**打参**。(第二本第一折)

熊译:I recite not "**The Lotus of the Good Law**", And I have no respect for the "**Liang Huang Ch'an**"!

I have thrown away my monk's cowl, and I have doffed **my one-sleeve robe**. ...It is not a question of my being ambitious, or being forward; How can I know anything about what they called **worshipping Buddha**?

许译:I won't recite **the Scripture** nor pray; In **Imperial Confession** I do not believe. I have thrown my monk's cowl away; And doffed **my robe which has only one sleeve**. ...Not that I am perverse, Nor that I care a curse, What they call **Buddha worship**.

原文为法本徒弟惠明和尚出场时的唱词,通过惠明之口,王实甫从侧面描绘了元代腐败虚伪的宗教乱象:普救寺里的和尚不愿诵经念佛,不好静修坐禅,法衣斜披,僧帽歪戴。文中因此也出现了多个宗教文化负载词,如"法华经""梁皇忏"。前者是佛经名,为《妙法莲华经》的简称,妙法是指所说教法微妙无上;莲华比喻经典洁白美丽如莲花。"梁皇忏"传说是梁武帝夫人死后通梦于帝,帝为其制《慈悲道场忏法》十卷,请僧侣忏礼。夫人化为天人,空中谢帝而去。其《忏法》后成为佛教典籍,后人称之为《梁皇忏》。翻译时,熊译采用了直译经书,并字对字地译出了《法华经》的全名"The Lotus of the Good Law",而许译则运用了归化,以"the Scripture"代替;"梁皇忏"熊将其音译为"Liang Huang Ch'an",许译则译为"Imperial Confession"。除了佛教典籍,文中还出现了佛教服饰和佛教修身方法:"偏衫"和"打参"。"偏衫"指斜披于左肩的僧人法衣;"打参"即打坐,是佛教徒跏趺而坐,使心入定的一种基本方法。对比二人的翻译,相似度很高:"偏衫"都译作了"只有一个袖子的袍子",基本还原了原文的意思;"打参"都译为了"对菩萨的朝拜",和原文语义有所偏离,似乎译为"sit in meditation"更为准确。

总的来看,熊式一在还原《西厢记》文化负载词方面尽可能做到了准确和求真。异化翻译策略中的直译和音译是他采用的主要翻译方法,这一点在社会文化负载词的人名、地名和典故翻译中尤为明显。相比之下,许渊冲的翻译显示了较大的创造性和灵活性,为了追求译文的韵律,省译、换译等归化策略的使用更为频繁。

二、修辞格的翻译

修辞方式源于民族语言的内部发展规律,适应于社会交际的需要。在《西厢记》中,王实甫多次运用不同形式的修辞格,形成了"言有尽而意无穷"的语言表达效果。除了上文分析过的对偶句和比喻句,《西厢记》中出现数量较多的修辞格还有反复、反语和夸张三类。下文将以这三类修辞为例,分析熊式一和许渊冲在译介策略上的异同。

(一) 反复修辞格的英译策略

《西厢记》中共出现反复修辞格23例,其中连续反复17例,间隔反复6例。初看这些句子没有提供任何新的有效信息,但在暗含的层次上,它们又寓意丰富。由于使用得当,反而成了美化语言、深化感情的手段。熊、许两位译者在翻译时主要采用了直译的策略(见表5-4),直接复制原文修辞,让读者去领会作者反复咏叹的目的。

表 5-4 《西厢记》反复修辞英译策略对比

修辞	译者	归化(处)			异化(处)		
		替代	删添	其他	直译	音译	其他
连续反复	熊式一	1	1		10	5	
	许渊冲	5	3		7	1	1
间隔反复	熊式一		2		4		
	许渊冲	1	1		4		

例35.(郑恒云)我也不对你说,明日我要娶,我要娶!(第五本第三折)
　　　(红云)不嫁你,不嫁你。

熊译:(CHÊNG says)I will not talk to you any more. To-morrow I will marry her-will marry her!

HUNG NIANG says:She will not marry you-will not marry you!

许译:(Zheng Heng says)I won't talk to you anymore. Tomorrow I will marry her. I will marry her.

Rose says:But she won't marry you, she won't marry you.

此例为连续反复中的句子反复,出现在郑恒和红娘关于莺莺婚约的争执中。处于下风的郑恒自知理亏,最后只好耍起无赖,叫喊道一定要娶;而红娘也毫不示弱,干脆利落地一口回绝。反复辞格的运用既突出了郑恒的张扬跋扈,也深化了红娘一贯大胆泼辣的性格特点。熊式一和许渊冲翻译时,以直译的方式复制了原文的修辞特点,再现了二人说话时的节奏和语势。

例 36. 今番不是在先,人心儿里早痒,痒。撩拨得心慌,断送得眼乱,轮转得肠忙。(第一本第二折)

熊译:My heart is full of a loving desire,

　　　Which bewilders my mind,

　　　Dazzles my sight,

　　　And creates a whirling sensation within me.

许译:But now I see my heart's desire,

　　　I seem to feel vibrate the strings of a lover's lyre,

　　　My mind bewildered, dazzled my eye,

　　　And a whirling sensation rising high.

例 37. 小姐呵,你若知我害相思,我甘心儿为你死,死!(第五本第二折)

熊译:O my Young Lady! If you but knew how my love for you makes me suffer. I would willingly die for you-yes, die for you

许译:O my Young Lady dear, If you knew how lovesick I lie, How willingly for you I'd die, For you I'd die!

以上两例为连续反复中的字词反复,也是该曲牌【醉春风】调的定格(王实甫,1987:25)。第一例描写了张生初见莺莺后情不能已的激动心情。通过"痒"的反复运用,既突出了张生一见倾心、过目难忘的内心活动,又使得语句在节奏上更为明快。第二例为张生在京师旅邸中患病,张生心知是相思成病。虽然只是短短重复了一个"死"字,但张生对莺莺用情之深跃然纸上。熊式一在翻译第一例时,采用了意译,将其译为"My heart is full of a loving desire"。为了衔接后文,译文舍弃了原文反复辞格的形式,做了定语从句中的主句,引出了心"痒"的结果——"心慌""眼乱"和"肠忙"。许译也是意译为"heart's desire",通过连词"but"衔接了后文内容。第二例中,熊译和许译都遵从了原文反复辞格的形式和内容,以直译的方式再现了张生内心的思念和煎熬。

例 38. 枉淹了他金屋银屏,枉污了他锦衾绣褥。枉蠹了他梳云掠月,枉羞了他惜玉怜香,枉村了他滞雨尤云。(第五本第三折)

熊译:You will thus profane her Golden Boudoir and Silver Screen;

　　　You will begrime her silken coverlet and embroidered bedding.

> You will be unworthy of her locks，like clouds，and of her
> chignon，made up in the shape of the moon；
> You will be a disgrace to one so tender and beautiful；
> You will pollute her romance.

许译：How dare you thus profane her golden bower

> With such a sudden shower? How dare you dirty the coverlet
> spread
> On her embroidered bed!
> Are you worthy of her cloud-like hair
> And moon-like face? To my Mistress tender and fair
> You are but a disgrace. How dare you bring a sudden shower
> To her fragrant jade bower!

此例为间隔反复中的首语反复。首语反复指同一词语连续出现在两个或两个以上的句子或语段的开头(陈科芳,2017:291)。王实甫以"枉……了"为首语的固定格式,不厌其烦地反复五次,强烈表达了红娘对郑恒的不满和不屑。毛西河对此批语为"金屋银屏五句,由渐而入,最有步骤"(王实甫,1987:187)。反复修辞的使用确实使唱词的格式整齐有序,而又回环起伏。对勘译文,熊式一比较明显地还原了原文的反复形式,五句译文全部由"You will"＋动词构成,显得统一齐整,而许译则舍弃了形式,看不出原文的反复格式。除形式外,该段落的文笔也历来为文人称道。清代徐士范认为,以上五句俚雅互陈,故自当行(同上:187)。首语的"枉……了"填入的都是民间通俗的白话,但后接的宾语却又雅丽脱俗,暗含典故,如第一句中的"金屋银屏"出自汉代班固的"金屋藏娇"。翻译时,熊式一特意大写了相关名词的首字母"her Golden Boudoir and Silver Screen",提醒读者该词语在源语文化中的特殊内涵;许译则没有刻意标出,而是做了一般化处理。另外许译为了押韵,对原文的改写较多,如第一句中"淹"通"腌",意为弄脏,但许渊冲将其译为"you thus profane her golden bower With such a sudden shower",增译了"一场突如其来的阵雨",和原文意境和意思都相距较远。最后一句中的"滞雨尤云"指的是浪漫的爱情(祝肇年,1983:175),熊式一将其译为"romance",较为准确;许译则再次创造性地译为"bring a sudden shower /To her fragrant jade bower!"

例39. 此一炷香,愿亡过父亲,早升天界! 此一炷香,愿中堂老母,百年长寿! 此一炷香……(第一本第三折)

熊译：In burning this first stick of incense，I pray that my deceased

father may soon ascend to Heaven. In burning this，the second，I
pray that my dear mother may live for a hundred years.

As to this，the third...

许译：Yingying says：In burning the first stick of incense，I pray that
my deceased father may soon ascend to Heaven

In burning the second，I pray that my dear mother may live long.

As to the third.

原文为莺莺在普救寺花园内祭祀祖先时的一段祝词,王实甫将"此一炷香"
重复使用了3次,形成间隔反复中的首语句子反复。反复修辞格的使用使得语
句在节奏上流畅紧凑,内容上通顺连贯。熊式一在翻译时,基本再现了原文的
修辞特征,用两个"In burning this"作为句首。但由于中英语用习惯的不同,英
语行文忌机械重复,熊译在译文中也稍做了变化。如在第二个"此一炷香"中用
了省略句,省去了"incense"。第三个"此一炷香",变化为"As to this, the
third"。许渊冲的译文也基本采用了这一策略。内容翻译上,两个版本译文都
准确译出了原文的含义。略有不同的是"百年长寿"一词的译法,熊译采用的是
直译"may live for a hundred years",许译采用的是意译"may live long"。

（二）反语修辞格的英译策略

反语就是反话正说,或正话反说。说话人的主观意图需要一定背景知识支
撑,话语意义往往通过语境和说话人语气、语调表达。反语具体可分为讽刺反
语和愉快反语两种。前者的修辞效果在于以嘲弄的方式指摘对方的错误缺点,
也可理解为语用学上的一种间接不礼貌方式(Leech,1983：80);后者的修辞效
果不在于挖苦讽刺,而在于营造一种幽默诙谐、活泼生动的语言氛围。《西厢
记》中共有反语13例,其中讽刺反语2例,愉快反语11例。从表5-5可知,熊
式一在翻译时主要采用了直译的策略。许译则在直译的同时更多运用了归化
策略中的替代、删添等译法。

表 5-5　《西厢记》反语修辞英译策略对比

修辞	译者	归化(处)			异化(处)		
		替代	删添	其他	直译	音译	其他
讽刺反语	熊式一				2		
	许渊冲	1			1		

（续表）

修辞	译者	归化（处）			异化（处）		
		替代	删添	其他	直译	音译	其他
愉快反语	熊式一	3	2		6		
	许渊冲	4	3		4		

例40. 好秀才,岂不闻"非先王之德行,不敢行"。（第四本第二折）

熊译：You are a fine scholar，indeed! Have you not heard that conduct unworthy of the ancient sages should never be indulged in?

许译：Fine scholar as you are，have you not heard that deeds unworthy of the ancient sages should not be done?

原文为莺莺和张生私情被发现后,崔夫人对张生的呵斥。但是崔夫人并没有用直截了当的语言去责骂张生,反而夸赞他为"好秀才"。通过上下文可知,此言为崔夫人的反语,其真实交际意图是讽刺张生是个缺乏道德、违背伦理的伪君子。这从后半句的"非先王之德行,不敢行"可以更明显地看出。该句出自《孝经·卿大夫章》"非先王之法服不敢服,非先王之法言不敢道,非先王之德行不敢行",意为不能做不符合先王道德标准的事。熊式一的译文采用了直译法,将"好秀才"译为"You are a fine scholar"外,为了增强语气后面还加了一个副词"indeed",进一步加深了崔夫人嘲弄的口吻。后半句的直接引语,熊氏将其转换为间接引语,但意义保持不变。许译基本同熊译。

例41. 佳人有意郎君俊,教我不喝彩其实怎忍?（第五本第三折）

熊译：The fair lady is in love with one who is charming and attractive.

Even if I were told not to sing his praises

How could I possibly refrain?

许译：A lady's love to a handsome young man is due.

But who could sing the praise of you?

原文为红娘和郑恒激辩时说的一句话。"佳人有意郎君俊,红粉无情浪子村"本为元朝时的一句谚语(王实甫,1987:194),意为佳人如有情意,虽是平常的青年男子也觉得俊美;如果没有情意,虽是穿着华丽的子弟也觉得粗俗。原句为对偶句,且并无讽刺意味。后半句中的"喝彩",根据毛西河的注释,是"元词以称羡为喝彩"(张燕瑾,2017:322)。但结合上下文看,原来褒义的两句话用在郑恒身上却成了红娘的讽刺和讥笑。翻译时,熊式一采用了直译策略,完全复制了原文的反语,将"郎君俊"译为"one who is charming and attractive","喝彩"译为"sing his praises",读者可从语境中感受红娘的牙尖嘴利。相比较,许先生的译文则改动较多,前半句的条件关系被系表结构的译文代替,后半句的"忍"也被省去。

例42. 我便直至莺庭,到回廊下,没揣的见你那可憎,定要我紧紧搂定。（第一本第三折）

熊译:I will go straight to the courtyard of Ying-ying,

And,arrived at the passage there,I will confront you unexpectedly-you,whom I love to distraction,And make sure of holding you firmly in my embrace.

许译:To Yingying's courtyard I'll go straight. Should I confront at the winding passage the cute,Dear Yingying,I'd hold you tight in my embrace.

原文为张生在烧香时偶遇莺莺后展开的翩翩联想。他幻想夜晚万籁俱静时,径直走到莺莺廊下,将美人紧紧抱住。此例中王实甫运用了愉快反语"可憎",其真正用意为赞美莺莺的可爱。这样的用法在《西厢记》中共出现7次,且全部为正话反说。翻译时,熊式一为了避免歧义,没有直译原文,而是归化为一个英语读者容易理解的从句"whom I love to distraction",明晰了张生对莺莺的迷恋,言外之意得以传递,但原文反语的语言效果也随之消失。许译同样采用了归化策略,将该词译为"the cute",表达效果同熊译。

例43. 兰麝散幽斋,不良会把人禁害。哈!怎不回过脸儿来?（第四本第一折）

熊译:A fragrance like that of the lily and musk permeates the solitary library.

You wicked one! Well do you know how to enslave me! Oh! why do you not turn your face to me?

许译:A fragrance,lily-like,permeates my cabinet. You know how to enthral and entrance me,coquette! O why do you not turn to me your face and eye?

该例同样为愉快反语。"不良"意为没有良心的人,看似含有贬损之意,但结合上下文,是恋人间打情骂俏时的昵称,有爱之深、恨之切之意。此句从张生口中说出,其真正想表达的是对莺莺的爱。熊式一翻译时也充分还原了原文的反语修辞。根据牛津词典的解释"wicked"有多重含义:首先是"morally bad";

其次是"slightly bad but in a way that is amusing and/or attractive"；最后，做俚语时，"wick"还可做"very good"解。熊式一将其译为"You wicked one"。"wicked"是较为常见的口语词，既有戏谑的语气，又有怜爱的意味，恰如其分地表达了原文贬中带褒，正话反说的言外之意。许渊冲将其译为法语词"coquette"，意为卖弄风骚的女人，虽然也符合两人幽会交欢时的说话语境，但更偏向上层人士的书面语。

（三）夸张修辞格的英译策略

除反语外，夸张也是《西厢记》中常见的一种修辞手法。通过言过其实的表述，王实甫在描写和说理时有意夸大或缩小了事实，这使得事物的原本特征和作者本人的态度更加鲜明和突出。具体来说《西厢记》中夸张可分为性态夸张和数量夸张两种，其中性态夸张 22 例，数量夸张 19 例。从表 5-6 可知，熊式一共运用异化翻译策略 33 次，远多于许渊冲的 22 次，再现了原文的语言感染力。

表 5-6 《西厢记》夸张修辞英译策略对比

修辞	译者	归化（处）			异化（处）		
		替代	删添	其他	直译	音译	其他
性态夸张	熊式一	2	1	1	17	1	
	许渊冲	3	2	3	14		
数量夸张	熊式一	1	3		15		
	许渊冲	6	3	2	7		1

例 44. 我瞅一瞅古都都翻海波，喊一喊，厮琅琅振山岩。脚踏得赤力力地轴摇，手攀得忽刺刺天关撼。（第二本第二折）

熊译：One angry glance of mine is sufficient to make the calm sea rough；

　　　One roar of my voice will make the hills and cliffs re-echo

　　　One step of mine will create an earthquake；

　　　By raising my arm I will make Heaven's gates shake！

许译：My angry glance would make the billows leap and bound；

　　　With my thundering voice the mountains would resound.

　　　I stamp my feet and there would come an earthquake；

I raise my arms and Heaven's gates would shake.

该例为典型的性态夸张。所谓性态夸张就是涉及事物的性质或状态的夸张。这类夸张通过对事物程度、形象、作用等方面的渲染,可以强调和突显事物的某种特征。原文为惠明和尚接到去寺外给孙飞虎送信任务后的自夸唱词,意在表明自己技高胆大,以消除张生的顾虑。王实甫在这两句话中连用四处夸张,如看一眼大海便海浪汹涌;喊一声大山便山岩震动;脚踩大地便地动山摇;手攀天关便天翻地覆。句型上看,前两个短句是用动词 ABA(瞅一瞅、喊一喊)＋拟声词(古都都、斯琅琅)＋宾语的形式写出,后两个短句是用动词(脚踏、手攀)＋拟声词(赤力力、忽剌剌)＋补语的形式写出。翻译时,熊式一前三句都用"one"＋名词＋动词形式译出,部分还原了原文的形式。内容上看,熊译基本复现了原文的夸张内容,只是在第二个短句中,为了使逻辑上更合理以及避免与后文"地轴摇"的重复,把山岩震动替换成了"山岩有回声",同时拟声词也不可避免地被省去。许译复现了原文后两句形式上的齐整,和熊译一样,改写了第二个短句,其余保留了原文的夸张特征。

例 45. 我明日透骨髓相思病缠,怎当他临去秋波那一转,我便铁石人也意惹情牵!(第一本第一折)

熊译：Soon this love-sickness will penetrate the very marrow of my bones.

How can I bear the bewitching glance she gave when she was about to depart!

Were I made even of iron or stone I could not but think of her, and adore her.

许译：Lovesickness penetrates the marrow of my bone.

How can I bear her bewitching glance when she's to part!

Even if I were made of iron or stone, I could not forget her in my heart.

该例为莺莺离去后张生的一段感慨。王实甫在此运用性态夸张的手法,描写张生对她的思念已透彻骨髓,尤其是莺莺临别时的那一眼,即便自己是铁人、石头人也不得不为之动容。翻译时,熊式一采用了直译的策略,将"透骨髓相思病缠"译为"this love-sickness will penetrate the very marrow of my bones",其中"the very"副词的运用更突出了张生的极度思念之情;"铁石人"一句则使用了虚拟语气,其中"意惹情牵"这一并列结构也译得忠实工整。许译采用了直译和意译混合的方法,"透骨髓"一句为直译,但语气强烈上不如熊译;"铁石人"

句也采用虚拟语气译出,但"意惹情牵"意译成了"I could not forget her in my heart",求信上不及熊译。

例46. 睡不着,如翻掌,少呵,有一万声长吁短叹,五千遍捣枕捶床。(第一
　　本第二折)

熊译:Sleepless,I roll from side to side,

　　At least,I have heaved ten thousand deep sighs and short groans,

　　And I have five thousand times beaten my pillow and hammered

　　my bed!

许译:Sleepless all night,I toss from left to right.

　　How many times I've uttered sigh and groan,

　　And beaten bed and pillow all alone!

数量夸张就是通过扩大或缩小数字来增强语言感染力,引起人们的联想,却不使人误以为真。《西厢记》中共有此类夸张19例。上例描写了张生别过莺莺后的内心活动,通过两个通俗易懂的数量夸张"一万声长吁短叹"和"五千遍捣枕捶床",生动刻画出张生当时孤独之深,思念之切。对勘译文,熊式一以近乎字对字翻译的形式实现了字面意义和语用层面的传真,将"一万声"和"五千遍"两个夸张数量词直译译出。对比许译,许渊冲则省去了这两个词的翻译,以一般化表达"How many times"替换。虽然该译法与熊译意思上差别不大,但原文中夸张的艺术手法以及由此带来的陌生化诗学效果被减弱。此外,"睡不着,如翻掌,少呵"一句,熊译较为准确,许译则省去了"少呵"一词的翻译。

例47. 将遍人间烦恼填胸臆,量这般大小车儿,如何载得起?(第四本第三
　　折)

熊译:All the sorrows of the world seem to be accumulated in my breast.
　　How can a carriage of this size bear such a burden?

许译:All the world's grief seems to fill my breast. How can such a
　　small car bear such a heavy load!

该例亦使用了数量夸张的修辞手法,但并没有直接出现数字。原文描绘了别离张生之后,莺莺难掩的忧伤之情。两人历经各种考验终于走到一起,可是短暂相处后又要无奈分离。一个"遍"字,仿佛把人世间所有的烦恼都压在了莺莺的身上,重得连车子也无法承载。翻译时,熊式一以直译"All the sorrows of the world seem to be accumulated in my breast"的方式译出,强调了莺莺内心烦恼之多,许译也基本一致。"量这般……"一句,熊译遵照原文句型,同样译成以问号结尾的反问句,许译则改译成感叹号结尾的感叹句。"这般大小车儿",

熊译保留了言外之意的模糊性，译为"a carriage of this size"；许译则直接明晰了言外之意，即"such a small car"。

综上，熊式一在夸张、反复、反语等辞格的译介时，大部分遵照了原文修辞格的形式和内容，最大程度复现了原文的交际效果。与许渊冲较为自由的译文相比，直译是其主要的译介策略。在面对少数文化空缺较大的修辞格时，熊式一灵活地调整了翻译策略，保留了该修辞格的深层含义。

第四节　第二阶段的身份与翻译操控

以上分析说明，熊式一在翻译《西厢记》时主要采用了直译的策略，译文呈现总体性忠实的风格。这与前期《王宝川》的创造性改写形成鲜明对比。笔者认为，造成这种转变的主要原因，与熊式一第二阶段以"中国经典传播者"为特征的母国主导型身份有关。在这一身份下，他期望通过中国典籍的译介和传播，拉近与母国物理和心理上的距离。根据本书提出的离散译者身份协商类型与控制要素之间的对应关系，他的译介也更多受到了母国诗学和意识形态的操控。

一、母国主导型身份：中国经典传播者

《西厢记》译文的出版时间与《王宝川》相差不到两年。从宏观情境层面讲，熊式一在离散第一和第二阶段所处的情境没有发生大的改变。但影响他身份形成的另两个层面——个体和群体条件变化显著。他在文化适应过程中对自我形象有了新的反思性认识，身份定位也随之变化。下文将从个体和群体层面展开分析。

个体层面看，第一，熊式一在第一阶段末期已有了可观的经济收入，使他不用再像初来英国时，为了谋生糊口而身不由己。根据上海《电声》报的记载，熊式一接受采访时曾透露，上演《王宝川》的英国剧院给他的利润抽成在5%～15%之间，美国的则在7%～15%，这还不包括出版的剧本版税和其他周边产品的收入。难怪《电声》当时用了一个抓人眼球的新闻标题：《靠王宝川发了财熊式一回国发表谈话：在欧美公演达一千一百余次》（佚名，1937）。熊式一后人的好友华裔学者叶也在其传记中写道，熊式一靠着《王宝川》的收入在国内重新购置了当年被父亲挥霍掉的半山茶树和水稻田（Yeh，2014：48）。虽然熊式一是否靠《王宝川》发了财并不重要，但他的经济状况比初来英国时有了极大改观

是不争的事实。这也为他日后直译《西厢记》，在不计较个人经济效益的前提下大力传播中国经典打下了坚实的物质基础。

第二，翻译中国经典是远在异国他乡的熊式一与故土保持联结的一种方式，也是他宣扬中国文艺精品的机会。经典的传译不仅是他对故乡风俗人情的深情回望，也意味着民族认同的发生。熊式一翻译的不单单是文本，也是一个离散者对母国和民族的情感和乡愁。同时，离散海外的艰辛和彼时中西力量的悬殊，使熊式一有着异于常人的敏感和强烈的自尊心。《王宝川》虽然在商业上大获成功，但并没有得到一些英国文化精英的承认。比如熊式一一生都极为崇敬的英国大作家萧伯纳，就认为那"只是一出不值三文两文的传奇戏"（熊式一，2010：67）。按照熊式一自己的理解，传奇戏（melodrama）带有相当轻视的意义，是陈腔滥调，毫不足奇的东西（同上：67）。另外一些评论则把《王宝川》和中国戏剧经典画上了等号，误认为那代表了中国古典艺术的最高水平。但这两种评论都不是熊式一希望看到的，因此无论是为了向英国同行证明自己的专业能力，还是为了维护母国的民族声誉，向西方展示真正的中国文艺精品，熊式一都有足够的理由来翻译和传播中国经典。他自己也在后来的传记中坦言，《王宝川》成功后，他把主要精力放在了宣传中国文化上（熊式一，2010：93；Yeh，2014：76）

第三，熊式一个人对中国典籍的偏爱。中国经典的传播离不开熊式一本人的意愿。长期受到传统文化的滋养和熏陶，熊式一对中国经典有一种发自内心的喜爱和认同。他在文章里对中国经典有着极高的评价，认为《西厢记》是"元曲中的杰作"；《聊斋志异》是"几百年来，唯我独尊，老幼咸宜"的文学精品，如果有人能把它完整地翻译为英文，"那一定是利人利己的好事"；《红楼梦》则是"全世界公认为中国最伟大的小说，可与《战争与和平》相提并论"（熊式一，2010：14）。一言以蔽之就是，中国经典里有太多名流雅士的佳作，为中国读者所推许，也可供西方交流借鉴①。

群体层面，在跨文化互动中，熊式一对交际环境安全、包容和可预测的需求得到了极大满足，这使得他不再一味以寄居国的文化系统为归依，有了身份变化和保持身份差异性的可能。熊式一第二阶段群体交际的成功得益于他在第一阶段的努力适应和学习。尤其是后期《王宝川》的出版和上演，为他带来了各种有利的群体交际资本。布迪厄认为，资本是积累的劳动，当这种劳动在私人性、排他性的基础上被行动者或行动者团体占有时，这种劳动就使得他们能够

---

① 熊式一对经典文化的喜爱与他从小接受的教育和个人文化意识形态有关，将在下一部分展开。

以具体化的或活的劳动形式占有社会资源(布迪厄,1997：189)。群体交际中,交际者公认的知名度、声誉、影响力、地位等无形资本符号,就由这些社会资源转换而来(Bourdieu,1990：128)。大量的社会资本和文化资本的获取,为熊式一日后群体交际的成功和身份的转变提供了有力的外部支撑。

首先,熊式一获得了群体交际中最为重要的资本之一社会资本。它是社会关系中凝聚的各种资源,其制度化方式表现为尊贵的社会头衔(Bourdieu,1986：243)。《王宝川》在伦敦上演不久后,当时的玛丽女王穿着带有中国刺绣的服装携格洛斯特公爵(Duke of Gloucester)亲临现场观看,这也是女王庆祝50周年(Jubilee Celebration)庆典后首次外出观演,当时在英国的媒体引起了轰动。在伦敦西区剧场成功后,《王宝川》又在英国地方开演,并成为各地方剧院的常规剧目。伴随演出的成功,熊式一成了英国文艺圈的文化名人和上流社会的座上宾,各种社会头衔也随之而来。1934年,熊式一成为国际笔会(International PEN Congress)的中国代表,受邀访问了爱丁堡、布拉格、巴塞罗那、苏黎世等地的皇室(Yeh,2014：48)。1935年4月,《王宝川》在伦敦的中华俱乐部(Zhonghua Club)义演,随后熊式一担任了该俱乐部的秘书长,并在其年会上发表演讲。当时坐在熊式一身边的嘉宾包括英国皇家协会主席威廉爵士(Sir William Llewellyn)、英国东方学院院长丹尼生爵士(Sir Denison Ross)、中国驻英大使郭泰祺、英国文学诺贝尔奖得主G.H威尔士(Wells)等(同上：49)。同一个月内,《王宝川》在牛津戏剧节上开始第一次露天巡演,再次等到各界社会名流的捧场。他本人也频频出现在各种上流社会的聚会里,比如与英国电影明星卡洛夫(Boris Karloff)、达雷尔(Maisie Darrell)一起喝下午茶,和英国皇室画家康纳德(Philip Connard)等人坐船漫游泰晤士河,和大文豪萧伯纳、巴蕾共进午餐。熊式一的名声甚至传到了美国,连赛珍珠也给他写信,想和他见一面,并希望为《王宝川》引入美国百老汇提供必要帮助。

其次,熊式一获得了群体交际中的大量文化资本,虽然《王宝川》最为人津津乐道的是它在英美连演千余场的佳话,但它以书籍形式出版的剧本也非常受人欢迎。在麦勋公司将《王宝川》列为现代经典后,英国近百所学校都节选了其中一部分作为学校课本。英国著名戏剧家兼汉学家的杜为廉(William Dolby)说,他中学一年级所用的英文教材就是《王宝川》,看后对中国文化留下了深刻的印象(朱伟明,2005：138)。这说明《王宝川》不仅以非物质的舞台戏剧形式出名,其客观文化产品同样广为流传,它和社会资本一道,构成了熊式一群体交际中文化资本的重要组成部分。

成名后的熊式一,在英国文化界的地位和话语权迅速提升,这无疑使他在翻译活动中拥有了更多的自主权,也更容易获得出版商的支持和市场的信任,加上他本人传播中国经典的强烈愿望和动机,身份的转变也变得水到渠成。在"中国经典传播者"这一身份的影响下,他的译介开始变得小心翼翼。在中西跨文化传播中,他更倾向于保留中国文化,向英国读者原原本本地还原经典。这一时期《西厢记》的译介,也更多受到了来自母国意识形态和诗学的影响。

二、母国中国意识形态的操控

熊式一的文化自觉和文化自信在这一时期的翻译中进一步彰显,这种民族意识与他从小濡染的文化意识形态有关,也与他青年时期国内兴起的文化民族主义思潮和个人政治倾向有关。这几股意识形态交织在一起,对他今后以"文化传真"为归依的典籍译介产生了重要影响。

（一）个人文化意识形态的濡染

熊式一曾在《大学教授》的后语中说,"中国人对文艺一事,比任何人都高明多了,而且早在多世纪之前,就是如此"（熊式一,2010：118）。对于《西厢记》,他也充满溢美之词,认为那是中国古典戏剧的典范,有着极高的艺术价值。翻译这部作品的目的就是要"宣传我国文化","以示我国文艺精品与一般通俗剧本之差别。"（同上：91-93）"如果读者认为书中诗歌十分优美,那么功劳完全归原作者。相反,如果读者发现其中的字词配不上'文学'的头衔,过错全凭译者一人负责"（Hsiung,1968：xl）。字里行间,充满着对本民族文化艺术的自信和自豪。在翻译时,他采用了文化传真的译介策略,尽可能地向英语读者传递原作的意义和意境。用他自己的话说就是,这是一个忠实到"句对句,有时也是字对字"（Hsiung,1968：xxxix）的翻译"。笔者认为,熊式一本人的民族文化自觉和文化自信直接促使他采用了直译,甚至是"硬译"的翻译方法。这种民族文化意识与他从小耳濡目染的文化意识形态有关,更与他青年时期国内兴起的文化民族主义思潮有关。这两股意识形态交织在一起对他今后的典籍译介产生了重要影响。

熊式一出生在江西省南昌县传统乡绅家庭,从小受到儒家古典文化的熏陶。父母都接受过传统教育,其母出自南昌大家,从小随哥哥接受私塾教育,熟读四书五经。熊式一在母亲的启蒙下,很小就开始学习儒家经典,四岁即可诵读《论语》。"在上新式学堂前,四书五经、左传及古文辞类纂等已背得滚瓜烂熟,中学以前已经把一些重要的古典名著都看了。"（安克强,1991：116）十一岁起,少年熊式一醉心于填词、赋诗、作文,尤爱篆刻,常求教于名士。虽然大学学的是英语专业,但他对传统文化依旧热爱如故,在国文系给人上课的时间不少于英文系,并感叹新文化运动后,大家都提倡新学,弄得富有旧学根底的人才逐渐凋敝,传统文化的接续令人担忧(熊式一,2010:24)。良好的家学训练和后天的好学勤奋,为他打下了坚实的古典文学基础,也为他日后的译介埋下了偏爱古典文学题材的种子。如果用社会翻译学的理论来看,熊式一个人偏好和文化意识形态间的关系,呈现了一种"结构"与"被结构"(Simeoni,1998:5)的关系。换言之,偏好或惯习不断地被结构形塑而成,又不断地处在结构生成过程之中(布迪厄,2004:165)。译者长期的社会文化意识形态习得,使译者在行动中表现出一定倾向性。熊式一偏爱传统文化的惯习在他从小接触的文化意识形态中被结构化,同时反向地,他的这种惯习又建构了包括他日后翻译行为在内的社会实践,两者形成了一种互相作用的张力关系。

(二)文化民族主义的勃兴

当然,个人文化意识形态始终离不开大环境土壤的培养。1927年,已从北京高师毕业的熊式一在张菊生的介绍下到上海商务印书馆任编辑。如果说在民国混乱和驳杂的政治中尚能找到一条贯穿始终的主线,那就是民族主义。文化民族主义是民族主义在文化上的重要表征,与政治民族主义有着互为表里的关系,但文化民族主义较后者更为深刻和持久。它坚信本民族的文化特色和优长,认同文化传统,试图以文化问题为落脚点解决中国社会的其他问题(郑师渠,2001:103-104)。文化民族主义在熊式一的青年时期出现并发展成社会主流思潮并非偶然,而是有着深刻的社会历史动因,这股思潮也不断冲击和形塑着熊式一的世界观和价值观。

首先,20世纪20年代末新文化运动已经落潮,人们开始反思盲目崇西给社会带来的负面影响。根据陈嘉异的观察,一些激进的西化派倡导者"乃环顾国中,一谈及东方文化,几无不举首蹙额直视为粪蛆螂蜉之不若"(转引自陈崧,1985:296)。西化派一味颂扬西方文化,否定本民族文化,只强调文化的时代性而忽视了传统文化在社会转型中的历史延续性和复杂性,其弊端是显而易见的。这种理论上的缺陷和实践上的激进不可避免地为当时的文化民族主义者所批评,也给后者留下了理论修正的任务和发展壮大的空间。

1920年年底,以梁漱溟为代表的东方文化学派发表了著名的《东西方文化及哲学》,提出世界文化发展的三种路向,并认为调和持中的中国文化必将在未来复兴。这本书在出版后的短短3年里再版十余次,对当时包括熊式一在内的中国知识分子产生了持久的影响。它是中国知识分子反思欧战,重新审视东西方文化的产物,也是欧战后中国文化民族主义达到顶峰的重要标志。熊式一的民族文化自觉也是在这一大环境的影响下,逐渐发展和成熟。

其次，第一次世界大战暴露了西方文化的弊端，逐渐动摇了国人心中西方文明的权威。正如《东方杂志》主编杜亚泉所说"世人愿学神仙，神仙亦须遭劫"（杜亚泉，1914）。他在欧战期间接连发表评论文章，指出欧战对于中国的影响"一是刺激吾国民爱国之心，二为唤起吾民族之自觉心"（同上）。梁启超也在《欧游心影录》中描绘了战后欧洲哀鸿遍野，民不聊生的景象，并承认西方文明及其"科学万能"的迷梦已经破产。彼时仍在江西第一中学读书的熊式一面对一战后世界局势的变化，"爱国之心"和"民族之自觉心"被时代所唤醒。1919年，为响应五四运动号召，熊式一成为他所在中学的学生运动代表，与南昌各请愿游行学校一起，号召"诛卖国贼，抵制日货，力争青岛，救被捕之北京学生"（刘海霞，2015：58）。同年，江西学生联合会成立，熊式一成为联合会干事，组织并领导其他江西各学校展开爱国斗争（同上：58）。通过五四运动的洗礼，救亡图存和强烈的民族意识已深埋在青年时代熊式一的心底。

最后，也应看到熊式一出国的前几年，也正是民族危机越发深重的时期。抛去国内的军阀混战不说，日本侵华的铁蹄已不断临近。1928年，日本制造了骇人听闻的"济南惨案"，三年后发动了震惊中外的"九一八"事变，整个东三省陷入日本的殖民奴役中。诚如郑大华（2014：9）所说，文化民族主义"在中国近现代史上如缕不绝、代表人物代代相续的一个重要原因，就是中国始终都处于外国列强侵略蹂躏的地位。"应时而起的文化民族主义强调从文化认同上将中华民族团结统一起来，从根本上说是民族意识和民族自尊的外化。它与当时的废除不平等条约运动、收回教育权运动等社会运动一起，构成了当时中国社会最主要的意识形态。就连一直鼓吹"全盘西化"的胡适也不得不承认："像我们这样的自由主义者已经成了少数。……民族主义已经获得压倒的势力，国家这个东西成了第一线，在现下的中国里没有一种力量能够阻止这种大势的。"（转引自黄键，2017：199）当身处海外的熊式一，终于有了向西方展示中国文化精粹的机会和实力，内化的民族意识和民族自尊自然而然地外化到了译介行为中。忠实准确翻译《西厢记》成为他宣传民族文化，展现民族自信的重要手段。

（三）译者的政治立场倾向

熊式一翻译《西厢记》的民族文化自觉除了受到国内文化民族主义思潮的渗入，笔者认为也与他个人亲国民党的政治立场有关。据载，熊式一在英国期间与多位国民党高官如国民党海军总司令桂永清等人有密切往来。《王宝川》在英国能大获成功，除了熊式一的个人才华外，国民党官方的大力支持也是一个重要因素。时任外交部次长、驻英国大使郭泰祺就多次在公开场合为《王宝川》宣传站台。① 开罗会议后熊式一着手为领导反法西斯战争的同盟国领袖之一的蒋介石立传。当时英国的出版商劝他应该根据国内的形势放弃蒋介石的写作改写毛泽东,但被他婉拒(Yeh,2014:102)。熊式一的孙子,北京大学MTI 教育中心教授熊伟在一次读书会中说,祖父比较崇拜蒋介石,当时蒋介石找了很多大文人替他写传,最后祖父答应了②。

国民党作为当时实际掌控社会的主要力量,其官方具有浓厚的文化保守主义倾向。一些学者认为,总体上国民党倾向把儒家学说作为执政的思想来源之一(干春松,2009:83)。比如"三民主义"是国民党的立党之本,在这三个"主义"中,孙中山极为推崇"民族主义",强调中国人的民族精神和独立的文化传统。儒家的忠孝信义都被视为建设民族主义的重要思想资源。20 世纪 30 年代,蒋介石也利用文化民族认同来达到统一意识形态的目的,他以儒家思想来重整道德最有影响力的事件便是在熊式一老家南昌首倡的"新生活运动"。该运动在形式上力倡将"礼义廉耻"贯穿到国民日常生活之中,突出强调复兴传统文化,并将其引申到民族精神和民族复兴上。

在蒋介石文化复兴运动的倡导下,有国民党 CC 系成员在内的十位大学教授包括陶希圣、王新命等在 1935 年 1 月联合发表了《中国本位的文化建设宣言》,又称"十教授宣言",拉开了中国文化建设道路大讨论的序幕。《宣言》认为中国已经面临亡国灭种的危险,文化领域里已经"没有了中国",中国的民族特征、文化特色在一次次危机和运动中逐渐丧失殆尽。"启蒙"固然重要,但"救亡"更为紧急,中国此时最紧迫的就是建设以中国为本位的文化,来重新树立民族自信,挽救民族危机。《宣言》发表后,熊式一成为这一号召的响应者。他在海外翻译宣传中国文化,试图重整逐渐"丧失殆尽"的中国文化特色,重新树立民族自信。十教授中很多人和熊式一一样出身新学,有的还有留洋经历。在面对西方文化上,他们主张中西融合,"吸收欧美文化是必要而且应该的,但需吸收其所当吸收,而不应以全盘承受的态度。"(陶希圣等,1935:67)中国本位文化建设的目的是不但能与他国并驾齐驱,对世界文化还能有所创造。在文化的互补和互助中,促进世界文化的发展。在民族文化自觉基础上,倡导中国文化与世界文化相联系的观点也是熊式一在跨文化交流事业中一直秉持的文化观。他把《西厢记》忠实地译介到英国,也是希望在宣传我国古典文化的同时,为西

---

① 详见 Yeh, Diana. Happy Hsuings—Performing China and the Struggle for Modernity[M]. Hong Kong: Hong KongUniversity Press,2014:64-67。

② 该线下读书会由凤凰网举办,详情见袁伟丽. 舒艺、熊伟忆熊式一:被埋没的语言大师.凤凰网,2019-6-7. http://book.ifeng.com/dushuhui/special/salon110/。

方提供可资借鉴的东方话语资源,为促进中西文化思想的相互交流和相互理解做出自己的贡献。

三、母国中国诗学的操控

笔者认为,熊式一之所以在《西厢记》英译中采取了直译的翻译策略和总体性忠实的语言风格,很大程度上与《西厢记》原作在中国戏剧诗学上享有的崇高地位有关。具体来说,《西厢记》的艺术魅力主要体现在其开创性的诗学贡献和对其他文类深远影响力两个方面。

(一)《西厢记》开创性的诗学贡献

《西厢记》虽然最初以戏曲这种大众消费的通俗文艺样式存在,但它并不是一部普通的戏曲作品。明初杂剧家贾仲明誉其在诸多戏剧中"天下夺魁"。李渔在《闲情偶寄》中称"其文字之佳、音律之妙未有过于《北西厢》者"。鲁濬直接把《西厢记》上升到了与《水浒传》等中国古典名著相同的高度:"天地间自有绝调神遇断不容人再睨者,文如子长之《史记》,经如《楞严》,小说家如罗贯中之《水浒传》,曲则王实甫之《西厢记》是也。"熊式一在《王宝川》之后翻译《西厢记》,也是看重其经典的诗学地位,认为这部作品能较好地向国外读者展示中国古典艺术魅力。

从主题表现看,《西厢记》具有开创性的爱情观。中国小说从不缺少才子佳人式的爱情故事,但无论是唐传奇的《霍小玉传》还是《柳氏传》,都以男子须有才华,女子须美貌为前提。《西厢记》则不同,它思想的深刻性在于"永老无别离,万古常完聚,愿天下有情的都成了眷属。"(五本四折"清江引")这种眷属不以外貌、门户、金钱为选择标准,而是强调只要有情就应该不离不弃,执手到老。同时代的杂剧《墙头马上》也提出过相守观,但强调的是已婚夫妇,尤其是女性对男性的忠诚,而《西厢记》则表现的是未婚男女的爱情,这也道出了婚姻的本质——真情是一切的基础。因此长亭送别时莺莺千叮万嘱张生,并头莲强如状元郎,不得官便及时早回。张生及第后,两人都不以为喜,而是因不能相见而备受煎熬。在张崔二人的关系中,莺莺一直占据主导权,这也改变了古代小说中长期以男性为中心,女子只能以容貌为条件被选择的情况。从这些意义上看,《西厢记》对中国传统的婚恋观念提出质疑并重新改造,成为人们婚姻的理想,这是古代其他文艺作品没能做到的,也是其经久不衰的重要原因。

从人物形象塑造看,《西厢记》具有开创性的个体意识,尤其是女性意识。张东荪在《理性与民主》中说:"在中国思想上,所有传统的态度总是不承认个体的独立性,总是把个人认作依存者"。换言之,人生在世不是为自己而活,而主要是为了履行一种责任。这种责任从下可能来自父母家庭，从上可能来自国家社会。当个人被这样的层级体系和道德规范捆绑后，个人意志不再受到关注，个人的婚姻也不再有自主性，而是由父母包办，受宗法控制。但《西厢记》中的爱情突破了宗教礼法的束缚，排除了家庭和社会因素的介入。剧中的莺莺被视为我国古典戏剧文学中最早追求自主婚姻、反抗封建礼教的贵族少女的典型（舒红霞，2002：98）。在与母亲为代表的封建势力的斗争中，她把对张生的真实感情放在了家族利益和功名利禄的前面。虽然心里也经历过犹豫和波动，但她最终抛弃了包办婚姻，选择了女性自我意识的觉醒。

从创作手段看，《西厢记》具有开创性的写实手法和体制创新。在中国五大戏曲名剧中，借助超现实主义来增强戏剧效果是常用的手法，《琵琶记》中有山神帮助赵五娘筑坟，《牡丹亭》有花神出场，《桃花扇》也有鬼魂出现。只有《西厢记》取材于现实生活，并采用了完全写实的笔法。剧中没有神仙，没有鬼魂，只有七情六欲的普通人。王实甫不仅一改以往文学作品中男女主人公一见面就私订终身的套路，细腻地描绘了二人恋爱时的曲折心理，而且大胆描写了崔张之间的幽会偷欢，用婉曲文雅的笔法把性爱与爱情统一到了一个主题中。从戏曲的体制看，元杂剧一般是一本四折，每一折由一个角色主唱到底，王实甫却创作了五本二十折的《西厢记》，同时打破了一本戏由一个角色独唱的惯例。一本戏里不仅几个主要角色可以唱，甚至同一折里也可以多人演唱。这种庞大的戏剧结构和演唱阵容在杂剧中是首创，为戏曲上演长篇故事，表现更丰富的内容做出了开疆拓土的贡献（张燕瑾，2017：21）。

（二）《西厢记》对其他文学类型的影响力

王实甫的《西厢记》是中国戏剧史上第一部篇幅最大、描写人物性格最细腻、排场最宏伟的作品（蒋星煜，2009：3）。问世后不断被后人刊刻、改编、续写、演出，光是明清两朝的刊刻本就有160种以上，为古代戏曲之最。原剧反对封建礼教、追求婚姻自由的立意，雅俗兼收、妍练的语言风格和反跌突转式的冲突演进，深深影响了一大批不同体裁的文学作品。

首先是《西厢记》对戏曲创作的影响。伏涤修将《西厢记》对戏曲的影响分为三类：第一类是直接模仿《西厢记》的写法，套用《西厢记》的情节关目；第二类是间接接受《西厢记》的主旨，化用《西厢记》的情节、人物或曲词，在模式和手法上有《西厢记》的痕迹；第三类是剧作主旨上继承了《西厢记》反礼教的思想倾向，如汤显祖的《牡丹亭》就属于对《西厢记》既有继承又有发展的作品（伏涤修，2008：427）。以元曲四大家之一的郑光祖的《㑇梅香》为例，该剧讲述了唐代裴度之女小蛮与白敏中的爱情故事。故事情节可说与《西厢记》如出一辙。此外，有学者认为郑光祖代表作《倩女幽魂》中的"折柳送别"模仿了《西厢记》中名篇"长亭送别"的写法。倩女魂魄追赶王生参考了《西厢记》草桥店一折中张生梦莺莺追随的写法。除了郑光祖，同为元曲四大家白朴的《东墙记》也在情节上和《西厢记》有诸多相似之处，明代陆采的《怀香记》、宫天挺的《范张鸡黍》也部分化用了《西厢记》的情节和主题，因篇幅限制不再展开。名盛一时的杂剧大家都不约而同地在创作上沿袭了《西厢记》的诗学特色，由此可见，《西厢记》对其他剧作家的影响之深。

其次是《西厢记》对小说的影响。《红楼梦》可以说代表了中国古典小说的艺术巅峰，就是这样一部杰出的古典小说，在思想精神和艺术手法上时有《西厢记》的印迹。《西厢记》以崔张二人为了爱情奋力抗争为主线，将情感置于礼教之上，具有鲜明的反传统意识。而《红楼梦》中宝黛的爱情也表达了类似的主题，即注重个性的发展，反对封建礼教对人的束缚，把追求自由爱情放在生命中最重要的位置。曹雪芹在创作中有多处关于《西厢记》描写，从中不难看出作者对《西厢记》褒赞与钦佩。第二十三回《西厢记妙词通戏语 牡丹亭艳曲警芳心》宝黛在沁芳闸桥边一同赏析被薛宝钗称为"不正经"的《西厢记》，成为《红楼梦》永远的经典。第四十二回曹雪芹通过对薛宝钗批判《西厢记》的道学思想，对薛进行了反批判。全文还多处引用了《西厢记》中的语词，如二十三回宝玉用"多愁多病身"自比，"倾国倾城貌"形容黛玉，这两句出自《西厢记》第一折第四本张生所唱的"雁儿落"："小子多愁多病身，怎当她倾国倾城貌"。第四十九回，宝玉与黛玉讨论《西厢记》，引用了第三本第二折红娘唱"三煞"唱词的第三句"是几时孟光接了梁鸿案"，比喻黛玉和莺莺一样，接受了宝玉的关爱。如此种种，不一而足。另有学者考证明代"四大奇书"之首的《金瓶梅》（冯媛媛，2020：117）、清初黄周星的《补张灵崔莹合传》（苏建新，2008：6）等小说都受到《西厢记》的浸润沾溉。因此，说《西厢记》对明清小说产生深远影响是毫不为过的。

最后是《西厢记》对诗词文赋的影响。《西厢记》问世后，歌咏其事的诗词也大量涌现。这些作品既有一定的文学价值，也能作为《西厢记》的副文本文献，帮助后人更好地了解历代文人的评价和接受演变。根据伏涤修的考证，文类中有关《西厢记》的名作有明代陶九成的《崔氏丽人图》、明代祝允明的《题元人写崔莺莺真》、明代国学生的《秋波一转论》等。赋类中有明代王骥德的《千秋绝艳赋》，清代尤侗的《怎当他临去秋波那一转》等（伏涤修，2008：458-482）。诗词类则更多，有描述《西厢记》情节的组诗，如明代张楷的《蒲东崔张珠玉诗》，重点叙述了张崔二人的恋爱故事，但删去了孙飞虎叛乱、法聪报信的情节，显示出诗歌与戏曲关注点的不同。

事实上,《西厢记》在中国的诗学影响还远不止于此,从以上简短的论证中,已然能清楚看到《西厢记》不凡的诗学成就和对中国文艺广泛而深远的影响。也正是由于《西厢记》在国内享有如此高的诗学地位和评价,以传译中国经典作品为目标的熊式一在翻译时不得不慎之又慎。这也从诗学角度解释了为何他在《西厢记》译介中创造性叛逆大幅消减,而是选择在尊重原作的基础上,将它原来的风貌准确呈现给读者。对熊式一来说,翻译《西厢记》不仅仅是翻译一个普通文本,更是一个向国外展示中国古典诗学成就的机会。如若能在英语世界最大程度还原《西厢记》,也实现了他在这一阶段传播中国经典的身份诉求。

第五节 本章小结

从结构内容看,《西厢记》译本呈现出尽可能归依原作的特征。在章节划分、标题呈现与内容翻译上,熊译本与金圣叹批本基本一致。从语言风格看,熊译本做到了总体忠实,对偶句的翻译工整对照,比喻句文化意涵的再现准确传神。通过与许渊冲译本的对比,熊式一主要采用了直译的翻译策略,在文化负载词和修辞格的翻译上尤为明显。从文本外部看,这一表征的出现,与第二阶段熊式一以"中国经典传播者"为特征的母国主导型身份有关。在这一身份观照下,他致力于中国经典的海外传播,《西厢记》的翻译因此也更多受到中国诗学和意识形态的操控。意识形态主要表现在熊式一强烈的民族文化自觉,这与他从小耳濡目染的文化意识形态有关,也与他的政治倾向、国内兴起的文化民族主义思潮有关;诗学影响主要体现在《西厢记》原著在中国的经典地位和对其他文学类型的深远影响力。

第六章

离散第三阶段：《天桥》的文化译写与操控

在离散的第三阶段（1937—1945 年），熊式一主要以文化译写的方式继续向世界讲述中国故事。笔者认为文化译写可以视为翻译中的一种特殊形式。熊式一的文化译写可以从以下几点理解。首先，如果将"文化译写"看作一个动词，它是一种对中华民族文化的翻译行为。他的作品中反复出现对中国民俗习惯、历史掌故、风土人情的介绍，具有民族志的特点，是面向英语读者的一种文化传播。其次，如果把"文化译写"理解为一个名词，它是一种融翻译于写作的特殊文本，目前有学者将这种类型的文本称为"译写"（trans-writing）并予以了专门研究（段峰，2021；王琴玲等，2018；Maitland，2017）。最后，"文化译写"可以理解成一种翻译策略。如果"翻译是对文化现象的一种再现"，那么熊式一作品中的原文就是中国文化，他要翻译的就是"原文"中特有的文化素。孙艺风（2016：5）认为文化翻译的目的就是要反映出不同的思维和认识世界的方式，换言之，文化译写关注的重点是差异性，而不是相似性。熊式一在作品中运用了大量异化翻译手法，如音译、直译等，成功地展现了中国文化的异质性。

1943 年，熊式一发表的长篇小说《天桥》（*The Heaven of Bridge*），再次为他赢得无数赞誉，成为他第三阶段的代表作。小说一经出版，在英国引起巨大反响，诺贝尔文学奖得主威尔斯（H.G.Wells）将其誉为"比任何关于目前中国趋势的论著式报告更启发人的小说"（熊式一，2013：11）。1943 年出版不久后便售罄，当年再版四次，1944 年又再版四次，1945 年再版两次①，可谓洛阳纸贵。伦敦首发后，又被译成法、德、西班牙、瑞典、荷兰等十多种语言，畅销欧美。本章将从文化译写的结构内容、语言风格和策略三个层面对这部作品予以分析。

---

① 据 1969 年台北出版的初版《天桥》英文本版权页所示。详见自陈子善.大陆版序——关于熊式一《天桥》的断想.熊式一.天桥[M].北京：外语教学与研究出版社，2013.

第一节　结构内容:中国传统文化的再现

《天桥》中熊式一用英语向世界讲述了中国清末民初的时代鼎革和不同阶层在这场时代洪流中的不同命运。这部以中国历史为背景的现实主义小说,以江西李氏家族的兴衰,特别是以主人公李大同的成长经历为主线,再现了1879到1912年间中华大地改朝换代的沧桑巨变。结构上,小说采用了双线人物对照结构,整部作品可分为四个部分。第一部分是序曲,交代了李大同父亲在江西乡下建造天桥的原因和背景;第二部分是小说的前半部,从第一章到第八章,描写了1879—1898年间李大同在农村出生成长以及李氏家族遭遇的种种变故;第三部分是小说的后半部,从第九章到第十五章,讲述了1898年之后李大同和妻子莲芬离开家乡,试图在城市中寻找解决民族危机的改良方法,最终抛弃幻想加入城市革命的经历;第四部分是尾声,讲述了主要人物的结局以及李大同再次回到江西农村,重建父亲留下的天桥。

小说结构精巧,首尾呼应,许多情节来自熊式一在江西农村的生活经历。在用二语讲述母国往事时,熊式一不仅是作者,需要创造性地把想表达的东西融入文本的整体构思中,同时他又是一个译者,把储存于脑子里的中国历史和文化习俗翻译出来,"造"出一座真实和虚构相融合的"桥"(钱婉约,2013)。正因为如此,《天桥》在内容上不可避免地涉及大量中国特有的文化、历史、习俗。有的特色词语能在汉语中清晰辨认,如谚语、俗语;有的民俗、历史事件则隐匿于熊式一的思维中,需要他在创作时先将这些记忆释放出来,然后针对这些记忆自我翻译,形成一些学者所说的"翻译潜势"(王宏印,2015:8)①。从总体结构看,熊式一在小说的第一、第二部分以文化译写中国的乡村民俗为主;第三、第四部分以历史事实叙述为主;汉语经典文本则贯穿全文,下文将重点对这三部分的译写内容展开具体分析。

一、民俗的译中带写

民俗产生并传承于民间,是具有世代传袭的文化事项的总和(李国平,2016:3)。与官方文化相比,它更能代表一个国家中普通民众创造沿袭的生活

---

① 创作中,"译"和"写"融为一体,"翻译潜势"使翻译与创作成为一个连续体概念,并且潜势翻译构成"译"和"写"的内在线索,从而将创作与翻译连接起来,形成一个整体的文本产生过程。详见王宏印. 从"异语写作"到"无本回译"——关于创作与翻译的理论思考[J]. 上海翻译,2015(3):5-13.

方式以及背后折射的文化心理。中国有着五千年的悠久历史,在漫长的历史积累中孕育了丰富的民俗文化,熊式一巧妙地将这些民俗译介融入《天桥》中,从而实践了中国文化在英语世界的交流和传播。

（一）婚俗文化

例1. Funerals and weddings are two important ceremonies which must never be neglected. Even in families whose existence is strictly from hand to mouth, such an occasion calls for some extravagance. It is fitting and proper for such a family to raise a fairly big loan from some of its rich relatives, to be spent chiefly on that single day. Public opinion will support the debtor and be ready to condemn any rich relative who could be so unreasonable as to refuse the loan.(Hsiung,1946：198)

第八章的一开始,熊式一便向读者介绍起中国民俗中最重要的婚丧庆吊。早在《礼记·曲礼上》就有"夫礼者,所以定亲疏、决嫌疑、别同异、明是非也"(孙希旦等,1989：168)的说法。易言之,"礼"不仅是儒家社会人际关系的交往准则,也是自我约束的道德规范。婚礼作为人生大事,是古代表现个人和集体对礼仪重视程度的重要场景,由一系列繁复的程序构成。因此熊式一在上例中点明,中国传统观念中,家家户户都十分看重婚庆的礼仪。再穷苦的人家,哪怕是举债也要举办一场像模像样的婚礼。

例2. She ordered two silk and two gauze bed-curtains, eight cotton-padded mattresses, eight padded quilts and four pairs of pillows, which were covered with red or green satin and embroidered with birds and flowers. ...Then there were eight bamboo and eight straw mattresses, together with four pairs of straw pillows. The trousseau had engaged the diligent labor of twelve tailors, who came every morning and worked at the house almost incessantly for seven months under Madame Wu's supervision.(Hsiung,1946：199)

古时候,人们常用"十里红妆"形容嫁女场面的浩大以及嫁妆的丰厚。小说中的吴家乃是南昌当地的望族,孙女儿要出嫁,吴老太太当然要大肆操办一番。上例就详细描写了吴老太太为孙女准备的嫁妆,比如绣有吉祥图案的八铺八盖、四簟四席、两床绸帐、两床纱帐、八对冬夏的枕头。所有的被褥铺盖都取双数,寓意成双成对。即使这样,吴老太太觉得还不够,又请了12个裁缝在家里日夜赶做嫁衣。通过熊式一的描述,民国时期富庶家庭对嫁妆的筹备场景生动地呈现在读者面前。

例 3. On the preceding day the bride-to-be had to bid farewell to the family. Though it was a happy event，the atmosphere was，as is customary with the home that is going to be bereft of a daughter，solemn and sad. Two women were engaged to undo Lotus Fragrance's long plait of hair and then re-dress it into a big oval bunch at the back of her head. It was then and only then that some tiny superfluous hairs were removed and they made her up into an exquisitely beautiful little woman.(同上：200)

例 3 记叙了中国婚俗中准新娘的"辞堂"仪式。所谓"辞堂"就是婚礼前,女方告别娘家亲人的仪式。文中描写了吴老太太请了两位太太,替莲芬"梳妆开脸":把少女的两条小辫子改成已婚女性的髻头,然后太太们用长线将莲芬头发边沿和脸上的汗毛拨干净,梳洗完毕后,用兰麝香熏衣,最后换上礼服拜别吴家的列祖列宗。描写十分细腻。此外书中还描绘了准新郎小明的"辞堂"仪式。与莲芬敬谢不食的规定不同,小明可以毫无拘束地饱食一顿。前后对比,婚俗对女性的严苛一目了然。熊式一还特地点明,在女方家,"辞堂"是女孩子辞别亲人祖先的意思,但在男方家则是对祖先上告而后娶的意思。仪式虽然相似,但意义不同,折射了中国婚俗文化的男权思想。到了正式成婚时,熊式一也事无巨细地向英语读者介绍中国拜堂的仪式:鼓乐三吹三打之后,男方李家放爆竹开门欢迎。新郎在花厅中用茶,花轿换上小杠提进中堂。新娘穿齐了吉服,头上蒙着了一块大红绣花方巾,由新郎引进中堂,先是三跪九叩首地拜天地,拜祖先,最后夫妇交拜,只行一跪一拜礼。拜完了还要打同心结,饮交杯盏(同上：204-205)。一幅完整的中国传统婚俗仪式跃然纸上。

(二) 丧葬文化

例 4. The home resembled a theatre rather than a residence. All the walls，eaves，ceilings，were covered with decorative panels on which there were numerous patterns made up with pure white cloths folded together. Dozens of temporary servants were engaged and a musical band was seated just inside the main gate to play a short air whenever a visitor and mourner came in or went out.(同上：106)

中国传统丧葬制度等级分明、形式繁缛,有许多内容在民间相沿成俗,成为中国传统文化的重要组成部分。熊式一将这些民俗文化也写进了《天桥》中。例4中描写了李明去世后，李家治丧时的场景。白色是中国葬礼中最主要的颜色，因此李宅前前后后全部用白布扎了花牌、花匾、花屏等。根据风俗，李家还请了一支九个人的乐队，在吊丧的亲友到来时，奏乐鸣哀。

例5. She ordered that sacrifices be performed for seven times seven days by twenty-one Buddhist priests，and that on the day of the funeral the procession should be escorted by a big retinue of banner bearers，etc，three pavilions，two musical bands，twenty four Taoist priests，besides the Buddhist priests and thirty two coffin-bearers.(同上：105)

《礼记·春官》中说"以丧礼哀死亡。"(孙希旦等,1989：34)儒家历来主张"厚葬"，汉武帝独尊儒术后，丧葬成为儒家最重要的礼仪之一。装饰、衣着、音乐、礼仪、人事等方面都有严格规定。例5中李明的丧礼由吴老太太主持，她先是请了二十一个和尚，作法七七四十九天，为李明的亡灵超度。出丧的时候再请二十四个道士，三亭，两乐队，三十二个抬棺人，加上打匾执事的，一共有二百多人，足见其厚葬程度。通过熊式一的文化译介，读者也能发现中国丧葬礼仪讲究的是"孝"和"敬"，白事之隆重不输红事。由于中国文化受儒、释、道三教圆融的思想，在丧事上常常三教不分，只要被认为是对亡者致以敬意的礼仪都会拿来利用，不分彼此。

例6. In the city the rich families used to hire professional mourners to do the weeping for the female folks，but in the country this was impossible，as the female visitors would invariably come behind the curtain to say a few condoling words to the bereft ones and therefore would be liable to discover the substitution.(Hsiung, 1946：107)

该例讲述了中国吊丧风俗的一个小细节。哭丧是儒家礼仪之一，出自《周礼》。哭丧仪式可以说贯穿整个葬礼，是未亡人表达对逝者哀思的一种寄托。旧时城里的一些豪门望族，由于吊客盈门，络绎不绝，治丧人会请一些专业的哭丧人代哭。但小说里李小明家在乡下，这种事就行不通。根据描述，吊唁的人会跑到帘帐后劝家属节哀顺变。乡下地小人密，吊客基本都认识，看见雇了外人在哭会指责家属不孝。这也反映了城市富裕家庭和乡村哭丧文化的差别。

（三）生辰习俗

例7. It is the custom in that part of China for the happy family to announce the birth of a child by sending to their friend，neighbors and relatives what are called hsi-tan or "eggs of happiness". These are chicken's or duck's eggs，dyed red，and the number of the eggs given medicates the sex of the new-born.(同上：43)

例 7 介绍了李家主母产子后，中国南方等地的生辰习俗——送喜蛋。喜蛋的习俗可追溯自古代的上祀节。当时人们为婚育求子，将各种鸡蛋或鸭蛋煮熟，涂上各种颜色，并投到河里。彩蛋沿河漂流，下游的人则争相打捞，希望食后便可孕育。后来五彩蛋演变成了红蛋，变成庆贺小孩诞生必不可少的礼物。按照传统，送双数代表生了女儿，单数则是儿子。李明家生了两个儿子，吴老太决定一户送十个鸡蛋。熊式一用译写的方式将这一生辰习俗呈现在了英文小说里。

例 8. A blind fortune-teller was brought from the city to examine the nativities of the children，for both Madame Wu and Li Ming were believers in fortune-telling by one's "eight characters"，which is the hour，the day，the month and the year of one's birth. The blind man said that the first young master's nativity was a very strange one.(同上：44)

命理，俗称算命，是中国民俗和社会心态的充分反映。熊式一在《天桥》中对这一民俗也有大量译介，如小孩出生、年轻人成婚、主角遇到困难时都有相关描写。例 8 摘录的是李大同和李小明出生时，吴老太和李明从城里请了一个算命先生为小少爷算命。算命也叫看"八字"，指一个人出生时的干支历日期；年月日时共四柱干支，每柱两字，共合八个字。熊式一在文中对此做了简单的介绍，并在下文重点解释了李大同的庚字和辰字。这一译写有助于英语读者了解中国人以阴阳五行为基础，天干地支为运算依据的独特命理观，体现了浓厚的中国文化特色。

例 9. On his first birthday anniversary，a child in China has a solemn duty to perform. He has to choose for himself his profession. This traditional ceremony is performed by offering the child a big tray，on which most of the instruments of the seventy-two noble professions are placed；and anything that he picks up from it is regarded as indicative of his future career. Though an extremely fallible method，it sometimes happens that the thing chosen actually coincides with one's calling，and it is always a very

popular custom among parents. (同上：49)

该例描写的是中国传统习俗抓周。抓周作为一种预卜婴儿前途和职业的生辰习俗，至今仍流传在中国各地。大多数中国人只要听到这个词，都能明白它的意思。但是对于没有接触过中国文化的外国人来说，仍需要翻译解释一番。熊式一借李家少爷的周岁生日，向英语读者详细介绍了抓周物品的数量、摆放的地方以及寓意等。小说中李明的亲生儿子李小明在抓周开始前，便拿着奶妈用过的一把剪刀不肯放下，而抱养来的李大同则一把抓住一把镰刀。这虽不合李明心意，叔叔李刚却十分高兴，认为侄子将来可以继承他的衣钵。抓周描写既传播了中国文化，也暗示了两人日后的不同命运。

二、历史事实的叙述

熊式一在《天桥》的香港版序言中说，《天桥》是一本"以历史事实、社会背景为重的小说"（熊式一，2013：14）。它以南昌城外李家两代人建造造福乡民的"天桥"为始终，通过李氏家族的兴衰，尤其是以主人公李大同的成长经历为主线，穿插叙述了戊戌变法、黄花岗起义、武昌起义、清帝逊位等一系列影响中国近代发展的历史事件，反映了辛亥革命前后中国大地的巨变。熊式一在描写这些历史事实的时候，虽然没有现成的原文本，但这些重要史实早已隐匿在其思维中。他在创作时不时将这些记忆释放出来，形成一种翻译潜势，最后以译写的形式呈现给读者，为西方读者打开了一扇了解中国历史的窗户。

（一）历史人物

熊式一在《天桥》中打造了一个虚实相间的人物关系网，李大同、李刚等虚构的主角通过与历史上真实存在过的人物产生关系而不断推动故事的演进。这些历史人物林林总总，不仅有本土知识分子，也有国外来华人士。熊式一第一个着墨较多的中国历史人物是文廷式。文廷式生于清咸丰六年（1856），和熊式一一样祖籍江西，是中国近代著名爱国诗人、词家、学者。他积极致力于维新变法运动，是晚清政治斗争中的关键人物之一。光绪十五年，年仅三十九岁的文廷式考取内阁中书第一名。1898 年戊戌政变后出走日本，1904 年逝世于江西萍乡。在《天桥》中文廷式成为李大同进城后命运转折的起点。李大同从南昌逃到北京后，苦于找不到谋生的办法，从客栈搬到了不收房费的同乡会馆。在同乡程举人的引荐下找到了文廷式：

> One of the Selected Men, a Mr. Cheng, liked Ta Tung very
> much, for he too was in favour of reform. He introduced Ta Tung to
> a Mr. Wen Tin-Shih, who had once been the teacher of the Imperial

Concubines but had lost the Empress Dowager's favour because of his radical ideas.(Hsiung,1946:250)

这一段的译写与史实相符。文廷式在历史上做过光绪帝瑾妃、珍妃的老师,也因与瑾、珍二妃是世交,在光绪心目中有一定地位(政协萍乡市文史资料研究委员会办公室,1984:250)。因为力倡改革,思想激进,而受到慈禧的排斥,虽然贵为进士,一直赋闲在家,生活清贫,以写诗为乐。小说中,他的政治主张和清贫生活通过李大同与妻子的对话有所反映。他认为中国只要像日本和西方一样实行现代化,就可以变成一个富强的国家,眼下重中之重是要建立一支现代的陆军和海军。这与历史上文廷式的军事改革主张一致:

"He said that within a few months China may become a modernised nation. ...We'll have a new army, a new navy, and a new ..."(同上:250)

"I composed a poem at Mr. Wen's house—for he is a great poet, you know—and it sounds not too bad... The subject he gave me was 'Poverty', for he is also hard up. It is well known that unless a poet is hard up, his poems can never be perfect. "(同上:251)

小说中李大同因和康有为、梁启超等人商讨维新变法的事受到牵连而被捕入狱。妻子莲芬来到文廷式家中想寻求帮助,不料发现文廷式和康有为已逃亡日本,不久病逝。这也是历史上文廷式的真实结局,可以说熊式一在《天桥》中真实还原了文廷式跌宕起伏的一生。

《天桥》中另一个着重书写的历史人物是袁世凯。袁世凯是中国近代史上一个绕不开且极富争议的人物。有人说他是"独夫民贼""窃国大盗",也有人认为他是真正的改革家,对中国的现代化做出了贡献。袁世凯在小说第十章出现后,贯穿了后面六章的情节。熊式一对他的荣辱功过各有褒贬,既显示了袁世凯的历史复杂性,也说明熊式一以史为据,没有将人物脸谱化。第十一章开篇,熊式一用了不少的笔墨来正面介绍这位将军:

Yuan Shih-kai was well known as the ablest soldier of his age. Though not a Manchu, he was given the task of training a new army at Shiao-Chan, not far from Peking and Tientsin. For a Chinese who was still under forty years of age to hold such an important military office was sufficient to show that the Manchu court held him in very high esteem.(同上:265)

　　这一段对袁世凯的背景和地位做了较为客观的译写：袁世凯不是满人，也不是八旗，却在三十几岁时被委以重任，在天津附近的小站训练新兵，足见其不同寻常的军事才能和清王朝对他的赏识。文廷式对袁世凯的介绍也颇为正面，他告诉李大同：

> the reformist General Yuan Shih-Kai, the Inspector of Forces, who has a private residence in Peking and is looking for a secretary. It is a very difficult job because he wants a man who is both a classical scholar and one well educated in new knowledge.（同上：250）

　　可见起初文廷式是将袁世凯视为拥护变法的维新派，他在招揽人才方面也是不拘一格，希望找一个新学旧学兼长的人替他管理文书。在文廷式的举荐下，李大同成为袁世凯的文牍，并且在维新变法失败前一直对李大同礼遇有加。在与大同的几次交谈中，袁世凯也表现出要改革旧制，引进新学的政治主张。这一描写与史书上记载的袁世凯早期的政治主张一致。据载，甲午战败后，袁世凯便提出由他募兵并编练新式军队，但未被采纳。1895年觐见光绪帝后，袁世凯又在8月底以一封万言条陈呈送光绪，提出了一个完整的改革纲领，其内容为储才九条、理财九条、练兵十二条、交涉四条，充分体现出袁世凯的改革思想（袁世凯，1990：164）。

　　但是随着保守派势力的反扑，原本口口声声支持变法的袁世凯转而倒向荣禄和慈禧。熊式一将袁世凯的这一倒戈也记录在案：

> On the occasion of his last Audience with the Emperor on the morning of the 5th, his words had sounded as if they came from the bottom of his heart. He vowed that he would support His Majesty to the last drop of his blood...While he was gone to Tientsin, there, he said, to consolidate his military arrangements, Jung Lu came to Peking secretly and brought the Empress Dowager into the Forbidden City from the Summer Palace.（Hsiung, 1946：298）

　　熊式一的译写还原了光绪二十四年（1898）八月初五袁世凯与光绪帝的最后一次见面。袁世凯一面在光绪帝面前表忠心，会协助皇帝继续实施变法，一面赶回天津，向荣禄告密光绪等人劫持太后的计划，最终慈禧从颐和园赶回紫禁城，发动了戊戌政变，并捉拿维新派首领。小说中李大同作为维新派成员也受牵连入狱。

　　随后手握军权的袁世凯一步步走向了权力舞台的中心，熊式一像史官一样

将这些大事一一记录在小说中：从武昌起义后载沣邀请袁世凯出山坐镇湖北，
到隆裕太后诏授袁世凯为内阁总理大臣；从清帝逊位，袁世凯实际接管清朝到
1912 年袁世凯成为中华民国临时大总统。熊式一通过高超的译写技巧，将这
些事件有机地融入小说中，向西方读者揭示了清末民初中国历史转型所经历的
动荡和艰辛。

除了中国人外，《天桥》中还记录了多个与西方有关的历史人物。比如近代
著名的爱国华侨、教育家、外交家，被誉为"中国留学生之父"的容闳。熊式一将
容闳的出场安排在与李大同和文廷式夫妇的聚餐中，并称容闳是改革的热心倡
导者："While the three men went to talk about reform，of which Mr. Yung
was an ardent supporter，having contributed generously towards the
movement."（同上：274）小说中，熊式一还原了容闳积极推动中国改革的社会
活动家形象。在李大同被捕入狱后，容闳利用其在美国驻华使馆的关系，为他
四处奔走营救。大同出狱后容闳又向他介绍孙中山先生创办的兴中会：

"A Mr. Yang，from Fukien，is the nominal president of the
Association. He makes his headquarters in Hongkong. The place is
disguised as a trading company called Chien Han Hong，in Stanton
Street，and it is an open secret that all revolutionary young men are
welcome there."（同上：302）

熊式一通过容闳的叙述将一段史实译介给西方读者：当时兴中会的会长是
福建人杨衢云，会址设在香港，对外看起来是一个叫作乾亨行的外贸公司，实则
是以驱除鞑虏，恢复中华为己任的政治组织。在容闳的推荐下，李大同前往香
港，开始了之后十余年的革命之路。熊式一就是通过这种虚实相融的手法，将
真实的历史人物与虚构的小说人物糅合，将真实的历史事件与虚构的小说情节
嫁接，使国外读者在不知不觉中走进了中国波澜壮阔的近代历史中。

（二）历史事件

《天桥》主体正文共有 15 章，从第九章李大同赴京后，小说一改之前闲适的
笔调，出现了大量与历史事件结合的叙事，浓厚的时代气息扑面而来。其中最
重要的历史事件是 1898 年的维新变法和 1911 年南方各地的起义。

1898 年是小说中李大同抵京的年份，也是中国近代史上极不平凡的一个
年份。熊式一这样的安排并非偶然。大同与妻子莲芬到北京后，原本想进入那
年刚成立的北京大学学习，但由于钱财被劫只能作罢。在等待与英国传教士李
提摩太（Timothy Richard）会面期间，李大同和他的维新派朋友等来了光绪帝
的《定国是诏》，即维新变法的改革纲要。熊式一在文中清楚地记录了这一

事件：

> At the end of the fourth moon, an Imperial Edict was issued proclaiming a General Reform. It was a command to everybody in the Empire, from ministers, princes and dukes down to the common people, urging them to discard their old obsolete and inefficient ways and to adopt whatever was good and new.（同上：234）

《定国是诏》于 1989 年 6 月 11 日颁布，也就是熊式一翻译的阴历的"the end of the fourth moon"（4 月 22 日）。根据记载，诏书原文是"……嗣后中外大小诸臣，自王公以及士庶，各宜努力向上，发愤为雄，以圣贤义理之学，植其根本，又须博采西学之切于时务者，实力讲求，以救空疏迂谬之弊。"（冯小琴，2011：170）熊式一虽然没有逐字翻译，但是把改革中的要点编译了出来，即所有人无论官衔身份大小，都应该摒弃陈旧思想，讲求实效，学习新知。这样的译写可以使英语读者迅速了解维新变法中清政府官方的态度。此外，小说对变法后社会制度的变化也做了描写，如创设当时迫切需要的实务机构，裁撤有名无实的衙门等。

但正如熊式一在文中分析的，由于光绪是傀儡皇帝，实权仍掌握在慈禧手中，随着光绪帝的步步紧逼，以慈禧太后为首的守旧派向以光绪皇帝为首的维新派势力发动了一场血腥的镇压，即后来史书上记载的"戊戌政变"。政变的结果便是"瀛台囚帝"。熊式一在文中对这一史实进行了译写：

> The Court intrigues went on, and on the morning of that fatal day, the 6th of the 8th moon of the 24th year of Kwang Hsu (September 21st, 1898), when His Majesty went to bid the Empress Dowager good morning, a custom he piously kept up, he was told that Her Majesty had already gone to his private Palace and desired him to wait for her return.（Hsiung, 1946：287）

熊式一细致地记录了戊戌政变发生的阴历和阳历时间。如文中所写，9 月 21 日早上光绪按照惯例在颐和园给慈禧请安，但听说太后早已回宫。光绪知道大事不妙，也赶回宫中。接着熊式一描写了光绪和三个太监之间的对话：

> "You should know it yourself, Your Majesty!" said one. …"If Viceroy Jung Lu had not come from Tientsin and warned the Old Buddha, we should probably all have died at your hands or those of the reformers, Your Majesty," remarked another coldly.（同上：288）

光绪知道他要袁世凯的定武军包围颐和园和慈禧的事已经泄露。从小太监轻蔑的说话口气中，这一段的译写表现出试图力挽狂澜的光绪和他恶劣生存环境间的强烈反差。作为一个没有实权的皇帝想要有一番作为是何其之难。连下人都瞧不上这位主子，何况是要撼动当权派的利益谋求改革了。随后熊式一又描写了光绪和慈禧正面交锋的场景。慈禧把一部《曾文正公全集》丢给光绪，命令光绪将书上的对联念一遍，对联如下：

"As even the charity of a free meal should always be remembered，and you，with your motherly cares，worries，embraces and hugs，were practically my mother，except for the lack of the period of gestation for me of ten months;

"How could the reward of ten thousand gold pieces be considered as sufficient，while I，'with my filial piety，duty，conscience and reason，being almost your son，should be weeping with tears of blood for you for three years!"（同上：289）

这副对联出自曾国藩的《曾左联语合钞》，原题为"换乳母"，回译成中文原文是：一饭尚铭恩，况保抱提携，只少怀胎十月；千金难报德，论人情物理，也当泣血三年。熊式一这样写的目的还是希望以戏剧化的形式向读者还原"瀛台囚帝"这一重大历史事件的始末。通过二人的这番对话，熊式一刻画了中国特殊政治背景下人性的复杂，他想告诉西方读者：光绪和慈禧不仅是政治上的敌手，也是相伴三十年的母子，但人一旦卷入权力的漩涡，剩下的只是政治斗争的无情罢了。果然，在两人对话结束后，熊式一写下了小说里，也是历史上光绪帝和维新派的结局：

the Emperor was taken to his island prison. With the very head of the Reform movement carefully disposed of，she then gave orders to wipe out the rest. All the city gates of Peking were closed for the day and martial law was declared.（Hsiung，1946：290）

《天桥》中另一个大篇幅描写的历史事件是1911年的武昌起义，贯穿了小说的第十四和十五章。李大同在维新变法失败后来到香港，加入了兴中会后，他已意识到温和的改良已经无法拯救民族危亡，革命才是唯一的出路。熊式一再次用译写的笔法再现了武昌起义的始末。当时兴中会成员孙武等人在汉口俄租界配制炸弹，不料不慎引起爆炸，导致俄国巡捕闻声而至，起义只能临时改期。熊式一对起义前的这一插曲也进行了叙述：

Sun Wu，was trusted with the important task of directing

affairs in Hankow. Sun was a veteran fighter who had had experience in many battles. He had established his headquarters in the Russian Concession，and under his direction a large number of bombs and hand grenades were made... It was too late to catch it，and Ting's instinctive sense of self-preservation made him on the ground just as the bomb exploded with a deafening bang. One explosion led to two more and the room became a mass of ruins.(同上：354)

熊式一对孙武的背景和制作炸弹的译写与史料记载一致，但文中出现的丁龢笙则是虚构人物。由于孙、丁两人在爆炸中受伤，起义的领导重任就落到了李大同身上。熊式一便借助他的视角，将武昌起义的过程展现在了小说中。和前文一样，熊式一首先点明了历史事件发生的时间并强调了它是日后"双十节"的由来："Early in the afternoon of the 19th（October 10th，1911，later known as the Double Tenth Festival Day）"(同上：363)。当天李大同带着一百多名义士横渡长江来到武昌，晚上看到黄鹤楼方向的火光信号后，便开始攻占瑞澂的衙门。根据史料的记载，瑞澂当时任湖广总督，在看到武昌起义后弃城而逃，守卫的巡缉队看到瑞澂再也不派卫队出来压弹助阵，也弃械逃命，因此起义的队伍很快占领了湖广总督衙门（中国人民政治协商会议武汉市武昌区委员会编，1997：23）。小说中重现了这一场面：

But the Viceroy was gone. He had escaped through a side door during the early stages of the battle，and so had his family. It was partly because his absence was known to the guards that they surrendered. The guards had not suffered many casualties.(Hsiung，1946：370)

起义成功后，清政府的军心已散，很多加入了同盟会。革命党人和湖北咨议局议员代表共同召开联席会议，都认为革命不能群龙无首，当务之急是要马上请出一位德高望重的领导人，组建军政府。根据史料，黎元洪被革命党人强迫推举为湖北军政府都督（冯小琴，2011：253）。熊式一对这位人称"泥菩萨"的军阀也着墨较多，还特别把他"床下都督"[①]的轶事译写进了小说里：

Li Yuan-Hung，the Brigadier-General of the Fifteenth Brigade，to ask him to join the revolution. He was nicknamed "Li，the

---

① 武昌起义爆发后，黎元洪及其他的湖北军政要员纷纷逃走，省城很快被革命军控制。有一种流传较广的说法是黎元洪躲在姨太太黎本危的床底下，被部下马队第一标第一营的排长萧犺增发现。用手枪逼着黎元洪来到省咨议局接受担任新军统领，反映了黎元洪被胁迫参加革命的事实。

Buddha",would not hurt a fly...He hid under his concubine's bed,but was dragged out by his well-wishers to be offered the post of Commander-in-Chief of the People's Army and head of the Military Government to be set up at once.(同上:371)

武昌起义的成功也加速了中国其他地区革命的步伐。熊式一在小说中写道,不久各地响应起义,湖南、江西、陕西、山西相继光复,四川又掀起保路运动的风潮,中国开始从专制走向共和。这种如实记录历史的译写手法也反映了熊式一的创作观。熊式一曾说,对于历史上的人物及他们的语言和行为都特别小心,总是先要有了可靠的根据,才肯落笔,"这虽是一部小说,有关史实的地方,总不可以任意捏造,使得读者有错误的印象"(熊式一,2012:15)。熊式一在书的末尾附上了1879—1912年中国历史大事记,李大同的前半生和中国近代史大事重叠在一起,小说里他是中国历史的见证者,也是历史的创造者。

三、汉语文本的裹挟

文本裹挟是离散译者用二语书写母国文化时常用的一种文化翻译技巧。此处指熊式一在译写《天桥》时,借助事先做好的逻辑铺垫,翻译和引用中国典籍里的格言警句、民间俗语等固定文本,其实质是"基于重组经典的翻译写作"(任东升、卞建华,2014:97)。这些文本看似是各自独立的存在,但熊式一通过巧妙的"裹挟",把它们嵌入小说的纹理里,使"译文"和"创作"构成了有机的一体,最终更顺利地进入了西方读者的接受视野中。文本裹挟可以分为两类,一类是有明确出处的显性引用,另一类是不指出出处,但通过回译能找出明确原文的文本,本书称其为隐性拼接。

(一)显性引用

1.典籍

显性引用中有一类是直接显示典籍的出处,小说中出现得不多。第二章李明将儿子李小明和李大同送去李刚家念书,李刚因材施教,用不同典籍作为课本。例10和11是熊式一根据清末流行的《实务三字经》和《百家姓》分别翻译过来的。

例10. "The modern world

Is made up of two hemispheres

The Eastern and the Western

There are five Continents:

Asia,Europe,Africa,

And America，which is divided

Into South and North."(Hsiung，1946：65)

（今天下，五大洲，东西洋，两半球，曰亚洲，曰欧洲，曰非洲，曰美洲，美利坚，分南北。）

例 11. Shiao Ming was given "The Book of Family-names" to read. It started thus：

"Chao，Chien，Sun，Li；

Chow，Wu，Cheng，Wang

Hung，Chen，Tsu，Wei

Chiang，Shing，Han，Yang

Chu，Ching，Yu，Hsu，

Ho，Lu，Shu，Chang."（同上：66）

（赵钱孙李，周吴郑王,冯陈褚卫,蒋沈韩杨,朱秦尤许,何吕施张。）

显性引用的第二类是有明确引用指示词的文本,如"the proverb goes that…""There is an old saying that…""It is said that…"等。这一类引用在《天桥》中被广泛使用,具体可分成民间俗语、格言警句和诗歌三种。

2. 民间俗语

例 12. "The old proverb says 'Don't you ever try to bring up a tiger. It vails repay your kindness by eating you up.' So it is in the case of bringing up a low-born brat!"（同上：81）

小说第三章,大同由于在李刚的课上偷玩渔夫游戏,被路过的李明看到,两人起了口角冲突。第二天李明决定送李大同去学捕鱼。他对李大同非常失望,认为自己多年的培养只换来孩子的不孝,因此他愤愤地引用了一句俗语"关门养虎,虎大伤人"。

例 13. "The proverb says——'It is difficult for the ablest of magistrates to judge a private family affair.' And so I say that we should settle the quarrel by leaving the quarrel unsettled!"（同上：97）

李明强行把李大同送去打鱼后,李大同遭到了捕鱼人的虐待,星夜跑回李刚家求救。李刚找来了宗族族长来评理。此处熊式一引用了一句汉语俗语"清官难断家务事"作为李刚的开场白。

例 14. "The best way to settle a dispute is 'to make the big matter into a small matter，and then to make the small matter into no matter'，as the old saying goes."（同上：98）

全族会议上,一位秀才受李明之托,出来说几句平息众怒的好话,熊式一引用了一句国人非常熟悉的俗语"大事化小,小事化了"。

例 15. "Never keep a person of seventy to stay for a meal. And never keep a person of eighty to stay for tea." This proverb shows the importance of a person dying at home.(同上:214)

莲芬结婚的当天,她的母亲出人意料地去尼姑庵里出了家,吴老太太气得急忙赶到定慧庵,说了没几句就晕倒了。熊式一在译写时插入了一句俗语"七十不留饭,八十不留茶",意思是一个人上了年纪,如风中残烛,命在旦夕,最好不要轻易在外面逗留。中国自古有安土重迁,落叶归根的传统,因此即便是去世也最好是在自己家里。吴老太一想到这,马上要轿夫赶快抬她回家,以免死在庵里。

例 16. But it is said that:"While men can make ships approach the shore. Women can make the shore approach ships."(同上:218)

莲芬和李大同从小青梅竹马,但由于吴老太和李明将莲芬许配给了李小明,使得大同有意回避莲芬。熊式一这里引用了中国俗语"只有船靠岸,哪有岸靠船"。传统观念里男人好比船,女人好比岸。女人只有静静地被动等待船的靠岸。但莲芬却不同寻常,她看见大同不来,便主动去找他了。俗语的引用衬托了莲芬不同于传统女性的独立自主性格。

例 17. But there was an old saying to the effect that "if the main beam is not straight, the others are bound to slant".(同上:389)

自辛亥革命后,旧时秋决与平常行刑的老地方便不再使用,大都改在天桥执行。但是公开处刑并没有起到威慑作用,北京一带的治安依然很差。熊式一在译写时用了一个俗语"上梁不正下梁歪",暗示大盗窃国(暗指袁世凯),小盗窃财,正是因为作为表率的政府腐败无能才导致上行下效,民不聊生。

3. 格言警句

例 18. "Here is the cane, beat my children with it as much as you think necessary. The proverb says:'In merely feeding the children without sending them to school, the father is wrong. In merely teaching them without strict discipline, the teacher is irresponsible.'"(同上:67)

李明把两个孩子送到李刚那读书后,看见李刚对待孩子并不严格,便送了一根竹鞭给李刚,希望他能严格管教,并引用了《三字经》的一句话:"子不教,父之过;教不严,师之惰"。借此告诉李刚,管教不严是做教师的失职。

例 19. A well-known Chinese proverb runs as follows："Clear understanding of 'worldly affairs is as good as academic knowledge；Abundant experience in social intercourse is equal to literary learning."（同上：181）

大同和小明同入教会学校念书后，两人的差别也越来越大。大同埋着头读死书，对于人情世故漠不关心，他做出来的文章，也全是纸上的文章，得到的学问，都是不足以处世的学问。而小明则正好相反。熊式一在这里引用了《红楼梦》中的一副对联"世事洞明皆学问，人情练达即文章"，来形容做人和做学问之间的关系，暗示小明在为人处世上比大同更圆滑老练。

例 20. "This time we are going to fight 'with our backs to the water'，as our ancient General Han Shin did 'Life comes to you only when death is hot at your heels，' he said to his men."（同上：363）

这段话是武昌起义前大同为鼓舞战斗士气说的。熊式一此处引用了《史记》里的成语"背水一战"来形容当前局势已处于绝境之中，武昌一战是生死之战。"Life comes to you only when death is hot at your heels"是对《孙子》中成语"置之死地而后生"的翻译，典故同样出自韩信与刘邦的赵国之战。该战役是中国历史上著名的以少胜多的战役，在民间广为传颂。大同引经据典是想激起大家的斗志，破釜沉舟，最终取得起义的胜利。

4. 诗歌

例 21. "Father，I think my brother must be acting in accordance with a poem I have just learned. This is the poem：

In the spring I put off reading

Till the summer comes.

In the summer I lie dreaming

Of the autumn plums.

In the fall the year is passing

To its final phase.

Pack our books away and gather

Sticks for winter blaze!"（同上：69）

李小明在李刚家读书总是心不在焉，引来父亲李明的不满。李刚认为小孩等到过了中秋节之后，第三季就忙着预备怎样过年玩耍，没有心情再念书了。李明听了心中大不高兴，忍着脾气没有去回驳，没想到大同引用了一首刚学会的古诗来取笑李小明:"春天不是读书天,夏日炎炎正好眠,过得秋来冬又到,收拾书卷过残年"。该诗出自明代冯梦龙(1987:47)编纂的《广笑府》,用来形容李小明读书的情形甚为贴切。

> 例 22. In the Tang Dynasty, the famous poet, Chia Tao, committed an offence exactly like mine. He had just composed the couplet: "Birds alighted on the trees by the pond; monk pushed at the door in the moonlight." (Hsiung, 1946:158-169)

例 22 中的诗句出自唐代贾岛《题李凝幽居》中最有名的两句:"鸟宿池边树,僧推月下门"。熊式一不仅引用了这句诗,还把贾岛"推敲"[①]这一典故嵌入英语文本中。当时李大同想入教会学校学习,但校长提出需要两封名流的担保书。李大同回家的路上不小心撞到了臬台魏大人的仪仗队,他将计就计,把当年贾岛误闯韩愈仪仗队的故事说给魏大人听,并告诉大人自己和贾岛一样身处两难境地。不同的是,他不是想不好该用"推"还是"敲",而是想上学却没有担保人。魏大人是小说里不多的正面官场形象:他两榜出身,尤爱诗文,当即答应了李大同的请求,并在之后多次帮助李大同渡过难关,演绎了一出近代版的布衣之交。

显性引用的第三类没有注明出处,但用引号做了标记,提醒读者这部分是引用文本。这类文本在文中数量不多,比如李明老年得子,生下李小明后,将他视为"掌上明珠"。"掌上明珠"是中国的成语,在英语中常用"the apple of one's eye"翻译。但熊式一在明知这种英语表达的情况下,仍使用了打引号的"a pearl in the palm of his hand",显示了他展示本民族文化表达的自信。

(二) 隐性拼接

熊式一"文本裏挟"的另一大特点是隐性拼接,即"译写过程中强化文化信息本身而弱化信息来源"(任东升、卞建华,2014:98)。通过事先做好的逻辑铺垫,译文和创作相互交织嵌套,但通过回译能清楚发现译者参考的文本。

小说中隐性拼接最多的地方是每一章开头的题记部分。题记作为每一章的题眼,虽只有寥寥数语,却有着定调和提炼全章主旨的作用。在全文出现的16 次题记里,有多处比较明显地翻译引用了汉语的习惯表达,如格言警句或诗歌俗语等,在隐性拼接中实现了语言和文化的双重转换(见表 6 - 1)。

[①] 根据后蜀何光远的《鉴戒录·贾忤旨》的记载,贾岛赴京赶考时在驴背上作了一首诗,其中一句:"鸟宿池边树,僧敲(推)月下门。"但不确定到底该用"推"还是"敲",因为思考太过专注误闯了京兆尹韩愈的仪仗队。韩愈听后,建议他用"敲"更符合格律,二人从此也结下深厚友谊。

表 6 - 1 《天桥》英文版题记中对汉语习惯表达的翻译引用

章节	小说中的原文	回译成汉语	引用出处
序曲	A melon seed will not bear-weed. Nor nettle, violet. If you sow deed of grace or geed.	种瓜得瓜，种豆得豆。	《涅槃经》
第 2 章	River courses bend and change, Earthquakes heave mountain range. Man is but a feeble creature, Yet no power can change his nature.	江山易改，本性难移	冯梦龙 《醒世恒言》
第 4 章	How short is a man's life! Like a drop of dew, His time is over While the day is yet new!	对酒当歌，人生几何？ 譬如朝露，去日苦多。	曹操《短歌行》
第 5 章	The prosperity or the adversity of a nation is the responsibility of every soul of the country.	天下兴亡，匹夫有责。	顾炎武 《日知录·正始》
第 6 章	As a piece of rough jade has to be cut, ground, carved and polished. So a man has to be taught and trained Before he is restrained, courteous, learned and refined.	玉不琢，不成器， 人不学，不知义。	王应麟等 《三字经》
第 7 章	We appreciate our own writings But prefer other men's wives.	文章是自己的好； 老婆是别人的好。	民间俗语
第 8 章	The strict injunctions of thy parents must be respected, And the trustworthy advice of thy go-betweens must be Followed.	父母之命， 媒妁之言。	《孟子·滕文公下》

（续表）

章节	小说中的原文	回译成汉语	引用出处
第 9 章	Eating plain food，drinking water，and bending my arm for pillow， I can still find happiness in such surroundings. Wealth and honour acquired not by the right way Are as void to me as floating clouds.	饭疏食饮水， 曲肱而枕之， 乐亦在其中矣。 不义而富且贵， 于我如浮云。	《论语·述而》
第 10 章	Too bad sometimes turns to good Ill-luck turns as ill-luck should	苦尽甘来，否极泰来。	王实甫 《西厢记》
第 11 章	In painting a tiger，we can copy his coat but not his bones. And in dealing with a man，we can see his face but never fathom his mind.	画虎画皮难画骨， 知人知面不知心。	孟汉卿《魔合罗》
第 12 章	The clamour of a thousand tongues produces mighty sound. And a million minds will form a wall of will around.	十目所视，十手所指， 众擎易举，众志成城。	戴圣《礼记·大学》 左丘明 《国语·周语下》
第 13 章	It is easy to fire a fine shot. The difficulty lies in selecting a good target.	射人先射马， 擒贼先擒王。	杜甫 《前出塞九首·其六》
第 14 章	Those who fight for Liberty Never gain themselves but ill. Those who live within its shade Never cared and never will.	不自由，毋宁死! 得自由，不识此!	梁启超 《新中国未来记》

　　这些从中文里译介来的题记各自成段,作为点睛之笔,单独放在每一章的篇首,形式上较为引人注目,内容上与下文有所呼应。此外,熊式一还采用译写与小说正文融合的方式,在不知不觉中拉近了西方读者与中国文化的距离。比如在大同拜访文廷式时,他应文太史之邀现场以"poverty"为题做了一首诗:

　　例 23. Firewood，rice，oil，salt，sauce，vinegar and tea.

　　　　They are plentiful everywhere but not in our house.

When things are wrong there is no use to worry.

Let us dig in the moonlight and plant some plum flowers.

(Hsiung, 1946: 252)

其中第一句"Firewood, rice, oil, salt, sauce, vinegar and tea. They are plentiful everywhere but not in our house"译自明代唐寅的《除夕口占》："柴米油盐酱醋茶，般般都在别人家"（陈宗懋，2017：640）。第四句"Let us dig in the moonlight and plant some plum flowers"译自宋代刘翰《种梅》的最后一句"自锄明月种梅花"（王春亭，2014：231）。熊式一通过几首中文古诗的隐性拼接，将文廷式困境中不失中国士大夫豁达的气质淋漓尽致地表现了出来。又如第五章中，李刚从狱中获释后大病一场，却不肯去请医生，他的妻子劝他道"As long as the mighty mountain exists there will be no shortage of firewood"（Hsiung，1946：137），回译成中文是俗语"留得青山在，不怕没柴烧"。这些隐性翻译看似是独立存在的文本，但与上下文语境存在密切的联系，在熊式一的精心构思下，被巧妙"裹挟"进了《天桥》中。

第二节　语言风格：东西思想的融汇

詹姆逊（Fredric Jameson）在论述第三世界文学时认为，由于"具有殖民主义和帝国侵略的经验"，第三世界文学"唯一可以选择的反映必然是民族主义的，因而文学的叙述方式只能是民族寓言式的"（Jameson，1986：66）。《天桥》从内容到主旨确实带有民族寓言的色彩，但与本土作家不同的是，熊式一特殊的离散经验，使得文本在彰显民族主义底色的同时，又有对西方文化的认同和批判，文本呈现出一种东西交会后的融合。从广义的语言风格角度看，它不单指词汇、句法、语法等语言表达手段本身，也指这些表达手段组成的复合物——作品内容中传递的题旨思想和审美观念。本节将主要从后者对其展开分析。

一、西方现代性下的东方传统文化再审视

熊式一生活于 20 世纪东方主义盛行的欧洲，长期的权利不平等和意识形态隔阂致使中西处于一种东方—西方/边缘—中心的二元对立关系。熊式一译写《天桥》的初衷就是要打破东西方文化交流的壁垒，对西方固化的中华民族形象做出回应。小说中熊式一不断透过西方现代性重新审视中国传统，又通过近代中国语境反思西方文化。通过这种"自我—他者"位置的切换，熊式一打造了

一座连接中西文化、理性交流的"天桥"。

（一）历史进步观下的文本叙事

《天桥》在英国出版时，熊式一已在当地生活了近十年，可以说基本完成了对西方第二文化的习得。对西方文化的认同不仅体现在他日常的生活作息、行为举止中[①]，更重要的是当地的求学、工作经历使他近距离地接触到了以理性、批判为核心的西方现代价值理念。在国内民族危机的映衬下，西方现代性成为中国传统文化最为有力的文化参照。对西方现代性的借鉴与吸收不仅是熊式一在文化译写中采用的叙事策略，也是中国知识分子逐步实现"未完成的现代性"，以此标示中华民族作为世界范围内后发"现代文化"成员的重要手段（黄芳，2010：15）。《天桥》中熊式一借用西方现代性中的历史进步观，试图将中国的过去和传统现代化，并以线性历史演进的方式，向世界展示中国现代性的生成。

历史进步观是欧洲启蒙运动以来现代性观念的一个重要方面。在基督教传统中，进步就是从"原罪"经过"救赎"，达到"天堂"，后来又加入人类通过理性思考实现精神的自我进化等理念（高瑞泉，1986：15）。19世纪达尔文的进化论思想是对历史进化论合法性的再次确认，并派生到社会学领域，推崇用科学技术推动社会变革，顺应历史的进步趋势。19世纪中叶前，中国传统文化中并没有"进步"的观念，有的是富于民族特点的"变"的智慧，集中体现在易学哲学中（同上：13）。中国传统文学作品也并不看重对线性历史和进步观的强调。熊式一早期英译的《王宝川》，虽然自由发挥度高，但通篇都没有提及故事具体发生的时间，有的只是场景的转换来推动时间的发展。到了《天桥》中，能明显感受到熊式一对线性历史的演绎和历史进步观的模仿。在王德威（2005：25-26）看来这一特点正是中国作家迈入现代创作的标志之一。小说一开始熊式一就给出了明确的起始时间："on a hot day in the 7th moon in the 5th year of the reign of the Emperor Kwang Hsu（1879）"（Hsiung，1946：1），即故事始于清光绪五年的阴历七月，也就是1879年。接下来故事情节的发展完全按照线性时间展开，类似的时间标识不断出现：

光绪三十四年（阳历 1908 年）"the bloody Empress Dowager lived until the 34th year of Emperor Kwang Hsu（1908）";（同上：

---

① 熊式一旅英期间好友兼邻居 Lily Hou 的女儿 Grace Lau 回忆说，熊式一一家的生活方式是英式的，而她的父母却保留着中国的习惯，穿中式服装，吃中国菜，熊家却每天六点喝雪莉酒，养一条狗，生活方式十分像牛津中产家庭。详见 Yeh，Diana. Happy Hsuings—Performing China and the Struggle for Modernity［M］. Hong Kong University Press，2014：108.

346)

宣统三年（阳历 1912 年）"On the 25th of the 12th moon of the 3rd year of Hsuan Tung, the day following the Chinese Lesser New Year's Festival (February 12th, 1912)"；(同上：381)

民国元年（阳历 1912 年）"It was January the 1st of the 1st year of the Chinese Republic (January 1st, 1912)"(同上：375)

全文这样的时间标识总共有 40 多处，遵循了从清光绪—宣统—民国的时间线。时间标识的出现和不同类型的事件紧密相连，如李大同出生和长到 13 岁时，熊式一都加上了具体的历史时间："Being born at eight o'clock in the morning of the 13th of the 3rd moon of the 6th year of Kwang Hsu"(同上：44)，"In the nineteenth year of Kwang Hsu(1893)，Ta Tung, then a boy of thirteen"(同上：127)。历史时间的标注影射了小说主人公的成长史也是中国近代的一部成长史，两者在时间上具有同步性。

如果说历史进步观最直接的表现是个体在觉醒后，以革命的方式推翻专制制度，建立现代民主国家的话，那这恰恰是《天桥》后半部分表现的主题。自第十三章起，熊式一着重描写了李大同等人在意识到改良运动无法拯救中国后，流亡到香港参与同盟会领导的革命。熊式一对每一次起义的时间都做了详细准确的交代，如 1900 年 10 月 8 日的惠州起义，1911 年 4 月 27 日的广州起义，1912 年 10 月 10 日成为中国近代史转折点的辛亥革命等。熊式一用明晰的历史线索串联起中国近代一部波澜壮阔的革命斗争史，展现了中华民族不断推动历史前进的大无畏精神，提醒西方读者带上时间意识和现代意识去认识前进和变化中的中国(陈昭晖，2017：55)。

值得一提的是，上述时间标识中熊式一采用了中国传统历法、帝王年号纪年法加现代时间标注结合的方式。如吴老太第一次到李家长住的时间是"the 12th day of the 3rd moon of the 6th year of the reign of the Emperor Kwang Hsu (1880)"(Hsiung，1946：29)。熊式一先是用中国古代天干地支的计时方法，表明书中人物使用的是中国特有的阴历，然后再标明这个阴历时间在清朝年号纪年中的位置，最后在括号里注释这个时间的西方阳历。三法并用，读起来颇为复杂，但也体现了熊式一的良苦用心。一方面，西方历法的使用是为了西方读者理解的便利，更重要的是它是对西方"停滞的中国"形象的回应和反拨。黑格尔声称中国是没有历史的国家，或者说历史尚未开始的国家，中国有的只是不断的改朝换代和周而复始的治乱交替(转引自周宁，2006：416)。如果对事件的发生只记录王朝的代码，那就陷入了西方所说的朝代循环往复的传统时间模式中。而阳历的计时每一年都有具体的数字，每一天都是不可逆的，每一天都是向前的，不可被复制和重来。这是对传统的反叛，对现代的一种觉醒和接受（陈昭晖，2017：55）。另一方面，熊式一对西方的现代话语并非全盘接受，他更为看重的始终还是本民族的东西。传统时间标识的使用既可以理解为他的本土意识和文化自觉，也可以视作他将中国传统文化作为与西方现代性相抗衡的话语资源。

（二）乡土中国的批判和再发现

理性与批判一直是西方现代性的主导价值观。现代性批判源于德国早期浪漫派对启蒙本质及理性命运的思考。后来又被马克思等一批西方哲学家继承，通过实践哲学推进了启蒙批判的现代性场域转换（刘聪，2021：89）。在康德的批判哲学里，理性是人类认识过程中把个别的、零碎的感性直观印象和经验进行综合整理，构成正确认识事物本质的能力。理性的批判过程是将其自身产生的先验范畴作用于直观经验而产生普遍性和必然性知识的过程（邓晓芒，2008：57-62）。如前文所析，《天桥》的前半部是一幅浓墨重彩的中国乡村风俗画。熊式一以南昌李家村的乡村生活为背景，向英语读者描绘了当地日常生活中的种种风俗习惯，如拜神求子、宗族祭拜、私塾求学、婚丧嫁娶等。但如果熊式一仅仅停留在对这些中国风俗的介绍上，还不足以显示他东西融合的语言风格。熊式一与一些中国乡土作家的不同之处在于，他在中国传统文化身份的观照下还因袭了西方现代性中的理性批判精神，敢于对传统文化中顺理成章的观念和做法提出质疑。

小说中乡土中国的代表人物是李家庄最大的地主李明。作为深受儒家思想影响的乡绅，李明言行举止都对村里起着示范作用。但在熊式一的描写中，这位远近闻名的乡绅却常常因为愚昧和迷信害人害己。比如妻子生产时，他怕邪气进来便把产房四面的窗户关得严严实实，还在屋里烧鸡毛驱邪。自学过西医的弟弟李刚提醒他，产妇生产的时候需要通风，这样臭气熏天的屋子连正常人都受不了。李明的固执和愚昧也换来了家庭的悲剧：妻子生下的双胞胎中只有一个活了下来。

旧时农村中对子嗣一事十分看重，这也催生了农村里买卖儿童的非法营生。熊式一把这一陋习也记录在了小说中。李明在稳婆的介绍下，决定从一户穷苦渔民家里买个男孩。在李明眼里孩子不是上天的礼物，而是标注了价格的商品，"在他尚未走到船上之前，先做好一番讨价还价的准备练习。他心里打算，无论如何也不可以超出十串钱……见了孩子，说他长得样子太粗，不好看，可能花四串买下来；不过照着讨价还价的原则，最先开口可以说二千文

（Hsiung,1946：40）。"熊式一把李明的吝啬和对孩子生命的漠视刻画得入木三分,在极尽讽刺之能事中批判了农村买子养老的愚昧,也揭示了乡村穷苦人民悲惨的生活。此外,《天桥》中对乡村盛行的土匪抢劫、包办婚姻、纳妾制度等与现代文明社会格格不入的现象都有着详尽的讽刺和批判。这与熊式一早期在《王宝川》中,将中国传统陋习全部删除、改写形成鲜明对比。说明这一时期的熊式一已不再执着于对外表述一个提纯美化后的中国,而是站在了一个更加理性的角度来看待传统文化中的利弊美丑,力图向外界传递一个更加真实和立体的中国。

熊式一对乡土中国的批判不仅集中于一个个传统陋习中,还体现在他对整个乡村作为城市对照空间的再发现。李家庄在熊式一笔下是儒家伦理规范下的典型乡村。村里以宗族为团体,家家务农,生活勤俭朴实。因为太过于普通和熟悉,在小说的前八章都只作为理所当然的背景存在。到了第九章,当李大同与莲芬坐船告别家乡时,小说对乡村才有了第一次正面的描写:乡村宁静,人民安居乐业,如果没有外患,仿佛是在世外的桃源。

费孝通(2014：95)曾在《乡土中国》中指出,中国的乡土社会在与现代社会比较时可以看成是静止或变动很慢的。这也是李大同离开南昌时对乡村的感受,这种感觉是他以前不曾觉察的。外患的逼近迫使他重新打量脚下这片故土,使他意识到宁静、悠闲的乡村可能即将成为一种美好的怀念。而即将抵达的北京是现代的、未知的、忙碌的,这更唤起他对静穆缓慢乡村的眷恋。但民族危机迫使他不得不背井离乡,在城市里寻找民族现代性的萌芽。

十几年后,当大同结束多年的城市革命运动,返回南昌老家时,熊式一再次对乡村进行了描写,他透过李大同的叙述对乡村有了新的评价:家乡狭小局促,无法与大城市相比。

当完成现代性启蒙的大同再次回到乡村时,发现原本缓慢、静穆的故土已无法再使他生出眷恋之情。其实故乡的风景并没有改变,改变的是那个看风景人的眼界。走出乡村的李大同多年辗转于北京、香港等国际大都会。从支持维新派改良到领导同盟会革命起义,大同不仅接受了现代教育,更在一次次炮火的洗礼中成长为现代性的直接传播者。正如竹内好(2005：257)所说"一旦获得解放的人,很难再回到那个封闭的硬壳中去,他只有在运动过程中才能确保自己的存在"。他不自觉地将故乡与北京城里的建筑比较,在城市观念的映衬下,乡村变成了凋敝、狭小的空间。重新审视的背后蕴藏着大同对乡村加快现代化建设的期盼。"作为风景的乡土社会就这样出现在了革新的时代氛围中,熊式一也完成了对传统空间部分的现代性搭建"(陈昭晖,2017：60)。

二、中国近代社会转型下的西方文化反思

如果说熊式一在审视传统文化时的西方现代性视角是隐性的，需要剖析之后才能看得更加分明，那么在《天桥》的情节铺排中，西方文化元素的呈现则是直接和显性的。这不仅是近代社会转型时期中国尊西崇新思潮的真实写照，也是熊式一旅居海外多年后，对西方现代文明的接受和反思。这些西方元素在小说中与中国曲折的近代语境交织在一起，构成了中西交融的独特风景。

（一）对西方现代文明的接受与认同

小说主人公李大同出身卑微，在李家一直遭到歧视，幼年还曾被养父李明抛弃。他悲苦命运的转折，隐喻性地出现在学习西方新知之后：先是崇尚新学的叔叔李刚收留了他，教他西方的《石印数学入门》《八线学》等科学知识，后来又送他入英国人开的教会学校。接受了西方现代性启蒙的大同从此踏上了推动中国现代化进程的征途，成为民族运动中的领袖。熊式一把大同人生的转折点放在接受西方新学之后，并且将大同的成长与这个古老的帝国走向共和同步，也间接表明了他个人对西方现代文明的认同：在当时的社会语境下，西方不仅意味着先进的知识和理念，还代表着摆脱民族危机、建立现代国家的有效途径。

小说中，熊式一第一个正面描写的西方事物是美国传教士林乐知（Young John Allen）创办的《万国公报》。《万国公报》是中国最早的新闻报纸。小说中李刚订阅的这份报纸，需由长江经赣河用帆船载运，历时许久才能到达南昌。这折射出早在清朝末年，报刊这一西方现代传媒的产物已经深入中国内地的儒家知识分子中，西方思想借助印刷技术等现代传播手段，已经相当广泛地影响着中国精英知识分子阶层（陈昭晖，2017：48）。李大同在李刚的教导下，除了攻读旧的经、史、子、集之外，把《万国公报》当经书一般重视，因为里面刊载了大量中国典籍里没有的西学和时事。这份报刊不仅是中国知识分子了解西学和国内外大事的主要媒体，更为中国现代革新营造了一种舆论上的氛围。中外很多能人志士都在上面发表过革新言论，李刚因此结识了一批中外志同道合者，比如李提摩太（Timothy Richard）、孙中山等。正是因为这份报刊的桥梁作用，李刚、李大同和维新派的同仁一起踏上了革命之路。换句话说，《万国公报》成为《天桥》后半部分重点描写的李氏叔侄从事民族运动的起点。熊式一做出这样的情节安排并非偶然，这是他对西方外报在中国近代转型时期媒介传播作用的肯定。正如一些学者所说，是西方报刊带给了中国知识分子西方的价值观甚至是直接的政治观念，为变法打下了思想基础，也在一定程度上影响了中国近

代的历史进程（赵云泽、刘珍，2016：58）。

熊式一青年时期求学于美国人创办的青年会英文学校，后又在英国留学、授课多年，他三个在英国长大的孩子全部毕业于牛津大学，成为所学领域的专家学者。抛开意识形态部分，他对西方教育制度的先进性有很强的认同感。这种对西方教育优势的认同也被他写进了小说里。小说中传教士李提摩太十分关心李刚侄子的教育，在他的推荐下，李大同来到南昌省城一所由英国人马克劳开办的教会学校读书。班上不仅有像李大同这样出身穷苦免交学费的自助生，也有富裕家庭的孩子。后来莲芬也在大同的推荐下，上了英国人马太太办的教会女子学校。在教会学校里，李大同接受了完整的西式教育，除了念语文、英文、数学、理化、博物、地理、历史之外，还学图画、音乐，以及各种球类游戏。熊式一有意把西方学校的办学模式与李小明所上的传统私塾相比。在教育对象上，李大同的教会学校面向社会的各个阶层，而不是只针对少数士人或富裕阶层。同时，西式教育打破了中国传统教育中不收女生的观念。女子学校的建立发展了中国近代女子教育，推动了中国近代女性的解放运动（李占萍，2014：39）。课程设置上，与传统教育偏重典籍的灌输与背诵不同，西式教育认为自然科学和社会科学一样重要，对人的培养更为全面。西方教育对人的影响也直接体现在了小说中。当莲芬得知自己要被许配给李小明，她对母亲说："我想这样野蛮式的婚礼，最好还是完全取消的好。我们的校长马太太说，现代的婚姻，要由男女本人自主，不可以由家长包办。我可以去告诉马太太，说是我决不能和小明成亲，因为我绝不爱他"（Hsiung，1946：176）。莲芬的话体现了西式教育影响下的现代婚恋观，折射了在西方教育的启蒙下，中国近代女性主体意识的觉醒。

（二）对西方中心主义的批判

刘禾（2002：264）在她的《跨语际实践》中曾说："中国的知识分子也力图在国族建构与文化建构的时代（指20世纪，本书作者注）幸存下来，而他们几乎别无选择，只能直面西方强有力的现实，并屈服于这一现实"。熊式一的《天桥》创作无疑也受到西方文化的强力冲击，但难能可贵的是，他对西方文化不仅仅只有接受和认同的书写。在中西力量对比依然悬殊的那个年代，他的中国文化身份使他时刻保持警醒，不断通过反思来揭示西方文化在中国现代化进程中隐藏的中心主义霸权。

《天桥》中西方的中心主义首先体现在它对中国的地理暴力上。"地理暴力"是萨义德在《文化与帝国主义》（*Culture and Imperialism*）里提出的一个概念。在萨义德（2003：320）看来，帝国中心主义就是一种地理暴力行为，"通过这一行为,世界上几乎每一块空间都被勘察、划定、最后被控制"。西方通过地理暴力完成它社会内部力量的向外倾泻,完成空间的扩大和激增,将世界其他民族强行纳入他们的语言、习俗和观念版图中。中国屈辱的近代史可以说就是从西方的地理暴力开始的。小说中有多处相关描写:"大同长大后,渐渐能看地图,他痛心地发现英国割我缅甸,法国割我安南,日本割我琉球群岛。"(Hsiung,1946：125)"自从中英两国签了《南京条约》之后,中国便把香港割让给英国,英国的本意,是把它辟为一个繁荣的万国商埠,大英帝国在远东的军事基地。"(同上：321)土地的割让、议和条约的签订,所有这些都暗示着一个以西方为中心,有利于西方进入东方的帝国主义格局的形成,以及随之而来的中国传统生活方式的瓦解。

熊式一在《天桥》里描写了两个被西方地理暴力改变的典型空间,一个是上海,另一个是香港。李大同和丁龢笙乘船初到上海,远远望去"十里洋场,一片灯火灿烂……和人间仙境一般好看"(同上：320)。但等船靠近码头,才发现码头上一片赤着背,穿着破裤的骨瘦如柴的小工,挑着沉重的货物,头也不抬,和蚂蚁一般,忙个不停。但走出码头不过数十步,便是灯火辉煌的柏油马路。在这豪华的街市上,车如流水马如龙,另是一番富贵的气象。熊式一这番描写的背景是在中英签订《南京条约》后,上海被迫开放为通商口岸。码头成为传统中国与西方资本主义碰撞的缩影。码头与闲适、静止的乡村相比,是忙碌的、流动的,是普遍商业化的地点之一,承担着商业城市的功能类别。大同所见的码头,工人的劳动被异化,却在资本主义劳动分工的笼罩下被认为是合理的。码头内外,贫富差距悬殊,繁华和疮痍并存,西方资本主义的入侵看似带来了光鲜亮丽的城市化景象,但那混杂在旧式马车和西式货船之间的工人们,却无一不透露出传统中国遭遇的尴尬处境。

大同在上海短暂停留后,又乘船来到了香港。熊式一对香港遭受的地理暴力及西方中心主义影响的批判更为直接。"英国在东方的殖民者有一个最大的特点,那就是他们以自我为中心,从广义和狭义上来说都是如此。……在他们眼中,世界只有两种人:一种是以英国方式行事的人,另一种则是根本不会思考和行动的人。"(同上：322)除了几个买办、阿妈、厨子之外,不懂一点英文和英国风俗习惯的香港人都是野蛮土人。他们宁愿和一个勉强能说几句洋泾浜英语的西崽说话,也不屑和当地土著名士交往(同上：322)。显然,在英国人眼里,香港只是一个扩张其贸易和维系远东军事战略的基地,在政治架构和治理组织上,它被西方人控制;在文化上、心智上它都被排除在西方和西方文明之外。英帝国用权力或者说暴力,强行将自己本国的文化与普遍化的文化语境结合在一起。在这个地理空间中,传统文化的多样性被模糊或取消,英国的商业、语言、法律被认定为唯一的评价标准,所有人来香港都只是为了淘金发财,资本主义一切以商业利益为上的合法性被完整地建构起来。

熊式一对西方中心主义的另一大批判集中在西方人提出的中国政治改革方案上。面对民族危机,李大同也曾经把改革的希望全部寄托在西方人身上。他不远千里从南昌赶往北京,就是为了见一见通信多年,一心支持中国维新变法的英国传教士李提摩太。在李提摩太还未到来之前,大同幻想着他圣人般的模样:他威风凛凛,相貌堂堂,眼睛里闪烁着光芒,只要他在,中国的变革就有希望(同上:237)。这是一种渴望被拯救的心态,源自大同对李提摩太所代表的西方现代性的依赖。但直到与他见面,大同才发现这位在中国知识分子界颇有分量的外国人,并不真的了解中国。他提出中国模仿西方君主立宪政体,设立内阁制,但是八位内阁大臣中一半须聘请洋人,"因为洋人代表着进步的世界"(同上:238)。他还提出新内阁之上须再册立两位洋人顾问,因为只有在洋人的辅助下皇帝才能有效新政①。李提摩太在华生活多年,但他对改革纲领的设想并不是基于中国的社会现实,而是英国对其东方的殖民统治和潜藏在这一统治下的基本原则。他推崇由洋人代管中国,其实质不过是想把中国变成外国人统治的附庸国家,从而进一步确认西方在全球政治文化上的优势地位。李提摩太这种居高临下的姿态可以说代表了当时西方在华代理人的普遍心态,引起了包括熊式一在内众多民国知识分子的警觉和反感。《天桥》中,熊式一借李大同这个人物,对这一西方中心主义思想做了批判。文中相关情节的描写也表露了熊式一对中国知识分子在中国现代化进程中依附西方思想的反思。在小说后半部,熊式一逐渐从对西方文化的反思和批判转向对中西文化壁垒成因和消解之道的思考。无论是熊式一和还是李大同都逐渐意识到,只有理性和独立才能架起一座更加阔大的"天桥",促成中西间真正有意义的对话。

三、跨文化"天桥"的搭建

英国诗人吉普林曾在 1924 的《东西方民谣》(*The Ballad of East and West*)中说:东方是东方,西方是西方,东西永远不相逢。而差不多同时代的熊式一却写了一部以《天桥》为名,反映东西方相遇的小说。"天桥"在小说中被熊式一寄予了明确的寓意,他希望通过"天桥"的搭建,不仅要让东西相逢,还要让

---

① 经笔者查询比对,《天桥》中李提摩太提出的改革方案与李提摩太(1845—1919)在回忆录中记载的方案基本一致。详见李提摩太. 李提摩太在华回忆录. 李宪堂,等译[M]. 天津:天津人民出版社,2011:241。

它成为汇集东西方思想的纽带,中西平等交流的舞台。旅居英国多年的熊式一深知搭建这座"天桥"并非易事,西方有太多像吉普林那样的欧洲中心主义者,而彼时中国对西方也存在诸多误解和拒斥。搭建"天桥"的第一步就是要厘清中西之间各种人为造成的文化壁垒,因为只有障碍消除,顺畅的跨文化交流才可能实现。

(一)中西文化壁垒的消解

小说中熊式一在多处描写了因刻板印象造成的中西文化冲突,其中典型的一例体现在英国人马克劳校长和吴士可一家的互访上。在马校长家中,吴士可看见椅背上挂着一条大红百褶绣花裙,和一条裤脚上镶了花边的女裤子。在吴士可看来,女士下身穿的物件属于私密物品,不应在大庭广众展示,马氏夫妇这么做和其他洋鬼子一样,就是有意羞辱中国人。而马太太同样对吴家人的恼怒无法理解,因为在她的印象中,刺绣代表了中国传统服饰文化的精髓,那不单是衣服,也是全世界最好的艺术品,是她特意拿出来欢迎贵客的。双方的解释都无法说服对方,因为两边都陷入了对某种先入为主印象的深信不疑。作为回敬,吴士可在邀请马氏夫妇回访时,也刻意在椅子上挂出一条西式内裤和一个文胸,美其名曰英国最美丽的艺术品。这一场景让笔者想起了萨义德在《东方学》序言里的评论,这是一种"短小的随性之辩",双方都"禁锢思想、意气用事,带着标签陷于势不两立的争论之中,这种争论不以理解与知识交流为目的,而是意在达成一种好斗的集体身份"(萨义德,2020:10)。

熊式一用这个例子是想告诉读者,跨文化交流的前提是要学会相互尊重和相互适应,中西之所以无法"相逢",很多时候都是因为站在"桥"两边的人不愿迈出换位思考的第一步。东西之间的社会形态和历史传承本就差异巨大,要跨越这一鸿沟,就必须在推己及人中尊重和自己不同的文化,努力"破除限制沟通的刻板印象和化约式的类别"(萨义德,2002:2)。刺绣是中国传统服饰的代表并没有错,正如刻板印象也可以建立在准确的普遍性之上,但那只是中国客观文化的一部分,英国夫妇缺乏的是对场景变动中的中国主观文化[①]的了解。与这种主观文化了解相对应的是对某种行为适当性的感受和判断。而这恰恰是跨文化交流的焦点和难点。意气用事抑或针锋相对都是不理性的表现,除了造成更深的交流隔阂和文化壁垒,对搭建跨文化"天桥"毫无裨益。

上例中触发文化冲突的主要原因固然可以理解成西方人对中国文化的无

---

① 客观文化指的是文化的制度方面,如政治和经济体制及其产物,如艺术、音乐等。主观文化是社会制度所形成的现实经验。换句话说,它是社会人的世界观。主客观文化是相互包容的辩证存在。

知,但仔细审视熊式一对中西冲突的呈现便会发现,他的跨文化思考不仅仅局限在对西方的批判上,而是带有强烈的自我批判精神。在他看来,中国人在面对新事物时,同样表现出一种民族中心倾向的拒斥心态。大同从教会学校返家后,与吴老太、小明等人谈起校园生活。谈话中,吴老太对外国人和基督教表现出明显的排斥。她将外国人称为"洋鬼子"(foreign devil),问大同外国人的头发是什么颜色,是不是用筷子,吃什么肉,男女穿着和中国人有什么不同,当得知这些外国人"事事与中国相反"时,更加肯定了她之前对传教士的负面印象。她将基督教与中国本土宗教相比,认为"我们的和尚道士,都劝人为善,洋鬼子的传教士保护做贼和做坏事的,专找坏人入教"。

从跨文化交际的角度看,这里牵涉到了文化的相似性和差异性问题。吴老太一直生活在相似性为基础的单一文化环境中。对现实本质的共识,使她和她所在文化的成员可以识别行为的适当性,并协同集体行动。当外来文化无法被单一文化识别,差异就代表了潜在的误解和摩擦。跨文化交流建构主义方法中最基本的理论概念是,经验(包括异文化经验)是被建构起来的,这是感知建构主义的核心(Foerster,1988:77)。吴老太是出生于南昌望族的大小姐,一生都没有见过几个男人,更别说外国人。换句话说,她没有任何关于西方的经验和参照类别可以用来建构国外传教士这一事件。因此她只能以自己的文化作为感知实践的唯一基础,这是引发民族中心主义倾向的温床。熊式一通过这个场景的描写,意在告诉读者,跨文化交流是在不同的文化成员之间展开,不同文化成员体验的现实不同,以个人为基准预见他人对信息的反应并不奏效。跨文化交流是以差异性为基础,因此跨文化环境中的交流方法鼓励的是对差异性的思考(贝内特,2012:4),在求同存异中有意识地更新对事物的看法和调适自我行为。

(二) 天下大同的文化寄予

与吴老太的排外形象形成鲜明对比的是他的外孙——李大同(Li Ta Tung)。"大同"一词最早出自孔子的《礼运·大同篇》,1902年康有为也写过著名的《大同书》,从而确立了他乌托邦思想家的地位。无论是孔子还是康有为,"大同"都代表着中国知识分子对丰裕和谐社会的美好向往。在大同的世界里,人人友爱互助,家家安居乐业,没有罪恶,没有战争,是人类最终可达到的理想世界。熊式一对李大同人物形象的塑造与"大同"名字中蕴含的深意一致。作为全书的主人公,李大同的一生都在与中西文化打交道。如果说孔子的大同观里主要指涉的还是华夏大地,那么熊式一笔下的李大同则已有了世界主义的胸怀,他肩负的不再是中华大地上的"大同"理想,而是东西世界,天下大同的使命。在他进入教会学校之前,熊式一有过这样一句描写:"他是少数明白外国历法与中国历法不同的人,知道明年阳历 1 月 28 日就是今年的 12 月 14 日。"(同上:157)

教会学校的开学时间,使用的是阳历,而那时南昌城里没几个人懂阳历,大同是少数几个既懂阳历又懂阴历的人。换句话说,在那个中国仍未开放的时代,李大同已具备了兼通旧学与洋务的能力。这一不起眼的描写也成为李大同未来命运的写照:在民族危亡的大背景下,他的一生都在中西文化间奔走,为打通文化壁垒,搭建跨越东西的"天桥"而奋斗。说中西文化未免太过空泛。熊式一在小说中择取了中西文化的两个代表——中国的儒家思想和西方的基督教,通过展示这两种文化在李大同身上从碰撞到融合的过程,寄托了他本人搭建跨文化"天桥",世界终将大同的美好理想。

李大同最开始对基督教也持排斥态度,这一点从他和叔叔李刚的对话中可以看出:"我讨厌基督教……因为它太强横霸道……我们的儒释道三教决不致认为别的宗教是异端邪说,只有自己的宗教是登天堂的唯一途径"。(同上:141)此时的李大同并没有真正接触过基督教,他的这种印象很大程度上来自以本国文化认知为基准的想象和民间对基督教的各种负面传闻。如前文所析,清末民初的基督教也叫"吃教",信教的人往往是一些吃不饱饭的穷人。这些人犯了法本应去坐牢伏法,但因为入了教,外国传教士就会以保护教徒为名,使他们不受法律的约束。久而久之,基督教在民间也变得声名狼藉。李刚听了大同痛恨基督教的陈述,教导他不要忘记孔子说的"道听途说,德之弃也",让他有机会读一读有关基督教的书。后来大同进了教会学校读书,不得已入了教。在与外国传教士越来越多的接触中,他慢慢对基督教有了新的看法。在与吴老太等人的谈话中,他一改当初对基督教的否定,转而向家人解释起民间对基督教的种种误解。他告诉吴老太,外国来的传教士,他们的原意是好的,劝人为善,不可作恶。但也有一些不顾一切的传教士,为了吸引更多人入教,就连犯法的人也要保护。地方官怕洋人,因此打官司时教徒总占便宜。"洋鬼子"其实并不是鬼,只不过他们的相貌、皮肤、生活习惯和中国人不一样。"他们和我们是一样的人,一样有理性的人。"(同上:167)

大同态度的转变可以用贝内特(Bennett,2004:45)的跨文化敏感发展模式(Intercultural Sensitivity Development)来分析。贝内特认为个体在文化差异体验过程中,大体会经历从最初的否认、防范、最小化,到后来的接受、适应和整合两大阶段。此时的李大同对基督教的态度已从开始时的否定转向接受和适应。在多元的文化环境中,他已意识到自身的文化只是世界众多复杂世界观中的一种,本土主义并非唯一的选择。通过辨别文化之间的差异和自我反省,他更倾向于一种民族相对主义,即他人虽与我不同,但都是平等人类的观点。和处于适应阶段的人一样,他能够进行文化移情,站在对方角度理解或转换观念到其他文化中。这种能力不是简单地学习一个不同的观点,而是产生另一种经验。当个体对文化差异变得敏感时,就获得了创建这种经验的能力,有效的跨文化交流也成为可能。

经验的转换使处于跨文化交流适应阶段的人能表达恰当的感情和行为。当这一转换过程得到深化和常规化,就成了多元文化的基础。大同在多元文化的不断习得中,逐渐意识到中西文化并非水火不容,而是有许多思想可以互证互识。在学校每周日的牧师布道中,马校长讲到《新约圣经》里的《马太福音》第七章第十二节,"你们愿意人怎么待你们,你们也要怎么待人"。大同觉得这和《论语》里的"己所不欲,勿施于人"是一个道理,区别是"基督教里的这句话更有建设性,孔子的话是从反面来说的"(同上:192)。那天他觉得马校长讲得特别好,他说一个基督徒的责任是不能只想到自己,要处处想到别人,特别是在别人有难时,不可袖手旁观。他认真思考《圣经》里的教义,有如获至宝的感觉,他发现原本抵触的《圣经》,有许多词句与儒家的孔孟之道相通。

正如美国学者贝利所说,不同国家的文化经验常具有交叉性,既存的普遍真理可以在不同文化环境中共存(Berry,2004:67)。经历了常规化西方文化学习的李大同,对基督教的态度已从接受深化到了整合阶段。整合就是缓和身份认同的僵化教条,有意识地运用建构主义观点定义个人的文化认同。在多元文化认同的建构中,无论是熊式一还是李大同,他们都在试图超越而没有困在以自己身份认同为荣的自我陶醉中。在他们看来,东西文明应该是相互联通,相互依赖的。

在大写的文化方面,文化共通现象不仅一直存在,还可以相互借鉴启发。也正是这些把全人类联合在一起。从这个意义上说,世界历史的内在动力和不同文化终将合流,熊式一所希冀的一个更阔大、更包容的大同世界也终会到来。

另一方面,从小写的文化看,当今世界,文化杂生,不同文明各成体系,破除文化壁垒就必须突破界限。但任何体系都有一个矛盾,即要构成体系就要自我设限,有所规范;但体系一经完备就会封闭,封闭就是老化的开始(王秉钦,2007:9)。解决这一矛盾的途径之一是搭建不同体系间沟通的"天桥"。让这座桥屹立于人类文化交叉这个宏大背景和综合关系网络中,让多种体系的沟通网络在此相交并相互融通。熊式一译写《天桥》即是搭建这一沟通平台的努力。在《天桥》中,我们看到了他为揭示东西方文化壁垒与化解之道的尝试。他矢志不移地寻找不同文化体系间人们的相似性,也毫不动摇地承认人与人的差别,这种超越东西,世界大同的理想始终贯穿在他的作品风格中。

第三节　译介策略:异化与归化之间的复调对话

巴赫金把文学作品的语言分为三种类型,第一种是直接指述自己对象的语言,力求同对象达到一致,表现了说话人的最终意向;第二种是所写人物的语言,是以社会阶层典型性为主的语言,被描绘的人物具有不同程度的客体性;第三种是对话式的双声语。它同第一和第二种的单声语不同,它是主体的有双重指向的语言。所谓双重指向是指既对言语的内容而发,又对另一个语言而发。双声语为两个主体服务,并表现出两种不同的意向,"一是说话的主人公的直接意向,二是折射出来的作者意向。这类话语中有两个声音、两个意思、两个情态"(巴赫金,1998:110)。其实质是实现了内在对话化的语言。在小说中这种语言往往以混杂的形式出现。用巴赫金的话说,混杂是指"在一个表述范围内混杂两种社会语言,让由时代或社会差别划分的不同语言意识在这个表述的舞台上相遇"(转引自夏忠宪,2000:139)。

巴赫金的对话理论也启发了当代的翻译研究,美国翻译家罗宾逊(Douglas Robinson)把这一理论引入翻译研究,把翻译看作在译者、原文作者和译文读者之间展开的一场穿越时空的对话(Robinson,2013:146)。译者作为具有主观能动性的主体,并不是一味复刻原文,而是会在考虑预期读者期待的情况下,寻求译者和作者之间表达意图和语言使用习惯的平衡。离散译者的文化翻译里同样存在这种复调式对话。

在《天桥》中,熊式一将译者的声音转化为人物语言的声音,将作者的声音转化为叙事者的声音,两者表现出两种不同的思维,不同的意向,却又相互照应。通过多种译介策略[①]和方法的运用,熊式一将"复调对话"混合在一部作品里,使中国文化的译介衍生出一种纯正性和异质性相间的混杂性。

一、译者的声音——异化的人物语言

叙事性文学语言一般可分为人物语言和叙事者语言两类。在巴赫金看来,人物语言不仅是小说中作者创作的人物的所思所想,它更是对话语言的一部

---

①　笔者认为译写属于译介的一种,下文对译介策略和译写策略不做严格区分。

分,它能自由表现人物主体的思想,不完全受作者控制。《天桥》的主要人物是清末民初的中国人,无论是说话方式,行为举止还是思维方式都应带有那个时代的文化特征。熊式一在描写他们时,更多地是在体验他们的生活,站在文化译者的角度,去还原那个年代人物的话语特色和文化身份,而文化身份的最显著的标识之一便是人物语言。孙艺风(2016:104)认为,文化翻译的原则是异化翻译,以使读者直接地接触原文化的真实形式,进而获取跨文化交流的真切体验。当《天桥》人物语言涉及中国文化专有项时,熊式一主要采用了异化译介方法,来表现人物形象和人物语言的真实。

（一）直译或硬译

例 24. "'Outwardly strong but inwardly dry' indeed." repeated the angry husband again and again.(Hsiung,1946:12)

文化译写是某种形式的阅读,如果这种阅读减少了异质性,读者阅读译文时体验差异的机会也会减少。小说开始,李明请来杜医生为多年不孕的妻子看诊,医生看后认为李太太看似白白胖胖,实则是"outwardly strong but inwardly dry"。很明显,这个词是从汉语成语"外强中干"硬译过去的,英语中如果要表达类似的意思,也应该是"outwardly strong but inwardly weak"。用"dry"不仅不符合习惯表达,甚至会造成理解上的困难。但熊式一为了彰显人物语言和中国表达的特色,仍采用了字对字的翻译。这说明熊式一有意要让这种陌生化的词汇搭配和文化要素前景化,将相对边缘的文化推向中心。

例 25. "The first young master is a golden dragon coming from Heaven, sir. Without water, sir, he couldn't possibly live, sir. He must have been born when water was pouring down from Heaven, sir."(同上:44)

该例是有关中国命理文化的描写。李刚从城里请了算命先生为两个小少爷算命。李大同的八字上面是四个庚字,下面是四个辰字。按照命理规则,庚属金,辰肖龙,李大同被认为是上天的金龙在人间的转世。熊式一在译介这一文化意象时,没有做出任何解释,而是直译了"金龙"。这对缺乏必要互文视野的英语读者来说,理解上有一定难度,读者需要依靠想象力去填补空白。但在上下文语境的探索中,跨文化对话也就此展开。

例 26. "She had '**The Grand Ruination**', sir, in addition to '**The Eight Failures**', sir … one alone of which is enough to ruin a family, sir. Then she has all the feminine vices: '**The Peach Blossom**', sir, which gives her the privilege of having at least two husbands at the same time，sir，'**The Sweeping Broom**'，sir，which sweeps away her fortune and condemns her to constant poverty，sir；'**The Mourning Skirt**'，sir，which means that she'll be a widow，sir，and '**The White Tiger**'，sir，which will make her childless，sir！"(同上：53)

在算命先生给莲芬看相时,出现了更多命理有关的文化负载词。算命先生认为这个姑娘的八字太硬。"The Grand Ruination"和"The Eight Failures"是"大败"和"八败"的直译。"大败"出自明代命理书《三世禽演》,与"大时"相对,表示精光、消减。"八败"俗称丧门星,是生于特殊年份一生都一事难成的人。"The Peach Blossom"和"The Sweeping Broom"是对犯"桃花"和"扫把"的直译。命理经典《三命通会》中认为,八字带桃花属于神煞类(万民英,2009:56),在相对保守的古代是轻浮和浪荡的代名词。算命的认为从八字上看,莲芬未来至少会嫁两个丈夫。"The Mourning Skirt"和"The White Tiger"是"麻裙"和"白虎"的直译。"麻裙"是指服丧时穿的衣服,算命的认为莲芬年轻时家里就有人过世,需要她守孝。"白虎"是八字神煞之一,认为命中带白虎煞者,会身体抱恙,遇事不顺,莲芬很可能因此一生无儿无女。熊式一在翻译算命先生口中的这些文化负载词时,均选择了直译,保证了中国文化意象的完整性和异质性。同时大写了每个单词的首字母,暗示读者该词为专有名词,在跨文化交际中需要特别注意其内涵。

例27. "Cynical people say that the Revolution is only a change of water but not of medicine."(Hsiung,1946:383)

辛亥革命结束后,中国看似废除了帝制,解放了思想,但在莲芬看来,不过是换了一套制服而已。革命之前,大家都谦让有礼,革命后全自高自大,不可一世了。莲芬在和女儿的对话中,引用了一句俗语"change of water but not of medicine",回译成中文是换汤不换药。中国自古有服用汤剂草药的习惯,这一习语是中国千年中医药文化在语言上的反映。英语中对同一意思则有不同的表达,如常用的"put new wine into old bottles"。但熊式一在翻译的时候仍然选择直译这句俗语,而没有选用英语中对等的习语。其用意也十分明显:莲芬在小说中是土生土长的中国人,她的语言也是她文化身份的标识,译者希望通过原汁原味地还原中国俗语来表现更加真实的人物对话。

例28. "I cannot accept any money from you. Where does it come from？From Yuan！ It is oil and fat squeezed out from common people. I won't touch it."(同上：388)

在莲芬与李小明的对话中，李小明想赞助莲芬一笔钱，以便她回南昌与李大同会和，但是莲芬认为李小明的钱都是靠袁世凯提拔后，搜刮民脂民膏得来的，因此不愿意接受。"It is oil and fat squeezed out from common people"就是对成语"民脂民膏"的翻译①。这一直译虽然不符合英语中习惯表达，但最大可能保留了人物语言的异质性，是熊式一在用译者的身份向读者传递中国文化，塑造特色人物。

（二）创造英语新词

例 29. "My mother told me that when my father wanted to spend a thousand taels to take a sing-song girl in as concubine, she advised him to spend the money in charity".（同上：13）

王宁认为，全球化时代一个显著的文化表征就是文化的趋同性，即强势文化总是试图将他们的文化价值观念和美学原则通过标准化翻译强加给弱势文化（王宁，2006：149）。因此有学者呼吁："差异不必再被淡化、容忍，或者被粗暴地征服；差异必须被发现和被承认"（Assman，1996：99）。为了保留差异，熊式一在小说中多次自创英语新词来翻译中国文化特色词。即便这些特色词在英语中有对等词，熊式一仍然选择异化的翻译。如例 29 是李明和太太的对话。李明因为年过半百还膝下无子，想再娶一位姨太太。妻子劝他效仿岳父，与其花钱娶姨太太，不如做点善事。"sing-song girl"是熊式一自创的词，从字面意思上看指歌女，在英语中没有"sing-song girl"这样的组合表达。结合上下文，这里的"歌女"实际是指妓女，是汉语里的一种委婉语。熊式一没有用英语中的对等词，而是自己创造了一个新词，显示了文化译写的主要目的之一是将源语文化的异域特质进行跨文化传递。

例 30. "My younger sister-in-law shouldn't have entered the room-of-the-happy-event this morning'" rejoined Li Ming bluntly.（Hsiung，1946：32）

小说中李明妻子分娩的当天，李刚的媳妇曾去看过产妇，这引起了李明的不满，因为他觉得外人会把邪气传进家中。旧时产妇都在家中生产，产房也叫喜房，熊式一为了模仿李明说话的特点，没有将"产房"译成英语中的"delivery room"，而是造了一个新词"the room-of-the-happy-event"来表达，突出了中国人对生育的看重。该例子说明阅读译作的过程也是一个学习的过程，在译者的带领下，读者努力打开跨文化视野，理解异域的新事物。

---

① 该词出自五代孟昶的《戒石文》："尔俸尔禄，民膏民脂。"

例 31. "I don't like the date. You know，it is the Lesser New Year's Day，which is a day on which all the poor families marry their children."（同上：179）

根据上下文，可知熊式一这里的小年夜是指农历十二月二十四。在商量莲芬和李小明婚事的时候，算命的认为小年夜是个好日子，而吴老太认为小年夜都是穷人结婚的日子。熊式一在翻译"小年夜"时，生造了一个新词"Lesser New Year's Day"。这一表述也不符合英语惯用表达，因为比较量词"less"后面接的是形容词和副词，一般不接名词。但熊式一就是希望通过这样阻抗式的翻译让读者明白，中国人的"Lesser New Year's Day"和他们的"New Year's Day"不一样。

例 32. "Your excellent daughter-in-law has just cut off her 'three thousand pieces of threads of trouble' and entered the 'Doors of Emptiness'，doing me the great honour of becoming my disciple."（同上：213）

莲芬成亲的当天，她的母亲也去定慧庵里出了家。吴老太太赶到庵里，师太对老太太说，她的媳妇已经剪断三千烦恼丝，遁入空门，拜她做了师傅。"三千烦恼丝"和"空门"都是佛教用语，熊式一为了翻译师太口里的这两个文化负载词，分别新造了"three thousand pieces of threads of trouble"和"Doors of Emptiness"两个词。

（三）中式思维的英语表达

之所以把中式思维的英语表达和翻译联系在一起，是因为笔者认为这一类英语是写作者将自己的汉语思维"翻译"成英语的结果，它是一种将原文本隐藏在大脑里的隐性翻译。早在 20 世纪 60 年代，怀特海德（Whitehead）（1968：2）在《思维方式》（*Modes of Thought*）中便使用了"翻译"一词。他在那时已注意到翻译并非仅指语言本身，同样包括蕴藏在语言里的"思维方式"。有时候带有母语思维印记的"译文"会和目标语言的语法和语用规则一致，但更多时候因为两种语言和思维的差异，"译文"在目标语中显得格格不入。正如桑德鲁斯在分析著名华裔作家谭恩美《喜福会》时所说的，那些不合英语语法的表达显示的是表达后面所隐含的汉语句法（桑德鲁普，1999：294）。

例 33. "But it is different. In order to move Heaven，you must really spend some money of your own this time."（Hsiung，1946：14）

例 34. "But no matter whether it is in silver or pieces of cash，the more you spend on charity，the more Heaven will be pleased with you."(同上：15)

例 35. "What place is that?" Li Kang asked.

"Heaven alone can tell you, sir."(同上：45)

上面几例中，都出现了"heaven"一词，该词在西方文化中有"天堂"的意思，但结合上下文语境，以上三例均受到中国"老天爷"文化意象的影响，在句中做主语和宾语。第一句里的"move Heaven"是中国人常说的"感天动地"。第二句是民间劝人向善时常说的"你善事做得越多，老天爷越高兴"；第三句是李刚问算命的金龙在哪里出现，算命的答了一句汉语口语中常用的"只有天知道"。因此"heaven"看起来是西方宗教词语，但《天桥》中被熊式一挪用了形式，具体语境化后呈现出了一种新的含义。

例 36. "Do you know what caused his death?" Ta Tung put in anxiously.

"Was it consumption?"

"No. Old age. Was eighty. Been here forty odd years. Hoped to obtain an official post. No money. Probably lost contact with his home."(同上：249)

这段对话出现在李大同和丁稣笙的对话中。大同夫妇搬入南昌会馆后，觉得大家对他们住的这两间南屋，态度有点蹊跷，于是问丁稣笙这屋子以前住过什么人。丁的回答中出现 7 个短句，而且全部是没有主语的省略句或者是不符合英语语法的碎片化短句。短句之间没有连接词，读起来断断续续，明显受到汉语说话节奏的特点。王力(1957:290)认为欧化之前的汉语就以意和、简洁为特点，中国人习惯将语言表达化整为零。熊式一在写这段对话的时候，他的译者声音表现得十分明显，他先是在脑中浮现丁稣笙说这段时的情景和节奏，然后竭力想保留汉语零碎节奏的特点。把这段话回译成中文是"不是肺病！老死了，八十几呢！住了四十多年，想找差事，没有钱！很可能和家里失了联系！"这段话对中国人来说很好理解，因为汉语语法偏隐形且以话题-陈述型句法为主(潘文国，2009：208)，只要符合这个话题，多个谓语可以出现在一个句子里，并且可以省略一切不必要的连接手段。而英语语法偏显性，以主语-谓语型句法为主，一个句子只能有一个谓语，习惯于"化零为整"。熊式一翻译的时候最大限度地保留了丁稣笙说汉语时的语法特点，体现了他不同于一般作家的文化译者身份。

例 37. "Well，well. I'm sure I'll come again this time next year to receive a more fortunate baby master!"(Hsiung，1946：38)

笔者发现文中多处表达有汉语思维的痕迹，翻译成英语时存在语法或表达上的错误。如果将其称为熊式一的"误译",笔者认为这并不是因为熊式一本身英语水平的缺陷而导致的消极误译。而是他有意打破所谓"标准"英语的用法,采取的一种反传统的译介策略,这也是中外许多双语作(译)者普遍采用的一种策略。如上例是李刚与接生婆之间的对话。旧时中国由于医疗条件有限,产妇一般在家中分娩,有钱人家还会请接生婆过来助产。接生婆也叫收生婆,收生就是指替产妇接生。熊式一在译介"收生"时,用了"receive a...baby"。这一用法存在语法上的错误,正确的搭配应该是"deliver a baby"。但熊式一按照汉语思维,进行了直译。从后殖民翻译理论的视角看,这样的翻译一方面抵制了"标准"英语对语言交流的控制权,以底层小人物的话语对英语为中心的西方进行了解构,另一方面,正确语法和错误语法的混合使用,向英语读者暗示要注意其母语的杂合性(Bhabha,1994:60)。

例 38. "... They give one hundred and thirty taels of silver to any Chinese who agrees to 'eat religion' and become a Christian."...
"You don't mean to say you have 'eaten religion' and become a Christian?" Everybody in the middle chamber joined in to inquire in surprise.(Hsiung,1946:166)

这段话中也出现了语法上的问题,英语中一般没有"eat religion"及"have eaten religion"这样的表述,而且"agree"做"同意(入教)"解时,后面应该接名词或动名词形式。文中的"eat religion"是对当时民间流行的基督教叫法"吃教"的直译。根据《汉典》的解释,旧时天主教或基督教以馈赠食物或其他赠品传教,而有些信教者亦借教会势力图利谋生,故称信奉天主教或基督教为"吃教",含讥讽的意味①。鲁迅还有一篇以《吃教》为题的杂文,对其进行了批判。熊式一不加解释地直译"吃教",就是希望通过这种异化翻译来表现西方宗教在进入中国本土后,中国民间的真实态度。西方人可能认为他们的宗教给中国人带去了福音,但从"eat religion"这一不无讥刺意味的译介来看,中国民众对其更多地是不了解和抵触。通过这样的翻译,也可以让更多西方读者换个视角看待西方事物在中国的被接受情况。

(四)音译

例 39. "You would not understand."
"I would,mama I am a big girl now and ought to know things."
"...so long as I don't leave you as he did,mama,never coming

---

① 详见网络版《汉典》对吃教的解释:https://www.zdic.net/hans/%E5%90%83%E6%95%99。

back for thirteen years' I'll never leave you，mama!"（同上：384）

小说中还采用零翻译、音译等方法将英语以外的语言引入文本里。很多词在英语中即使有对等词，熊式一也倾向用音译来表现本民族的语言特色。比如例39中多次出现"妈妈"的音译"mama"，熊式一没有解释这个词的意思，他更倾向于通过语境和关联意义的多样性使译文获得生机，读者获得新鲜感。

例40. "None other than the Nei-Wu-Fu Tsung-Kuan（the Grand Keeper of the Imperial Household）" Perhaps the Tsung-Kuan would spare you."（同上：258）

李大同到袁世凯府上任职后，有个大官想巴结他请他吃饭，李大同以与"内务府总管"有约在先回绝了。内务府是清朝管理皇家大小事务的总机构，内务府总管是内务府之主官，是中国古代特有的官名。熊式一在翻译时拒绝消除差异，采用了音译 Nei-Wu-Fu Tsung-Kuan 加注释的方法。从中我们可以看出熊式一作为文化译者的良苦用心，他没有采用文化简约主义的手段，将官名译成带有普遍性和规范性的英文，而是将直译和意译融合在一起，为英语读者提供了异己的、深度的文化信息体验。

除了称谓词外，熊式一对一些专有名词也采用了音译，全文出现最多的音译词是"衙门"，一共出现了71次，统一音译为"yamen"，且都没有做出解释。海德格尔认为，阐释是明晰化了的理解，换言之，隐性的理解也可能无须求助于解释。熊式一在此处选择模糊对"衙门"的明晰化阐释，保留了音译的陌生化效果和读者体验的权利。

例41. "Now I remember my mother once said that people in Peking were always shuo-ta-hua, yung-shiao-chien—'talking in big figures, spending in small money'. And this is what she meant."（同上：232）

在莲芬和大同的对话中，熊式一套用了一句民间俗语"说大话，用小钱"。这个句子的文化内涵并不复杂，完全可以翻译成对等的英语如"He promises much and gives little."或者套译成英语俗语"They promise mountains and perform molehills."但熊式一选择全部用拼音译为"shuo-ta-hua, yung-shiao-chien"，然后加上解释"talking in big figures, spending in small money"，就是想提醒英语读者这是一句从汉语里翻译过来的俗语，熊式一文化译者的身份在这段对话中再次得到彰显。

例42. "You don't realize that on such an occasion a crow is welcome,

for it cries, 'Ka, ka' (meaning 'extend') while a magpie is not,
because it cries 'Che, che'" (meaning 'destroy') (同上:181)

此例中熊式一运用了音译拟声词。为了迎接莲芬和李小明成婚,吴老太特意盖了一座新房。新房落成后,一对喜鹊落在梁上叫了起来。莲芬的母亲认为是喜鹊在梁上报喜,吴老太却认为新房落成乌鸦才是吉祥之物。因为乌鸦的叫声听起来是"加、加、加",而喜鹊的叫声是"拆、拆、拆"。熊式一分别用"Ka,ka"和"Che, che"音译加注释的方法表示乌鸦和喜鹊的叫声及其谐音在中国文化中的内涵。从这个例子可以看出,熊式一的文化译写是多种语言和异质符码在单一文本中共栖,体现了小说杂合的语言和文化空间。正如翻译家西蒙(Simon Sherry)(2018:164)认为的,翻译的协商性不仅存在于不同语言中,而且存在于语言空间本身。

例43. "...she would meet you and ask for your forgiveness only by the
Yellow Springs of the Great Other World, Amitabha."

"...Her parents are dead, Amitabha and so she wants you, her
mother-in-law, to take it with you." (Hsiung, 1946:213)

除了汉语外,小说里还出现了其他语言的音译。在定慧庵师太和吴老太的对话中,师太多次使用佛教术语"阿弥陀佛"。"阿弥陀佛"语出印度梵语"Amitābha"。佛教自汉唐以来已成为我国多元文化构成中的重要部分,其影响力并不亚于儒家和道家文化,我国很早就有儒释道三交成风的说法。熊式一截取了定慧庵这一场景来表现佛教在中国普通百姓日常生活中扮演的角色,折射出中国与西方不同的信仰和文化价值。在翻译相关术语时,如上文提到的"三千烦恼丝""空门"等也多选择直译和音译,为读者保留了自由阐释的空间。

二、作者的声音——归化的叙述者语言

按照巴赫金的理论,人物语言和作者语言既然属于两种不同声音,那么在文化译写时处理的方法也应该有所不同。人物语言担负着表现小说中人物文化身份的重任,用异化翻译能更好地展现人物的性格特点。但在翻译叙述者语言时,则完全可以遵循标准英语的规范,忠实于"作者的声音"(殷燕,2016:75)。《天桥》中,当叙述的内容与中国文化相关时,熊式一采用了标准英语来进行翻译,即遵循译入语国家的语言规范,这与小说中讲着中国英语的人物相比,显得地道流畅。即使叙述内容涉及少量无对等词的文化专有项,他也先直译再解释,没有出现硬译的现象。

熊式一这种译介策略的选择或许与前期作品的市场反应有关。他早前以

直译为主翻译了《西厢记》，却遭到了英国市场的冷落，这也使熊式一明白了一味强调异化翻译不利于作品的理解和接受。如果将文化译写带入民族主义的偏狭，不考虑接受的环境和条件，最后只能陷入自己津津乐道，但读者无动于衷的尴尬境地中（孙艺风，2016：62）。因此当他以作者/叙事者声音在《天桥》中现身时，他的翻译策略体现了较强的读者意识，与异化的译者/人物声音形成了一种平衡。为了更好地展现熊式一在叙事者语言中的读者意识，下文将在必要时与他20世纪60年代自译的中文版《天桥》对比。

（一）对文化专有项补充解释

例44. Unfortunately the Prefect of the Prefecture was now a Manchu, whose title and office had been acquired by the payment of a big contribution to the Imperial Court, and he knew nothing about government or law.(Hsiung,1946:136)

熊式一在叙述李刚被捕入狱这段时，顺带介绍了清末中国官场的潜规则。从例44中可以看到南昌府的地方行政长官是个满人，其头衔和官阶都是花钱买来的。这在当时称为"捐官"，美其名曰"报效"朝廷。但在熊式一的中文版自译里，这段话变成了"南昌府早已换了一位满人，他是报效出身，没有读甚么书，根本不懂得政治，不晓得法律。"（熊式一，2013：94）两个版本对比可知，熊式一在英文版里，有意识地用浅显易懂的标准英语增加了"捐官"文化内涵的解释，增强了跨文化背景下文本的可读性。

例45. The official wiping out of one's name from one's clan book would be the moral equivalent of a death sentence! The villagers would treat the man as an outcast and he would be no longer under the protection of the village.(同上：97)

李刚把大同从渔场逃回来的事说给大家听，认为李明与偷鱼贼为伍，应当把他的名字，从族谱上挖下来。"挖谱"是中国古代宗法制下一种特有的惩罚手段。对于中国读者来说很好理解，因此在自译版中，这段话对应为"'挖谱'虽不等于宣布死刑，也等于剥夺公民权，李刚这种提议，未免太过。"（熊式一，2013：66）两相比较，英文版中用标准英语增加了对"挖谱"行为的解释："把个人名字从族谱中删除，相当于道德死亡。族里的人会把他当作异类，他也不再受到村子的保护。"这种对文化专有项的解释也可以理解为阿皮亚所说的"厚翻译"，通过把词条置于更丰富的语境信息中，帮助目标读者更充分地理解专有项的文化意义。

例46. Paper money was prepared in abundance and would be burned the moment he reached the stage of passing away，so that he could bribe the Messenger of Death and perhaps even the Tribunal too. (Hsiung,1946：102)

在叙述李家为李明预备后事时,熊式一插入了一段对"纸钱"的解释,告诉英语读者中国人为家人送行时,会用纸钱来收买地府的人。比如在旧时,人们将黑白无常说成是人死时勾摄生魂的使者,是来接阳间死去之人的阴差,熊式一在文中将"黑白无常"归化成了"the Messenger of Death";阴间的判官则译成了"Tribunal",在英文中表示特别法庭的裁判官。对比中文版本,对纸钱用处和阴间神祇的描述都删除了。

例47. But the little girl's buttons and button fasteners were all in red—a gay colour which indicated that her own parents were still alive. (同上：107)

在李明的葬礼上,李家未过门的媳妇莲芬本来可以不在孝堂回礼的。不过她既来了,奶奶命令她也要守孝。按照传统,中国守丧以白色为主,孝服上的纽扣应该也是白的,但莲芬的白孝衣上钉的却是红纽扣,表示她父母都健在。熊式一考虑到中西文化中对不同颜色代表的象征意义不同,特意补充了红色在中国文化里的寓意——"一种让人快乐的颜色",体现了熊式一的读者意识。在中文版中,则省去了这一解释。

例48. And before the Festival of the Dragon Boat，which is celebrated on the fifth day of the fifth moon.(同上：123)

例49. The second holiday came on the fifteenth of the eighth day of the moon，the Mid-Autumn Festival when Li Kang received the second envelope.(同上：68)

对于小说中出现的中国传统节日,熊式一也一一做了日期的标注,如例48和例49中提到的两个节日端午节和中秋节。端午节的日子是"the fifth day of the fifth moon",中秋节的日子是"the fifteenth of the eighth day of the moon"。在中文版中这些中国读者熟悉的日期都没有解释。

(二) 对文化专有项的简化描述

例50. With a sinking heart Li Ming received this piece of paper and handed over to him the heavy envelope which contained the "gift for pulse examination"，as consulting fees are called. After seeing the Doctor off in his sedan chair，he glanced over the prescription quickly.(同上：11)

例 51. But physicians of the worst type never ceased coming，one after another，and she was made to take some sort of potion almost every day.(同上：26-27)

除了对一些文化专有项进一步解释补充，熊式一在一些文化空缺较大的地方进行了简化处理，不纠结细节的全部传递。如在中药的相关表述上，由于西医自成一体，没有相关对等词语，熊式一采用了省略或翻译上义词的办法。第一例讲的是李明请南昌城里的名医杜医生为夫人开"受胎的妙方子"。在中文版中，有关于杜医生药方的详细描写：

左脉弦小，右关脉滞，乃营养未足，肝脾不调；宜培土抑木，柔肝理脾。制香附三钱 妙白芍三钱 白茯本四钱 焦白术三钱 广玉金三钱 路路通三钱 佛手花钱半 青陈皮各一钱 白通草一钱 丝瓜络三钱(熊式一，2013：6)

但考虑到英语读者对中草药没有背景知识，即便把杜医生开的中药名字全部译出，读者也不知道它们对应的病症，还使篇幅显得较为冗长，所以英文版中省去了具体草药名称的描写，只将它们统称为"gift for pulse examination"和"prescription"。第二例同样是关于李明太太服用中药的叙述。为了求子，李太太加了很多偏方药引，中文版中有详细的描述："有的还要加'人中黄''人中白''牛浧'或是'马渤'做引子。"(Hsiung，1946：17)英文版中省去了药引名称的描写，将其归化为西方读者容易理解的"some sort of potion"，即药饮。

(三) 编译

例 52. Ta Tung knew the story and could not help laughing at himself. The philosopher was a lover of seagulls. The birds would perch on the palm of his hand to pick food from it，whereas they would fly away long before anybody else could get near them. ...But this time all the birds flew away when they saw him approaching.(同上：218)

在《天桥》的作者叙事部分，熊式一还借用中国典故深化人物思想，提升小说的可读性。如第八章，大同准备带着莲芬逃婚，却被叔太婆一眼看穿。叔太婆说他是"a philosopher and his seagulls"里的那个不安好心的哲人。在中文版中，熊式一在叔太婆的话里直接点出了这是《列子》中《海上沤鸟》的典故。作为回应，大同把典故的文言文原文背了一遍给太婆听："海上之人，有好沤鸟者……明日之海上，沤鸟舞而不下也。"(熊式一，2013：155)但英文版中，大同的话被改成了用现代规范英语写成的作者叙述，也没有点明具体出处。熊式一通过作者声音,把这个典故的寓意告诉英语读者,只有诚心才能换来信任,背信弃义将永远失去朋友。

例53. An ancient historian has told us a story of the snipe and the oyster. "while an oyster was having a sunbath, a snipe pecked at its flesh. The oyster closed its shells and caught the snipe's bill 'Today, there is no rain,' said the snipe...a fisherman was able to catch them both."(Hsiung,1946：378-379)

在尾声"EPILOGUE"中的开篇,熊式一引用了《战国策·燕策》中的典故作为作者叙述的开场。典故"鹬蚌相争,渔翁得利"讲的是苏代为燕国去劝说赵惠王,他用鹬蚌比喻燕赵两国,渔翁隐射秦国,暗示赵燕相争,最终得利的是秦国。小说中指孙中山领导的新军和清军对抗,最终革命的果实被袁世凯等一批投机分子篡夺。中文版中熊式一没有对这个典故进行解释,而是全文引用了古文原文:"蚌方出曝,而鹬啄其肉,……两者不肯相舍,渔者得而并禽之。"(熊式一,2013：280)英文版中则是用现代规范英语对整个故事进行了翻译,与例53不同的是,这次熊式一标注了双引号,以示读者该段译自中国典籍。在鹬说"Today, there is no rain"之后,熊式一还特意在括号里加了一句注释"who is supposed to know the weather in advance",使译文的逻辑比原文更严密。

第四节　第三阶段的身份与翻译操控

在《天桥》中,熊式一打破了早前"译他"的传统翻译形式,用译写的方式再现了近代中国底层社会的千姿百态与辛亥革命以来的重大历史事件。这种翻译形式的转变与他第三阶段以"民族形象言说者"为特征的寄居国-母国主导型身份有关。在这一身份下,他以海外传播中华民族形象为己任,直接用作品与英语读者对话。根据离散译者身份协商类型与控制要素之间的对应关系,他这一阶段的译写受到了来自中英两国诗学和意识形态的共同影响。

一、寄居国-母国主导型身份:民族形象言说者

离散的第三阶段,熊式一在英国已生活十年有余,基本完成了对寄居国第二文化的适应和习得。同时中国文化是他作为中华民族中的个体的本质文化属性。用霍尔(Stuart Hall)(2000：211)的话来理解,它是"在实际历史变幻莫测的分化和沉浮之下的一个稳定、相连续的指涉和意义框架。"随着跨文化交际

经验的积累,熊式一已能较好地平衡寄居国和母国文化对他的影响,其身份类型也开始向寄居国-母国主导型转变。如丁允珠(Ting-Toomey,2005:212)所说,身份是"反思性的自我概念或自我形象定位",是人际互动和社会化的产物。离散第三阶段的熊式一在英国事业有成,衣食无忧。有了充分的物质保证后,他开始重新思考自我身份定位和时代国家的关系。20世纪40年代的世界局势风云变幻,第二次世界大战的硝烟已弥漫到世界各个角落。抗日战争爆发,中国陷入前所未有的危难中。此时身处海外的熊式一不再执着于个人的谋生或中国经典的海外传播,而开始在寄居国-母国双重身份主导下,着眼于向世界言说变化中的中国。

从情境层面看,据熊式一儿子熊德輗的回忆,熊式一在英期间一直有英文创作中国题材小说的想法,但《天桥》到1939年才开始真正动笔,后来由于第二次世界大战爆发不得不搁笔,直到1942年才全部完成(熊德輗,2013:9)。而这几年,恰好也是中国和世界局势经历百年未有之大变局的时候。抗日战争在国内已全面爆发,中华民族比之前任何时候都需要世界的理解和援助。但让熊式一遗憾的是英国和其他西方国家,在跨文化想象中国时严重失真。他在《天桥》的中文版序言中说,西洋出版关于中国的东西,大多是曾经到过中国一两个星期,甚至四五十年,或终身生长在中国的洋人——商贾、退职官员或教士写的。他们共同的目的,无非是把中国说成一个稀奇古怪的国家,把中国人写成荒谬绝伦的民族,好来骗外国读者的钱(熊式一,2010:82)。

西方人对中国民族形象的偏见在他改译《王宝川》时就已觉察,此时不过是进一步加深他的认识罢了。对熊式一来说,中国人要在海外言说本民族形象的必要性也变得更加紧迫。正如他在谈《天桥》译写动机时所说的:"当初我写这部小说的时候,觉得西洋人不知道也不明了中国近几十年的趋势、近代的历史,和人民的思想生活近况等,所以我要以真实的历史为背景,而且小说中尽量地放许多历史人物进去"(熊式一,2010:81)。显然,这时的熊式一已经把民族形象的言说与《天桥》的译写紧密结合在了一起。他希望利用自己中英两国文化兼容的身份,让世界了解一个处于变革中的真实中国。

与此同时,在熊式一动笔撰写《天桥》的1939年,英国开始实行对华经济援助政策,为战时中国提供英镑贷款,帮助中国购买战争需要的武器。英国民间成立多个援华组织,在舆论和实际行动上对中国的遭遇表示支持和同情。从官方到民间,英国大环境相对友华的氛围已做好了倾听中国声音的准备,为熊式一的民族形象言说提供了有利的社会条件。

从个体层面分析,熊式一当然也可以继续在母国文化身份的主导下,"以我为主"地传播中国经典，翻译他钟爱的古典文学，那也是中西文化的一种交流方式。但那种文学并不能与时俱进，使外国人了解现实的中国。或者说，紧迫的国内形势使他不得不重新考虑自己的使命和翻译动机。显然，译他（translating others' work）的翻译形式已经无法满足熊式一言说当下中国的需要。因此熊式一及时调整了创作思路，从译他转向了中国主题的小说译写，直接与西方读者交流。相比之前的戏剧译介，小说形式的呈现可以突破戏剧舞台局限性，多方位、多角度展现中国现代历史。熊式一在《天桥》中也确实绘制出了千人千面、各不相同的中国画卷。他在具体的场景中还原真实的中国人，在澄清西方的误解中，重建了中华民族的真实形象。萨义德（2003：23）认为，"关于解放和启蒙最有力的叙述，应该是过去被排斥在主流之外，现在正在为自己的一席之地而斗争的人们的故事。"熊式一转变翻译形式的目的，就是希望在直接书写中华民族形象的过程中，用新的现代视野，反拨欧洲人关于东方自说自话的叙事；希望用一众鲜活生动的中国人和中国事挑战西方对中国单一的、歧视的、反复强化的霸权话语，从而为 1940 年代战火中的中国发声。

从群体层面看，熊式一仍然保持了上一阶段群体交际中宝贵的社会资本和文化资本。这些资本的存在为其安全、包容和可预测的社交需求，身份差异化的维护提供了保障。不同的是，这一阶段熊式一社会互动的导向和目标发生了变化。与第一、第二离散阶段中，一味向寄居国或母国文化靠拢的做法不同，熊式一希望能找到一种折中调和的跨文化方式。在与英国群体的互动中，尽可能澄清中国被西方遮蔽的民族多样性和现代化进程。在民族形象言说中，他把重点放在了"有效的跨文化交流"上。对跨文化交流的强调，意味着熊式一意识到了言说不是一种机械的单向输出，而是中西文化的碰撞和交融。他需要找到一种西方人易于接受，但又不至于折损过多原意的沟通方式。这一意识的加深可以说吸取了前期《西厢记》和《大学教授》反响平平的教训。当时的熊式一因急于向西方展示中国文化，在这两部作品中安排了大量密集的中国信息，致使外国读者解码困难而接受不佳。到了译写《天桥》时，熊式一在构思时就已明确要把西方的人和事融入整个故事框架里，挑选历史人物的标准之一是需要在西方有一定知名度，如慈禧、李提摩太一类（熊式一，2010：81）。

以上种种，说明熊式一经过前两个阶段的探索，已经意识到不同群体间跨文化交流的重点是共情和共鸣。把中国历史和民族形象放在西方人熟悉的认知环境里，可以加深他们对中国的理解和记忆，引发更丰富的联想。但展示中国的近代历史还不是熊式一跨文化民族形象言说的唯一目的，他更看重的还是借这部小说达到中西跨文化互识、互鉴的目的。如他所说，他想把中国人和西方人都表现得入情入理,因此他特意找两个英国人作为书中的洋主角,与中国人进行对比,告诉读者中国人和其他国家的人一样,有智有愚,有贤有肖(熊式一,2010：83)。

综上,在情境、个体和群体三个层面的影响下,熊式一完成了第三阶段寄居国-母国主导下民族形象言说者的身份建构。在当时紧迫的局势下,译他(translating others' work)的翻译形式已经无法满足言说当下中国的需要,因此他改变了前两个阶段的翻译形式,转向了更为广阔的中国主题文化译写。在新的身份下,他的《天桥》较为明显地受到了来自中英两国意识形态和诗学的共同操控。

二、寄居国-母国意识形态的操控

笔者认为,熊式一在译写《天桥》的过程中,受到了寄居国和母国意识形态的共同影响。寄居国的意识形态影响主要来自英国主流社会和群体的对华意识形态,同时小说也反映了熊式一个人意识形态与英国社会意识形态的交锋,体现了意识形态对作品操控的复杂性。母国的意识形态则主要包括抗日运动激发的爱国主义思潮和早前国内左派知识分子对《王宝川》的舆论攻讦。

(一)英国意识形态

马克思唯物历史观认为,文学是环境的产物,它与它所属的时代和民族有着相互作用的关系。而《天桥》是一部反映时代变迁和民族历史成长的英文作品,也必定受到大环境变动的影响。因此有必要从当时世界局势和英国的意识形态角度予以分析。

1. 英国主流社会和群体的对华意识形态

从 20 世纪 30 至 40 年代英国政府的对华意识形态来看,其态度随着世界局势的急速演变具有多面性和复杂性。1931 年日本有预谋地发动了"九一八"事变,揭开了武装侵略中国的序幕。南京国民政府将这一侵略行径申诉到以英美为主导的"国联",但英国采取了听之任之的绥靖政策。1932 年日本在上海制造了"一·二八"事变,将势力范围伸向了长江中下游地区,英国的在华利益受到巨大威胁。中日战争全面爆发后,日本步步紧逼,不仅在 1937 年夺取了英国独占的管理中国海关的特权,还在 1938 年的第二次"近卫声明"中公开否认《九国公约》里英国等西方国家的对华利益(王为民,2006：116-117)。日本对英国利益的严重触犯使英国进一步认清了日本的狂妄野心,并促使英国调整了对华意识形态和战略部署。英国政府逐渐从对日妥协走向了对华援助和与华结盟。

1939 年,也就是熊式一动笔撰写《天桥》的那一年,英国开始实行对华经济援助政策,为战时中国提供英镑贷款,帮助中国购买战争需要的武器。虽然数额有限但毕竟是一种国际支持力量,增强了中国人民抗战的信心。随后,中英又签订了中英联合军事行动协议,英方承诺如果英日开战,英方将派遣 15 名游击战顾问协助中国的抗日游击队作战,并同意中国军队在英方控制的中缅边境装配飞机并使用该地机场作战(同上:123)。1941 年,日本偷袭珍珠港,太平洋战争爆发,中英正式结成同盟关系。丘吉尔在对日宣战后致电蒋介石,表示"英帝国和美国已经受到日本的攻击。我们一向是朋友,而现在我们面对着一个共同的敌人。"(丘吉尔,1975:915)蒋介石也表示:"从此中英两国人民并肩作战,势必铲除共同的仇敌。"(秦孝仪,1981:89)中英官方在军事和经济上的合作也进一步激发了英国民间的对华同情。

根据《大公报》驻外记者萧乾在英国期间的记录,英国成立了多个援华组织,其中以援华会(China Campaign Committee)影响最大,熊式一也是该组织重要成员。它由英国左翼图书俱乐部创始人维克多·戈伦茨(Victor Gollancz)担任主席,其主要工作是宣传中国的情况、征募医药冬衣、用游行等方式抵制日货、督促政府积极援华等(萧乾,2005:224-226)。英国民众当时对中国的情况非常关心,"看到有中国过来的人,都要让他谈谈中国的情形"(Pratt,1938:366-367)。萧乾遇到援华会秘书伍德曼时,感到她"对中国各方面进步的关切"胜于他遇到的任何人(萧乾,2005:224)。遗憾的是,包括伍德曼在内的援华会里的大部分英国人都没有去过中国,也不了解中国,尤其是 20世纪后中国发生的变化。但英国从官方到民间对遭受外侮下的中国相对友好的态度给熊式一留下了深刻的印象,也为他译写《天桥》提供了动力。作为援华会成员之一的熊式一,深感自己有责任向英国民众介绍一个真实的中国。他自己也曾说:"英美两国为中国之友邦,吾人自可冀其臂助。"(哈瓦斯,1936)正是基于这样的社会背景,熊式一确定了《天桥》的译写主题,其主要目的之一就是增进英国对现实中国的了解,也尽可能多地为战时中国赢得更广泛的国际声援和帮助。

2. 熊式一与英国主流意识形态的交锋

按照伊格尔顿(Terry Eagleton)的观点,意识形态大致可分为群体意识形态、社会主流意识形态和个人意识形态三类(Eagleton,1991:1)。以上笔者大致勾勒了日本侵华战争前后英国社会对华的主流意识形态和以援华会为代表的群体意识形态。毫无疑问,这两类意识形态深刻地作用在熊式一的个人意识形态上。而多位学者认为社会意识形态通过个人才能发挥作用。在分析文本时，"切不可忽视译者意识形态对目的语文本的介入程度与干涉形式"（Fawcett，1992：2）。

英国社会同情友好的对华意识形态，熊式一无疑是肯定和欢迎的，但《天桥》是一部从 1879 年写起的近代史小说，而中国近代史的开端便是由英国人挑起的鸦片战争。而后英国作为殖民扩张的资本主义国家也一直觊觎着中国的版图和巨大的商业利益，《天桥》在这方面也有所着墨。因此，笔者认为熊式一译写《天桥》并不是单一地接受了寄居国的意识形态，而是同时受到复杂的个人意识形态的影响。它一方面要把作品放在向西方表述中国，为中国抗战争取更多英国人支持的大背景下；另一方面惨痛的历史教训和国内的爱国主义教育又使他心有余悸。如果将《天桥》的英文版与 20 世纪 60 年代熊式一自译的中文版对比，还是能发现在不同社会意识形态的冲击下，熊式一在英文版中更多选择了平和中立的表达方式，以此淡化历史上两国或中西间的矛盾。

例 54. 原文：Gradually, Ta Tung learned to study the map, and was grieved to see that Burma, Annam and the Liu Chu Islands, which all belonged to China, were now taken respectively by Britain, France and Japan.（Hsiung，1946：125）

自译：大同渐渐地能看地图，看见英国割我缅甸，法国割我安南，日本割我琉球群岛……怎不叫人痛心？（熊式一，2013：84）

在清代，缅甸、安南（今天的越南）、琉球群岛是中国的附属国。例 54 英文版中，熊式一对外国列强侵占我国属地用了动词"take"。"take"从褒贬意义上来说是一个中性词，没有暴力色彩和伤害性，可以对译为"占用"。而在中文自译版中，熊式一译成了"割"。和后面的宾语"我"相连，"割"就有明显的贬义意味，语境带来的联想是英法日"把我身上的肉割走了"，其暴力和伤害性不言而喻。句式上看，中文版用的是排比句型，连续三个"割我"，带动了整个句子悲愤难平的气势。而译写版则只用了一个用了陈述性质的被动句，语气显得平缓和克制得多。

例 55. 原文：Yet they continued to condemn the Government for not being able to rid the country of foreign barbarians and redeem all the territories leased or ceded to the European and Japanese invaders.（Hsiung，1946：319）

自译：他们住在外国人的租界之中，大骂政府，毫无顾忌，同时也大骂洋鬼子。现在虽托庇洋人的租界，可以畅所欲言，他们大家仍然希望早日收回租界，把东洋鬼子西洋鬼子全赶出去。（熊式一，

2013：236）

这一段熊式一描述了寄居在上海租界里的人对政府和外国人的不满。译写版中熊式一对外国人的称呼是"foreign barbarians"，而自译版中是"洋鬼子"。对比一下也能发现一些情感上的细微区别。"barbarians"在牛津字典的解释有两种，一是"a person long ago in the past who belonged to a European people which was considered wild and uncivilized"；二是"a person who behaves very badly and has no respect for art，education"。无论哪种解释，主要强调的是一个人没有文化和教养，行为粗鲁和野蛮。而民间惯用"洋鬼子"指代西方人，不是指他们没有教养，而是他们在中国的所作所为令国人产生了恐惧，所以会认为他们是非人的"鬼"。对译成英文，"foreign devil"应该更准确，相比之下"barbarian"比"devil"客气得多。

例56. 原文：Later on，Russia，France and Germany intervened. They said they want to help China. They were really trying to maintain a balance of power in Asia.(Hsiung，1946：132)

自译：后来还是俄、法、德三国来干涉，说是日本的要求太过分，条件太苛刻，这才把割让辽东半岛的条件取消，加补赔款库秤银三千万两，总数是两万万三千万，而且把台湾和澎湖群岛割让给日本。这三国并不是厚于我而薄于彼，他们认为日本得中国东南的海岛，其害尚小，若是得了中国的大陆，他们在中国的利益就有了威胁，为保持各国在中国的权力势力平衡，这才出面做了好人，主持公道。（熊式一，2013：236）

例56中，熊式一插入了一段对甲午战争后西方列强企图瓜分中国的评述。自译版中，他对西方列强如何瓜分版图和划定势力范围做了详细的描述。通过列强间精于算计的利益分赃描写，将他们的强盗嘴脸刻画得清清楚楚。"好人""主持公道"等一些看似褒义词的使用，讽刺了列强的虚伪和阴险。而译写版中，则省略了列强具体瓜分的描述，只用了一些中性的词，如"intervene""maintain a balance of power"，讽刺和指责的感情色彩大大降低了。

笔者举出以上这些例子，并不是想怀疑熊式一的立场，毕竟从他一贯的作品和言行来看，他对待中国的感情和立场很少模糊。译写版中对这些冲突的淡化，只是他在当时英国主流意识形态对华友好的大背景下，为团结更多英国和西方友华力量，为中国争取更多国际支持，而做出的文化调适。就像这部小说的名字《天桥》一样，熊式一写这部书是为了联结和沟通更多人，而不是宣泄和控诉。克制和中性的表达无疑更有利于以上目标的达成。从以上个案中，也可以看出,当离散译者个人意识形态与寄居国主流意识形态发生冲突时,后者常常占据上风。

（二）中国意识形态

1. 抗战宣传与世界反法西斯文艺运动的结合

"九一八"事变后,越来越多的华夏儿女认识到,中华民族已经到了最危险的时候。民族危机的加深使全国人民的爱国热情和民族责任感迅速高涨。20世纪30至40年代的大部分作家,都被这个激进的时代所召唤,"爱国"成为不同派别作家间公认的光荣称号。身处海外的离散群体,也受到了国内不断推进的爱国救亡运动的影响。写作之余,熊式一在英国寓所招待国内访英的爱国人士如王锡礼、胡秋原等,并通过参加在伦敦和布鲁塞尔等地举办的中国民族友谊协会活动、世界和平运动会等活动,介绍中国的最新情况,呼吁西方国家给予中国更多的关注(哈瓦斯,1936)。

1936年12月,熊式一偕夫人蔡岱梅归国抵沪。不久,卢沟桥事变爆发,蒋介石于7月17日在庐山发表谈话,正式宣布对日作战,抗战全面爆发。爱国心切的熊式一也主动在国内承担起更多实际事务,他与宋庆龄、郭沫若一起被推举为上海"文人战地工作团"主席团成员,在上海接待各国驻华记者,对外介绍中国抗战的情况(林荣清,2002)。之后,熊式一奉战地工作团之命返回英国,在当地继续从事抗日宣传工作,并在1939年与苏芹生一道被"文协"任命为驻英代表,其主要工作是将中国的抗战文艺运动和作品译介到国外,以便推进抗战文艺运动,使中国的抗战文艺运动与世界反法西斯文艺运动融为一体(文天行等,1983:413)。

也是在同一年,熊式一在英国正式动笔译写《天桥》。不得不说,《天桥》最初的创作目的就受到了熊式一身上肩负的国际宣传使命和抗日战争所激发的爱国主义的影响。也是这种使命感使他摒弃了当初创作《王宝川》时惯用的、更容易保证市场成功的通俗写法,转而投向了一种以史为鉴、历史与虚构融合的书写(布小继,2018:61)。

熊式一在谈及《天桥》的译写时说,为了追求作品历史背景的准确,他参考了商务印书馆出版的,由胡适、郑振铎、顾颉刚、蒋梦麟等十五位文史学家为顾问的《中国近代史》。《天桥》中对英国传教士李提摩太的描写灵感就来源于此。参考了中国文献后,他仍觉得不太放心,到了英国之后,又去搜集李提摩太的生平。后来结识了李提摩太生前好友——牛津大学中文教授苏提尔的女儿塞夫人(Lady Hosie)。塞夫人把父亲根据李提摩太遗存文件写成的李提摩太传记送给了熊式一(熊式一,2013:83-84)。《天桥》中李提摩太的描写正是根据中英多种历史文献,熊式一小心求证后的结果。这与改译《王宝川》时的戏说写法完全不同。正如一些学者所指出的,当时国内高涨的爱国主义思潮进一步激发了熊式一的拳拳爱国之心。他在这一"由俗趋雅"的过程中逐渐确立了"由小趋大"的历史书写主题。他从中华文化传播和抗战需要的大局出发,改迎合英语受众为引导受众,改戏说历史为正说历史事件,改戏谑幽默的语言为严肃规整的话语(布小继,2018:161),表明了他在海外积极言说中华民族形象的决心。

2. 国内左派知识分子的舆论攻讦

另一方面,熊式一创作路线的调整也与早年改译《王宝川》时受到国内左派知识分子的舆论批评有关。20 世纪 30 年代初,具有革命进步思想的文艺界人士成立了中国左翼作家联盟,随后左翼社会科学家联盟、戏剧家联盟以及电影、音乐小组等左翼文艺团体相继成立。这些团体提倡文艺大众化运动,提倡普罗文学,宣传马克思主义文艺思想,展开了一场声势浩大的左翼文化运动,并成为20 世纪 30 年代中国影响最大的文化思想主潮(李洪华,2012:26)。当时国内也有一些类似《王宝川》女性题材的旧戏新编,比较流行的是左翼作家笔下的革命女英雄形象如阿英的葛嫩娘、欧阳予倩笔下的梁红玉等。她们出身低微,深受阶级压迫之苦,但又才干出众,有豪杰之气,是平民英雄中的代表。

反观《王宝川》却是一部歌颂女性旧道德坚守贞洁的作品,这对在各个领域追求革命的左翼知识分子看来毫无进步性可言。因此,《王宝川》虽然在英国大获成功,好评如潮,却遭到了国内的一片骂声。《王宝川》上演不久,左翼戏剧家宋春舫(1935)曾语含讥刺地说道:"我们不时收买报纸,津贴记者,以及形形色色这一笔那一笔的交际费,然而宣传的效果,却不如'王宝川'三个字了。"

1936 年 7 月,中国左翼剧团联盟的主要成员洪深在上海发表了令舆论哗然的《"辱国"的王宝川》。文章认为熊式一胡乱更改原作,态度立场就有问题。那些在熊式一看来为了融合现代观念的改写,被洪深认为是与对中国有偏见的外国人沆瀣一气。剧中"信鸽请兵",代战公主带西凉国军队来大唐协助薛平贵靖难的描写,在当时东三省沦陷,日军压境的背景下,是一种变相的"吴三桂主义"(洪深,1959:252)。这相当于在暗示中国缺乏自治能力,需要借助外国人的势力来实现天下太平。洪深用敏感和狭隘的意识形态标准,对《王宝川》做了近乎全盘的否定。

左派知识分子的评价虽然不见得代表国内大多数知识分子的意见,但在当时日益紧迫的政治局势下,洪深(1936)在文中提出的,文学要"表现中国全体人民抗战救国争取解放的决心",却得到了文艺界多数知识分子的赞同。一些非左翼的作家也加入了对熊式一的声讨。邵洵美将《王宝川》在上海上演时观众趋之若鹜的现象,归结为交际场中人为了积攒谈资,并讽之为"我们的文艺复兴的先兆也说不定"(邵洵美,2006：160)。1942 年 5 月张恨水在短文《日本人数典忘祖》中也捎带批评"外国文字很好的文人,如林语堂、熊式一之流""是应当看看中国经史,以便揭破日本的黑幕,不应当搬弄非牛非马的《王宝川》之类,看轻自己"(张恨水,1942)。

国内这样严厉的批评显然是熊式一不能承受之重,并给他带来了巨大的压力。为了驳斥这种论调,熊式一在公开场合多次表达自己的爱国立场。1936 年回国省亲时,熊式一受邀在上海做了在欧美宣扬中国文艺状况的报告。《申报》对此予以了特别报道,报告上他明确表示,"我往外国,旨在宣扬我国文化,解释各国误会……我从国外回来,却有点感想,就是我们要在海外宣扬国光,应该用全国的力量去推动,个人的言行,必须特别的谨慎。"(佚名,1937)专业人士的批评和国内的舆论环境也提醒了熊式一文学创作必须结合社会现实。从后来问世的《天桥》力图拉近与现实的距离来看,熊式一确确实实吸取了教训,在主题、题材等方面都做出了调整。这也反映了离散译者虽远在海外,但始终无法摆脱与国内千丝万缕的联系,其译介受到母国多重意识形态的影响。

三、寄居国-母国诗学的操控

熊式一在译写《天桥》的过程中,同时受到中英两国诗学的重要影响。母国诗学的影响主要来自中国乡土文学中的民俗视角、中国的史传传统以及清末官场谴责小说中常用的创作手法;寄居国的诗学影响主要包括 20 世纪初英国传统现实主义写作范式、西方人道主义的创作思想以及英国剧作家巴蕾的写作手法。

（一）母国中国的诗学操控

熊式一从小熟读经典,酷爱传统文学,幼年时受到良好的国学训练。中国传统诗学的精髓也在他译写《天桥》时发挥了作用。及至成年后,白话文文学兴起,20 世纪 20 至 30 年代的乡土文学成为国内一股颇具影响力的文学思潮。笔者认为,彼时仍在国内任教的熊式一也受到了这一新兴诗学的影响。

1. 中国史传传统的借鉴

从小说的创作手法看,《天桥》像是一部编年体的历史小说。熊式一自己也坦承这是一部以史实和社会背景为重的小说,在创作过程中参考了众多史料,力求历史部分的准确无误。这种借鉴编年体的写法和对史实的高度还原,笔者认为并不是巧合,而是熊式一受到中国史传传统的深刻影响。史传类文学可以说是中国最为古老的一种文学体裁。从汉代班固的"小说家流,盖出稗官,街头巷语,道听途说之造也"到清代吴趼人的"小说附正史以驰……正史借小说为先导"(吴趼人,1906：8),中国小说的发展受到史学著作的很大影响。陈平原(2005：244)认为,由于史书在中国的崇高地位,千古文人谈小说,几乎没有不宗史汉的,历代文人都偏爱利用史传眼光读小说或借鉴史传笔法写小说。从勒弗菲尔的诗学观点看,一种经典的文学体裁一旦建立,对后世文学系统的发展会产生重大影响。一些重要概念虽然没有直接记录在册,却在无形中规范了人们的写作(Lefevere,1992：28)。这是否也解释了从小熟读四书五经长大的熊式一在译写《天桥》时,有意识地兼负了史家的责任,在半虚半实间使小说亦与史同体呢? 熊式一对史传笔法的借鉴在小说后 8 章尤其是李大同等人来到香港参加兴中会后表现得尤为明显。惠州起义、广州起义、辛亥革命等近代重大历史事件密集地出现,并且熊式一还按时间顺序实录了武昌革命成功后湖南、江西、陕西、山西、广东、云南、江苏、浙江等 17 个省份的光复运动,记录之准确颇有"新小说亦作史读"(吴趼人,1906：7)的效果。除了以长篇小说形式记载历史事变外,熊式一还借鉴了中国历史小说中常用的名人轶事实录的手法,在文中引入袁世凯九姨太、"床下都督"黎元洪等人的趣闻,使《天桥》兼具了中国传统小说中观赏与补史的双重诗学功能。

　　2. 对清末官场谴责小说的接受

　　从情节设计看,《天桥》又有清末官场谴责小说的影子。如阿英所说,晚清小说产生最多题材的是暴露官僚的一类(阿英,1980：128)。以李伯元的《官场现形记》为滥觞,清末民初出现了一大批批判官场的作品。根据陈平原的统计,该时期光是书名中出现"官场"二字的小说就至少有 19 种(陈平原,2005：189)。可以说,在清末很容易便能找到几本揭露官场黑暗的小说。晚清小说讽刺谩骂官场的整体倾向有着深刻的社会根源,它一方面与当时清政府的腐败无能有关,另一方面和知识分子在接受新学教育如西方民主观念后愈发对专制政体不满有关。

　　生于清末民初的熊式一无疑也是这一官场乱象的见证者。《天桥》中有多处和清末谴责小说类似的情节设计。比如《宦海沉浮录》里有满人官员不学无术、享受特权的描写。《天桥》中也安排了类似一幕。李刚入狱后,南昌府衙里新调来一位满籍官员,熊式一对他的描写是"报效出身,没有读甚么书,根本不懂得政治,不晓得法律"(Hsiung,1946：94),本以为案子有油水可捞,后来打听到李刚家一贫如洗,立马把案情改得比以前更严重,直接送往臬台衙门。在李大同与衙役周旋,设法想救出李刚的过程中,熊式一通过对衙役强行索贿的描写,将清朝吏治的腐败刻画得入木三分,不由让人想起《官场现形记》中,底层官吏如出一辙欺压百姓的嘴脸。

熊式一不仅骂小官,对于最高当权者也毫不留情。他骂慈禧穷奢极欲,祸国殃民,只图一个人享乐,挪用建设北洋海军的银子去建颐和园,把国家弄得民穷财困,豺狼当道;骂袁世凯是个权力熏心,出尔反尔的小人。为了自己的前途,维新变法时出卖光绪,辛亥革命后出卖宣统和裕隆太后,最后又窃取了辛亥革命的成果,读来让人大呼过瘾。另外值得一提的是,晚清谴责小说常把颂扬隐逸,不与当道者合作作为反抗官场的最后手段,因此在小说结尾大多会描写主人公历经磨难后,将老庄思想作为精神支柱,远离江湖,返归自然。比如《恨海》(吴趼人,1985)里仲葛披发入山,不知所终;《带印奇冤郭公传》(也是道人,1986)里郭继泰顿悟数十年名场,不过黄粱一梦,最后与夫人弃却红尘,游山玩水去了。《天桥》最后李大同夫妇也逃不出"反出官场"的结局。李大同在外参加革命事业十三年,虽然清政府被推翻后国内政治依旧动荡,但他已经感到身心俱疲,不想再卷入其中。他发电报给妻子想和她一起去海安之南(小说中虚构地名)的岛上隐居。后因女儿的缘故,最后选择与妻女归隐南昌乡下,不再过问政治。这种种情节设计都与先前清末流行的官场小说十分相似,谴责与讽刺意味有异曲同工之妙。

3. 中国乡土文学中民俗视角的影响

勒弗菲尔的操控理论认为,文学系统下有多个分属系统,不同系统之间常常会互相竞争,以争取"经典"的崇高地位。当社会意识形态处于多元化或文学系统中有分化的赞助行为时,就会产生不同的文学流派和多种诗学主张,这些流派会对何谓"经典"做出自己的阐释(Lefevere,1992:29)。熊式一出国前正是民国政局混乱,社会舆论较为宽松的时候。国内文坛百家争鸣,写作流派纷呈各异。其中较有影响力的一支是在 20 世纪 20 至 30 年代兴起的乡土文学。20 世纪初受社会改良和五四新文化运动平民思潮的激发,现代意义上反映和描写中国农村的乡土文学成为当时一股新的文学思潮(夏子科,2019:18)。诚如严家炎(1995:29)在论述中国现代小说流派时所指出的:"由鲁迅首先创作,到 1924 年前后蔚然成风的乡土小说,是五四文学革命之后最早形成的小说流派之一。"可以说,20 世纪整个 20 至 30 年代,很大一部分国内小说界的作家都把目光投向了乡村,他们通过回忆来描写故乡农村的生活,其生活经历与创作实践与农村乡土息息相关。笔者认为,彼时仍在国内从事文学创作和大学语文教学的熊式一也受到了这股文学思潮的浸染。如果拿鲁迅在《中国新文学大系》中对乡土文学的界定来观照《天桥》:①作者的身份特征——远离乡土,侨寓都市;②作品的内容特征——有关乡土的回忆性叙述,③小说的基调——充满乡愁的情感（鲁迅，2005：255）。《天桥》也无一例外地符合这一标准。从《天桥》的译写内容看，小说的前半部熊式一以自己熟悉的家乡南昌乡村为背景，描写了李大同、李小明等在李家庄的成长和乡下充满地方色彩的民俗生活，是一部活脱脱的南昌乡村风俗画。书中对乡村生活的细致描摹，与当时乡土小说的写作手法不谋而合。

李晓伟（2014：33）认为 20 世纪 20 至 30 年代的乡土小说大致出现了两个大的风格流向：一是以废名、沈从文为代表的承续传统田园牧歌的诗意话语；二是在鲁迅"为人生"创作理念下展开的以乡土写实和国民性批判为风格的创作。而熊式一的《天桥》在这两方面可以说是兼而有之。小说前 8 章熊式一用清新隽永的笔触揭示了中国乡村特有的田园视景和桃源氛围。它没有五四启蒙小说的沉郁顿挫，民族危机之痛和浓烈的世界观在李家庄的世界里至多是一种若隐若现的背景性描述。熊式一把最多的笔墨放在了乡村风俗人情的描绘上，从婚丧吊庆里的十里红妆、亡灵超度，生辰习俗里的抓周、红喜蛋，到农村日常的烹饪饮食、求神拜佛。这种对民俗的重点刻画不由让人想起 20 世纪 20 至 30 年代乡土文学理论界倡导的民俗学视角（罗关德，2004：181-192）。乡土文学的倡导者周作人明确指出，若在中国想建设国民文学，表现大多数民众的性情生活，必须研究本国的民俗，这与乡土文学有极重要的关系（周作人，1999：349）。

另一方面，作为五四时期最先一批译介外国文学的翻译家，熊式一较早接触了西方的启蒙思想和价值观，这使他在传统诗意话语的叙事外，可以站在现代的文化立场，用世界性的眼光逼视中国的乡土社会。小说中他巧妙利用了双线人物对照结构，通过两对兄弟李明和李刚、李大同和李小明的冲突来隐喻中西、新旧两种文化间农民（被启蒙者）和知识分子（启蒙者）的生存状态，从而完成了他对传统和国民性的反思和批判，呼应了当时国内文坛以鲁迅为代表的乡土文学的另一大书写主题。

（二）寄居国英国的诗学操控

上文分析了中国新旧诗学对熊式一《天桥》译写的操控影响，但《天桥》毕竟是一部在英国出版发行的英文小说。它的潜在读者群并非中国人，而是对中国文学传统知之甚少的西方人。鉴于可读性和市场反馈对写作者个人声誉的重要，熊式一在译写时也将英国本土的诗学规范考虑在内，用英语读者熟悉的方式讲述他的中国故事。

1. 英国传统现实主义写作范式的影响

在译写范式上，熊式一选择了 20 世纪初在英国小说界占据主流地位的传统现实主义写作范式。伍尔夫在 1924 年的《贝内特先生和布朗夫人》（*Mr. Bennett and Mrs. Brown*）演讲中，将当时英国文坛作家分为"爱德华派作家"和"乔治派作家"两类（Woolf，1966：321）。前者包括贝内特（Arnold Bennett）、威尔斯（H. G. Wells）、高尔斯华绥（John Galsworthy）等现实主义作家，这些作家主要追求外部细节的真实刻画，采用线性叙事和单一视角；后者包括劳伦斯（D. H. Lawrence）、乔伊斯（James Joyce）、艾略特（George Eliot）等现代主义作家，这些作家的特点是跳脱外部环境的制约，讲究文本的内倾性，重在刻画人物内在的心理波动。这些意识流作品虽然给英国文坛带来了新的写作流向，但毕竟属于精英文学，市井百姓很少问津。诚如王守仁（2006：65）指出的，从普及面和受欢迎程度来说，它们远远不及传统现实主义作品。而且随着 20 世纪 30 至 40 年代欧战的临近，现代主义小说开始落潮，针砭时弊的现实主义文学再次受到大批英国读者的追捧。一向对市场敏感的熊式一自然明白要把《天桥》介绍给更多读者，应该参考哪种主流写作范式。此外，随着《王宝川》的大获成功，彼时的熊式一已引起英国文坛尤其是左翼文学家的关注，在他的回忆录和传记中，他与一批英国现实主义作家如诺贝尔奖文学奖得主威尔斯、萧伯纳都有密切来往（Yeh，2014：8）。而对艾略特等布卢姆茨伯里派（Bloomsbury Group）作家，则抱有微词（熊式一，2010：18）。因此，较为合理的解释是，在英国小说主流诗学范式、交往作家等因素的共同影响下，传统现实主义成为《天桥》较为理想的范式选择。

2. 西方人道主义思想的吸收

熊式一在国内时就翻译过不少英国现实主义作家的作品，如哈代（Thomas Hardy）的《卡斯特桥市长》（*The Mayor of Casterbridge*）、高尔斯华绥（John Galsworthy）的《现代喜剧》（*Modern Comedy*）、萧伯纳的《人与超人》（*Man and Superman*）等。这些作品的一个共同点就是对普通人的关注。虽然五四时期国内的文学作品也转向对人性的颂扬，但归根结底"人道主义"是西方舶来的概念。它起源于欧洲文艺复兴时期，核心内容就是以人为本、博爱平等，并确实在当时起到了反封建、反宗教压迫的作用。伴随资本主义的发展，19 世纪及之后的英国现实主义作家继承了这一思想。在狄更斯、哈代、萧伯纳的作品中普遍存在人道主义悲天悯人的关怀①。

这种人道主义思想也深深影响了《天桥》主题思想的塑造。具体来看，大致

---

① 国内对 19、20 世纪英国现实主义作家作品中的人道主义精神已有了大量分析，详见段炼. 哈代小说的两个主题与人道主义思想[J]. 外国文学评论，1987(1)：109-114；邱姗平，等.《双城记》中狄更斯人道主义思想解读[J]. 湖南科技大学学报(社会科学版)，2012(4)：135-137. 黄嘉德. 萧伯纳研究[M]. 济南：山东大学出版社，1989.

表现在四个方面。一是对底层小人物生存的关怀,如《天桥》开篇就描写了李家六个被李明压榨的仆人,点出了李明作为乡绅的伪善;还有上海码头上骨瘦如柴,衣不蔽体的小工,揭示了资本主义商业入侵带来的弊端。二是揭示封建礼教对个体的压迫,如吴老太强行包办莲芬和李小明的婚事,李明在家的独断专行和男权思想。三是国民精神的批判和改造,如对李明夫妇愚昧迷信的描写,而他们的下一代李大同经过启蒙思想的洗礼和革命实践,逐渐建立了完整独立的人格。四是人性缺陷的修复,如李小明总体上是作为李大同参照的反面人物而存在。他一生都希望得到莲芬,却一直因为大同的存在未能如愿。辛亥革命后,在莲芬向他身世交底后,他也终于释然,冒着危险为莲芬和女儿制作了京畿卫戍司令部的通行证,使得大同和妻女终于在南昌相见,显示了在亲情召唤下人性最后时刻的回归。正是以上种种基于人道主义主题思想的描写,熊式一让英语读者感受到了似曾相识的东西,有评论者在读完《天桥》后,甚至将熊式一称作"东方的狄更斯"(Yeh,2014:101)。

3. 巴蕾创作手法的借鉴

除了译写范式和主题思想外,《天桥》在写作风格上也汲取了英国著名剧作家詹姆斯·巴蕾的艺术特色。在国内时期,熊式一最主要的译介对象是英国剧作家巴蕾的作品。20 世纪 20 年代仅仅在《小说月报》他就发表了 8 部译作。1932 年完成了一百多万字《巴蕾戏剧全集》的翻译,并交由胡适先生过目。温源宁在读了他的《王宝川》后就曾说:"在把巴蕾的戏剧翻译成中文时,熊先生已浸透了这位剧作家的习语和表达方式……谁会否认熊博士风格里的每一处褶皱都和巴蕾有着紧密关系呢?"(W.Y.N,1934)其实温源宁不是第一个指出熊式一创作受巴蕾影响的人。当熊式一还在国内时,徐志摩在一次聚会中偶然翻阅了熊式一创作的《财神》,立刻评价熊式一"得了巴蕾的嫡传",写得"和巴蕾如出一辙"。同行的昭瀛看了之后,也半开玩笑地说以后要称熊式一为"詹姆斯熊爵士"(熊式一,2010:154-155)。

巴蕾虽然以戏剧家闻名于世,但他却是写小说出道,即便后来主攻戏剧,他也钟爱把剧本改编成小说,以至于他改编过的小说远超剧本。无论是戏剧还是小说,巴蕾都偏爱采用夹叙夹议的方式,将一个未知身份而又全知全能的叙事者,以第一或第三人称的形式带入作品中。即便在以人物对话为主的剧本中,也能找到很多这样的例子。比如剧本《可敬的克莱登》中,巴蕾写过这样一段舞台提示:"倘若我们要来描写克莱登,未免太不雅了,因为他不过是一个奴仆而已。但是谈起来,他在本剧中也是一个人物,所以只好让他自己去表现吧。……我们不必替他去费力。"(巴蕾,1929:34)不经意间,仿佛有一个熟悉克莱登的朋友,隐藏在舞台的角落里,透露着接下来会发生的一切,引领着观众和读者进入想象的空间。这种写法被温源宁称作"一种知交密友的语调传递"(W.Y.N,1934)。这是 19 世纪小说在英国兴起时,作者为了与读者建立一种亲密的关系而特有的一种笔调,与中国传统章回体小说中若隐若现的说书人类似。

翻译过巴蕾全集的熊式一自然深知这一技法,并把他融会在了《天桥》的译写中。小说开始的第一句话便是"The humble author is greatly honoured to begin his book by recording a deed of philanthropy."(Hsiung,1946:1)一般来说,一部作品的第一句话往往有一锤定音的作用,这里熊式一故意将自己打造成读者亲密、忠诚的好友形象,然后作为一个"伪装"的叙事者介入叙事中。他自称为"the humble author",其实是在努力向读者示好,从而为全书定下一个谦恭的基调。小说的最后,又有一个不知名的"他"介入叙事中:"An ancient historian has told us a story of the snipe and the oyster."(Hsiung,1946:378)熊式一借这位历史学家之口,娓娓道出"鹬蚌相争"的故事,随后引出他个人对辛亥革命等事件的评论。读者在听故事中,仿佛也走进了那个时代。

巴蕾的作品风格向来以温馨、家常、轻松著称,他最关注也是最擅长的题材都和家庭有关,比如《值十二磅的相貌》《亲爱的普鲁斯特》《遗嘱》都是通过对家庭的描写来反映家庭以外的世界。有些学者甚至认为这已经成了巴蕾"风格的另一个重要标记"(倪婷婷,2020:135)。反观熊式一,从《王宝川》《西厢记》《大学教授》再到《天桥》,熟读巴蕾作品的他取材最多的同样是和家庭生活、历史息息相关的主题。《天桥》通过多个对李氏家族家庭生活场景的刻画,展现了中国南方乡村普通百姓的日常生活和风俗文化。通过李明和李大同两代人不同道德情感、价值理念的书写,折射了乡村生活之外整个近代中国的社会变迁,也预言了中国未来的前途和道路。笔者认为这种以小见大的写法是熊式一部分受到巴蕾写作手法的结果。《天桥》里的家庭生活因此拥有了明显的"外延性和隐喻性功能"(同上:136)。

第五节　本章小结

《天桥》中,熊式一打破了早前传统的翻译形式,转向了更为广阔的中国主题文化译写。结构内容上,熊式一在小说的第一、第二部分以文化译写南昌的乡村民俗为主;第三、第四部分以再现史实为主;汉语经典文本的引用则贯穿全书。语言风格上,《天桥》带有民族寓言的色彩,但与本土作家不同的是,熊式一特殊的离散经验,使得文本在彰显民族主义底色的同时,又有对西方文化的认同和批判,文本最后呈现出一种东西思想交会后的融合。译介策略上,通过归化、异化等多种翻译方法的运用,熊式一将"复调对话"混合在一部作品里,使中国文化的译介衍生出一种纯正性和异质性相间的混杂性。从文本外部看,熊式一翻译形式的转变和《天桥》文本表征的形成,与他第三阶段以"民族形象言说者"为特征的寄居国-母国主导型身份有关。在当时紧迫的局势下,译他(translating others' work)的翻译形式已经无法满足言说当下中国的需要。在新的身份下,他的《天桥》更多地受到了来自中英两国意识形态和诗学的共同操控,如英国主流社会和群体的对华意识形态,英国传统现实主义写作范式的影响,国内左派知识分子的舆论倾向和 20 世纪 20 至 30 年代乡土文学中的民俗学视角等。

第七章

结　论

　　熊式一是我国杰出的翻译家、戏剧家,在 20 世纪上半叶为中国文化在海外的输出做出了重要贡献。本书通过历史分析法、文本分析、语料库统计等方法,考察了熊式一离散海外期间三个阶段的主要译介活动,并就研究中的发现、结论、启示、创新和展望,进一步加以阐述。

第一节　发现和结论

一、三个阶段的文本表征

　　熊式一三个离散阶段代表性译作呈现了迥异的面貌和特征,主要表现在内容结构、语言风格和译介策略三个方面。

　　第一阶段,他主要翻译了中国京剧《红鬃烈马》。在剧本结构和情节上,他大胆改编,使原本严肃的正剧有了浪漫化和喜剧化的倾向。在主题思想上,他一改原作中宣扬的中国传统女性价值观、阶层观和华夏中心论。在西方意识形态的观照下,他重塑了一个更加独立的王宝川形象,呼唤更加平等的阶级关系以及基于"差异和他性"的世界主义观念。语言风格方面,他通过 6 类话语标记语的改写使译本从"诗"化语言向口语化风格转变。译介策略上,他通过减译、省译、增译、换译等方法,将原本充满京剧韵味的剧本归化成了地道、流畅的英文。

　　第二阶段,他主要翻译了中国戏曲经典《西厢记》,曾经在《红鬃烈马》英译中大放异彩的创造性改写在这一阶段明显消减。语言风格方面,译本呈现出总体性忠实的特点。通过与许渊冲译本的语料库对比,熊式一译本词数字符数比率明显高于许氏,词汇运用数量更多,变化更丰富。词语选择上偏向使用 3—4 个词长的单词,平均句长控制在 12.60—20.35 个单词范围内,兼顾了戏剧作品的文学性和口语化特征。句法层面看,他的译文句式与原文总体一致,如对偶句的翻译工整对仗;比喻句的文化意涵翻译准确传神。译介策略上,直译和音译是他采用的主要方法,这一点在社会文化负载词的人名、地名和典故翻译中尤为明显。对反复、夸张等修辞格的翻译,他总体上遵照了原文的修辞格式和内容,以直译的方式最大限度复现了原文的表达效果。

第三阶段,熊式一打破了早前"译他"的狭义翻译形式,转向了以《天桥》为代表的更为广阔的文化译写(trans-writing)。结构内容上,《天桥》的第一、第二部分以南昌乡村的民俗译写为主;第三、第四部分以再现历史事实为主;汉语经典文本的引用则贯穿全文。通过写中带译、译中带写,熊式一从多方位、多角度展现了清末以来中国风起云涌的历史事件和千姿百态的民间世俗文化。语言风格上,文本呈现出一种东西思想交汇后的融合。《天桥》不仅有熊式一基于西方现代性视角下对中国传统文化的再审视,也有他在中国近代社会转型背景下对西方文化的反思。通过这种"自我—他者"位置的切换,熊式一成功打造了一座连接中西文化、理性交流的"天桥"。在中国文化的译介策略上,一方面,他采用了异化的翻译方法,将译者的声音转化为人物语言的声音,站在文化译者的角度,去还原那个年代人物的话语特色和文化身份;另一方面他遵循规范化的英语表达,将作者的声音转化为叙事者的声音,与异化的人物声音形成了一种平衡,体现了较强的读者意识。两种译介(写)策略表现出两种不同的思维和意向,却又相互照应,呈现出巴赫金所说的"复调对话"。

二、三个阶段的身份

根据丁允珠的跨文化身份协商理论,本书从情境、个体和群体三个层面分析了熊式一离散不同阶段的身份类型和特征。

第一阶段,他形成了以"奋进谋生者"为特征的寄居国主导型身份。情境层面,熊式一初到英国的 1932 年,正逢波及整个西方世界的经济大萧条。经济的萧条使整个社会风气趋于保守,对外来移民并不友善。初来乍到者,要想站稳脚跟,学习和适应当地的文化和价值观,似乎是唯一的选择。群体层面,在与当地人的交往中,籍籍无名的熊式一感受到了身份的差异化。安全、包容和可预测的交际需求无法得到满足。个体层面,熊式一出国前家道中落,曾一度因为经济原因面临辍学的风险。赴英前,他已经与蔡岱梅结婚并有 5 个孩子需要抚养。到了英国后,谋生糊口成为他的主要诉求。在各种生存压力下,他不得不优先考虑个人与寄居国当下的关系,形成了以奋进谋生者为特征的寄居国主导型身份。

第二阶段，他形成了以"中国经典传播者"为特征的母国主导型身份。本书认为，这一阶段影响熊式一身份建构的情境条件没有发生大的改变，其身份演进的动力主要来自群体和个体层面的变化。群体层面，随着《王宝川》的大获成功，熊式一在英国名声日隆。对交际环境安全、包容和可预测的需求得到了极大满足，这使得他不再一味以寄居国文化系统为归依，有了身份变化和保持身份差异性的可能。在这一阶段的跨族群互动中，他获得了大量的社会资本和文化资本，经济状况比初来英国时有了极大改观。这为他日后在不计较个人经济效益的前提下，大力传播中国经典打下了坚实的物质基础。成名后，他在英国文化界的地位和话语权迅速提升，这无疑使他在翻译活动中拥有了更多"以我为主"的选择权。从个体层面看，熊式一长期受到中国传统文化的滋养和熏陶，对中国经典有一种发自内心的喜爱和认同。他在英国期间发表多篇介绍中国典籍的文章，传播中国文化成为他与故土保持联结和确认民族认同的一种方式。在群体和个体层面的作用下，熊式一的身份成功向"中国经典传播者"转化。

第三阶段，他形成了以"民族形象言说者"为特征的寄居国-母国主导型身份。此时的熊式一在英国已生活十年有余，基本完成了对寄居国第二文化的习得和适应。同时中国文化是他作为中华民族中的个体的本质文化属性。随着跨文化交际经验的积累，熊式一已能较好平衡寄居国和母国文化对他的影响。情境层面，20 世纪 40 年代恰好是中国和世界局势经历大变局的时候。抗日战争在国内已全面爆发，对熊式一来说，中国人要在海外言说本民族形象的必要性也变得更加紧迫。群体层面，熊式一仍然保持了上一阶段群体交际中宝贵的社会资本和文化资本。不同的是，与第一、第二阶段中一味向寄居国或母国文化靠拢的做法不同，熊式一希望能找到一种折中调和的跨文化互动方式。在与英国群体的交流中，尽可能澄清中国被西方遮蔽的民族多样性和现代化进程。个体层面，1939 年熊式一被"文协"任命为驻英代表，其主要工作是将中国的抗战文艺运动和作品译介到国外，使中国的抗战文艺运动与世界反法西斯文艺运动融为一体。综上，在情境、群体和个体层面的共同作用下，熊式一完成了第三阶段的身份建构。

三、三个阶段的翻译操控

本书中的"操控"是一个中性词，勒弗菲尔将其视为在特定诗学和意识形态下的客观制约因素（Lefevere，1986：8）。本书认为离散译者的身份类型与控制要素之间存在三种对应关系。一是当离散译者为寄居国主导型身份时，译介行为主要受到寄居国诗学和意识形态的操控;二是当离散译者为母国主导型身份时,译介行为主要受到母国诗学和意识形态的操控;三是当离散译者为寄居国-母国主导型身份时,译介行为受到寄居国-母国诗学和意识形态的共同操控。

在第一阶段的寄居国主导型身份中,英国的意识形态和诗学对《红鬃烈马》的翻译改写发挥了重要作用。意识形态方面,熊式一在西方现代价值观念的审视下,对原剧的传统文化观念进行了改写:王宝川从一个缺乏女性主体意识的人变成了一个将爱情掌握在自己手中的独立个体;薛平贵和王允之间原本固化的阶级矛盾因为双方的平权意识而变得温和可调;中国流传千年的"华夏中心"思想被世界主义倾向的新国际观取代。同时,一战后许多欧洲人对原来自以为傲的文化和制度产生了严重的怀疑,开始把以黄土文明立本的中国想象成乌托邦乐园。熊式一在翻译时,顺应了这一思潮的影响。有意在译文中营造出一种令人艳羡的东方审美和中国传统家庭的生活方式。"纯正中国性"的元素设计使许多英国人的文化乡愁得到了某种形式的补偿。从诗学角度分析,一方面,20世纪初通俗商业剧受到观众的热烈欢迎,成为英国戏剧舞台上的主流体裁。在创作手法上通俗剧也有了一套较为固定的叙事结构。熊式一的喜剧化、浪漫化改编正是顺应这一诗学规范的结果。同时,熊式一通过细节上对新兴戏剧创作形式的戏仿,如布莱希特的间离式表演、《黄马褂》中检场人、道具员的设计,成功改写了中国传统京剧,展现了其融合传统与新兴诗学范式的能力。

在第二阶段的母国主导型身份中,中国的意识形态和诗学在《西厢记》的译介中扮演了重要角色。意识形态方面,熊式一的文化自觉和文化自信在这一时期进一步彰显,并直接促使他采用了直译的方法。这种民族意识与他从小耳濡目染的文化意识形态有关,更与他青年时期国内兴起的文化民族主义思潮有关。这两股意识形态交织在一起,对他今后以"文化传真"为归依的典籍译介产生了重要影响。诗学方面,《西厢记》在中国文学史上的诗学地位与影响力起到了关键性作用。《西厢记》的艺术魅力主要体现在其开创性的诗学贡献和对其他文学类型的影响。从主题表现看,《西厢记》具有开创性的爱情观。从人物形象塑造看,《西厢记》具有开创性的个体意识,尤其是女性意识。从创作手段看,《西厢记》具有开创性的写实手法和形制。《西厢记》这些不可撼动的诗学地位都促使熊式一在翻译时慎之又慎。作为以传播中国经典为己任的译者,有必要将它原来的风貌准确呈现给英语读者。

在第三阶段的寄居国-母国主导型身份中,《天桥》的译写受到了中英两国意识形态和诗学的共同操控。英国方面,日本侵华战争前后,英国社会的主流意识形态和以援华会为代表的群体意识形态，普遍对中国的遭遇表示同情。但与此同时，英国社会对中国的历史和现状严重缺乏了解。正是基于这样的社会背景，熊式一确定了《天桥》的译写主题，其主要目的之一就是增进英国对现实中国的了解，也尽可能多地为战时中国赢得国际支援。诗学方面，在译写范式上，熊式一选择了 20 世纪初在英国小说界占据主流地位的传统现实主义写作范式；主题思想上他汲取了英国现实主义作家如狄更斯、哈代的人道主义精神，对中国底层小人物的生存予以了特别关注；在写作风格上，他借鉴了英国剧作家巴蕾的艺术特色，将一个未知身份而又全知全能的叙事者，以第一或第三人称的形式带入作品中。

中国方面，在"九一八"事变后，中华民族已经到了最危险的时候，抗日救国思想成为当时最普遍的意识形态。在被"文协"任命为驻英代表后，熊式一的主要工作是将中国的抗战文艺运动与世界反法西斯文艺运动相结合。研究表明，《天桥》最初的创作目的就受到了熊式一身上肩负的国际宣传使命和抗日战争所激发的爱国主义的影响。也是这种使命感使他摒弃了当初创作《王宝川》时惯用的、更容易保证市场成功的通俗写法，转而投向了一种以史为鉴、历史与虚构融合的书写。同时，熊式一创作路线的调整也与国内左派知识分子的舆论倾向有关。洪深等人的"辱国"批评使他意识到文学创作必须与时代历史大背景结合。从诗学角度看，《天桥》的前 8 章受到了 20 世纪 20 至 30 年代乡土文学理论界倡导的民俗学视角的影响，对江西农村的民俗有着细致入微的描摹。小说后半部分，熊式一对中国史传笔法的借鉴表现得尤为明显。辛亥革命等近代重大历史事件密集地出现，记录之准确颇有"新小说亦作史读"的效果。此外，熊式一还借鉴了中国历史小说中常用的名人轶事实录的手法，在文中引入袁世凯九姨太、"床下都督"黎元洪等人的趣闻，使《天桥》兼具了中国传统小说中观赏与补史的双重诗学功能。

以上三点发现主要回答了引论中提出的前两个研究问题，对于第三个问题，即熊式一的个案研究对中国文化外译有何启示，将在下一节展开论述。

第二节　熊式一个案的启示

20 世纪初，在中国知识分子普遍倾向于向西方学习之际，很少有人尝试把中国文化传播到"优越"于自身的文化中。离散译者熊式一凭借高超的双语能力,成功将中国文化传译到海外,成为中西百年跨文化交流史上的经典案例。通过对他三个阶段主要译作的考察,本书认为其个案可以为中国文化的外译带来如下启示。

第一,从历史性的角度去评价过往的外译活动。熊式一的代表作《王宝川》历来是有争议的翻译文本,即使是在它大获成功的 20 世纪 30 年代,国内的批评之声也不绝于耳。撇去政治性因素,争论的焦点还是在译文是否应忠实于原作。直到今天仍有评论者认为熊式一大刀阔斧的改写存在翻译伦理上的问题。这也反映出学界对外译作品更多关注语言层面的比对,较少或不够关注文本的历史生成因素(李金树,2021:60)。不可否认,熊式一离散期间的译介活动,有其不足之处,尤其是《王宝川》中,他将原著中一些无伤大雅的情节按西方读者的审美习惯改写,有过度美化和矫枉过正之嫌。但总体上看,笔者认为这是熊式一在当时历史语境下的一种妥协,一种迂回的文化传递,后人对他外译活动的评价也应从历史角度来看。历史语境是离散译者译介活动产生意义的文化空间。对外译文本的评价不应就文本谈文本,而应将文本"发生根源的认识"纳入考量范围,在"合历史、合目的的机制中作价值的观照"(吴秀明,1995:96)。文本与历史语境的剥离,或研究的"去语境化"都容易让外译活动的评价陷入简化或窄化的窠臼。熊式一改译策略的选择有其历史涉身性,是他在当时中西地缘政治、个人经济状况等多种因素博弈下的一种策略平衡,有其存在的合理性。从文化输出的效果看,他的创造性叛逆为中国文化的外译做出了开创性的贡献,在中西文化交流史上创造了多个第一。这也启示我们,外译活动是一个历史性的生成,是在意识形态、诗学、经济等多重历史关系的综合角力下形成的。探究文本的形态固然重要,发掘文本生成背后的逻辑则更为关键。研究者应观察文本与社会条件间的共生关系,建构并"还原"翻译事件的历史语境,"深描"文本生成的文化肌理(李金树,2021:66),从而给予外译活动合理的历史评价。

第二,在文化顺应与文化自信之间取得平衡。熊式一的作品之所以能在海外受到欢迎,很大程度上是因为他懂得本土文本一旦跨越了语言文化的屏障,就必须在异质的多维网络结构中接受检验。以《王宝川》为例,在跨文化戏剧改编中,他重新审视了英国的文化和国情,通过文化顺应使一部传统戏曲作品有了鲜明的时代意义,这无疑更容易被当时的英国观众所接受。与此同时,他并不是一味以国外观众的接受习惯为归依。在中西权力关系极不平等的 20 世纪30 年代,他表现出一种可贵的译介主体性,对传播本土经验在兹念兹。这一点在他成名后的作品中尤为明显,无论是《西厢记》中对文化专有项的直译,抑或是《天桥》中对中国乡村民俗的呈现,熊式一都显示出一种文化自信。这种游走于文化顺应与文化自信间的平衡，也是我们在今后外译中可资借鉴的一种态度。表现形式上，也可以从熊式一的案例中得到启发：文本译介固然重要，但有时候表现形式过于单一，译者可以联合其他专业人士拓展译本的呈现形式，将改编视为重新语境化的产品。

第三，在文化外译中勇于突破固有翻译观念，积极引入新的译介模式。传统的翻译观认为翻译只存在于源语、目标语以及这两种语言相关的文化之间，并且这几者需要一种互相勾连的方式存在。而文化学派视域下的文化翻译观认为，翻译也可以是对另一种文化中的某些现象的再现，它是跨文化交流的媒介。翻译是不同语言群落间、意识形态传输中用来聚焦隐喻和影响因素的一个角度，更宽泛地说，它是对异质文化内在要素的转换。而文化外译的目的也是实现两种文化群体之间信息的传递和更广泛的交流。熊式一在《天桥》中就通过译写的方法，生动再现了中国文化的多个场域。不仅一定程度上改变了西方对中国历史和形象的认知，同时为中国文化走出去提供了新思路。随着科技的发展，今后的外译必将不局限在语际转换这一交流形式中。在笔者赴比利时留学期间，一位学者举了一个新媒体和国际传播的例子。他说很多国外游客到比利时来会去安特卫普参观鲁本斯的画作并在画作前自拍留念，然后加上一些评论把图片上传到 Facebook 或 Twitter 上。这些游客来自世界各地，他们拍摄画作时角度不同，使用的器材不同，对画作的评论和理解也不同，但他们在互联网上晒出这些时，这幅画因为他们获得了新的生命。这也可以看作一种文化的翻译，它不是为了复制，而是为了另一种文化的二次传播。它调整了我们如何理解文本和翻译、作品和艺术之间的关系，也启示我们在文化外译中可以突破传统翻译观，对引入新的译介模式保持开放的观念。

第四，维护文化多元性，构建文化的命运共同体。翻译是一种拥抱他者的社会学行为。"他者"即拒绝被翻译的东西，但反过来，它的存在又使翻译和异质文明交流成为可能。正如一些学者指出的，翻译研究的目的之一是"从文化生态平衡和世界多元文化角度出发，力促文化多样性，以世界多元文化的共同繁荣为宗旨"（吴文安，2008：50）。根据中国外文局 2019 年 2 月发布的《中国话语海外认知度调研报告》，部分中国传统类文化词汇如春联、武术、八卦等虽然在海外早已有固定译法，但其直接音译在使用频率和受认可度方面正逐渐与固定译法形成竞争关系，有的接受度甚至比非直接音译的高（张璐，2019：81）。这说明海外受众有探索多元文化的需求，也有体验不同语言文化的能力，我们的译者也应尊重这种趋势，保护语言文化的多元性。

在强调多元社会的今天，文化外译已成为人类交流的核心，人们以此为媒

介在全球化世界中进行交流合作。无论外译的内容和模式如何改变,中国文化
走向世界的一个重要前提就是对人类共同命运的关注。这也是熊式一成功个
案给我们的启示:《王宝川》中女主人公对自由的向往和爱情的坚守,《天桥》中
李大同对中西互融互鉴,世界大同的不懈追求,都体现出对超越种族和地域限
制的人类共同命运的关注。中国文化外译也只有在这一大格局下,把本民族前
途和世界人民的共同利益联系在一起,才能真正被世界聆听和接受。

第三节　本书的创新之处

本书的创新之处主要体现在以下几个方面。

一、研究内容的创新

虽然近年来学界和大众对熊式一的关注度有所上升,但与他在中西文化交
流史上做出的开拓性贡献相比,仍严重不足,相关研究仅几十篇。本书以熊式
一为研究对象,对其 20 世纪 30 至 40 年代所处的中外历史社会语境做了系统
梳理,对他本人的活动轨迹和译介行为有了较为全面的勾勒,对中国文学的外
译研究有一定补白意义。研究也进一步丰富了中国翻译史和中西文学交流史
的研究,具有史学方面的认识论价值。

此外,国内对离散译者的关注较少,集中在童明、林太乙和余光中等少数几
个当代译者上,民国时期的译者鲜有涉及,研究对象亟待扩大。无论是史学、文
学还是翻译学研究,尚未见到从离散译者角度对熊式一较为系统的论述。本书
将熊式一纳入离散译者群体中,突破了目前有关熊式一的较为单一的研究视角
和内容,为离散译者研究提供了新的案例。

二、修正性理论创新

修正性理论创新是指在肯定和继承原有理论的基础上,根据实践的需要,
对原有的理论体系和原理,做出新的补充、修改和发挥(严清华,2000:666)。
本书的理论贡献主要有以下几个方面。

第一,本书丰富、补充了不同译者背景下操控理论的分析维度。原有的操
控理论主要考虑的是译入语文化中意识形态和诗学对译者的操控,对译出语国
家意识形态和诗学的影响则语焉不详。这使得操控论能较好地解释本土译者
对外来文化的引入现象,但一定程度上忽略了离散背景下的译者翻译活动。离

散译者是翻译史上特殊的群体,有着母国、寄居国多重跨文化交际经历。仅仅从译入语文化的角度解释其作品受到的外部影响显得力有不逮,也无法充分揭示控制要素来源的多重性和复杂性。本书尝试将译出语文化中的控制要素(即母国的诗学和意识形态)纳入对离散译者的分析中,丰富、补充了不同译者背景下操控理论分析的维度。

第二,本书基于操控理论和身份协商理论,提出了适用于熊式一等离散译者的研究路线。鉴于操控论在离散译者研究上的局限,本书引入了跨文化交际学中的身份协商理论,以身份为切入口,明晰了离散译者身份协商类型和控制要素之间的三种对应关系,初步解决了控制要素的来源分配问题。研究路线考虑了寄居国、母国意识形态和诗学对离散译者或单一或综合的操控影响,对揭示翻译研究的动态性、复杂性和社会历史性有一定创新价值。同时,研究路线把微观文本研究和宏观文化研究结合起来,避免了"翻译研究成为文化研究的附庸而失去独立的地位"(李龙泉,2009:8),使离散译者的成像更为清晰和全面。

第三,离散译者研究路线的提出从理论上加深了对该类型译者群体的思考,拓宽了目前以"离散—译者双语背景—翻译思想—翻译实践"总结为主的线性研究模式。离散译者具有独特的民族文化身份和广阔的文化视野,在文化自觉、受众意识、译介渠道等方面较本土译者有颇多优势,是助力中国文化海外传播的宝贵资源。对该译者群体研究路线的总结,可以丰富现有文学外译模式,为中国文化外译提供新的经验。

三、研究方法的创新

目前熊式一的相关研究以定性研究为主,如文本分析、历史分析法等。本书在已有定性研究方法的基础上,吸收了语言学研究中的定量研究方法,将语料库分析和数理统计引入其中。跨学科研究方法的采用,一定程度上突破了现有研究各自为政,不同学科间无法交融的现状。定性和定量研究方法的结合,也有助于从质和量两个关系上更好地认识熊式一的海外译介现象。

第四节　不足与展望

本书的研究目的之一是重现熊式一离散英国期间的译介活动,使原本不为人知的华人离散译者浮出"译史"表面。本书希望能打通狭义与广义的翻译概念,糅合史学、文学、翻译学等多种学科理论,构建一个更为全面的离散译者研究。但随着研究的深入,笔者发现跨学科研究中牵涉的问题十分繁杂,虽有了一些突破和发现,本书仍存在以下几大不足。

第一,史料搜集的困难和身份认识的局限。一方面,熊式一民国初年出国后大部分时间散居海外,国内对他的报道和研究都很少。他后虽凭借《王宝川》等作品在海外引起关注,但时过境迁,其人其事早已湮没在历史的尘埃中。另一方面,对熊式一不同阶段身份的确认需要大量史料的支撑,笔者只能尽可能地从历史的碎片中还原当年的熊式一。本书目前参考的史料主要来自熊式一本人的回忆录、散文,英国社会学家撰写的相关传记等史料。但鉴于搜集到的史料相对有限,本书对熊式一三个离散阶段的身份解读或许带有一定主观性和历史局限性。

第二,"人"的研究的复杂性和外部变量的多重性。本书是一个以"人"为中心的研究,社会关系的历史性决定了人的历史性,这就需要研究者重新回到历史现场,将文本的生成再语境化。但"社会人"的研究往往会牵涉到太多的变量,变量与变量之间还存在相互缠绕的关系。笔者只能根据现有资料尽量合理地做出批判性解读。论述的充分性和完整性是研究者永远需要自我追问的课题。本书中引起熊式一译介行为和文本特征变化的因素到底有哪些?除了身份、诗学、意识形态外,是否还有别的方面?笔者认为这些问题的答案都是开放的。本书只是从操控和身份视角,得出了现有的结论。随着研究资料的挖掘和研究视角的转换,这些问题可能有新的解释和补充。

第三,本书虽然从结构内容、语言风格、译介策略三个方面研究了熊式一的译本表征,但由于他的三部代表作不能完全归入一个翻译类型,所以没能在这三个方面使用完全相同的分析指标,而是根据译本特点做了适应性调整,这可能也是本书在论证过程中的瑕疵和不足。

本书的不足和局限也昭示了未来研究可以拓展的方向,总的来说,笔者认为可以从以下几方面入手。

第一,本书主要总结了熊式一在英国离散期间的翻译,而且主要是外译活动。但是其在出国前曾发表过大量英译中作品,散见于民国当时的各大报刊。目前对于熊式一国内翻译的研究几乎无人问津,建议可以从这个方向搜集中文译本和史料,以形成更加完整的熊式一译介研究。

第二,本书是基于熊式一离散英国期间的个案研究,未来可以扩大离散译者的研究范围。可以对目前仍活跃在海内外的离散译者如澳大利亚的欧阳昱、加拿大的李彦,美国的刘宇昆、严歌苓、童明、裴小龙、哈金等做一个横向或纵向的离散译者群体研究。在中国政府大力提倡文化走出去的背景下，这些双语俱佳，又熟悉中西文化的群体是中国文学外译的宝贵资源，如何认识他们的文化身份，增强他们的身份认同，与其合作为传播中国文化助力，具有积极的现实意义。

第三，为了突出熊式一不同阶段身份和译本风格的转变，本书主要采用了西方一些成熟的理论作为指导。随着近年我国译学理论的发展，国内涌现出许多原创的翻译理论，比如周领顺教授提出的译者行为批评理论、胡开宝教授提出的批评翻译学等。这些新的理论主张都对离散译者研究有较为贴合的理论指导意义。未来可以拓宽理论视角，用新的理论来阐释离散译者的行为。也希望未来随着更多理论视角的出现，离散译者的研究会迈上一个新的台阶。

参考文献

[1] AI-ADWAN A, YOUSEF A. Translating islam in diaspora: Leila Aboulela's the translator [J]. Jordan Journal of Applied Science Humanities Series, 2013, 15(2): 347-360.

[2] ANONYMOUS. Review on Chinese play lady precious stream [N]. Times Literary Supplement, 1934-7-12(12).

[3] ANONYMOUS. New theatre: the western chamber by S. I. Hsiung[N]. The Times, 1939-1-21(10).

[4] ANONYMOUS. Ancient and modern play[N]. The Citizen, 1939-1-23 (9).

[5] ANONYMOUS. The theatres: a Chinese romance [N]. The Times, 1938-11-24(12).

[6] ASSMAN, A. The curse and blessing of babel [C]//BUDICK S, WOLFGANG I. The translatability of cultures: figurations of the space between. San Francisco: Stanford University Press, 1996:85-93.

[7] BASSNETT S, ANDRE L. Translation, history and culture[C]. London and New York: Printer Publishers, 1990.

[8] BASSNETT S. Comparative Literature—A Critical Introduction[M]. Oxford: Blackwell, 1993.

[9] BENNETT M. Becoming interculturally competent[C]//WURZEL J S. Toward multiculturalism: a reader in multicultural education. Newton: Intercultural Resource, 2004:45-67.

[10] BERRY J W. Multicultural policy in Canada: a social psychological analysis[J]. Canadian Journal of Immigration, 1984: 23-45.

[11] BERRY J W. A psychology of immigration [J]. Journal of Social

Issues，2001，57(3)：615-631.

[12] BERRY J W. Fundamental psychological processes in intercultural relations[C]// LANDIS D et al. Handbook of intercultural training. Los Angeles：Sage，2004.

[13] BHABHA H. Nation and narration[M]. London：Routledge，1990.

[14] BHABHA H. Location of culture [M]. London and New York：Routledge，1994.

[15] BIRCH C. Translating and transmuting Yuan and Ming plays：problems and possibilities[J]. Literature East and West，1970，14(4)：491-509.

[16] BOURDIEU P. The forms of capital [C]//RICHARDSON J. Handbook of theory and research for the sociology of education. New York：Greenwood Press，1986：567-579.

[17] BOURDIEU P. In other words：essays towards a reflexive sociology [M]. Adamson M. (trans). Cambridge：Polity Press，1990.

[18] BOUEHIS R. et al. Towards an interactive acculturation model：a social psychological approach[J]. International Journal of Psychology，1997，32(6)：369-386.

[19] BREDE A. Review of S. I. Hsiung and the bridge of heaven[J]. The Far Eastern Quarterly，1943，3(2)：176-177.

[20] BRODWIN P. Pentecostalism in Translation：religion and the production of community in the Haitian diaspora [J]. American Ethnologist，2003，30(1)：85-101.

[21] BROWN R，SAM G. Blackwell handbook of social psychology[C]. New York：Blackwell Publishers，2001.

[22] CARLSON M. Theories of theatre[M]. Boston：Cornell University Press，1985.

[23] COHEN R. Global diaspora：an introduction[M]. London：Routledge，2003.

[24] COLLIS M，EBON M. A Chinese novel：The bridge of heaven[N]. Time and Tide，1943-1-29(6).

[25] CRONIN M. Translation and identity[M]. London：Routledge，2006.

[26] DANTO E. Historical research [M]. Oxford：Oxford University

Press，2008.

[27] DU W. Traditional Chinese theatre on Broadway [J]. Cultural Encounters：China，Japan，and the West：Essays Commemorating，1995(25)：192-214.

[28] DU W. New discourse and drama in early modern Chinese theatrical exchange[J]. Asian Theatre Journal，2016，33(2)：347-368.

[29] DUARA P. Rescuing history from the nation：questioning narratives of modern China[M]. Chicago：University of Chicago Press，1995.

[30] DUFOIX S. Diasporas[M]. Los Angles：University of California，2003.

[31] EAGLETON T. An introduction：ideology[M]. London：Verso，1991.

[32] EDWARDS B H. The practice of diaspora：literature，translation，and the rise of black internationalism[M]. Boston：Harvard University Press，2009.

[33] F. A. R. The western chamber：13th century Chinese romance[N]. The Yorkshire Post，1939-1-21(14).

[34] FAWCETT P. Translation and power play [J]. The Translator，1995，22(2)：177-192.

[35] FOERSTER H V. On constructing a reality[J]. Adolescent Psychiatry，1988，15(5)：77-92.

[36] FOUCAUL M. What is an author? [C]//BOUCHARD D，SHERRY S. Language，counter-memory，practice. New York：Cornell University Press，1977：24-43.

[37] GENETTE G. Paratexts：thresholds of interpretation[M]. Cambridge：Cambridge University Press，1997.

[38] GENTZLER E. Contemporary translation theories [M]. Shanghai：Shanghai Foreign Language，2004.

[39] GENTZLER E. Translation and identity in the Americas：new directions in translation theory[M]. London：Routledge，2008.

[40] GILBERT H. Review on Lady Precious Stream[N]. Illustrated London News，1943-11-13(18).

[41] GOULD M. Emblems of authority in the admirable crichton [J]. Modern Drama，2011，54(2)：141-160.

[42] GRICE H P. Logic and conversation [J]. Studies in Syntax and Semantics Speech Acts，1967，38(1)：101-136.

[43] GRICE H P. Utterer's meaning and intentions[J]. The Philosophical Review，1969，78(2)：147-177.

[44] Gu M D. Sinologism：an alternative to orientalism and postcolonialism [M]. London：Routledge，2012.

[45] GUDYKUNST W. Theorizing about intercultural communication[M]. New York：Sage，2005.

[46] GUTT E A. Translation and relevance：Cognition and Context[M]. Shanghai：Foreign Language Education Press，2004.

[47] Hall S. A cultural identity and diaspora[J]. Framework：The Journal of Cinema and Media，1989，36(6)：222-237.

[48] HAEBECK J. The quaintness-and usefulness of the old Chinese traditions：the yellow jacket and lady precious stream [J]. Asian Theatre Journal，1996：238-247.

[49] HASHIMOTO Y. Germs，body-politics and yellow peril：relocation of Britishness in the yellow danger[J]. Australasian Victorian Studies Journal，2003，76(9)：57-76.

[50] HERMANS T. The manipulation of literature：studies in literary translation[C]. London：Croom Helm，1985.

[51] HERMANS T. Translation in systems[M]. Manchester：St. Jerome，1999.

[52] HERMANS T. The conference of the tongues[M]. Manchester：St. Jerome，2007.

[53] HORN L. Towards a new taxonomy for pragmatic inference：q-and r-based implicature. [G]//SCHIFFRIN D. Meaning，form and use in context：linguistic applications. Georgetown University Press，1984.

[54] HSIUNG S I. Poems from the Chinese[J]. People's National Theatre Magazine，1934，1(13)：6-11.

[55] HSIUNG S I. Mencius was a bad boy[J]. People's National Theatre Magazine，1935，2(2)：3-8.

[56] HSIUNG S I. The heaven of bridge[M]. London：Peter Davies，1946.

[57] HSIA C T. A critical introduction：the romance of the western

chamber [M]. Hsuing S I. (trans). New York: Columbia University Press, 1968: xi-xxxii.

[58] GREIN J T. The week's premieres, duke of York's: the yellow jacket [N]. The Sunday Times, 1913-3-30(6).

[59] JAMESON F. Third-world literature in the era of multinational capitalism[J]. Social Text, 1986(15): 65-88.

[60] KARIN I, GERHARD W. Communicating in the third space[M]. New York: Routledge, 2009.

[61] KELVIN L. Review on lady precious stream[N]. Brighton Herald. 1935-12-21(9).

[62] KIPLING R. Rudyard Kipling's verse[M]. New York: Doubleday, 1976.

[63] KITROEFF A. The transformation of homeland-diaspora relations: the Greek case in the 19th-20th centuries [C]// FOSSEY J M. Proceedings of the First International Congress on the Hellenic Diaspora, from Antiquity to Modern Times. Amsterdam: J. C. Gieben Publisher, 1991.

[64] KRUGER A. Shakespeare in Afrikaans: A corpus-based study of involvement in different registers of drama translation: parallel/ bilingual corpora[J]. Language Matters, 2004, 35(1): 275-294.

[65] LAKOFF R T. Conversational implicature [G]//BUTLER C S. Handbook of Pragmatics. Amsterdam: Benjamins Press, 1995.

[66] LARRAIN J. Ideology and cultural identity: modernity and the third world presence[M]. New York: John Wiley, 2013.

[67] LEECH G N. Principles of pragmatics[M]. London: Longman, 1983.

[68] LEECH G N, MICHAEL H. S. Style in fiction: a linguistic introduction to English fictional prose[M]. Beijing: Foreign Language Teaching and Research Press, 2001.

[69] LEFEVER A. Towards a science of literature (The Legacy of Russian Formalism) [J]. Dispositio, 1978, 3(7): 71-84.

[70] LEFEVER A. Programmatic second thoughts on literary and translation or: where do we go from here[J]. Poetics Today, 1981a, 2 (4): 39-50.

[71] LEFEVER A. Translated literature: towards an integrated theory[J]. The Bulletin of the Midwest Modern Language Association, 1981b, 14 (1): 68-78.

[72] LEFEVER A. Mother courage's cucumbers: text, system and refraction in a theory of literature[J]. Modern Language Studies, 1982, 12(4): 3-20.

[73] LEFEVER A. Poetics (Today) and translation (Studies) [C]// HUGHES T, DANIEL W. Modern poetry in translation: 1983—an annual survey. London and Manchester: MTP /Carcanet, 1983.

[74] LEFEVER A. Translations and other ways in which one literature refracts another[J]. Symposium, 1984, 38(2):127-142.

[75] LEFEVER A. Why waste our time on rewrites? The trouble with interpretation and the role of rewriting in an alternative paradigm [G]//HERMANS T. The manipulation of literature: studies in literary translation. London and Sydney: Croom Helm, 1985: 215-243.

[76] LEFEVER A. Power and the canon or: how to rewrite an author into a classic[J]. JLS /TLW, 1986, 2(2): 1-14.

[77] LEFEVER A. Beyond interpretation or the business of (Re) Writing [J]. Comparative Literature Studies, 1987, 24(1): 17-39.

[78] LEFEVER A. Translation, rewriting and the manipulation of literary fame[M]. London: Routledge, 1992.

[79] LEFEVER A, BASSNETTE S. Translation, history and culture[C]. Shanghai: Shanghai Foreign Language Education Press, 2004.

[80] LEVANTOVSKAYA M. The Russian-speaking Jewish diaspora in translation: Liudmila Ulitskaia's Daniel Stein, translator[J]. Slavic Review, 2012, 71(1): 91-107.

[81] LEVINSON S C. Pragmatics and the grammar of anaphora: a partial pragmatic reduction of binding and control phenomena[J]. Journal of Linguistics, 1987, 23(2): 379-434.

[82] LIGHT W. et al. The social construction of reality: a treatise in the sociology of knowledge[J]. Sociological Analysis, 1966, 131 (1): 400-403.

[83] Liu Y S. The cultural diaspora perspective on translation studies [J].

Sino-US English Teaching，2015，12(3)：226-233.

[84] M.·E.·P. Oriental fantasy for western eyes. review of lady precious stream at Plymouth theatre，Boston[N]. Boston Transcript，1936-12-1 (5).

[85] Ma H J，Guan X Z. On the transcultural rewriting of the Chinese play wang baochuan[J]. Perspectives，2017，25(4)：556-570.

[86] MAITLAND S. What is cultural translation? [M]. New York：Bloomsbury Publishing，2017.

[87] MUNDAY J. Introducing translation studies：theories and applications [M]. London：Routledge，2012.

[88] MUNDAY J. Style and ideology in translation [M]. London：Routledge，2013.

[89] NEWMARK P. A textbook of translation [M]. Englewood Cliffs：Prentice Hall，1988.

[90] NIDA E. Linguistics and ethnology in translation problems[J]. Word，1945，1(2)：194-208.

[91] PARMAR D. Refraction and manipulation of literary fame：a study of Malgudi days[J]. Literary Herald，2019，5(2)：56-66.

[92] PORTER D. Beyond the bounds of truth：cultural translation and William Chambers's Chinese garden[J]. Mosaic：A Journal for the Interdisciplinary Study of Literature，2004(4)：41-58.

[93] PORTER D. China and the formation of the modernist aesthetic idea [G]// WITCHARD A. British modernism and chinoiserie. Edinburgh University Press，2015：18-36.

[94] PRATT J H. Review on Chinese play[J]. The Journal of the Royal Asiatic Society of Great Britain and Ireland，1938(2)：366-367.

[95] QIAO Q Q. The Theatrical imagining of diasporic modernity in Shih-I Hsiung's lady precious stream [J]. Journal of Postcolonial Writing，2020，56(6)：845-858.

[96] ROBINSON D. Introducing performative pragmatics [M]. London：Routledge，2013.

[97] ROHMER S. The insidious doctor Fu Manchu[M]. London：Methuen，1913.

[98] S. O. Play of the month: the yellow jacket[N]. The English Review, 1913-5-22 (19).

[99] SALDANHA G. Translator style: methodological considerations[J]. The Translator, 2011, 52(1): 25-50.

[100] SCHLEPP W. San-ch'ü: its technique and imagery[M]. Wisconsin: University of Wisconsin Press, 1970.

[101] SCHNAPPER D. From the Nation-state to the transnational world: on the meaning and usefulness of diaspora as a Concept[J]. Diaspora, 1999, 8(3): 3-11.

[102] SEYHAN A. Writing outside the nation[M]. New Jersey: Princeton University Press, 2001.

[103] SHEN S S. I Hsiung's lady precious stream and the global circulation of Peking Opera as a modernist form[J]. Genre, 2006, 39 (4): 85-103.

[104] SHERRY S. The language of cultural difference: figures of alterity in Canadian translation [G]//VENUTI L. Rethinking Translation. London: Routledge, 2018: 159-176.

[105] SHULTZE A. Time-sharing on stage: drama translation in theatre and society[M]. Bristol: Multilingual Matters, 2000.

[106] SIMEONI D. The pivotal status of the translator's habitus[J]. Target, 1998, 10(1): 1-39.

[107] SNELL-HORNBY M. The turns of translation studies: new paradigms or shifting viewpoints[M]. Vienna: John Benjamins Publishing, 2006.

[108] SNELL-HORNBY M. Translation studies: an integrated approach [M]. Shanghai: Shanghai Foreign Language Press, 2001.

[109] SPERBER D, DEIRDRE W. Relevance: communication and cognition [M]. Beijing: Beijing Foreign Language Teaching and Researching Press, 2001.

[110] THORPE A. Performing China on the London stage: Chinese opera and global power, 1759—2008[M]. New York: Springer, 2016.

[111] TIAN M. Lady precious stream: A Chinese chinoiserie anglicized on the modern British stage[J]. Comparative Drama, 2017, 51 (2): 158-186.

[112] TING-TOOMEY S. Identity negotiation theory: Crossing cultural boundaries[G]//GUDYKUNST W. Theorizing about intercultural communication. Shanghai: Shanghai Foreign Language Education Press, 2005: 211-233.

[113] TING-TOOMEY S. Communicating Across Cultures[M]. New York: The Guilford Press, 1999.

[114] TöLöYAN K. Rethinking diasporas: stateless power in the transnational movement[J]. Diaspora, 1996, 5(1): 3-36.

[115] TOURY G. Descriptive translation studies and beyond[M]. Shanghai: Shanghai Foreign Language Education Press, 2001.

[116] VETTORATO C. Gained in translation: building the African diaspora through linguistic transposition in 20th century poetry[J]. CALL: Irish Journal for Culture, Arts, Literature and Language, 2016, 1(1): 21-32.

[117] W.Y.N. Book review: lady precious by S. I. Hsiung[J]. The China Critic, 1934, 7(52): 24-26.

[118] LU S. Ah Q and others: selected stories of Lusin[M]. Wang C C. (trans). New York: Columbian University Press, 1941.

[119] Wang S F. The romance of the western chamber[M]. Hsuing S I (trans). New York: Columbia University Press, 1968.

[120] Wang X Y. Diaspora in contemporary translation studies [J]. Translation Quarterly, 2014(72): 57-64.

[121] WHITEHEAD A N. Modes of thought[M]. New York: Simon and Schuster, 1968.

[122] WLISS W. The science of translation: problems and methods[M]. Shanghai: Shanghai Foreign Language Press, 2001.

[123] WOOLF V. Collected essays[M]. London: The Hogarth Press, 1966.

[124] YEH D. Happy Hsuings—performing China and the struggle for modernity[M]. Hong Kong University Press, 2014.

[125] YILDIZ Y. Beyond the mother tongue: The postmonolingual condition[M]. New York: Fordham University Press, 2012.

[126] ZHAO W J. Literary criticism and the creation of Ibsen's image in China[J]. Perspectives: Studies in Translatology, 2009, 17 (3):

137-149.

[127] 阿英. 晚清小说史[M]. 北京：人民文学出版社，1980.

[128] 埃斯卡皮. 文学社会学[M]. 王美华，于沛，译. 合肥：安徽文艺出版社，1987.

[129] 安克强. 把中国戏剧带入国际舞台：专访熊式一先生[J]. 文讯月刊，1991（2）：115-118.

[130] 安丽娅. 试论离散语境下的翻译实践[J]. 西南民族大学学报（人文社科版），2007（1）：73-75.

[131] 巴赫金. 巴赫金全集. 第三卷[M]. 白春仁，晓河，译. 石家庄：河北教育出版社，1998.

[132] 白苹. The Bridge of Heaven 对中国文化的译写：抗战时期的中国文化传播[D]. 上海：上海外国语大学，2017.

[133] 巴蕾. 可敬的克莱登[J]. 熊适逸，译. 小说月报，1929（3）：509-527.

[134] 北京市艺术研究所. 京剧传统剧本汇编[M]. 北京：北京出版社，2012.

[135] 贝克，章国锋. 什么是世界主义？[J]. 马克思主义与现实，2008（2）：56-59.

[136] 贝内特. 跨文化交流的建构与实践[M]. 关世杰等，译. 北京：北京大学出版社，2012.

[137] 波伏娃. 第二性[M]. 陶铁柱，译. 北京：中国书籍出版社，2004.

[138] 布迪厄. 文化资本与社会炼金术：布尔迪厄访谈录[M]. 包亚明，译. 上海：上海人民出版社，1997.

[139] 布迪厄，华康德. 实践与反思：反思社会学导引[M]. 李猛、李康，译. 北京：中央编译出版社，2004.

[140] 布莱希特. 布莱希特论戏剧[M]. 张黎等，译. 北京：中国戏剧出版社，1990.

[141] 布小继. 中国现代汉英双语作家与抗战时期中华文化的欧美传播：以熊式一，蒋彝及其作品为中心的考察[J]. 中华文化海外传播研究，2018（2）：151-171.

[142] 曹顺庆. 比较文学概论[M]. 北京：中国人民大学出版社，2011.

[143] 曾国藩. 曾国藩全集. 14卷[M]. 长沙：岳麓书社，2011.

[144] 陈科芳. 英汉修辞格比较与翻译[M]. 北京：中国社会科学出版社，2017.

[145] 陈鸣. 操控理论视角观照下当代中国的外国文学翻译研究（1949-2008）[D]. 济南：山东大学外语学院，2009.

[146] 陈平原.中国现代小说的起点:清末民初小说研究[M].北京:北京大学
出版社,2005.

[147] 陈崧.五四前后东西文化问题论战文选[M].北京:中国社会科学出版
社,1985.

[148] 陈望道.修辞学发凡[M].上海:复旦大学出版社,2008.

[149] 陈艳群.戴玉镯的熊式一[J].文学自由谈,2016(6):92-99.

[150] 陈昭晖.熊式一的双语写作与其文化自觉的实现[D].上海:华东师范大
学,2017.

[151] 陈子善.大陆版序:关于熊式一《天桥》的断想.熊式一.天桥[M].北京:
外语教学与研究出版社,2013:3-7.

[152] 陈宗懋,杨亚军.中国茶叶词典[G].上海:上海文化出版社,2013.

[153] 戴勇,陈光甲.胡适与戏剧[J].南昌师范学院学报,2015(3):129-133.

[154] 邓亮.典籍英译中文化离散的初步验证:以《道德经》第一章英译为例
[J].河北理工大学学报(社会科学版),2010(1):137-140.

[155] 邓梦寒.读者意识在戏剧翻译中的体现:以熊式一中英对照本《王宝川》
为例[J].外语与翻译,2018,25(3):28-32.

[156] 邓绍基.元代文学史[M].北京:人民文学出版社,1991.

[157] 戴晓东.跨文化交际理论[M].上海:上海外语教育出版社,2011.

[158] 邓晓芒.康德《判断力批判》释义[M].北京:生活·读书·新知三联书
店,2008.

[159] 都文伟.洋人身披黄马褂:论美国自编自演的第一部中国剧的文化内涵
与舞台意义[J].艺术百家,2001(1):43-51.

[160] 窦卫霖.试析《习近平谈治国理政》对外传译的成功模式[J].对外传播,
2016(3):16-18.

[161] 杜亚泉.大战争之所感.东方杂志[J].1914,11(4):5-6.

[162] 段峰.身份,创伤和困境意识:《金锁记》译写再探[J].四川大学学报(哲
学社会科学版),2021(5):93-100.

[163] 段峰.透明的眼睛:文化视野下的文学翻译主体性研究[D],成都:四川
大学,2007.

[164] 段峰.论翻译中的文化趋同与存异[J].四川师范大学学报(社会科学
版),2008(4):66-72.

[165] 段炼.哈代小说的两个主题与人道主义思想[J].外国文学评论,1987
(1):109-114.

［166］敦煌历代地名录编纂办公室编.敦煌历代地名录［M］.兰州:甘肃文化出版社,2017.

［167］范馨爽.忠实否? 熊式一《天桥》自译策略的伦理解读［J］.黑龙江教育学院学报,2017(11):122-126.

［168］房玄龄,等.晋书斠注［M］.北京:中华书局,2008.

［169］费孝通.乡土中国［M］.北京:人民出版社,2014 年.

［170］冯梦龙编.尔弓校点.广笑府［M］.武汉:荆楚书社,1987.

［171］冯全功.汉语附加疑问句翻译研究:以电影《闺蜜》的字幕英译为例［J］.天津外国语大学学报,201(5):28-33.

［172］冯蜀冀.文化差异性与文化共通性在熊式一《天桥》中的体现［J］.芒种,2015(10):45-47.

［173］冯小琴.中国近代史［M］.武汉:武汉大学出版社,2011.

［174］冯媛媛.《金瓶梅》对《西厢记》的"戏仿"［J］.文艺理论研究,2020(3):117-123.

［175］伏涤修.《西厢记》接受史研究［M］.合肥:黄山书社,2008.

［176］干春松.超越激进与保守:张岱年与综合创新文化观［M］.郑州:中州古籍出版社,2009.

［177］高瑞泉.论"进步"及其历史:对现代性核心观念的反省［J］.哲学研究,1998(6):13-18.

［178］耿强.重返经典:安德烈·勒菲弗尔翻译理论批评［J］.中国比较文学,2017(1):53-69.

［179］龚世芬.关于熊式一［J］.中国现代文学研究丛刊,1996(2):260-274.

［180］郭洪纪.儒家的华夏中心观与文化民族主义滥觞［J］.河北学刊,1994(5):20-25.

［181］郭建中.当代美国翻译理论［M］.武汉:湖北教育出版社,2002.

［182］哈瓦斯.中英联络友谊伦敦人士组成协会［N］.申报,1936-5-1(11).

［183］何绍斌.作为文学"改写"形式的翻译:Andre Lefevere 翻译思想研究［J］.解放军外国语学院学报,2005(5):67-71＋108.

［184］何自然.认知语用学:言语交际的认知研究［M］.上海:上海外语教育出版社,2006.

［185］亨特.近代英国戏剧［M］.李醒,译.北京:中国戏剧出版社,1987.

［186］洪深.洪深文集［M］.北京:中国戏剧出版社,1959.

［187］洪深.辱国的《王宝川》［N］.光明,1936-7-10(10).

[188] 胡蝶口述. 胡蝶回忆录[M]. 北京:文化艺术出版社,1988.

[189] 黄超虹. 生态翻译学视角下熊式一的《天桥》自译探究[D],福州:福建师范大学,2014.

[190] 黄德先,杜小军. 对勒菲弗尔"改写论"的误读[J]. 广东外语外贸大学学报,2009,(6):77-79.

[191] 黄芳. 跨语际文学实践中的多元文化认同:以中国评论周报、天下月刊为中心的考察[D],上海:华东师范大学,2011.

[192] 黄嘉德. 萧伯纳研究[M]. 济南:山东大学出版社,1989.

[193] 黄建. 论析礼貌语言:英语附加疑问句[J]. 外语教学,1994(3):12-14＋27.

[194] 黄键. 文化保守主义思潮与中国现代文艺批评[M]. 北京:中国社会科学出版社,2017.

[195] 黄忠廉,等. 翻译方法论[M]. 上海:华东师范大学出版社,2019.

[196] 霍尔. 文化身份与族裔散居[G]//罗钢,刘象愚. 文化研究读本. 北京:中国社会科学出版社,2000.

[197] 季广茂. 意识形态[M]. 桂林:广西师范大学出版社,2005.

[198] 贾洪伟. 翻译史的分类与研究范式[J]. 外国语文,2018(2):108-113.

[199] 贾亦棣. 熊式一的生与死[J]. 香港笔会,1995(9):84-86.

[200] 贾亦棣. 追忆熊式一博士[J]. 文讯月刊,1998(11):109-113.

[201] 江棘. 戏曲译介与"代言人"的合法性:20 世纪 30 年代围绕熊式一《王宝川》的论争[J]. 汉语言文学研究,2013(2):63-75.

[202] 姜萌萌. 超越"东方主义"视角的《黄马褂》:重审美国白人笔下的中国主题剧[J]. 英美文学研究论丛,2013(1):304-315.

[203] 姜猛. 熊式一:沉浮海外的双语作家[J]. 名人传记(上半月),2015(1):11-16.

[204] 蒋骁华. 意识形态对翻译的影响:阐发与新思考[J]. 中国翻译,2003(5):24-29.

[205] 蒋星煜. 西厢记研究与欣赏[M]. 上海:上海辞书出版社,2004.

[206] 雷冠群,曾凡贵.《镜花缘》林太乙译本中的杂合现象探究[J]. 湖南第一师范学院学报,2012(2):112-115.

[207] 雷诺兹. 现代英国戏剧. 李醒,译[M]. 伦敦:哈雷普图书有限公司,1949.

[208] 李伯荣,廖序东.现代汉语(增订五版)下册[M]. 北京:高等教育出版社,2012.

[209] 李国平. 中国民俗文化与民间艺术[M]. 石家庄：河北人民出版社，2016.

[210] 李号.《西厢记》修辞格研究[D].乌鲁木齐：新疆师范大学，2012.

[211] 李洪华. 中国左翼文化思潮与现代主义文学嬗变[M]. 北京：中国社会科学出版社，2012.

[212] 李金树. 历史合理性：翻译批评的一个基本向度[J]. 外语与外语教学，2021(4):60-67.

[213] 李龙泉. "改写论"的缘由及弊端[J]. 上海翻译，2009(1):6-9＋34.

[214] 李明欢. Diaspora：定义、分化、聚合与重构[J]. 世界民族，2010(5):1-8.

[215] 李强. 戏曲舞台表演理论探索与研究[M]. 北京：中国戏剧出版社，2019.

[216] 李特夫.译者的"文化乡愁"与译诗的"文化生态"：英美华人学者汉诗英译思想研究[J]. 外语研究，2014(6):79-83.

[217] 李提摩太. 李提摩太在华回忆录[M]. 李宪堂等，译. 天津：天津人民出版社，2011.

[218] 李小强，王小忠. 王实甫. 西厢记：方言俗语注释本[M]. 北京：中国文联出版公司，1997.

[219] 李晓伟. 二十世纪20至30年代乡土小说的怀旧书写研究[D],南京：南京大学，2014.

[220] 李渔. 闲情偶寄[M]. 北京：中国社会出版社，2005.

[221] 李占萍. 清末学校教育政策研究[M]. 石家庄：河北人民出版社，2014.

[222] 梁启超. 李华兴编. 梁启超选集[M]. 上海：上海人民出版社，1984.

[223] 梁廷枏.《曲话》卷二，见中国戏曲研究院. 中国古典戏曲论著集成(八)[M]. 北京：中国戏剧出版社，1980.

[224] 廖可兑. 西欧戏剧史(上)[M]. 北京：中国戏剧出版社，2005.

[225] 廖太燕. 熊佛西、熊式一与江西省第四届教师寒假修养会[J]. 新文学史料，2018,159(2):163-166.

[226] 廖太燕. 熊式一行迹作品补述[J]. 创作评谭，2020(3):51-55.

[227] 林圭. 光绪二十三年致黄寅曤信[G]//湖南历史资料编辑室. 湖南历史资料(第一辑). 长沙：湖南人民出版社，1980.

[228] 林荣清. 熊式一诞辰一百周年纪念座谈会举行[N]. 人民日报(海外版)，2002-7-6(4).

[229] 刘蓓蓓. 构建中西方文化交流之"天桥"[D]. 太原：山西大学，2015.

[230] 刘彬. 勒菲弗尔操控论视野下的十七年文学翻译[J]. 解放军外国语学院学报，2010 (4):93-97.

［231］刘聪. 现代性批判:从德国早期浪漫派到马克思［N］. 中国社会科学报, 2021-03-25(4).

［232］刘芳. 翻译与文化身份:美国华裔文学翻译研究［M］. 上海:上海交通大学出版社,2010.

［233］刘海霞. 熊式一创作研究［D］. 福州:福建师范大学,2015.

［234］刘禾. 跨语际实践:文学,民族文化与被译介的现代性(中国:1900-1937)［M］. 宋伟杰等,译. 北京:生活・读书・新知三联书店,2002.

［235］刘红华,黄勤. 译者聂华苓研究综述［J］. 翻译论坛,2015(2):61-65.

［236］刘红新. 特别翻译的背后:离散经历对辜鸿铭典籍英译的影响［J］. 齐齐哈尔大学学报(哲学社会科学版),2008(1):135-137.

［237］刘泓,汪世蓉. "诗意"的跨文化再现:从离散视角论中国古典诗词走出去:以东坡词的译介为例［J］. 学术探索,2018(9):85-90.

［238］刘孔喜. 离散译者陈荣捷与《传习录》英译［J］. 中国翻译,2019(6):52-60.

［239］刘舒婷.《天桥》中民俗翻译的适应性研究［D］. 广州:广东外语外贸大学,2020.

［240］刘新红. 特别翻译的背后:离散经历对辜鸿铭典籍英译的影响［J］. 齐齐哈尔大学学报,2008(1):135-137.

［241］刘以鬯. 我所认识的熊式一［J］. 文学世纪,2002(6):61-65.

［242］卢巧丹. 跨越文化边界:论中国现当代小说在英语世界的译介与接受［D］. 杭州:浙江大学,2016.

［243］卢巧丹. 木心短篇小说在英语世界的文化飞散之旅［J］. 中国翻译,2014(1):76-81.

［244］鲁迅. "中国新文学大系 小说二集"序［A］//鲁迅全集. 第6卷. 北京:人民文学出版社,2005.

［245］鲁迅. 鲁迅全集. 第1卷［M］. 北京:人民文学出版社,2005.

［246］陆洋. 传统戏曲中女性传奇的现代接受:京剧《红鬃烈马》与小说《等》中时空构造的比较分析［J］. 戏曲艺术,2020(4):64-70.

［247］罗关德. 20至30年代倡导乡土文学的三种理论视角［J］. 中国现代文学研究丛刊,2004(4):181-192.

［248］罗素. 中国问题［M］. 秦悦,译. 上海:学林出版社,1999.

［249］吕娜,郝小静. 以飞散性视角分析木心小说《空房》的译介［J］. 教育现代化,2016(6):260-261.

［250］马尔库塞. 爱欲与文明［M］. 黄勇,薛民,译. 上海:上海译文出版

社,2012.

[251] 马明蓉,张向阳.离散书写与离散译介的互生关系:以张错为例[J].常州工学院学报(社会科学版),2019(2):67-72.

[252] 芒迪.翻译学导论:理论与应用[M].李德凤等,译.北京:外语教学与应用出版社,2014.

[253] 毛孟吟.熊式一译《西厢记》的文本旅行研究[D].广州:广东外语外贸大学,2020.

[254] 孟悦,戴锦华.浮出历史地表:现代妇女文学研究[M].北京:中国人民大学出版社,2004.

[255] 穆雷,欧阳东峰.史学研究方法对翻译史研究的阐释作用[J].外国语文,2015(3):121-128.

[256] 倪婷婷."中国的巴里":论熊式一对詹姆斯·巴里的接受[J].中国现代文学论丛,2020(1):122-136.

[257] 倪婷婷.多元语境下的中国性呈现:以熊式一的英语创作及其争议为考察中心[J].首都师范大学学报(社会科学版),2020(5):96-105.

[258] 倪婷婷.向世界表述中国的立场和路径:从熊式一英语剧《王宝川》谈起[J].江苏社会科学,2019(3):175-184.

[259] 潘红.林译《迦茵小传》:意识形态规约下的修辞重构[D].福州:福建师范大学,2011.

[260] 潘文国.汉英语对比纲要[M].北京:北京语言大学出版社,2009.

[261] 彭金铃."一颗头等水色的宝石":熊式一英译《王宝川》成功因素探析[J].戏剧文学,2013(1):105-110.

[262] 齐如山.齐如山回忆录[M].北京:宝文堂书店,1989.

[263] 钱进,李延林.文化飞散与语际转换:谈译者对源语文化应有的责任[J].长沙铁道学院学报(社会科学版),2009(2):152-153.

[264] 钱婉约.桥上行人,桥下过客[N].中华读书报,2013-2-16(19).

[265] 乔媛.当代飞散译者宋德利《聊斋志异》英译与中国文化的联系和疏离[J].中国比较文学,2018(3):66-83.

[266] 秦孝仪.中华民国重要史料初编:对日抗战时期(三)[G].台北:中国国民党中央委员会党史委员会,1981.

[267] 丘吉尔.第二次世界大战回忆录.第二卷下部,第三分册[M].北京:商务印书馆,1975.

[268] 邱芳.从生态翻译学视角解析《天桥》的自译[D].北京:北京外国语大

学,2016.

[269] 邱细平,王桃花,等.《双城记》中狄更斯人道主义思想解读[J].湖南科技大学学报(社会科学版),2012(4):135-137.

[270] 冯国超.中国传统文化读本:楚辞[M].长春:吉林人民出版社,2007.

[271] 任东升,卞建华.林语堂英文创作中的翻译现象[J].外语教学,2014(6):95-99.

[272] 任晓霏.登场的译者:英若诚戏剧翻译系统研究[M].北京:中国社会科学出版社,2008.

[273] 萨义德.文化与帝国主义[M].李琨,译.北京:生活·读书·新知三联书店,2003.

[274] 萨义德.东方学[M].王宇根,译.北京:生活·读书·新知三联书店,2020.

[275] 桑楚,编.中华典故[M].北京:北京联合出版公司,2013.

[276] 桑德鲁普.《喜福会》里的汉语.俞国强,韩三桂,译[G]//乐黛云,张辉,编.文化传递与文学形象.北京:北京大学出版社,1999.

[277] 邵璐.比较文体学视角下的《生死疲劳》双语平行文本析读[J].译苑新谭,2013(1):79-86.

[278] 邵洵美.文化的班底[C]//陈子善.洵美文存.沈阳:辽宁教育出版社,2006.

[279] 史书美.现代的诱惑:书写半殖民地中国的现代主义(1917—1937)[M].何恬,译.南京:江苏人民出版社,2007.

[280] 舒红霞,王骁.《西厢记》《牡丹亭》《红楼梦》女性意识初探[J].大连大学学报,2002(3):98-101.

[281] 司红霞.再谈插入语的语义分类[J].汉语学习,2018(6):37-45.

[282] 斯宾格勒.西方的没落[M].张兰平,译.西安:陕西师范大学出版社,2008.

[283] 宋春舫.一年来国剧之革新运动[J].剧学月刊,1935(8):2-3.

[284] 苏建新.风月宝鉴下佳人才子书的两面性[J].明清小说研究,2008(4):6-16.

[285] 孙静,肖建安.汉英礼貌用语的文化理据探析[J].安徽工业大学学报(社会科学版),2010(4):50-54.

[286] 孙萍.中国京剧百部经典英译系列:大登殿[M].北京:外语教学与研究出版社,2012.

[287] 孙希旦等. 礼记集解[M]. 北京：中华书局，1989.

[288] 孙艺风. 离散译者的文化使命[J]. 中国翻译，2006，27(1)：3-10.

[289] 孙艺风. 文化翻译[M]. 北京：北京大学出版社，2016.

[290] 塔米尔(Tamir). 蒙古大学生汉语插入语习得考察及教学建议[D]. 济南：山东大学，2015.

[291] 谭载喜. 西方翻译简史[M]. 北京：商务印书馆，2012.

[292] 唐钺. 修辞格[M]. 上海：商务印书馆，1923.

[293] 陶希圣，等. 中国本位的文化建设宣言[J]. 文化建设，1935(1)：1-11.

[294] 陶欣尤. 二战时期的熊式一[N]. 中华读书报，2015-9-16(10).

[295] 童明. 飞散的文化和文学[J]. 外国文学，2007(1)：89-99.

[296] 童明. 家园的跨民族译本：论"后"时代的飞散视角[J]. 中国比较文学，2005(1)：150-168.

[297] 童明. 飞散[J]. 外国文学，2004(1)：52-59.

[298] 万民英. 三命通会[M]. 陈明，王胜恩，注释. 北京：中医古籍出版社，2009.

[299] 汪晖. 现代中国思想的兴起. 上卷第一部. 理与物[M]. 北京：生活·读书·新知三联书店，2008.

[300] 汪世蓉. 离散视角下中国武侠文学的英译及传播路径[J]. 文化与传播，2018(1)：68-74.

[301] 汪世蓉. 漂泊与归属：论离散译者余光中的"中国情结"[J]. 社会科学家，2015(9)：145-148.

[302] 汪世蓉. 身份博弈与文化协调：论华人离散译者的文化译介[J]. 中国比较文学，2017(2)：103-115.

[303] 王秉钦. 文化翻译学[M]. 天津：南开大学出版社，2007.

[304] 王春亭. 历代名人与梅[M]. 济南：齐鲁书社，2014.

[305] 王德威. 被压抑的现代性：晚清小说新论[M]. 宋伟杰，译. 北京：北京大学出版社，2005.

[306] 王宏印. 从"异语写作"到"无本回译"：关于创作与翻译的理论思考[J]. 上海翻译，2015(3)：5-13.

[307] 王洪涛. 翻译学的学科建构与文化转向[M]. 上海：上海译文出版社，2008.

[308] 王华荣. 试论熊式一《天桥》中的"进步"主题[J]. 楚雄师范学院学报，2017(4)：38-42.

[309] 王礼锡. 王礼锡诗文集[M]. 王士权，编. 上海：上海文艺出版社，1993.

[310] 王力. 汉语诗律学[M]. 上海:新知识出版社,1958.

[311] 王力. 中国语法理论(下册)[M]. 北京:中华书局,1957.

[312] 王楠楠. 现代文学史上的失踪者[D],南昌:南昌大学,2015.

[313] 王宁. 文化翻译与经典阐释[M]. 北京:中华书局,2006.

[314] 王琴玲,黄勤. 从副文本解读林太乙《镜花缘》英译本[J]. 中国翻译,2015
(2):81-85.

[315] 王琴玲,黄勤. 林太乙的翻译与创作互动研究:写中有译[J]. 中国翻译,
2018(1):81-87.

[316] 王实甫,金圣叹.金圣叹批评本西厢记[M].南京:江苏凤凰出版社,2011.

[317] 王实甫. 集评校注西厢记[M]. 上海:上海古籍出版社,1987.

[318] 王实甫. 金圣叹批本西厢记[M]. 上海:上海古籍出版社,1986.

[319] 王实甫. 西厢记:舞台本(汉英对照)[M]. 许渊冲,译. 北京:中国对外翻
译出版公司,2009.

[320] 王守仁,何宁. 20 世纪英国文学史[M]. 北京:北京大学出版社,2006.

[321] 王为民. 百年中英关系[M]. 北京:世界知识出版社,2006.

[322] 王遐举. 戏曲砌末与舞台装置[M]. 北京:中国戏剧出版社,1960.

[323] 王小静. 飞散视角下的翻译研究[J]. 湖南医科大学学报(社会科学版),
2010(1):95-97.

[324] 王晓莺. 离散译者张爱玲的中英翻译:一个后殖民女性主义的解读[M].
广州:中山大学出版社,2015.

[325] 王晓莺. 当代翻译研究中的"离散"内涵与命题[J].上海翻译,2011(1):
12-16.

[326] 王岫庐. 离散诗学视角下的翻译与重构:以张枣对谢默斯·希尼诗歌的
翻译为例[J]. 翻译界,2017(1):97-110+155-156.

[327] 王长武,雷璐荣. 汉语常用应答语[M]. 武汉:华中科技大学,2019.

[328] 王忠阁. 中国戏剧学思想史论[M]. 郑州:河南人民出版社,2007.

[329] 王佐良. 翻译:思考与试笔[M]. 北京:外语教学与研究出版社,1989.

[330] 卫咏诚.伦敦"宝川夫人"观演记[J].良友,1936(118):34-41.

[331] 文天行,王大明,廖全京. 中华全国文艺界抗敌协会史料选编[G]. 成都:
四川省社会科学院出版社,1983.

[332] 吴趼人,王俊年. 恨海[M]. 郑州:中州古籍出版社,1985.

[333] 吴趼人. 历史小说总序:秦汉以来史册繁重[J]. 月月小说,1906(1):9-10.

[334] 吴梅,王民卫. 吴梅全集·理论卷上·中国戏曲概论[G]. 石家庄:河北

教育出版社.

[335] 吴文安. 后殖民翻译研究翻译和权力关系[M]. 北京：外语教学与研究出版社，2008.

[336] 吴霞鑫. 飞散视角下译者翻译策略的选择：以童明英译作品《空房子》为例[D]. 重庆：四川外国语大学，2016.

[337] 吴秀明. 中国当代文学中的"五四情结"[J]. 文史哲，1995(4)：93-99.

[338] 辛璇. 历史与翻译策略：《西厢记》两英译本的历时比较[D]. 天津：天津工业大学，2014.

[339] 夏忠宪. 巴赫金狂欢化诗学研究[M]. 北京：北京师范大学出版社，2000.

[340] 夏子科. 20 世纪中国乡土文学综论[M]. 北京：中国社会科学出版社，2019.

[341] 向鹏. 后现代主义翻译思想研究[M]. 北京：中国社会科学出版社，2020.

[342] 萧乾. 萧乾全集：第二卷[M]. 武汉：湖北人民出版社，2005.

[343] 肖开容. 从京剧到话剧：熊式一英译《王宝川》与中国戏剧西传[J]. 西南大学学报，2011(3)：155-158.

[344] 谢天振. 当代国外翻译理论导读[M]. 天津：南开大学出版社，2008.

[345] 谢天振. 译介学(增订本)[M]. 南京：译林出版社，2013.

[346] 辛弃疾. 稼轩词编年笺注(上)[M]. 上海：上海古籍出版社，2018.

[347] 熊德輗. 为没有经历大革命时代的人而写. 台湾版序. 熊式一. 天桥[M]. 北京：外语教学与研究出版社，2013.

[348] 熊式一. 大学教授[M]. 台北：中国文化大学出版部，1989.

[349] 熊式一. 王宝川(中英双语)[M]. 北京：商务印书馆，2006.

[350] 熊式一. 八十回忆[M]. 北京：海豚出版社，2010.

[351] 熊式一. 天桥[M]. 北京：外语教学与研究出版社，2013.

[352] 熊式一. 财神[C]//陈平原. 中国近代文学文献丛刊·戏剧卷(影印版). 郑州：河南人民出版社，2019.

[353] 徐琰，等. 周振甫主编. 唐诗宋词元曲全集 全元散曲 第 1 册[M]. 合肥：黄山书社，1999.

[354] 许昳婷，张春晓. 论熊式一改译《王宝川》风波的跨文化形象学内涵[J]. 戏剧艺术，2018(3)：32-40.

[355] 许慎，段玉裁注. 说文解字注[M]. 上海：上海古籍出版社，1981.

[356] 严家炎. 中国现代小说流派史[M]. 北京：人民文学出版社，1995.

[357] 严清华，尹恒. 试论经济理论创新[J]. 武汉大学学报(人文科学版)，2000

（5）：665-668.

[358] 严明.跨文化交际理论研究[M].哈尔滨：黑龙江大学出版社，2009.

[359] 姚克.小谈"黄马褂"[J].小剧场，1940（2）：17-20.

[360] 也是道人.带印奇冤郭公传[M].天津：百花文艺出版社，1986.

[361] 佚名.地方协会昨日举行新年茗谈 会长致欢迎新会员王正廷熊式一等演讲[N].申报，1937-1-6（13）.

[362] 佚名.读新小说法[J].新世界小说社报，1906（6）：7-13.

[363] 佚名.靠王宝川发了财熊式一回国发表谈话：在欧美公演达一千一百余次[N].电声周刊，1937（2）：182.

[364] 殷燕，刘军平.语际书写中的文化翻译：一种"双声"的对话：巴赫金对话主义哲学观照下的文化翻译研究[J].语言与翻译，2016（4）：75-80.

[365] 余小梅.华裔作家哈金自译研究：操控论视角[J].翻译论坛，2018（1）：59-62.

[366] 余章成.古汉语修辞[M].北京：中国社会科学出版社，2011.

[367] 袁珂.山海经校注[M].北京：北京联合出版公司，2014.

[368] 袁世凯.袁世凯家书[M].台北："中央研究院"近代史研究所，1990.

[369] 张东荪，左玉河整理.理性与民主[M].长沙：岳麓书社，2010.

[370] 张恨水.日本人的数典忘祖[N].新民报，1942-5-21（7）.

[371] 张璐.当代短篇小说中的中国特色文化新词英译策略：以《人民文学》英文版 Pathlight 为例[J].外国语文研究，2019（3）：74-83.

[372] 张铭润，车晓军.人文社会科学研究中定性分析与定量分析的结合：兼论其对外语教学科研的启示[J].山东高等教育，2006（4）：100-103.

[373] 张南峰.中西译学批评[M].北京：清华大学出版社，2004.

[374] 张倩.中国文学走出去的飞散译者模式探索：以童明英译木心短篇小说集《空房》为例[J].外语教学，2015（3）：109-113.

[375] 张旭."权力转向"与自我再现：评《翻译中国》[J].中国翻译，2010（4）：28-31.

[376] 张焱.汉英翻译过程中的难译现象处理[M].北京：中国社会科学出版社，2015.

[377] 张燕瑾，王实甫.张燕瑾解读西厢记[M].北京：国家图书馆出版社，2017.

[378] 张莹.翻译中的重塑：熊式一在京剧英译中对"王宝钏"形象的改写[J].中国比较文学，2018（4）：65-80.

[379] 张莹. 行动者网络理论与中国文化外译：以熊式一英译的 *Lady Precious Stream* 为例[J]. 外国语,2019(4):25-34.

[380] 赵山林. 历代咏剧诗歌选注[M]. 北京：书目文献出版社,1988.

[381] 赵维国. 教化与惩戒：中国古代戏曲小说禁毁问题研究[M]. 上海：上海古籍出版社,2014.

[382] 赵彦春. 翻译归结论[M]. 上海：上海外语教育出版社,2005.

[383] 赵云泽,刘珍. 晚清在华外报：作为新知与意识形态的桥梁[J]. 现代传播（中国传媒大学学报）,2016(8):58-62.

[384] 郑达. 徜徉于中西语言文化之间：熊式一和《王宝川》[J]. 东方翻译,2017(2):77-81.

[385] 郑大华. 中国近代思想脉络中的文化保守主义[M]. 长沙：湖南人民出版社,2014.

[386] 郑国良. 图说西方舞台美术史：从古希腊到 19 世纪[M]. 上海：上海书店出版社,2010.

[387] 郑樵. 通志略[M]. 上海：上海古籍出版社,1990.

[388] 郑师渠. 思潮与学派[M]. 北京：北京师范大学出版社,2005.

[389] 郑师渠. 在欧化与国粹之间：学衡派文化思想研究[M]. 北京：北京师范大学出版社,2001.

[390] 政协萍乡市文史资料研究委员会办公室. 萍乡文史资料,第 2 辑[G]. 1984.

[391] 中国人民政治协商会议武汉市武昌区委员会编. 武昌百年资料. 第 13 辑. 大事记[G]. 1997.

[392] 周华斌. 反思"世界三大戏剧体系"：兼论梅兰芳戏曲表演体系[J]. 北方工业大学学报,2019(6):69-75.

[393] 周桓. 京剧"活字典"潘侠风[J]. 中国京剧,1998(3):46-48.

[394] 周宁. 天朝遥远：西方的中国形象研究[M]. 北京：北京大学出版社,2006.

[395] 周宁. 西方戏剧理论史[M]. 厦门：厦门大学出版社,2008.

[396] 周宁. 周云龙编. 天地大舞台：周宁戏剧研究文选[M]. 厦门：厦门大学出版社,2011.

[397] 周宣丰. 文化翻译的"飞散性"：一种超越的文化逻辑[J]. 探索与争鸣,2014(11):108-110.

[398] 周作人. 民俗学论集·在希腊诸岛[M]. 上海：上海文艺出版社,1999.

［399］朱伟明.英国学者杜为廉教授访谈录［J］.文学遗产,2005(3):138-143.

［400］竹内好.近代的超克［M］.李冬木等,译.北京:生活·读书·新知三联书店,2005.

［401］祝肇年,蔡运长.西厢记通俗注释［M］.昆明:云南人民出版社,1983.

索　引